05
江户川乱步
推理探案集

绿衣人

[日]江户川乱步 えどがわ らんぽ ◎著
叶荣鼎◎译

时代文艺出版社

图书在版编目（CIP）数据

绿衣人 /（日）江户川乱步著；叶荣鼎译．—长春：时代文艺出版社，2016.1
（江户川乱步推理探案集）

ISBN 978-7-5387-5097-3

Ⅰ.①绿… Ⅱ.①江… ②叶… Ⅲ.①推理小说－小说集－日本－现代 Ⅳ.①I313.45

中国版本图书馆CIP数据核字（2015）第299467号

出 品 人　陈　琛
产品总监　郭力家
责任编辑　闫松莹
插　　图　张　峰
　　　　　刘　杨
装帧设计　孙　利
排版制作　隋淑凤

绿衣人

[日] 江户川乱步 著　叶荣鼎 译

出版发行 / 时代文艺出版社
地址 / 长春市泰来街1825号　时代文艺出版社　邮编 / 130011
总编办 / 0431-86012927　发行部 / 0431-86012957　北京开发部 / 010-63108163
网址 / www.shidaicn.com
印刷 / 三河市万龙印装有限公司
开本 / 710mm × 1000mm　1 / 16　字数 / 410千字　印张 / 27
版次 / 2016年1月第1版　印次 / 2016年1月第1次印刷　定价 / 58.00元

图书如有印装错误　请寄回印厂调换

日本侦探推理小说鼻祖
“一代奇才”——江户川乱步

江户川乱步，本名平井太郎，1894年10月21日生于日本三重县名张市，早年毕业于日本早稻田大学政治经济专业，毕业后历任大型贸易公司的职员、旧书店经理、工人俱乐部书记长、政府官员和某报社新闻记者等。

江户川乱步是“日本侦探推理小说作家俱乐部”与“日本侦探推理作家协会”的创始人兼首届理事长，系日本侦探推理文学“鼻祖”，在同时期的推理小说作家中德高望重、声名显赫，享有“日本福尔摩斯”美誉，曾荣获优秀侦探推理文学勋章，以及日本国家紫绶褒勋章（表彰在教育、艺术、运动领域中有突出贡献的人)。

江户川乱步自幼受到爱好侦探推理文学的母亲影响，对西方的侦探推理小说情有独钟，经常缠着母亲讲外国的侦探推理故事。他的记忆力和悟性非同一般，孩提时代不仅能完整复述妈妈给他讲过的每一个故事，还能自己进行简单的创作。他常在同学中讲故事，幽默诙谐的风格颇受欢迎。

在读高中和大学期间，江户川乱步醉心于英国和美国的侦探推理小说，爱不释手，如痴如醉，经常乐此不疲地阅读到深夜，潜心揣摩侦探推理小说的创作实践。

不久，江户川乱步在《新青年》杂志上发表处女作《二钱铜币》，轰动了整个日本文坛。自那以后一发而不可收拾，开始全身心投入到侦探推理小说的创作中，以实现孩提时代的理想。

第二次世界大战爆发后，日本政府当局审查出版物越来越严，江户川乱步的所有小说被禁止出版。为了生活，江户川乱步不得不借用别名为读者撰写侦探小说。后来，日本政府当局规定杂志和报纸在刊载江户川乱步的作品前，必须获得外交部、内务部、警视厅和宪兵机构一致许可，否则不得刊用。江户川乱步投笔抗议，在报上发表了《作者的话》：

我撰写的小说主要是把侦探、推理、探险、幻想和魔术结合在一起，让读者富有想象力和创造力。人类必须怀有伟大梦想，经过不断努力才会创造出伟大时代。没有梦想，没有幻想，就没有科学。科学历史已经证明，科学的进步多取决于天才的幻想和不懈努力。科学进步了，人民才会过上好日子。可是今天的战争，毁掉了科学，毁掉了人民的梦想，日本人民将会被一个不剩地充当炮灰，其结果还是避免不了失败的结局。

江户川乱步大义凛然，义正词严，竟然因此被政府当局勒令停止写作。由此，江户川乱步在第二次世界大战期间只发表了一部小说。

江户川乱步一生主要致力于青少年侦探推理小说的创作，为开拓和培养青少年的智力，为培养未来的侦探推理作家，他写出了一部又一部内容精彩纷呈、情节跌宕起伏的优秀侦探推理作品。在日本，江户川乱步可以说是妇孺皆知，家喻户晓的。他的作品在日本先后拥有过亿的读者。在他创作的诸多作品中，最脍炙人口的形象当数大侦探明智小五郎。大侦探明智小五郎系列作品的发行数量一度在日本的侦探推理小说界遥遥领先，长期雄居榜首。作为藏书，他的作品也遍布在日本的许多家庭和图书馆中，其影响不可不谓深远。这些作品被译成英、德、法、中、韩等多种外文版本，在全世界拥有不计其数的读者，成为“世界级的畅销书”。

他的作品取材广泛，构思独特，从作者对少年侦探小林芳雄以及大侦探明智小五郎与罪犯展开智慧较量的描写中，使我们从更广泛的角度和深刻的意义上理解他的作品。一部优秀的作品对一个国家文化发展和人材培育方面，势必会产生深远影响。但能跨越国界形成重大国际影响的优秀作品则凤毛麟角，屈指可数。

在日本侦探推理文坛众多的著名作家中，江户川乱步的一生无疑是最具传奇色彩的，而关于其笔名由来，更是众说纷纭。有人说，他年轻时也许好喝酒，一喝醉便沿着“江户川”河边东倒西歪地“乱步”，而得此“江户川乱步”笔名。也有人说，他构思作品时总是沿着“江户川”的河边散步展开想象的翅膀……不过，“江户川”到底在哪里呢？其实这条河就在早稻田大学的旁边。大学时代尽管居住在大学附近的“江户川”河边，但是当时的江户川乱步并不会喝酒，因此也不会因醉酒而乱步在河边。

其实，青少年时期的江户川乱步最爱阅读“三大作品”：一是日本著名翻译家黑岩泪香翻译的西方侦探推理作品；二是美国侦探推理小说之父爱伦·坡（日本式英语发音：爱多嘎阿兰波= edogaaranpo）的原版作品；三是谷崎润一郎的唯美主义作品。当时占据日本书刊杂志主流的侦探推理作品都是从西方国家引进，没有日本的本土作品，于是他萌生了亲手创作日本侦探推理小说的想法。他因为崇拜美国侦探推理小说之父埃德加·爱伦·坡，于是仿照他名字的日语发音，翻阅了许多相关词典，最终查到“江户川”的发音与“埃德加”相似，“乱步”的发音与“爱伦·坡”相似，从此，他便以“江户川乱步”为创作笔名，这个名字风风雨雨地陪伴他度过整个创作生涯。

江户川乱步的笔名虽另类，却反而容易被记住，以致人们忘记了他的本名，后来江户川乱步也索性放弃本名，甚至在与出版社签署合同时不仅签名用笔名，就连盖在合同上的印章刻的也是笔名。

江户川乱步的早期作品，已成为世界侦探推理文学的经典。除创作外，江户川乱步还悉心于侦探推理小说的介绍和评论，先后出版的《幻影城》《海外侦探推理小说作家和作品》和《侦探推理小说四十年》等评论集皆掷地有声，蜚声海内外。

本套由时代文艺出版社出版的《江户川乱步推理探案集》可读性强，知识性强，益智性强，还可培养广大读者学讲故事、学编故事和对复杂事物的敏锐观察力、分析力。作品开门不见山，隐藏重点，充分展现诱惑；且情节超常，奇峰突起，扑朔迷离，一波三折；尤其故事结果皆出人意料，却又在情理之中。观其作品，疏密有序，详略适当；侦破智慧等情节的设计和运用标新立异，别出心裁，常常使读者有身临其境之感，读而难忘。纵观其丰厚的创作作品，皆具新、奇、妙、趣、迷、绝，堪称世界侦探推理小说文库中的瑰宝之一。

此外，作品寓乐于教，向广大读者宣传和揭示正义终将战胜邪恶的真理，江户川乱步的大部分作品先后被拍成电影或电视剧，为广大推理爱好者带来完整的视听享受。

1965年7月28日是日本文学界值得哀悼的日子，因病卧床静养的江户川乱步不幸突发脑溢血，与世长辞，享年71岁。

许多日本人说，江户川乱步是日本侦探推理文学的代名词，是推动日本侦探推理作家新人辈出的动力，是开创日本侦探推理文学的最大功臣。江户川乱步系日本推理侦探小说创作界的创始人，为推理侦探文学在日本国内文坛和在世界国际文坛的崛起，做出了卓越的贡献。日本每年举行“江户川乱步创作奖”，该奖与江户川乱步创办的“日本推理作家协会奖”，被视为日本侦探推理文学界的两项最高荣誉奖。

为纪念伟大的日本侦探推理文学鼻祖江户川乱步，在三重县名张市的出生地竖有“江户川乱步文学纪念碑”，在东京都丰岛区的旧居建有“江户川乱步文学纪念馆”，供推理爱好者们怀念。

译者

2015年10月于上海

目录

CONTENTS

■影　男

绿衣人

绿色的长袍、蓬乱的头发，令人毛骨悚然的笑声……他究竟是什么人？

緑衣の鬼

影　子

初秋的一个夜晚，万里无云，群星璀璨，凉风习习。

东京银座大街上热闹非凡，到处是步履悠闲的行人。人流起伏，宛如看不到头的飘带。

无数霓虹灯竞相争艳，编织了一道绚丽的七彩夜景。

“咦，那是什么？”

被推搡着移动脚步的青年，突然抬起脸望着夜空嘀咕。

他发现空中嗖地掠过一道光。

“什么？在什么方位？”同伴青年也仰望天空。

“好像是M百货公司的屋顶上！难道是有人在那里上演闹剧，或是为了活跃夜市的气氛？”

为庆祝公司创建五十周年，M百货公司正在举行大拍卖活动。晚上用这样的探照灯光源，大概是代替白天飘荡在空中的广告气球，以招揽顾客。

探照灯不停地闪射，抚摸着东京这座美丽都市的夜空。

这时，也许探照灯的控制者觉得仅在天空上做文章还不足以引起顾客的注意，将灯光在空中画了一道很大的弧线，片刻从空中滑向地面，人行道上顿时白茫茫一片。

“灯光画弧”重复了许多遍，在天地间绘制了一个又一个硕大的光圈。

热闹的银座大街上，到处是悄无声息的大厦，宛如一张张没有牙齿的嘴巴。在明亮的沿街橱窗和霓虹灯跟前，探照灯光并不让人觉得刺眼，可一旦闪现在宁静而又漆黑的高楼大厦前时，猛地增强了亮度，照得大厦墙面一片雪白，宛如放映电影的银幕。

“喂，刚才那画面……你看见了吗？”

“嗯，看见了，是一张被放得很大的人脸，有点可怕。”

也不知是什么时候，他俩从人群中挤了出去，走到一棵属于重点保护的大柳树下，视线还紧跟着罕见的探照灯光。就在探照灯光凑巧照亮一幢五层建筑的墙面时，刹那间，一张侧面的人脸清晰地映在墙上。

也许是谁正巧从探照灯前经过？那似乎正要张嘴说话的嘴形和高鼻子以及细细的眼睫毛被放大了几千倍、几万倍，占据了整个建筑物。那难以形容的模样着实让人感到害怕。

“有趣！再看一会儿吧，说不定还有什么。”

“嘻嘻嘻……不愧是当侦探的料！一看见离奇或者古怪的东西，便立即把它们与案件挂起钩来，你是这样想吧？”

“不是那么回事……可仔细想一想，影子这东西总让人感到可怕。假设附近有光源装置能发射像阳光那么强烈的光线，别说我们小小的身体，就连整个东京都将变成影子。不光东京，就连日本列岛也将变成影子。”

青年说着，目光紧紧地跟随着探照灯光移动。

他那张脸的侧面被路灯照得清清楚楚，面熟，似乎在哪里见过。对了，想起来了，他不就是小林芳雄吗！

小林芳雄是大侦探明智小五郎的得力助手，常常出现在侦查舞台上，与狡猾的对手展开智慧较量，战绩斐然，大名鼎鼎。

他边上的青年是高中学生大江光一，与小林芳雄很投缘，兴趣相同。

这段时间里，探照灯光不停地在人们的脑袋上方时隐时现，还不时地用强光照亮那幢五层建筑。但是，他俩期盼的影子没有再出现。

“走吧！那影子不会再有了。”大江光一催促小林芳雄。

“嗯……”

小林芳雄尽管依依不舍，但脚步已经朝人行道移动了两三步。就在这时候，探照灯又啪地照亮了大楼侧面。

不知何故，探照灯光不再移动。

小林芳雄见状急忙停住脚步，与大江光一并肩紧盯着那幢五层大楼。

从他俩站的位置朝那里眺望，当大楼前面偶尔出现人流断层时，白色的探照灯光便照得更加清楚，宛如没放映电影的大银幕。

这时，有一个女子正巧朝那里走去。

白净的脸庞，优美的姿势，流行的时装，看上去很年轻。由于距离远，看得不很清楚，但可以感觉到是一个美丽女子。

女子很天真，若无其事地在探照灯光圈里走着。随着她的脚步向前挪动，照在她身上的光有节奏地闪烁，同时传来咯噔咯噔清脆悦耳的脚步声。

“喂，你看！”小林芳雄猛然间压低嗓音，手指着大楼顶上。

大江光一一直在全神贯注地望着探照灯光里行走的女子，被小林芳雄的突然举动吓了一跳，赶紧抬起头来。

夜空中的白色大楼屋顶上，有一个黑影无声无息地朝地面走来。

黑影像几根粗壮的棍子，似乎比电线杆还要粗。

一根，两根，三根，四根，五根，都被弯曲成奇怪形状，而它们的底部是连在一起的。

它们动作利索、协调……一边晃动一边悄悄地朝下走来。

“哦，是手，是手的影子！”

仔细一看，居然真的是一只巨大的手。

此时此刻，女子还没走到大楼前面的中心位置。

可怕的巨手正从脑袋上方朝她袭来，但她丝毫没有察觉，仍然漫不经心地走着，只是脚步比刚才快许多。

值得同情的是，她一旦被影子巨手抓住，将被捏扁而一命呜呼。

黑影这会儿没有停步，不停地朝下走啊走的，犹如巨大的蜘蛛向下爬行，那形状令人不寒而栗。

终于，影子就像抓捕蝴蝶那样，张开弯曲的手指，随即猛地捏紧。

刹那间，女子仿佛变成了一只美丽的蝴蝶。

“奇怪！如果纯属巧合，影子与实物的结合好得难以置信，不是吗？”小林芳雄脱口说道，嗓音很低。

突然，女子好像察觉到了恶作剧的影子巨手，猛地停下脚步开始发愣。

当她看到出乎意料的可怕影子后，好像受到了惊吓。她似乎打算快些逃走，可也许失去了奔跑的力气，当场蜷缩在地上，似乎被影子巨手按着。

女子开始晃动双手欲挣脱影子的控制，模样十分痛苦，在拼命地挣扎。

“喂，这女子与影子配合得非常协调，好像在演独角戏。”

小林芳雄话音刚落，巨手猛地不翼而飞了。突然间，更可怕的事发生了。

这不像出自巧合。再次从屋顶上伸下来的巨手，竟然握着锋利的双刃短剑。

刀刃长度好像有两米左右。这把黑剑影子一边左右地晃动，一边朝地面刺下来。

黑剑影子径直朝着蜷缩在地上的女子挥舞，银光闪烁。

刹那间，小林芳雄好像听见了“啊”的叫喊声。

女子仿佛真的被短剑刺中了，身体不再动弹。

巨手握着的短剑一达到目的，就迅速抚摸着大楼墙面，登上夜空消失了。

这一现象的前后经过，只有几十秒钟，连人行道上的行人也几乎没察觉到。

好长一段时间，人们用怀疑的目光望着趴在人行道中间倒地不起的女子，从她两边走过。

小林芳雄和大江光一飞也似的穿过电车轨道，朝女子跑去。

“怎么啦？是不是身体不舒服？”

一个胖乎乎的中年绅士把手搭在女人肩膀上，大声问道。

“不好了，这女子昏迷不醒！”

绅士惊讶地抬起头来，望着已跑过来的小林芳雄和大江光一。

大江光一敏捷地扶起女子的身体。

“快醒醒！没事的！”

大江光一使劲地摇晃着女子身体，把嘴凑到她的耳边大声喊道。

正如刚才感觉到的那样，女子年轻美貌，只是脸色苍白，双眼紧闭，模样宛如美丽的蜡像。

大江光一紧盯着女子的脸，手不停地摇晃着她的身体。猛然间，他好像想起了什么。

“咦，这不是我姐姐的同学芳枝小姐吗？”

“什么？”

“听姐姐说，班里就数她长得最漂亮，被同学称为‘班花’。前些日子，姐姐还把她介绍给我。”

几乎就在大江光一说这话的同时，芳枝忽然睁开美丽的双眼。

“咦，我这是怎么啦？真对不起。”

芳枝环视了一眼周围，满脸诧异，迅速从地上爬起。

可刚一站起，身体便不停地摇晃起来。

“芳枝小姐，我是大江光一，你大概不记得了，我是你同学大江伸子的弟弟。”

“哦，是大江小姐的……我羞愧得真是无地自容。刚才不知何故出现了可怕的幻觉……倒在这条人行道的中间……”芳枝难为情地辩解说。

大凡遇到这种情况，周围难免会有围观的人群。此刻，一张张好奇的脸正朝他们望着。

“大江君，快离开这里吧！前面横道上能喊到出租车……”

小林芳雄这么一提醒，大江光一连忙扶起芳枝分开人墙朝外挤去。

费了好一会儿工夫，他们三个人总算挤出人墙，坐上出租车突出重围。

“请问你家在哪里呀？”

“在代代木那里。我已经改成丈夫的姓了，叫世本芳枝。”世本芳枝已经完全恢复了元气，回答时却有点难以启齿似的。

原来，世本芳枝已经结婚。

见出租车启动，大江光一便把世本芳枝介绍给小林芳雄。世本芳枝好像非常了解小林芳雄的情况，还看到过他的照片。

“你怎么会那么吃惊？知道吗，有人在百货公司屋顶上制造恶作剧，用探照灯制作影子！”

少顷，小林芳雄开口问世本芳枝。从一开始，他就觉得蹊跷。

“嗯，你看到影子了？其实，是有一些原因的……”

世本芳枝好像想起了什么可怕的往事，突然支支吾吾起来。

“果然不出我所料，肯定是有原因的，不过，在出租车里说不太合适。如果不是那样，无论什么闹剧，百货公司的屋顶上，按理都不可能出现那把危险的短剑，而且寒光闪闪。”

小林芳雄听完世本芳枝的回答，悄悄自问起来。

可怕影子也许是什么人设的圈套？但那样做，目的究竟是什么？

预　兆

“是那一幢别墅。”世本芳枝走在前面，用手指着那边。

从弯弯曲曲的竹篱笆间隙里，可以看见那幢二层楼的欧式别墅高高耸立在黑色的夜空里，周围是茂密的树林。

“沿着围墙转弯便是大门。”

世本芳枝借着昏暗的路灯在前面引路。突然，她猛地停住脚步不走了。

“怎么啦？”大江光一跑到跟前问她。

世本芳枝没有回答，目不转睛地望着前面，脸上的表情，好像发现了什么非常吃惊的情况。

前面是呈T字形的羊肠小道，被拐角射出的灯光照得如同白昼。虽说视线还够不着那里，可亮光多半来自世本家的门灯，也就是世本芳枝家。

大江光一的视线紧随着世本芳枝的目光移向路面。

被灯光照得犹如银幕的路面，影映着帽子形状的长条影子，又粗又大。

倘若是行人的帽子投影，理应晃来晃去，可路面上的这条长影子没有丝毫移动的迹象，呈静止状态。

被投影的人也许在思考什么？或许早已知道世本芳枝要带着客人回家，便在这里等候。

帽子投影大得令人咋舌，扁扁的，长长的，足有两米左右。

这时，小林芳雄朝前奔跑起来。转过前面那个弯，就能知道投影的真面目。

还没跑几步，小林芳雄猛地停住脚步，浑身上下不由得晃了一下。原来，他听到了一种令人不寒而栗的声音。

声音低沉，像模糊的笑声。伴随着笑声，地面上笔直伸展的嘴唇投影，像波浪一样晃动起来。

侧耳细听，又不像人的声音，像回声，像没有生命的妖怪在狞笑，这是令人毛骨悚然的笑声。

小林芳雄心里更加慌张，腿脚也止不住颤抖起来，可他毕竟是侦探助手，有良好的心理素质。他稍稍调整心态后，不顾一切地朝那里跑去。

就在他转弯的那一刻，地面上的投影刹那间消失了，空空荡荡的，那里根本就没有什么人。

“一个人也没有，过来吧！我们好像太神经质了，其实，根本用不着害怕这种影子。”小林芳雄大声嚷嚷。

世本芳枝似乎终于放下心来，与大江光一并肩朝门口走去。

“也许是经过门前的行人突然想起什么而发出笑声？”

大江光一说，小林芳雄附和着笑了，唯独世本芳枝的脸上没有笑容。

“不，不是那么回事！一定是妖怪，就是那个把世本君搅得患病的恶魔！详细情况，我到家后跟你们说。好了，请快进屋吧！”

世本芳枝走到玄关跟前按响门铃，片刻，门内传出转动锁的声音，接着探出一张圆脸。她是世本家的女用人，不知何故，表情慌里慌张的。

小林芳雄和大江光一被请到一间不大的客厅里。

也许是世本芳枝精心装饰过的缘故，客厅里的装饰和色彩让人感觉非常舒坦，尽管这些家具、摆件和挂件都是极其普通的。

“嗯，这家比我想象的要普通。按这样的状况分析，房子可能不是世本君自己的，是向房东租的。”

小林芳雄一坐到椅子上便沉思起来。

片刻，世本芳枝端着红茶进来，身上换了一件上等面料、橘红色的连衣裙。

或许是怪事连连的缘故，她脸色苍白，显示出忧心忡忡的样子。在连衣裙颜色的衬托下，白净的脸庞显得格外美丽。

跟在世本芳枝身后走进房间的，是她的丈夫世本静夫，身着黑色长袍。

“我因在家养病，所以才这身打扮见你们，实在是太失礼了。听芳枝说，她得到了你们两位的救助……”

世本静夫恭恭敬敬地行见面礼。

世本静夫是著名画家，两个年轻人久仰他的大名。

他一副艺术家打扮，肩上披着女子那样的长发，似乎没有梳理过。苍白的前额上有不太整齐的刘海儿，嘴角和下巴留着黑胡子，也许是眼疾的缘故，鼻梁上架着蓝眼镜。

“哎呀，你在养病，我们可不能给患者添麻烦，请快回房间休息吧！”大江光一担心地说道。

世本静夫有气无力地笑了笑，慢吞吞地说：“不，你们俩是客人，能光临我家，对我来说太难得了。平日里单独在家，总是惶惶不可终日。我说这些，也许会被你们当作笑话，可最近，我们夫妇俩确实被恶魔盯上了。”

“什么？你是说恶魔？静夫君，如果你不觉得为难，说出来让我们听听好吗？”

小林芳雄听他这么一说，不由得向前探出身体。

“谢谢。刚才，我和芳枝交谈过了，小林君是一个非常出色的侦探，大江君又是她好同学的弟弟，都不是什么陌生人，再说今晚的相会真的很巧。如果你们不嫌啰唆，那我就说说这几天来的烦恼……”

“也不知道我俩能否帮上你们的忙，先听听你近来发生的奇怪情况吧，我们尽一切可能为你们夫妻提供帮助。”

“那太谢谢了。说起来，情况也不怎么复杂，只是那怪影子老是缠着我们，就这些。我反复思考了许久，就是不明白怪物为什么出现在我们身边。刚才，芳枝说大门那里有可疑情况。我想，你们一定也听到了可疑的笑声。我是个大男人，说这种话真窝囊，可我确实被怪影子和笑声弄得心神不宁，晕头转向，就像你们现在看到的模样，萎靡不振，还得卧床养病。”世本静夫说完难为情地笑了，满脸尴尬的表情。

“哦，原来是这么回事。请问，影子到底是怎么回事？我们也是今晚连续两次碰上才得知有这么一回事，如果是恶作剧，你们也不必放在心上。”

“不，不是什么恶作剧。我隐隐约约觉得，影子背后藏有不可告人的恶意。还有更令人恐惧的是，那是一个没有肉没有血时隐时现的影子。说影子是妖怪，我绝对不信，因为那家伙的恐怖程度远远超过妖怪。”

“到底是什么时候出现的？”

“是从一星期前开始的，如果是大白天，我只要在书房里书写、阅读或者整理什么的，关闭的窗帘上会映照出硕大的人影。就是大声喊叫也不管用，那家伙既不转动身体也不回答。“当我感到惊奇和纳闷的时候，它会突然间发出一阵笑声。可怕的笑声就像一盆冷水浇在我头上，从头凉到脚底。当我强迫自己鼓起勇气拉开窗帘仔细观望时，影子却消失得无影无踪，窗外仍然是阳光明媚的大白天。”

“那影子肯定是朝别墅背后的树林里逃走了。你找过脚印吗？”

“我事后调查过，都是草地，没找到脚印。再说，怪物也没有逃走的时间。”

“不仅仅是那一次吧？”

“是的，从那以后，影子几乎每天都出现一次。每次出现的时候，影子映得清清楚楚，身穿长袍，头上没戴帽子，头发蓬乱，笑声令人毛骨悚然。”

“每次出现的时候都是在书房吗？”

“影子从不重复出现在同样的场所。傍晚我坐在院子里的椅子上时，影子便出现在地面上；深夜我走进厨房，已经关掉的电灯却亮着，影子占据了整个磨砂玻璃窗。”

“当时，世本君大声惊叫，随即倒在地上失去了知觉。”世本芳枝在一旁小声插话。

“虽说都是一些难以启齿的事情，可确实有那么回事。打那以后，我就患上了失眠症和心脏病。影子时而出现在书房，时而出现在卧室，从来不说话，只是笑而已。我大声呵斥，那家伙不发火也不偷什么。究竟是什么目的，我实在弄不明白。”

世本静夫说到这里叹了一口气，接着又说：“芳枝比较平静，因为影子每次都是在我独自一人时出现。芳枝有时看到我魂不守舍的模样，就会像看到笑话那样笑个不停。不过，她今天也应该体会到了吧！”

小林芳雄被这奇怪的事件深深吸引住了。

影子绝对不是什么妖怪！影子的出现，是歹徒正式实施罪恶阴谋的前兆，远比妖怪要可怕几十倍。

坠　子

“你能提供什么线索？例如，对你有成见而平时喜好恶作剧的朋友，或者你曾经得罪过的人……”小林芳雄问。

“你说的那种情况根本没有。”世本静夫似乎喉咙里有痰，说话声音怪兮兮的，全身上下焦躁不安地抖个不停。

小林芳雄紧盯着对方的奇怪举动，猛然觉得他肯定还隐瞒了什么。

就现在发生的情况来看，对方说的似乎是捕风捉影，即便是事实，影子也好像还没有加害于他的迹象。像这样的情况，如果要求警方保护或者立案侦查，还不会到什么显著效果。

“嗯，依我看，你不能继续住在这么偏僻的地方。如果搬迁到热闹一点儿的地方居住，你看如何？即使影子跟着你们转移到别处，住所周围如果是热闹场所，危险就会减少，心情也会慢慢好起来，对身心健康肯定有利。”

“是的，我也是那么想的。像这样令人胆战心惊的住宅，我已经连一天也不愿意再住下去……”

世本芳枝附和着小林芳雄的提议，敲起边鼓。

就在这时候，眼前突然变得昏暗起来，整幢住宅里的灯光全熄灭了，屋子里一片漆黑。

“怎么啦，线路发生故障了？”不知谁说了这么一句，接着再也没有人说话，而是都使尽全身力气屏住呼吸。

事情往往出乎意料！由于大家都同时觉得停电意味着什么，不由自主地把身体缩成一团，只有八只眼睛不约而同地紧盯着房间的一侧。

那里有窗，磨砂玻璃犹如沐浴着月光一般朦朦胧胧的。忽然间，那上面出现了一个很大的影子。

是幻觉，是心理作用。

大家的心里都在极力地否定这一明摆着的事实。

然而，看着看着，奇怪的影子越发清晰起来。

是人的形状！蓬乱而又卷曲的头发，身上的长袍从肩膀向下张开，宛如将军的披风。影子男人丝毫没有动弹，嘴里发出嘶哑的笑声，仿佛在嘲笑他们四人。

笑声过后，传来的是仿佛来自深邃洞穴的回声。这洞穴里，好像有一个八九十岁、嘴里没有牙齿的怪老人，声音就来源于他的喉咙深处，令人恶心。

突然，小林芳雄站起来朝窗那里跑去，一不小心把椅子碰倒在地上，发出“咣当”的响声。

紧接着，“咣当”又传出另一张椅子倒地的响声，大江光一也站起来，跟在小林芳雄身后朝窗子那里跑去。

两个人跑到窗边，迅速打开玻璃窗。与此同时，一股冷飕飕的夜风刮进房间。

但是，窗外根本没有发现可疑的人。透过竹篱笆围墙向外照射的灯光，模模糊糊的，什么可疑的变化也没有。歹徒肯定已经逃走。

两个人把脑袋探出窗子搜寻院子，这时，房间里的电灯“啪”地亮了。

世本静夫和世本芳枝为了相互壮胆，抱成一团，不敢动弹。

世本静夫仍然直愣愣地盯着玻璃窗，世本芳枝趴在丈夫膝盖上，似乎已经失去了知觉。

“喂，咱们去院子里搜查！”

他俩相继翻窗跳到院子里。

片刻，世本静夫也拿着手电筒来了。

三个人拿着手电在院子里展开地毯式的搜索，然而，不要说人，就连脚印也没有见着。他们又重新搜索了一遍，随后回到房间，袜子上沾满了泥土。

小林芳雄的右手紧紧攥着什么，好像是非常重要的东西。

“看到这东西，你能想到什么吗？”

他摊开手掌，出现在大家眼前的是一个小而圆的东西，闪烁着金色的光芒。这是装饰在项链和表链上的金属坠子，用来装小照片的。

“是金属坠子吧！”

“是的，是不是安在你表带上的？”

“不，我和芳枝的表带上都没有这种金属坠子。你是在哪里发现的？”

“我是在窗外草地上发现的。由于闪闪发亮而被我发现，便弯腰拾起来了。最近，除你们俩以外有人在院子里散步吗？”

“有客人来，但他们没在院子里散过步。”

“这么说，金属坠子也许是扮演影子的家伙掉在地上的。”

“哦！”

“打开看一下，里面到底藏着什么？”

小林芳雄啪地打开金坠子盖。

“是照片，是女人照片！”

四个人轮流把它拿在手上观看。金坠子里除了一张照片外，没有其他值得怀疑的东西。

照片上的妇女三十岁左右，非常靓丽。是从衣领到脸部的半身照，可发型老式，照片已经泛黄，是一张经过许多岁月的照片。

金坠子最后一个传到世本芳枝的手里。她瞥了一眼照片，竟失声叫了起来。

“啊！”她满脸惊愕。

“你知道是谁吗？”世本静夫担心地望着妻子的脸。

“是的……哦不，不认识，根本不认识！我突然想起一个人来，可仔细琢磨后觉得一点儿也不像。”她眼睛朝下，脸色微红。

也不知何故，世本静夫没有继续追问下去，金坠子的事情就这样不了了之。

“奇怪！芳枝小姐知道金坠子上的照片是谁的，可这种蒙混过关的方式也太蹩脚了！”小林芳雄暗自琢磨，疑虑越来越深。

“这坠子暂时由我保管，我想深入调查一下。”小林芳雄装着若无其事，漫不经心地说。

世本静大的脸上微微露出有点为难的表情，转过脸望了一眼妻子。世本芳枝不露声色，朝着小林芳雄说：

“行，我们拿着它没用，看到它就像看到怪物那样害怕。”

于是，小林芳雄将金属坠子放入口袋。

不知不觉的，已经过了夜里十二点。世本夫妇再三邀请两个青年留在家里过夜，可他俩婉言谢绝了主人的一番好意，答应第二天傍晚再度拜访世本家。

回家的出租车上，两人就当天接连发生的奇怪现象交谈了好一会儿。

由于奇怪影子的出现，激发起两人浓厚的好奇心。分手时，他们约定傍晚时在世本家见面。

绿　影

一觉醒来已快到中午，终于等来了下午。按照事先说好的，大江光一给小林芳雄挂了电话。

“大江君，真对不起，正巧来了朋友，过一会儿我直接去世本家，请你先去吧。现在，世本夫妇俩也许在盼着我们呢！”

听小林芳雄这么一说，大江光一决定自己先去。

到达代代木的时候，已经是黄昏过后。当大江光一走在与昨天相同、两侧是竹篱笆的路上时，心里有点紧张的感觉。

穿过大门，被黑暗笼罩的世本别墅显得特别寂静。从门廊旁边的书房窗户可以看到房间里亮着灯光。大江光一向着灯光走进去。

书房玻璃窗被里面的淡黄色窗帘盖得严严实实，房里坐着脸色苍白的世本静夫，好像在看书。大江光一快步朝那里走去，忽然发现明亮的窗帘上映有人的影子。

“这人一定是世本君。”

大江光一打算主动上前与他打招呼，可就在这时候，那影子瞬间变得大了起来，直至与整个窗户一般大，并且非常清楚地映照在上面。

蓬乱而又略带卷曲的头发，长袍下摆开衩。

是那个男子！又是那个男子的影子！

大江光一不由得停住脚步，与此同时，心跳开始加快。

“嗯，还是等一等，好像有点奇怪，这影子不是从里面映照在窗帘上的吗？看来，歹徒在书房里。”

大江光一突然恍然大悟。

“我要趁对方没有发现自己时，赶紧找到窗帘上的间隙，弄清楚此人的真实面目。”

他蹑手蹑脚地走到窗前。

可无论怎么寻找，都没有找到可以窥视房间里面的窗帘间隙。大江光一只好踮起脚尖走上玄关的台阶，打算从别墅里绕到书房。

不知何故，昨晚他俩临走时紧紧关上的门却敞开着。

“奇怪！”大江光一的脑子里突然什么也顾不上考虑，急着想进入别墅。

“过一会儿再道歉吧！”

他也顾不上脱鞋，径直走入玄关里的走廊，踮起脚尖朝书房门口走去。

凑巧这时传来惊叫声，似乎在催他快去书房，不是女人的声音，而是男人的，与猛兽的吼声相似。大江光一三步并作两步地跑到书房门口，可房门紧闭，里面好像上了锁。

“世本君！世本君！”他大声嚷道。

不料书房里静悄悄的，没有回答的声音。

“喂，里面有人吗？世本君，我是大江啊！”

整个别墅里，回荡着大江光一的叫喊声。

没有其他人，只听见书房里传出奇怪的声音。声音耳熟，是曾经听见过的笑声。

“谁？谁在那里？”

对方没有回答，只是压低嗓门一个劲儿地笑。

不一会儿，声音变得细声细气，猛然间停止了。

大江光一听着听着，不由得感到一阵恐怖，打算立刻从这里逃走，但一琢磨刚才的惊叫声，又觉得不能这样逃走了事。

猛然间，他发现锁孔里泄漏出一丝灯光，赶紧蹲在地上把眼睛凑在孔上窥视。锁孔里可以看到房间中央，好像有什么东西倒在地上，长条形状。

蓬乱的短发，曾经见过的长袍。仔细打量，是世本静夫！有红红的颜色进入眼帘，在世本静夫的身体下面慢慢地流淌，那是血！

大江光一见状猛地站起来，使出全身力气用肩膀撞门。一次，两次，三次……门在多次撞击下，发出咯咯的响声，整个房门变得歪斜，随后朝里倒下。

大江光一见房门被撞开立即闯入里面，站在房间中央扫视四周。

一个人都没有！刚才从外面看到的那扇窗已呈敞开状态，淡黄色的窗帘正在随风慢悠悠地飘荡。歹徒多半翻窗逃走了。

“世本君！世本君！”

大江光一走到倒在地上的世本静夫旁边，朝他大声叫喊，可是没有反应。

只见世本身上的长袍在胸部位置敞开着，里面的白衬衫上沾有湿漉漉的血迹，脸色灰白，嘴唇紧闭，双手握拳，但手里没任何东西，模样惨不忍睹。

大江光一极力克制着自己想逃走的念头，硬着头皮朝世本静夫靠近。此刻，他打算先给世本静夫号脉，于是弯下腰将手朝世本的手腕伸去。

说时迟那时快，大江光一突然感到四周像地震那样晃动，屁股上被坚硬的东西猛击，紧接着，后脑勺也受到重击，他一个趔趄趴倒在地上，失去了知觉。

在失去知觉前的瞬间，一个家伙映入大江光一的视线里，是这个人？可惜的是，大江光一的视觉已经失去辨别偷袭者是谁的能力，只是隐约感觉到一抹鲜艳的绿色而已。

一种翠绿色。如果大江光一能死里逃生，也许永远忘不了那翠绿的颜色。

可怕的绿影子，就这样杀害了世本静夫，还猛击了大江光一，让他不省人事。整个别墅空荡荡的，也不知道世本芳枝在哪里。

可疑的绿影子到底是谁？

消 失

小林芳雄来到世本家，是三十分钟以后。

“好像出什么事了？”

小林芳雄经过大门时，直觉告诉了他。

他走上台阶，发现玄关门敞开着，别墅里鸦雀无声。朝里打量，发现门内侧的走廊地板上有长方形的灯光。

小林芳雄小心翼翼地朝灯光靠近。

原来，灯光是从房门倒地的书房里照出来的。不仅如此，书房门口还露出两只穿着鞋子的脚。

“咦，这不是大江君吗？”小林君喊了一声闯进房间。

见大江光一趴倒在地上，脸几乎没有一丝血色，像张白纸。

“喂，快醒醒！到底怎么啦？”小林芳雄扶起大江光一，大声叫道。

喊了好一会儿，大江光一终于苏醒了，但浑身使不出力气，连站都站不起来，感觉后脑勺似乎受到过猛击。

“快，找那个绿色家伙……他一定藏在窗帘背后……”大江光一有气无力地躺在地上，嘴里不停地重复着。

“你说什么？绿色家伙？”

“嗯，我没有看清楚那家伙长得什么模样，可绿颜色我记得很清楚。影子人终于开了杀戒。”

“还是那个家伙吗？刚才你说那家伙杀了人，到底是谁被杀了？”

“好像躺在那里，是世本君。”大江光一无力地伸出手，指着房间一侧。

小林芳雄猛地转过脸朝那里望去，可是既没有尸体的影子，也没有尸体形状的东西，只是地毯被血染红了。

小林芳雄见状大吃一惊，半晌没有说话。

“哎，你看，房间里根本没有尸体之类的东西，只有血！”

大江光一听小林芳雄这么一说，满脸诧异地愣了一会儿，费了好大劲儿侧过脸朝那里望去。他看了好一会儿，惊讶得说不出话来。

“快找！也许爬到哪里去了。也不知道芳枝小姐怎么样啦。”

“好，你等一等，我先去喊医生来给你包扎，不要乱动！”

小林芳雄说完，跑出房间打开别墅内所有的灯，一个房间一个房间地搜寻，可所有房间都是空的。

当他最后打开厨房玻璃门，用手摸着找到电源开关按亮电灯时，发现墙角躺着一团奇怪的东西。

“啊，这不是昨天那个女用人吗？”

女用人的手脚被绑住，模样像一只大虾。她嘴上被蒙了一条毛巾，身体在不停地挣扎。绿色家伙太狠毒了，连女用人的眼睛也用毛巾蒙住了。

小林芳雄急忙为她解开身上的绳索，拿掉脸上的毛巾。

“别哭，别哭！这到底是谁干的？”

年纪还小的女用人伤心地哭个不停，过了好一会儿，她才停住哭声开始说话。她说自己正在洗东西的时候，冷不防有人从背后用湿漉漉的毛巾蒙住她的嘴，又用毛巾蒙住她的眼睛。

“你没看见那家伙长得什么模样？”小林芳雄焦急地想知道下文。

女用人浑身上下还在哆嗦。她说眼睛被蒙住的时候，看到的是一个绿色的家伙。停了片刻，她又思索了一会儿继续说：“跟青草的颜色一样绿。”

又是绿色。可见，女用人和大江光一看到的情况是一致的，凶手是一个全身绿色打扮的家伙。

女用人说，她手脚五花大绑后被拖到壁龛的地板上。接着，书房那里也传来可怕的声音。再接着，玄关那里传来说话声，然后就是什么东西被撞坏的响声。

“那么，夫人呢？是不是出门了？”

“什么？那可糟啦！夫人可能也被那家伙……”女用人又哭了。

“照这么说，夫人在家没出门，这是肯定的吗？”

“嗯，她说来了客人……”

如果真是这么回事，世本芳枝肯定也倒在某个房间里！

“隔壁邻居家有电话吗？”

“有。”

“那你知不知道这家有什么亲戚或者关系比较密切的朋友？”

“不知道，我是一星期前刚被聘用的。”

小林芳雄觉得再也无法从女用人嘴里得到什么了，便慌忙朝外跑去。

少顷，他和隔壁邻居家的主人回来了。

大家聚集在书房里，在医生没来之前，忙着照料大江光一。同时，小林芳雄向邻居家主人说起了事件的大致情况。

不料这时候，竟然又发生了怪事。

别墅里所有的灯光都熄灭了。漆黑的房间里，浮现在大家眼前的，是长方形的淡黄色窗帘。那扇窗由于远处灯光的映照，在黑暗里非常明亮。

刹那间，窗帘上出现了一个很大的人影。

还是那下摆显得宽大的长袍，头发蓬乱，脸部侧面十分清晰，嘴唇歪斜着。突然，房间里又回响起曾经听到过的可怕笑声……

现在，我们把时间倒退两分钟。窗外究竟发生了什么？

这得从世本别墅里所有亮着的灯猛然熄灭时说起。

东京闹市中心的上空被染成火红的颜色，仿佛发生了火灾。在红色天空的背景下，黑乎乎地浮现着世本家的欧式洋房。

当时，从那幢建筑物底层蹿出一个黑影，在黑暗里朝外逃窜。

这家伙是个身着黑色长袍的男子，好像是从厨房门口蹿出来的。照这么说，厨房里的总照明就是这个家伙切断的！

歹徒在草地上奔跑着，悄悄地靠近书房窗户，右手上拿着一个圆筒形状的东西。当走到距离窗户五六米的地方时，他把手上圆筒形状的东西竖在地上，将圆筒口对准窗户。

接着，传来轻轻的“咔嚓”声。

于是，从书房窗户到墙面，被圆筒里射出的探照灯似的光照得如同白昼。

这时，身着黑长袍的男子猛地站起身来，刹那间，他的上半身清楚地影映在窗帘上。被灯光照亮的男子侧脸，从里面看得非常清晰。

略带赭色的蓬乱头发，没有胡子的脸上毫无表情，眼睛细而有神，鼻梁挺拔，嘴唇弯曲，右边脸颊上有镰刀形状的伤痕，像一条很深的皱纹。片刻，那家伙笑了。残忍而又冷酷的笑声，让人觉得仿佛全身的血液都凝固了。

书房里一片寂静，可再过一会儿，肯定有谁为了捕捉歹徒而冲出玄关。

怪物一边压低嗓音笑，一边观察着里面的反应。

一秒，两秒，三秒……窗帘内侧，好像有东西在晃动。

怪物见状，敏捷地打开手电像一阵风似的朝院子里奔跑。

书房窗帘被呼地打开，出现了一对锐利的目光，小林芳雄越窗跳向院子，可稍稍迟了一步，歹徒已经逃出了他的视线范围。

孤身一人的小林芳雄，凭借手电光搜查院子里的所有角落。不一会儿，圆圆的手电光束越过竹篱笆，朝着别墅背后的杂树林射去。

脚 印

世本别墅被不计其数的警车围得水泄不通。

负责搜查的当地警署侦查主任、侦查警官以及警视厅的警察们先后赶到现场。他们中间，有小林芳雄和大家熟悉的中村警长。

大江光一接受了医生的治疗，被警车送回了家。警察们分成好几组搜索每个房间，可是没能找到任何可疑线索。

现场留下的唯一线索，是书房地上尸体留下的血迹。法医鉴定了地毯上的血，推断被害人已经死亡。

搜查结束后，小林芳雄对中村警长说："我有一个小小的发现！瞧，血迹朝一个方向延伸，这足以证明凶手是拖拽着尸体逃走的。"

"是的。但是如果是拖拽，血迹应该不停地延伸，因为受害人被拖拽的过程中，血在不停地流淌。如果仅这里有血，从道理上说不通。"

"我也那样思考过了，而且调查过了。除这里有血外，其他地方一滴血也没有。看来，凶手是在这里把尸体装入箱子之类的东西里带走的。"

"哦，原来是这么回事……可是，凶手的动机呢？"

"凶手的动机吗，我也考虑过。在介绍这情况之前，还是跟我去看一下院子好吗？那里有重要线索。"

小林芳雄走在头里，中村警长带着部下朝院子里走去。

草地上，圆圆的手电光束相互交叉。

“通常，在草地上走路不会留下脚印，可这里偏偏有这么深的脚印。”

小林芳雄一边说一边指着地面。果然，这一小块草地朝下凹陷，而且陷得很深，每个脚印之间是三十厘米左右的距离，朝别墅背后延伸。

“可见，凶手好像是拿着非常沉重的东西从这里经过的。”

“你是说，凶手在搬运装有尸体的箱子？”

“嗯，多半是那么回事。可以想象，凶手肯定是个力气不小的家伙。还有，这里有两条相同的脚印线。”

一开始几乎是平行的，脚印很深，朝那边延伸。

“凶手除搬运尸体外还抱着很重的东西。如果我的推理正确，多半是抱着世本芳枝，不知道她是否也被害了。我想，她肯定与世本静夫的尸体一起被带着了。”

“那我们现在沿脚印寻找。”

“好，就这么办。沿着脚印找下去，我的推理会进一步清楚。”

大家用手电照亮地面寻找着。不一会儿，他们来到别墅背后的竹篱笆跟前。这时，只见小林芳雄将手伸入茂密的树枝里，窸窸窣窣不知干着什么。

“这里有秘密入口！”

他说完使劲推了一下竹篱笆，于是，两米长的竹篱笆犹如一道木栅门似的无声地开了。

竹篱笆里面，是稀稀拉拉的杂树林。

地面是非常湿润的黑色泥土，凶手的脚印显得格外清楚。

经过仔细观察，竟有六条行走线路，但脚印相同。三条行走线路的脚印，朝着竹篱笆内侧延伸；另三条行走线路的脚印，朝着竹篱笆外侧延伸。其中，有两条线路的脚印在泥土里陷得很深，比其他线路的脚印深两三倍。

“我是这样分析的，六条线路的脚印分别如下：一是，凶手潜入别墅时留下的脚印；二是，搬运沉重行李留下的脚印；三是，返回时留下的脚印；四是，第二次搬运时留下的脚印；五是，再返回时留下的脚印；六是，将影子映照在书房玻璃窗后逃走时留下的脚印。”

小林芳雄不愧是明智小五郎的得力助手，他的这番推理非常严密，不容半点怀疑。

“现在我要说的是，他们把尸体搬运到什么地方了。这里，有证据可以说明。”

他与警官们一起来到距离竹篱笆三十米左右的地方，这里有一小片空地，留有十分清晰的车胎痕迹。

“凶手把车停在这里并且在这里干了一些什么。无疑，之后车立刻驶向了对面的柏油路。”

出乎大家意料的是，这里竟然有路。根据时间推算，凶手已经逃走一个小时了。中村警长向警视厅汇报了这一情况，片刻，警视厅指挥中心向各警署、各派出所和各警务站以及巡逻警车下达了设卡盘查的命令。

脚印上没有什么与众不同的特征，只是脚的尺寸特别大。车胎印也做了鉴定，四只车胎都已经陈旧，车胎花纹已经消失，没有留下有价值的线索。

“像这样难以辨明的事件，在我的侦查生涯中还是头一次遇到。凶手为什么特意把被害人的尸体运走？这不是浪费时间和给自己添麻烦吗？”中村警长不可思议地嘀咕着。

“嗯，我是这么考虑的。凶手与世本静夫肯定有很深的仇恨，打算先折磨这对夫妻，随后杀害他们。由此，我想起了影子与恐怖的笑声。

“凶手利用这一手段让夫妇俩每天惶惶不可终日，等到他们受尽折磨后，才按事先制订的计划于今晚杀害他俩。可凶手并不聪明，忘了擦掉留在地上的血迹。

“凶手原先的打算可能是将世本夫妇俩杀害后运出现场，伪造他们夫妇下落不明的假象。不料，半路上杀出个大江光一，突然闯入世本别墅，并且还撞开了书房的门。

“凶手不得已将大江光一击昏在地，匆匆忙忙地将尸体运走。我想事情经过多半是这样的。凶手之所以又返回现场，可能是他觉得没有擦掉留在现场的血迹，尽管费了九牛二虎之力运走了尸体，还是不起作用。因为，留下血迹等于留下线索。

“当凶手再返回时，发现我已经赶到现场，女用人也已经被松绑。于是，他无可奈何地要出最后一招，吓唬我们一下便逃之夭夭。我这样的推理应该是合乎逻辑的吧？”

“太妙了！你不愧是明智小五郎的得意门生，佩服佩服，我甘拜下风！哈哈哈……”

中村警长笑呵呵地夸奖小林芳雄，可笑声里多少带点嘲弄的口吻。

“不管怎么说，侦破这一案件的困难还很多，我们首先要做的是尽快救出生死不明的世本芳枝。根据目前找到的线索判断，凶手带走的是两件大行李，抓获他也许用不了多少时间。这是有计划、有预谋的凶杀绑架案，凶手肯定是被害者的熟人。下一步，我们要抓紧排查世本夫妇俩的所有亲戚和朋友。”

中村警长返回书房，把第一个搜查目标放在所有的抽屉上，开始认真地调查。

独 语

世本别墅案发生后的当天晚上，麻布高台的一家小宾馆门前，停着一辆奔驰轿车。

奔驰轿车是目前最高级、最豪华的轿车，但这辆车是1948年的款式，相当陈旧。

见奔驰车停在门口，服务生们争先恐后地拥上去，为客人打开车门。

“我叫柳田，今天早晨打电话预订房间的，请问房间安排好了吗？”

客人的个头很高，年龄在三十岁左右。他独自驾车来到宾馆，后排座位上并排放着两只大箱子。

“嗯，已经安排好了。请，我给您带路。”

客人从车上下来，身着鲜艳的绿色西服，西服面料上没有任何花纹。不仅西服是绿的，就连领带和礼帽也都是绿色。

他取出小皮箱拿在手上，用严肃的语调说：“服务员，请帮我把车上的箱子搬到房间里去！箱子很重，要注意，那里面装着许多珍贵的书籍。”

旅行用的大箱子，厚度有五十厘米左右，结结实实的。服务生一个人怎么也搬不动，不得不招呼另一个服务生帮忙，两人费了好大的劲儿才将箱子搬到客人居住的二楼房间。

“欢迎，欢迎！先生，根据您在电话里的吩咐，我特地为您留了一个最安静的房间，而且与其他房间隔有很大距离。希望您能喜欢。”宾馆主人脸上堆满笑容，点头哈腰地说。

按照店主的吩咐上到二楼，房间在二楼走廊的尽头，也就是宾馆建筑的拐角上。

客厅兼卧室有二十平方米，厕所兼化妆室有五平方米，遗憾的是，没有浴室。总体上，这房间给人古色古香、比较稳重的感觉。

绅士一屁股坐到椅子上，摘下礼帽扔到床上，脑袋上的绿色头发显得比较凌乱。他的脸是椭圆形的，右脸颊上有一条伤疤。

“我把这么多书带来，打算在这里查阅。家里来客太多，无法进行这样细致的工作。”绅士一边在店主递上的旅客登记簿上填写信息一边解释，并一下预付了五天的租金。

“喂，这宾馆里除我以外还有其他日本客人吗？”

“没有，就您一个日本客人。其实，我们这家宾馆是专门提供给外国客人的。现在，除您之外，住着缅甸、中国和英国的客人。”

“原来是这么回事。喂，我隔壁房间居住的是哪国的客人？”

“是空房间，暂时没人居住。”

柳田君随手敲了一下与隔壁房间相接的墙壁，非常厚实。砖墙外抹有水泥层，表面贴着墙纸。

“隔壁房间即便有客人，也听不见这房间里的说话声吧？”

“是的，这就是我们专门给外国客人提供住宿的港口宾馆的特色。”

“原来如此，这样最适合我在这里查阅资料了。”

“请问您的车怎么办？”

“哦，我马上挂电话让人把车开回去。我是向出租公司租的，还没忘记驾车技术，所以不需要司机。哈哈哈……”

“那我把房门钥匙交给您，如果有吩咐，请用桌上电话通知我们。”

“行，行。如果有人来取车不必通知我，把车直接交给他就行了。此外，今晚就没有其他事了。现在我开始工作，在明天早晨之前不要让任何人进入我的房间。”

店主和服务生离开后，房门内侧传来上保险栓的声音。

第二天早晨八点钟，柳田君用电话吩咐服务生将早餐和报纸送到房间。看他预订的早餐量，好像饿得很，居然要两份面包和两份牛奶。

服务生送早餐的时候，柳田君早已打开房门等候。

“喂，放在桌上后请快离开！”

服务生按吩咐把托盘里的碟子和杯子放在桌上的同时，眼睛敏捷地扫视了一下房间。

写字桌上堆满了统计表，笔记本呈翻开状态，旁边是钢笔和算盘。除此之外，没有什么特别的。

有一只箱子的皮带被解开了，书多半是从这只箱子里取出的。

片刻，柳田君用桌上的电话通知服务生进房间听候吩咐。不知什么时候，他已经换下身上的绿色装束，换上了黑色西装。

“我要出去一下。刚才我已经打过电话了，过一会儿昨天晚上的那个司机会把车开来的。他一到这里就请通知我，我要把这个箱子送到公司。”他像解释似的说。

少顷，车来了，不是昨晚那辆老式奔驰车，而是最新款式的丰田轿车。

柳田君让服务生把其中一个箱子搬到车上，亲自驾车离开了宾馆，把车开到宾馆的司机却步行着返回了出租车公司。

“哎，这个客人好怪，叫一辆有司机的出租车不就得了吗，何必要亲自驾车，不麻烦吗……”

服务生们满腹狐疑，歪着脑袋交头接耳地议论着。

大约过了一个小时，柳田君回来了。后排座位上是空的，运走的大箱子好像送到了公司。

当他走进宾馆玄关的时候，三个服务生正在专心致志地阅读报纸。

“你们是在看代代木那里发生的凶杀案吧？”柳田从他们旁边经过时笑着问道。

“是的……”

“咳！简直令人难以置信，凶手居然把尸体藏起来。你们想象一下，凶手会把尸体藏到哪里去？”

“哦……”

“挖土坑埋尸体的手法太古老了，若扔在河里……那也不行，立即会被警方发现。你们大概知道，人死了以后经过几十个小时后会像气球那样鼓起来，体重会变得很轻。”

“尸体腐烂，体内就会出现气体，因而如果扔在河里，即便拴上有相当重量的铁坠子也会浮上来。”

绅士滔滔不绝地说了许多，似乎对这一案件有浓厚的好奇心。

“依我看，凶手是一个充满智慧的男子！那尸体多半没有被警方发现吧？如果用智慧隐匿尸体，隐藏的地方想必非常有趣，哈哈哈……”

他笑着走上楼梯，没有向瞠目结舌的服务生们道别。

“哎，那旅客好像神经不正常！”

“嗯，是不正常。昨天晚上，他独自一人在房间里嘀咕了好长时间！”

“哦，你听见了？”

“是的，深夜两点左右，居住在六号房间的客人不是回来了吗。我去六号房间办完所吩咐的事正要下楼，听见有说话声，但不知是哪个房间传出的，觉得奇怪，于是一个房间一个房间地辨听，发现是从柳田客人的房间传出的。”

“你站着偷听了？”

“我只是悄悄地在房间门口站了一会儿，听见他在自言自语。可听说话的声音和语气，好像房间里还有其他客人。”

“哎，说了一些什么？”

“具体说不上来，模模糊糊的，那语气好像是责备什么人。”

“说不定柳田客人是作家，在朗读自己写的小说？”

“你瞎扯什么！如果是作家，怎么可能拿着算盘到处跑？又怎么可能要去公司上班？”

“嗯，会不会是说梦话？”

“不可能，绝对不可能是说梦话。咯噔咯噔的声音，不正说明他在房间里踱步吗！”

就在服务生悄悄议论的时候，柳田君已经回到自己房间。

他回到房间仍不停地笑，笑了很长时间，随后重重地坐到椅子上，从口袋里掏出两样东西。

好像是纸和钥匙，纸上印有密密麻麻的小字。柳田君把这两样东西放入信封，塞入蛙嘴式的小钱包里。

“这样就行了。”他扑哧笑了，随后站起身来。

接着，他开始换衣服，脱下黑色西服恢复原来的绿色打扮。

发 现

两个晚上过去了。

自那天回来后，绅士没有出过一次门，从早到晚待在房间里，不外出散步，也不洗澡，就连用餐也不去餐厅。一日三餐他都让服务生把饭菜端到房间里，独自一人用餐。他不外出活动但食欲似乎非常强，每餐都让服务生送两份饭菜。

一到晚上，他仍然自言自语，专门侍候他的服务生不免有点担心起来。于是，一到晚上就悄悄来到门口偷听。

然而，就是把耳朵贴在门与门框的缝隙上，也听不清楚房间里究竟在说什么。嗓音低，节奏快，听上去嗡嗡嗡的。

第四天早晨，柳田君到这家宾馆以来第一次去浴室洗澡。

在服务生的指引下来到浴室，他一边在浴室门里面插保险栓，一边不放心地吩咐说："房间已经三天没打扫了，今天我可能要出趟远门。在我没回来之前，别翻动我放在房间里的东西！我不在房间里时，也别让任何人进我的房间，当然也包括你。我关照的这些，希望你不折不扣地执行。现在我进浴室洗澡，这段时间也不允许进我房间打扫。听明白我说的意思了吗？"

服务生听后，越发感到不可思议，同时产生一种逆反心理：你越不让我进房间，我越要看个究竟。

当柳田君关上浴室门开始洗澡时，服务生在好奇心的驱使下急匆匆地返回他的房间。通常，服务生的手上都带有备用钥匙。

他扫视一下周围，确定没有“尾巴”后轻轻打开房门，踮起脚尖进入房间。

“这客人到底在查阅什么资料？”服务生用眼睛望了一下桌面，见放有空白的笔记本，看不出通宵达旦工作过的样子。

放在桌上的，都是些毫无价值的书，还有列车时刻表、全集书的样本和戏剧计划书等。服务生一边观察一边分析，这客人究竟是干什么的？这时，背后传来咯噔咯噔的脚步声。

服务生顿时慌张起来，打算逃走。他无意识地扫视了一下声音传出的方向，那里放有一只箱子，是柳田没有送到公司的那只。咯噔咯噔的声音，就是从那只箱子里传出的。

咦，怎么回事？

服务生直愣愣地注视着箱子。

突然，他差点跳起来。瞧！箱子在不停地微微晃动。

服务生屏住呼吸吃惊地望着箱子。

箱子晃动的幅度越来越大，并且左右摇晃起来。

服务生屏住呼吸，朝箱子跟前靠近。

“谁？躲在箱子里的是谁？等一下，我这就开箱！”

他熟练地打开箱带，可没有开箱锁的钥匙。无可奈何，他只得在箱子表面摸来摸去，希望能找到钥匙。

也许是巧合，手无意间碰上了金属卡子，啪！箱盖开了。服务生欣喜若狂，什么也不顾了，赶紧掀开箱盖。

相继进入眼帘的，是粗格布、头发、白净的脸和被绳索捆绑的手脚。

女人！一个风姿绰约的女人！嘴里塞有毛巾，手和脚上绑着粗粗的绳索。

此刻，服务生似乎忘了一切。

“怎么回事？柳田客人竟然干这种缺德的事！”

服务生把女子从箱子里抱出，给她松了绑，从她嘴里取出手巾。

照　片

与此同时，警察和小林芳雄正在全力以赴地展开调查。

就在港口宾馆里发现“人箱”的前一天，小林芳雄来到麻布一带某豪华住宅的前面。

这幢别墅与那家宾馆都在麻布一带。

门牌是用毛笔写的，主人叫夏目菊次郎。

“我叫小林芳雄，请向主人传达，我是为世本芳枝的事登门拜访的。”小林芳雄说着递上名片。

寄宿生开门后小心翼翼地问道：“你是警察吗？”

“不，我不是警察，但我参与这起案件的侦查。”

寄宿生转身朝里跑去，不一会儿又来到门口说：“我家主人说，就是请你进来也没什么可说的。昨天他已经一五一十地对警察说了，不想再见任何人。”

“别误会，我不问什么情况，而是有话对你家主人说。凭我的身份可以见你家主人，所以，请再去禀报……还有，我希望你家主人把我当作芳枝小姐的朋友对待。”

小林芳雄极力地向对方解释和说明，终于被对方请入客厅。

夏目菊次郎年近六十岁，脸色浅黑，身材瘦削，稀少的头发呈三七分。

“我从警视厅中村警长那里打听到，您是芳枝小姐的伯父。冒昧地打搅您，实在对不起，我带来一件必须让您看的重要物品。”小林芳雄彬彬有礼地寒暄后立即说明来意。

“如果称我是芳枝的伯父确实不错，可最近两三年里我与她之间没任何来往，因此我一点儿也不知道她的情况。”夏目菊次郎婉言拒绝。

他是好几家公司的大股东，总资产有一百亿日元之多，被称为大富豪。

“你和芳枝小姐之间已经断了亲戚关系，这我从中村警长那里听说了。据说，您曾极力反对芳枝小姐与世本君的亲事……”

“是的。芳枝是我弟弟的女儿，身世十分可怜，在她还没长大成人时就失去了双亲。再说，她父母不会做生意，没给她留下一点财产，生活很困难。我把她接到家里当自己女儿抚养，可三年前的一天，她竟然不念我的养育之恩，不顾我的反对离家出走了。那以后，我就不用说了。按理她还有一个伯父，是我的胞兄，可她也不认他，太无情无义了。”

他的这番话乍听上去似乎不太合情理，仅这么点原因就义断情绝，互不来往？无疑，还有更深层的原因。听了对方说的话，小林芳雄突然有了这种异样的感受。

“可话说回来，她遭到绑架也太可怜了。不管怎么说，我就这么一个侄女，无论如何得设法救她。你刚才说带来一样要给我看的东西，是吧？”

“嗯，是的，这张照片是在世本别墅里捡到的，我想您大概认识上面的人。”

小林芳雄递上豆大的照片。这张照片本来是装在金坠子里的，就是小林芳雄在世本家院子里拾到的那个。

夏目菊次郎从袖子里取出眼镜，小心翼翼地捏着照片。

“这照片好像已经有很长时间了！咦……这、这是我母亲的照片，也就是芳枝的祖母。她怎么会有这张照片？”

果然不出所料，世本芳枝是知情者。但是，她当时为什么要隐瞒这一情况？

“不，不是芳枝小姐拿着的，好像是本案的凶手掉在地上的。”

小林芳雄把捡到装有照片的金坠子的经过简短地叙述了一遍。

“我想您可能也知道这一情况。”

说完，他把金坠子放在手掌上递到夏目菊次郎的跟前，目不转睛地注视着他脸上的表情变化。

果然，夏目菊次郎的脸上清楚地流露出惊慌的神色。

“不，我不知道，也根本想不起来。”

与表情不同，他使劲地摇晃着脑袋，但没能掩饰住脸上尴尬的神色。

世本芳枝当时的表情，与夏目菊次郎完全相同！伯父和侄女在共同隐瞒什么秘密。那么，金坠子的主人到底是谁?

看到坠子以后，夏目菊次郎的态度突然发生了变化。接下来，无论小林芳雄问什么，他都回答说不知道。

“我已经没什么可说的了，实在对不起。现在，我手头上还有一些急于处理的事情，失陪了，请回吧！”

“那好，我就不打搅您了，只是有件事情想告诉您，您可以不回答，那就是凶手的服装。其实，我的朋友和世本家的女用人都证实说，凶手身着鲜艳的绿色服装。关于这个情况，您否能提供什么线索？”

“你说的情况我根本不知道，不可能提供线索。对不起，失陪了！”夏目菊次郎摇摇晃晃地站起身来，脸色苍白。

老绅士如此神魂不定，究竟为什么？无疑，他知道谁是真正的凶手！

绿 屋

“果然，世本芳枝和夏目菊次郎都知道凶手是谁。莫非，凶手就隐藏在这幢别墅里？”

小林芳雄被迫告辞，沿着夏目别墅从正面转到后门，边走边思索。

忽然，他发现从横巷里驶出一辆自行车，停在夏目别墅的厨房门口，骑车人好像是酒店推销员。

小林芳雄赶紧跑上前喊住他。

“喂，我是警察，想跟你打听一些情况，就是关于这家的情况。”

“好啊，是有关代代木发生的凶杀案吧？据说这家的侄女遭到绑架了！”

“嗯，我是为该案了解一下这家的情况。请问，这家除主人外还有其他什么人吗？”

“如果不包括用人，那就只有主人一个。他夫人早就去世了，有一个儿子但不在这里居住。”

“真的吗？他那儿子今年多大了？”

“嗯……好像二十七八岁。是疯子，主人让他住别处去了。”

“什么，是疯子？神经不正常？”

“嗯，是不正常。据说住这里不太体面，就让他住别处了。”

“那你知道他住的地方吗？”

“不清楚，不过，距离这儿不会太远。具体地点除这家主人外谁也不清楚。”

“原来是这样，太谢谢你了。我刚才打听的情况请不要对主人说。”

小林芳雄和推销员分手后，悄悄埋伏在横巷里监视大门和厨房门口的动静。

少顷，不出小林芳雄所料，从正门出来一个男子，他就是刚才撵小林芳雄回家的夏目菊次郎。

他似乎担心被人看见，一出大门便大步流星地走了。

小林芳雄跟了上去。

秋季的白天很短，此刻已入黄昏，路灯亮了。

夏目菊次郎来到行人稀少的住宅街上，走到道路尽头。那里有一扇小门，两侧是竹篱笆。片刻，他的身影消失在大门里面。

小林芳雄急忙上前一看，门是绿色，挂有“夏目别墅”的门牌，书写的文字也是绿色。

无疑，是嗜好绿色的疯子住的地方。

小林芳雄不由得害怕起来，隐藏在竹篱笆里监视。不一会儿，夏目菊次郎出来了。

小林芳雄趁他离开悄悄潜入大门。

让他感到吃惊的是，大门里的别墅从瓦到板壁、从门到窗框都是绿色。

走上绿色台阶按响绿色门铃，绿色的门无声地开了，一个身着绿色服装的老奶奶探出脸望着小林芳雄。没想到，老奶奶的头发居然也染成了绿色。

“请问老奶奶，这里是夏目先生的家吗？我是警察。”

小林芳雄还是用与刚才同样的手法，先向对方亮出自己的身份。这一招果真灵，老奶奶顿时连脸也仿佛变成了绿色。

“我家主人外出了。”

“哦，这我知道。我是向你打听情况，请带我去你家主人的卧室。”

老奶奶也许是被警察这名称吓蒙了，提心吊胆地走在头里为小林芳雄带路。整个别墅里没有一点声音，似乎什么人也没有。

书房从墙壁到天花板以及地板都是一种颜色——绿色。桌子、椅子和书橱自然不用说，连摆件、墙上的镜框和钟里的时针分针秒针都是绿色。

老奶奶站在书房里，身着绿色服装，一头绿发。看着看着，小林芳雄感觉自己也在变，变得怪里怪气的。

“别紧张，不是什么难回答的问题。可你必须把你知道的情况毫不隐瞒地告诉我。”

“是。”

“这房子的主人叫夏目……什么来着？”

“主人叫夏目太郎。”

“他是从什么时候开始不在家的？”

“嗯……从前天开始不在家的。那天，他说要租一辆出租轿车，然后亲自驾车不知去了哪里，至今还没有回来。”

小林芳雄想，如果是前天，凑巧是凶杀案发生的那天。

“他平时一直是自己驾车外出吗？”

“不，前天，是他第一次驾车。”

“出门前有什么奇怪的举止和言行吗？”

“嗯，有，有。他出门前不知去了哪里一趟，两小时后，也就是晚上才回家的。一到家便急匆匆地打电话给出租车公司，嘀嘀咕咕地不知说了一些什么。

“挂完电话他就在家等出租车，当见到出租车停在大门口时，立即让司机先回公司，自己则慌慌张张地准备出门。

“我沏了茶端给他，他连头也不回。我招呼他进餐厅用餐，不料他竟粗声粗气地叫嚷不吃不吃，之后便不再搭理我，匆匆忙忙驾车走了。那模样怪怪的，一点儿不像我平时见到的主人。”

“你家主人被称为疯子，请问有什么疯癫举止吗？”

“没、没有那种情况，他仅仅是嗜好这样的颜色。”

“那此外还有什么你认为理所当然的情况？”

“有，他有时候比普通人脑袋还要聪明，经常喜欢阅读一些程度很深的书……不过，有时候也有不正常的举止。四五年前，他在银座背后的一条小路上跟不良少年打架，结果脸受了重伤，直到现在，脸上还留着伤疤。”

“你家主人有相册吗？我想要一张照片。”

“你要照片，他经常放在这里……咦，奇怪！肯定是放在这里的，怎么找不到了？我家主人是不会把相册带在身上的，真让人纳闷，那么大的相册怎么不见了……”

老奶奶满脸困惑，在书房里到处寻找，可最终还是没有找着相册。

小林芳雄的视线也跟着不停地移动，可毫无结果。

墙上挂的镜框里都是放大的女人照片，小林芳雄走近一看，都是世本芳枝的。

“你知道这照片上的人是谁吗？”

“知道，她是我家少爷的堂妹，叫芳枝，与我家少爷从小是一对形影不离的兄妹，一起生活过。可芳枝忘恩负义，三年前离家出走了。我家少爷年纪轻轻，痴想着与芳枝结婚，堂兄妹当然是不能结婚的。唉，我家少爷他太痴情了。”

小林芳雄听到这里似乎茅塞顿开，不由得点点头，明白了世本芳枝为何要隐瞒实情以及夏目菊次郎对他的态度。

安慰了一直在为主人安危担心的老奶奶后，小林芳雄便告辞离开了。随后，他赶到租车给夏目太郎的那家公司。

事不凑巧，那个将车开到夏目太郎住所的司机不在公司。直到第二天上午九点左右，小林芳雄才摸清楚犯罪嫌疑人藏的地方，于是，他立即将掌握的情况报告了中村警长。

警车随即驶出警视厅，车上坐着中村警长、小林芳雄和其他三个身着便衣的刑事侦查警官。

目标，是麻布的港口宾馆。

扑 空

“怎么啦，你怎么被关在箱子里？”

港口宾馆拐角上柳田租住的房间里，偷偷潜入的服务生被意外的发现惊呆了，大声问道。绳索解开了，嘴里的毛巾取出了，可女人没力气说话，精疲力尽地躺在地上。

“请问，你是谁？”服务生一边安慰一边战战兢兢地问道。

女人终于仰起脸来，颤抖的嘴唇间传出细细的声音：“快，快喊警察……”

“你果然是遭绑架的？”

“是的，租这房间的人还杀了我的丈夫。”

“什么……难道你是代代木的……”

“是的，我家住代代木，我叫世本芳枝。快，快报警！”

“什么，这……请稍等一下！我马上把店主喊来，有什么不方便吗？”

“嗯，没什么不方便……快……”

服务生飞快跑到门口那里正要开门出去，不料，房门从外朝里开了，随即出现了一张男人的脸。不知什么时候，洗完澡的柳田君已经站在门口挡住了服务生的去路。

“我猜想你一定会这样做，你刚才脸上奇怪的表情就已经告诉了我！实话告诉你，我根本就没有洗澡。”

绿色绅士的眼睛里射出疯狂的目光，慢慢地走进房间，把手放在背后关上门，插上保险栓。服务生紧张得连叫喊的力气也没了，一步一步地朝后退缩。

“哼，瞧你这可怜相！听好了，不准出声！”他敏捷的动作比说还要快，左手臂呈三角状猛地锁住服务生的脖子，服务生的身体立刻瘫软在地上。

柳田君见制服了服务生，把注意力集中到站在房间角落的世本芳枝身上，眼睛里闪烁着贪婪的目光。

这时，宾馆门前刺耳的急刹车声音传入房间。

柳田君听到刹车声大吃一惊，赶紧将视线从世本芳枝脸上移开，一个箭步来到窗前，从窗帘缝隙俯视宾馆大门。

“嘻嘻……这些浑蛋警察终于来了。”

他转过脸来，紧盯着世本芳枝嘻嘻笑了。

“头发乱蓬蓬的，右脸颊上有一条伤疤，一身绿色西装，肯定没错？”

“是的，旅客登记簿上写的是柳田一郎……”

“带大行李了吗？”

“两只大箱子……”

“嗯，完全一致。请允许我们在周围布控，他住哪个房间？”

店主在头里带路，中村警长和小林芳雄紧随店主身后，三位便衣警官则在前后门把守。走过楼梯来到走廊，听见有轻微的笑声。

“是的，是那笑声。”小林芳雄停住脚步对中村警长轻声说道。

中村警长和店主猛然停下脚步。

那笑声让人害怕。并且，让他俩吃惊的不光是声音，柳田君的房间面朝走廊，房门旁边是嵌有磨砂玻璃的采光窗。

从正面窗户射入的晨光，不偏不倚地照亮那片磨砂玻璃，上面是那个曾经见到过的影子，乱蓬蓬的头发，下摆开衩的长袍。

三个人站在昏暗的走廊上，不禁打了个寒噤。中村警长定了一下神，悄悄走到门前轻轻敲门。

“对不起，请开门！”

中村警长一改往日的说话口气，声音犹如温文尔雅的绅士。

话音刚落，窗上的影子猛地消失了，而后没有了回音。

警长敲门的节奏开始加快，手握在门把手上旋转，可把手纹丝不动。警长立刻打手势招呼店主，在他耳边轻轻说了几句，店主点点头飞也似的朝楼下跑去。

少顷，三个警官都拿着警棍跑来了。按照警长的手势信号，其中一个警官不由分说地将警棍朝旁边的磨砂玻璃敲去。

眨眼间，玻璃碎片随着“啪啪”的响声朝四处飞溅。另一名警官赶紧将手伸向玻璃内侧的保险栓，卸下插销后，大家呼地涌入房间。

进入大家视线的，一个是身穿宾馆制服的服务生，另一个是世本芳枝。他俩蜷缩着躺在地上，大家赶紧扶起他俩，可两个人已经昏迷不醒，看上去不可能立即醒来。

令人遗憾的是，本应是瓮中之鳖的嫌犯不翼而飞了。

警方对房间里的窗户进行了详细检查。窗内侧上了插销，此外没有任何异常情况。不用说，窗玻璃没有破裂的地方。

警方又分头在床下、壁炉里寻找，甚至卷起地毯检查地板，就是没找着可以藏人的地方以及可以出逃的暗道机关。

大家聚集在房间中央，不知所措地你看着我，我看着你。一个大男人居然从保险柜一样的密室里逃之夭夭，令人疑惑不解。

不一会儿，两个人总算苏醒了，可无论问他们什么，都似乎仍然处在昏迷状态，无法回答。

那以后的好几天里，警方在港口宾馆内外布置了许多警戒。与此同时，东京警视厅以及周围县警察局联合布控盘查搜索，到处张贴写有凶手特征的通缉令布告。可凶手不知去了哪里，连影子也没见着。

轰动整个日本的世本静夫被杀一案，一时成了谜案。

再现

凶手的真实身份核实清楚了，是世本芳枝的堂兄夏目太郎，一个精神异常者。

夏目太郎特别嗜好用绿色从头到脚地装扮自己，仅此而已，其他没有与正常人不同的地方。尤其令人吃惊的是，他的头脑甚至比常人聪明。

世本静夫的尸体，究竟被凶手绿衣人藏匿到哪里去了？

尽管警方展开了拉网式的搜查，可始终没能找着尸体，就连凶手的行踪也是云里雾里，一丝线索也没有发现。

最近一段时期，小林芳雄的名声大振，人气很旺。这是因为他查出凶手的真实身份，还救出了世本芳枝。

新闻媒体记者竞相采访和报道小林芳雄，忙得他脱不开身，就是有分身术也难以应付。

这时，有一个人关注着小林芳雄忙碌的身影。

他是谁？他就是明智小五郎。关于这起案件，小林芳雄曾几次三番向他求教，可他只是笑着说：“你从一开始就介入这起案件，不妨尽量独立侦查试试看。”

明智小五郎这么说着，没提出自己的任何想法。

一天，明智小五郎对小林芳雄说了这样的话：“你切不可沾沾自喜，尤其不可过高估计自己。凶手作案远未结束，如果过低估计对手，就有可能一叶障目，迷失方向。眼下对你来说，最重要的是揣摩案件的表面与背后。”

不用说，小林芳雄也并不认为案件已经侦破，脑子里装的仍然是凶手的行踪和尸体隐匿地的线索等等。

一天，小林芳雄收到一封来信。

信是世本芳枝寄来的。

小林君：

你好！

好久不见了！时间过得真快，明天恰巧是事件发生整一个月。岁月峥嵘，惊心动魄的经历逐渐从记忆中淡忘了。

我是在渔村给你写信，虽没有大城市的繁华和热闹，可这儿的景色迷人。

借写信之机，我想说明我们搬迁到这里的原因。

我伯父夏目菊次郎十分痛苦，夏目太郎是他唯一的儿子，可现在成了警方通缉的犯罪嫌疑人。虽说我不会忘记丈夫世本静夫被杀害的仇恨，但伯父并不清楚这一情况。现在，我越来越想安慰我那伤心的伯父。

伯父说他要为儿子的罪过做一点补偿，对待我比以往要和善得多。由于这原因，如今，我们像亲生父女那样相处得十分友好和睦。但是，社会上仍有人用冷眼看我们。

于是，我们下定决心离开东京。好在伯父在这里拥有小别墅，大约十天前，伯父带着他的秘书和我搬迁到这里居住。

我们得到过你的帮助，十分欢迎你光临寒舍。届时，我们将重重报答你。对于你的光临，伯父一定会喜出望外的。

世本芳枝 敬上

世本芳枝他们居住的地方是海边上的S村，距离伊豆半岛的I温泉不太远。她在来信上还绘制了详细的地图，叮嘱说，如果小林芳雄事先用传真告知具体列车班次，她一定派人去车站迎接。

小林芳雄看完这封信，决定立刻登门拜访世本芳枝。

第二天下午四点，小林芳雄乘坐列车到达I车站。检票口外面站着一个青年，是专程迎接小林芳雄的。他是夏目菊次郎的秘书，叫山崎。世本静夫被杀案发生后，小林芳雄拜访夏目别墅时见过这位秘书。

从I车站到S村大约有两公里路，两人乘坐出租车前往。

“芳枝小姐还没有勇气出现在小镇上，所以要我代她去车站迎接，并要我代她向你致歉。”

山崎君说这话时语气自然、真切。

他身穿一套非常合身的深褐色衣服，头戴一顶崭新的呢帽，脚上是光亮的皮鞋，打扮得英俊潇洒，像希腊青年。高高的鼻子，浓浓的眉毛，大而有神的眼睛，红润的嘴唇。肩膀很宽，身材非常魁梧。

“夏目先生一定感到痛苦吧？搬到这么偏僻的农村居住，你也一定觉得寂寞吧！”

“不，我没感到寂寞。我会一点儿柔道，可以担任芳枝小姐的保镖。”

“哦，你原来有这打算。假如对手丧心病狂，你必须要有这方面准备。不过，凶手是你家主人的儿子，你也一定觉得很尴尬吧？”

“是的，确实棘手，但我家主人的处境更尴尬。”

车一离开I车站的住宅街，便拐入一条危险的小道，一边是陡峭的山崖，一边是没有护栏的海岸。车行驶了好一会儿，才来到S村。

夏目山庄坐落在稍有坡度的道路一侧，那里也是海岸附近，在国道右转弯的地方。

一听到引擎声，夏目菊次郎与世本芳枝赶紧来到门口迎接。

大约一个月没见面了，夏目菊次郎看上去似乎换了一个人，显得老态龙钟。

也许是强打精神的缘故，世本芳枝比想象的好得多。

第二天下午，小林芳雄接受世本芳枝的邀请，登上后山上的瞭望台。

说是瞭望台，其实是山腰上的一片草地，面积大约七十平方米。站在那里眺望，下面是一望无际的蓝色太平洋。

弯弯曲曲的海岸线，在经过S村的地方变成了海湾。白色的海滨呈半圆形，右侧的海岸端部耸立着两三块长有松树的大岩石。对面有许多小渔船，显得十分凌乱。从这里望去，小得像玩具一样的汽船在航行。

靠近海边的瞭望台端部有简陋的亭子，竖着锈迹斑斑的金属三脚架，上面是一架大型望远镜。

“可以看到精彩的景色！”

“嗯，有个东京人曾打算在这里建造观光游览地，谋求个人在经济上发展，结果没能如愿，遭到失败后不知去哪里隐居了。从此，这座瞭望台以及那里的水族馆就不再有人问津。”

顺着世本芳枝的手指望去，海岸边上果然有座长方形的水族馆建筑。

“在这么冷清的村庄建造水族馆？”

“是的，建造目的是为了招揽I温泉的游客。现在门口被堵住了，里面空空的。”

两个人坐在草地上一边欣赏美不胜收的风景，一边闲聊。

“哎，你说凶手他究竟会藏在哪里？警察到处搜查，竟然一点儿也没有发现他的行踪，真让人难以想象。”

“是的，我也害怕，总觉得不像正常人，比正常人更可怕。凶手好像是复仇，而且还在蠢蠢欲动……”

“你最好别那么想！你们是因为那样的缘故才搬到这里居住的吧？”

“不过，我还是心神不定。就在给你寄出那封信的时候，听说了一件讨厌的事情。”世本芳枝压低嗓门，一脸忧伤的表情。

“这么说，你有担心的事情？”

“嗯，就是那绿颜色，我家的一个女用人从村里一个小孩儿那里听来的。他们一问一答的时候，正巧被我听见，说的是水族馆里的值班人房间。不用说，最近根本就没见着一个人。可是，村里的孩子去那里玩耍时从窗户朝里看，发现内墙每天都在变化，一点点地变成绿色。到底是谁在干那种事情？我害怕……”

“奇怪！肯定是那些小孩胡编乱造。”

“嗯，如果真是那样就好了，可是……”

小林芳雄突然想起什么似的站了起来，走到望远镜跟前。

“值班人房间在什么位置？”

“你从这边眺望，能看见一个很小的窗。”

小林芳雄取下望远镜盖子，将望远镜视角移向水族馆，调整焦距。这是一架高倍望远镜，能看得很清楚。值班人房间放得很大，墙上有裂缝，窗玻璃也坏了，就连玻璃表面爬行的虫子也看得很清楚……但是，最想看清楚的值班人房间里面，却暗得看不见，好像是绿颜色的缘故……”

“让我看一下……”

“好，你看吧！”

小林芳雄刚要离开，猛地好像发现了什么，又把眼睛凑在望远镜上。

“咦，你怎么啦？你看见什么啦？”

“人，那房间里有人……哎呀，又看不见了，大概是到外面来了……果然不出我所料，水族馆的门口没有被堵死，有人正从内侧将门朝外推开。哎，有人出来了！”

小林芳雄说到这里，忽然闭上嘴巴不再往下说，眼睛死死地盯住望远镜，一脸认真的表情。与其说是认真，不如说是恐惧。

“什么样的人？”世本芳枝问。

小林芳雄没有回答。

“哎，能不能让我看一下？”

小林芳雄的身体被世本芳枝摇晃着，才忽地回过神来。

“不行，不行，还是回去吧！不能让伯父为你过多担……”

终于把眼睛移开望远镜的小林芳雄，脸上表情与刚才完全不一样。

“什么情况也没有！好了，回去吧！”小林芳雄催促世本芳枝。

他究竟看到了什么?

看到一个身穿绿衣的绅士。绿衣绅士打开水族馆的门，整个身影暴露在望远镜的视线范围里。

绿裤子，绿上衣，绿领带。千真万确，就是那个怪绅士。奇怪的绿装沐浴在阳光下，似乎像漂浮在空中。

绿衣人离开门口时朝瞭望台望了一下，随即消失在水族馆建筑背后。

但是，也就是这一刻，小林芳雄看清了他那张脸。

头发蓬乱，右脸颊上的伤疤像蚯蚓在爬。

啊，就是他，嗜好绿色的魔鬼!

树 林

小林芳雄回到夏目山庄后扔下世本芳枝，独自一人朝水族馆走去。

不用说，他没有把在望远镜里看到的情况告诉世本芳枝，更没有告诉夏目菊次郎和其他人。因为，小林芳雄还不能相信望远镜里的事实。

“望远镜好像有人做了手脚，故意制成那种镜头。重叠在一起的镜片里似乎夹着什么图片？还是几乎每天都在思考要捉拿绿衣人，眼睛里甚至出现那样的幻觉？”

是的，必须弄清楚！

从夏目别墅到水族馆的距离有三百米左右，附近没有农家，水族馆周围是海边的广阔沙地。S村南边稍稍远一点的地方，非常冷清。

水族馆建筑周围是板壁围墙，因此，不登高眺望，无法看见水族馆的窗户什么的。站在村里的农家门口或者路上，眼睛只能看见挡住视线的围墙。

正门口有水族馆售票亭和被栅栏围着的检票口，可栅栏东倒西歪，油漆脱落，十分凄凉。

小林芳雄越过东倒西歪的栅栏，脚踩在发出响声的沙地上，向门口靠近。他来到门口停住脚步，竖起耳朵听了一会儿。

可是，里面好像没有人。他又走到刚才望远镜里看见的窗边朝里窥视，是七八平方米的地板房，里面也没有人。当他朝房间里瞥了一眼时，顿时愣住了。

啊，不是幻觉！房间里从天花板到地面都是用绿色油漆涂刷的，刷得深一块浅一块的，像淘气孩子刷着玩的杰作。

看来，绿衣人不会是假的。莫非他藏在水族馆里的某个地方，正目不转睛地注视着小林芳雄的举动?

小林芳雄环视周围，打开破门，朝水族馆里走去。

这是座长方形建筑，中央是游客参观通道，两侧排列着许多玻璃水槽。房间就一个，用于值班的。

周围是水族馆特有的昏暗世界，来到这里简直像来到海底。

玻璃水槽里装有八成满的水，底部躺着各种死去的鱼。由于不再供应食物，鱼贵族们不得不在水里相互残杀，最后全部走向死亡。

玻璃水槽里，有条依靠吞食弱者生存的强者之鱼，在这污浊的水里生活着，像魔鬼般游来游去。

小林芳雄看着水族馆如此凄惨的情景，又想到水槽里曾经发生过鱼群自相残杀的血腥场面不禁吓得浑身打战。

他尽最大可能不再朝左右的玻璃水槽看，急匆匆地沿着中央通道转了一个弯，来到另一端出口。这里也没法藏人，门锁也坏了。小林芳雄推了一下，门发出讨厌的声音。

来到外面，沿着建筑物在阳光下的沙地上转了一圈，还是没发现任何人。他下定决心来到值班室里，检查了壁橱内部。角落里放有油漆罐和刷子，除了这些，没有什么特别的情况，更没有人睡过的迹象。小林芳雄感到无奈，离开了水族馆。

“就这样两手空空地回去，太不甘心了，独自一人又不能在村庄里到处搜索，还是埋伏在水族馆里守株待兔吧！如果这样做，对手也许会远离水族馆。对，对，有好办法了，依靠望远镜！眼睛凑在望远镜上眺望，可以看见村里每个角落的情况。”

小林芳雄为自己想到了这么一个好主意而欣喜若狂。从水族馆径直朝前走，要不了五分钟就可到达瞭望台。小林芳雄加快脚步朝瞭望台走去。

不知不觉暮色已经降临，远处的地平线上，飘着一片酷似龙形的彩云。彩云映在海中，使海面闪耀出难以形容的美丽颜色。小林芳雄跑到望远镜跟前，把眼睛凑在上面。

“咦，刚才的视角怎么变了？一定有人在这里使用过望远镜。”

刚才，望远镜视角是朝着水族馆方向的，可不知什么时候被改变了方向，朝着右侧的山脚。可以看见山脚那里纵横交错的树林。常青树枝叶茂密，相互重叠。因为黄昏光线暗的缘故，树叶似有似无地浮现在空中，给人一种深山老林的感觉。

小林芳雄正要改变望远镜视角，却猛地停住手。树林里好像有东西蠕动。树林里，出现了绿色生物。

啊，是人，是一个身着绿装的人！

小林芳雄屏住呼吸。机会来了！望远镜视角一改变，绿衣人凑巧出现在视野里。

绿衣人腋下夹着一个大物体。

那是什么？

一个白色物体清楚地出现在视线里。

是脸！是女人的脸！光线暗淡，看得不是很清楚，但绿衣人的腋下确实夹着一个女人。

“她是谁？对，不是明摆着的吗，凶手的目标不就是芳枝小姐吗？”

小林芳雄的左眼珠子几乎快要陷入望远镜的窥视孔里，全身一动不动，耷拉着脑袋。

他猛地离开望远镜打算追上绿衣人。尽管望远镜里看到的绿衣人很近，可一旦用肉眼看那里，根本就看不清楚。显然距离遥远，追上绿衣人根本不可能。无奈之下，眼睛又凑到望远镜上。

绿衣人迈着大步走得很快，小林芳雄不停地转动望远镜，总算把目标纳入望远镜的视线里。

绿衣人担心被人看见，在山脚的树林里穿行。一身绿衣与绿叶融为一体，完全起到了保护自己的作用。

没隔多久，绿衣人来到水族馆南边的山脚，在大草地中间穿过，从背后走进水族馆的板壁围墙里，动作十分敏捷。

突然，绿衣人撒开两腿开始在白色的沙地上奔跑，转眼间，消失在水族馆里。

小林芳雄将望远镜视角对准刚才去过的那扇窗，望远镜还真听话，准确地朝向那里。少顷，窗里出现了晃动的人影。幸亏刚才去那里搜查时开了窗，现在也还是原样。

绿衣人让世本芳枝躺在地板上，在她旁边站了一会儿，那模样像在打量世本芳枝。又过了一会儿，他蹲下来看着世本芳枝。

猛然间，世本芳枝的身体动了，晃晃悠悠地支起上身，好像苏醒了，抬起脸仰望绿衣人。趁这工夫，绿衣人猛地将双手插入世本芳枝的腋下抱起她来。她拼命挣扎，还是被迫站了起来，身体占据了整个窗子。

两只绿色的手从左右腋下伸出，再朝上锁住世本芳枝的左右肩膀。世本芳枝挣扎着，企图挣脱，五官歪斜，表情十分痛苦。她的嘴张得很大，好像在喊救命。

人　鱼

此刻的小林芳雄，再也忍耐不住了。

他突然狂奔出瞭望台，发疯般地沿着下坡道朝山脚飞跑。

途中，有好几次被树根绊倒摔在地上，他全然不顾，一阵风似的跑回了夏目别墅，凑巧跟正在打扫院子的女用人碰上。

“芳枝小姐呢？芳枝小姐在家吗？”

“你是问小姐吗？我想她应该在家里……”

小林芳雄没听完女用人说的话，便三步并作两步地闯入玄关。

“芳枝小姐！芳枝小姐！”

他还是半信半疑，总怀疑自己脑子里产生了错觉。

“小林君，发生什么事了？”

听到叫嚷声，夏目菊次郎赶紧从房间朝玄关走来。

“芳枝小姐在哪个房间？”

“应该在她自己的房间……”

“是真的吗？请跟我去看一下。”

“芳枝，快出来！”

夏目菊次郎还没有弄明白是怎么回事，跟着小林芳雄跑到世本芳枝卧室门口大声喊道。

可是，没有回音。

“奇怪！刚才还一直在房间里呢，可是……”

他推门进入房间，只一会儿又出来了，脸色苍白。

“没有人，房间里空荡荡的。”

“果然如此！情况我等一会儿说，山崎君在哪里？”

“山崎！山崎！”夏目菊次郎知道出事了，而且非同小可，便慌慌张张地大声喊秘书。

“山崎君，主人在喊你呢！”别墅背后的院子里，传来女用人的喊叫声，于是，山崎君在玄关那里出现了。

“你去哪里了？芳枝呢？”

“不知道呀，小姐她应该在自己的房间里吧！我出门时看见她在自己的卧室里，我只是外出走走散了一会儿步。”

小林芳雄听完山崎君的回答猛地抓住他的手，使劲朝外拽。

“怎么啦？出什么事啦？”

“刚才我在瞭望台用望远镜眺望了一下，不料竟发现了一件惊人的事。真没想到这里出现了绿衣人，芳枝小姐就是被他带走的。”

“你什么时候发现的，是不是已经有很长时间了？”

“嗯，也许还来得及。走，立即去水族馆看一下。”

小林芳雄没有立即报警，因为村上的派出所距离这里有相当长一段路，打电话又不方便，只好选择先赶往现场。

两个人没有声张，一路拼命地奔跑，宛如神经错乱者。从夏目别墅到水族馆的距离，比到隙望台那里要近得多。没过多久，两个人已经到达水族馆。为了不让绿衣人发现，他俩借助水族馆里的黑暗猫着腰、踮起脚靠近窗口，屏住呼吸悄悄地朝里张望。

房间里没有一丝动静，可刚才发生的情况绝不可能是幻觉。要说证据，房间的地板上有世本芳枝的上衣。房间对面与走廊连接的玻璃窗呈敞开状态，看来，绿衣人一定是强行将世木芳枝从那里带走了。

就在这时候，玻璃窗外面光线暗淡的地方似乎有什么东西在蠕动。小林芳雄与山崎君瞪大眼睛从窗角朝那里扫视，尽量不探出脸。

突然间，那里出现一个人影。

是那家伙！一身绿色西装，头发乱蓬蓬的，但是没有世本芳枝的身影。在他俩打算看清那张脸时，那家伙在水族馆方向消失了。

他俩对视了一下。

“我俩如果从一个方向追赶，也许抓不住他，还是从两个方向追上去！我从这里追，你绕到他前面。”

小林芳雄朝山崎君打手势。

水族馆建筑形状像一把细长的钥匙，出入口设在两端。如果从两端追赶，对方无疑处在被前后夹击的境地。

山崎君一声没吭，按照小林芳雄的意思出发了。

小林芳雄也沿着建筑拐角转了一个弯，用力推开出入口那扇大门，飞也似的朝光线暗淡的水族馆跑去。

从中央走廊一直到尽头，是一条笔直的通道。两侧混浊的玻璃水槽，宛如深海的海底，弥漫着一种可怕又阴森的气氛。

小林芳雄定睛一看，距离他五六米的水槽下面龟缩着一个黑黑的东西，那东西似乎也在看着他。

小林芳雄颤抖了一下，双眼紧盯着那里。

由于光线太暗，无法看清对方的模样。也许是心理作用，感觉对方射出酷似动物的目光，不仅目不转睛地盯着小林芳雄，而且看架势似乎要朝他猛扑。

就在小林芳雄一边注视一边思索的时候，黑家伙出乎意料地忽然站起来猛地奔跑开了。

小林芳雄见状没有细想，奋不顾身地追上去。

两侧鳞次栉比的玻璃水槽，如同列车窗户被一个接一个地甩在身后。

两个人的脚步声在空荡荡的水族馆里引起阵阵回声。

小林芳雄曾经是田径运动员，赛跑是他的强项。渐渐的，两人之间的距离越来越近。

眼看手伸上去就可以触到绿衣人了。

啊，还差几厘米！不料，就在这时候，视线却朝下剧烈移动，紧接着，整个身体摔倒在地。

被绊倒了！膝盖和肘部差不多同时与地面碰撞，他想赶紧爬起来却怎么也使不出劲。

凶手利用这一时机越跑越快，与小林芳雄的距离又拉开了，只见他跑到走廊尽头转过弯后消失了。

但是，小林芳雄倒没有特别焦急，因为那里有堵住凶手逃路的山崎君。眼下，山崎君也许已经和凶手“交上火”了。

“喂，山崎君，凶手朝你那里跑了，快抓住他！”小林芳雄尽管摔倒后没来得及爬起，却放开嗓门大声叫嚷。

“哎……”传来了山崎君的回答。

小林芳雄忍住疼痛费了好大劲儿终于从地上爬起，跌跌撞撞地追上去。

他一转过弯，迎面碰上一个黑色人影挡住去路。小林芳雄摆开迎战架势，对方一个箭步朝小林芳雄扑来。暗淡的光线里，两个庞大的身影扭成一团。

“住手！你不是山崎君吗？”小林芳雄突然察觉到了，大声喊道。

“哦，什么？你是小林君吗？”对方大吃一惊，赶紧松手。果然是山崎君。

“发生误会了。估计那家伙早就在这里转弯了，也许已经逃走了。”

“那怎么可能！刚才与你撞上之前，我一路上谁也没有见着。一个大男人怎么可能在一瞬间逃出我的视线？我刚才不知被什么东西绊倒了，才大声喊你。那时，凶手就在这里转弯朝你那儿跑的！你当时在哪个位置？”

“哪个位置？最多距离这里十米左右吧。听到你的叫喊声，我立刻停下脚步埋伏在那里，想等他过来时抓住他。可我等了好一会儿不见有人来，于是，不得不朝这里走来。”

小林芳雄赶紧跑到山崎君埋伏过的地方，站在那里透过光线暗淡的走廊朝这边拐角眺望。虽然光线暗些，但两边角落和拐角完全能一目了然，转弯朝这里走来的人影如想避开埋伏者的视线是根本不可能的。

看来，这段走廊上可能有什么岔道?

两个人小心翼翼地搜索起来。

可是，两侧都是嵌有厚玻璃的混凝土水槽，根本没有空隙，即便老鼠也不可能从那里逃走。再说不管哪个水槽里都装满了水，地面也是混凝土，与混凝土墙面连成一体，就连天花板也是混凝土的。

整个通道宛如混凝土浇筑的隧道。

他俩互相望了一眼。

在这里，居然出现了魔术般的变幻，那家伙像烟雾似的消失了。

两个人离开水族馆在沙地上搜索，又来到围墙外面沐浴着黄昏阳光的野地里寻找，可连人影也没有见着。

“奇怪！还有，我和你之间也许是谁产生了错觉？”

“我可没有产生错觉，我追赶的确实是那家伙。当时，眼看手就能碰到对方的赭色头发了。”

他俩相互刺探对方，又对视了一眼。

“那情况等一下再说。小姐到底怎么了？你追的那个家伙，确实绑架芳枝小姐了吗？”

“没有，那家伙是一个人，嗯，确实是那样的。再搜一遍，芳枝小姐也许被关押在什么地方！”

两个人说着又转身返回到水族馆门口，小心翼翼地穿过门口朝纵深处走去。

“咦，好像有声音！”

他俩停下脚步竖耳倾听，果然有声音，好像有人在敲打墙壁。

“从哪里传出的？”

他俩朝着声音传出的方向走去，转过弯后察觉到声音是从小林芳雄最初闯入的门口附近传来的。

“啊！”

山崎君突然大叫起来。小林芳雄连忙转过脸来，发现山崎君全身僵直地站在那里，僵硬的手指着玻璃水槽方向。

顺着手指朝那里望去，小林芳雄也禁不住“啊”地叫了一声。

玻璃水槽里有一条白色的鱼在游动，形状酷似一个人。水槽里的水在往外流淌。由于白色的人鱼在水槽里晃动，原来就已经混浊的水卷起了水槽底部的沙土。

顿时，水槽里似乎出现了不停上升的白色沙雾，水越发混浊起来。生长在底部的海藻，仿佛巨人的头发相互缠在一起在水里飘荡。世本芳枝在这充满恐怖的水槽里，像疯子那样手舞足蹈。

刚才由于发现怪人而拼命追赶，以致没有认真观察玻璃水槽。现在想来，当时那家伙肯定蹲下躲在这里注视水槽里的水。而这时，凑巧小林芳雄推门闯入，于是在那一瞬间，凶手转身摆开了架势。

“快，赶紧把她救出来！”

小林芳雄抓住山崎君的手腕，猛地朝外面跑去。

水槽背后的墙壁那里有锈迹斑斑的铁梯。

“就是它！沿着它爬上去，肯定可以到达水槽顶端！”

两个人争先恐后地沿着铁梯朝上爬去。

赴约

水槽里的水如果再深一点，世本芳枝就有可能溺水而死。好在站直了身体后，她可以勉强把脸露出水面。经过一番努力，险些窒息的世本芳枝最终被他俩从水槽里救了出来。

回到夏目山庄的世本芳枝，由于过度疲劳和惊吓昏倒在地不省人事。

可是，绿衣人凶手夏目太郎还是下落不明。不过，他多半隐藏在附近的山里。

小林芳雄对凶手的神秘消失百思不得其解。这个家伙在水族馆里瞬间消失得无影无踪，实在不合情理。

在港口宾馆里，他曾目睹绿衣人眨眼工夫逃之夭夭，莫非绿衣凶手掌握了一套无人知晓的魔术?

凶手的父亲夏目菊次郎因儿子犯罪，心里感到痛苦和烦恼，提出向警方报案，要求尽快抓住凶手——自己的亲生儿子夏目太郎。

第二天，S村到处是一片紧张气氛。I町警察署、县警察局和当地法院派来许多警察，分乘数十辆警车赶到现场。空气中弥漫着沙尘，夹杂着引擎声和刺耳的警报声。

片刻，为了搜山，当地警署又派来载有几十名警察的大型警车。大型警车到达没多久，报社、电视台、电台和杂志社的新闻采访车也蜂拥而至。

村里的年轻人也全部组织起来共同参加搜索。旅馆啦，农家啦，到处是人，整个村庄如同炸开了锅，人声鼎沸。

三天过去了，尽管搜山也重复了多遍，可结果还是竹篮打水一场空。有人报案说遇见过绿衣人。还有樵夫说，酷似凶手的绿衣人曾在竹林里出现过，奔跑的速度赛过兔子。类似这样捕风捉影的信息每天都很多，可还是找不着有关凶手的线索。

有消息说，凶手翻越大山逃到对面城里去了。对面城里也贴有警方捉拿凶手的通缉令，那里的警方说还没有得到关于凶手的新情况。由此可见，凶手多半还在这一带山里与警方捉迷藏。

第四天，搜山的警察们几乎都回到警署，只剩下数名便衣刑警在村里各要道布控。

这天下午，小林芳雄吃罢午饭出门散步。刚走出大门几步，只见一个中年渔民似乎有要事朝夏目别墅走来。尖尖的下巴，古铜的肤色，表情和走路模样十分可疑。小林芳雄赶紧返回。

男子鬼鬼祟祟地朝四周张望，接着抬起脸望了一眼门柱上的姓名牌。

“喂，你有什么事吗？”小林芳雄走到那人跟前问道。

面对小林芳雄的突然出现，男子吃了一惊，支支吾吾地回答说：“哦……我……想见一下这家主人。”

“想见夏目先生？你是谁？”

“我叫丸井定吉，有一个复杂情况想告诉这家主人……”

“你可能清楚，现在这幢别墅里有点忙乱，主人不能接待你。如果可以，不妨对我说，我代你向主人转达。”

“那可不行，我必须直接告诉主人……”丸井定吉一口回绝，毫不让步。看来，这里面肯定有原因，眼下也只有让他去见夏目先生了。

小林芳雄转达这一情况，夏目菊次郎听了后变得心神不安起来，踌躇再三还是决定见了再说。小林芳雄感觉不太放心，就与山崎君一起隐藏在隔扇背后担任警戒。

没想到，他们的会面没几句话的工夫就结束了。

夏目菊次郎把男子送到门口转身回来，脸色变得苍白。

“看你的脸色好像心事重重的，担心什么呀？”山崎君问道。

夏目菊次郎一言不发地呆坐了好一会儿，似乎在思考什么。少顷，他似乎下了决心，对他俩说：“那家伙……也就是太郎的住所，我已经清楚了。据刚才的渔民说，他今天一大早见过太郎。”

小林芳雄和山崎君觉得这一情况非常重要，但都没有说话。

“他住在哪里？”过了好一会儿，小林芳雄才开口问道。

“在南海角外侧的海岸那里，距离这里有两公里左右的路程。那一带的岩石经过浪涛长时间的冲洗，有好几个洞窟。

“其中有一个洞窟里住着太郎，那个渔民划着小船经过那里时被太郎叫住。太郎说他已连着两个昼夜待在洞窟里，饥寒交迫。

“于是，渔民便把随身携带的盒饭分一半给他，只见他狼吞虎咽地吃完后用铅笔写了一封信，请求渔民亲手交给我，他还在信上吩咐我给渔民五千日元作为报酬。

“虽然渔民估计太郎不是一个好人，但十分同情他，所以没有报警就直接找到我这里。”

夏目菊次郎从袖子里取出那封满是褶皱的信，信是用铅笔写的，字迹潦草，内容如下：

父亲：

您好！

请听一下我最后的请求。我想见您一面，只要看一眼就行了。另外，我有话想直接对您说。因为这对于我非常重要，即便拿我的生命交换也行。现在我不能去您那里。对不起，父亲，请来时务必是一个人。

您来时需要船夫，这我同意，可船上如果有其他人，我是不会出来见您的。请不要通知任何人，并请一定要来。

这个渔民清楚我现在的住所。还有，渔民把信送到时如果发誓不报警，请给他五千日元作为报酬，拜托了！

夏目太郎　敬上

小林芳雄看完这封信后好长时间没有说话，陷入了沉思。

“这信上的字确实是太郎写的吗？”

“看样子字是在石板上写的，字迹潦草。但是，我认为肯定是他写的。”

“……那，你问清楚洞窟的具体位置了吗？”

“我问得很详细，沿着海角转弯，第三个洞窟就是太郎待的地方。”

“打算去那里吗？”

“我现在犹豫不决，想听听你的意见。”

“我想太郎既然这样央求你，那你应该去。不过，我有一个要求，那就是在你见到他的时候请一定说服他，让他主动去警方那里投案自首。”

“那是当然的，我向你保证一定劝说他。请小林君暂时代我保密，真是太谢谢你了！”夏目菊次郎把手放在脸上显得很激动。

“我想提个建议，你们看行不？”山崎君探出上身说道。

“我打算既担当夏目先生的警卫又担当他的船夫。要说我的划船水准，那是绝对赛过专业船夫的。”

“那太好了！夏目先生，让他跟着你去好吗？”

“哦，山崎君，那就只好辛苦你陪我跑一趟了！”

夏目菊次郎带着山崎君去儿子夏目太郎那里赴约一事，就这样决定了。可这时，小林芳雄突然像感觉到了什么。

“哎，奇怪呀，渔民接受这封信的时候，听你说是清早吧？”

“是的，渔民说是拂晓时分。”

“那个时候，渔民为什么不立即赶来呢？”

“这我问了，他说太郎要他下午来我这里，并一再强调上午不要来。”

“咦，这倒奇怪了！通常像这样的情况，按理说是越快越好是吧？”

小林芳雄不知何故深感不安起来，但转而一想，也许不该乱猜才是。可是，上午不能去夏目别墅这句话，究竟意味着什么？

为什么？为什么？

他反复思索，苦思冥想，最终还是无法找到解开这一秘密的答案。两小时过后，夏目菊次郎与山崎君出门了，说尽量赶在黄昏前到达那里。

船是借来的，声称去钓鱼散散心。船上装了各种各样的食品，还有做样子的钓鱼竿。

小林芳雄没去送他俩，在家护理和看守躺在病床上的世本芳枝。他觉得一刻也不能离开她的身边，否则有可能被凶手钻空子而再次遭到绑架。

窗上的阳光渐渐地消失了，片刻，房间里变得昏暗起来。

当吃罢晚餐开灯时，传来玄关门被推开的声音，望眼欲穿等着的人总算回来了。

小林芳雄跑到那里开门，见门口站着脸色苍白的山崎君。

“夏目先生呢？”

“唉，棘手的事情发生了！”

“怎么啦？出什么事啦？”

“哦，可以说是非常奇怪的事。小林君，你能否跟我一起去？”

山崎君说的这番话意思很暧昧，简直让人无所适从。

“去哪里？”

“去洞窟，实在是一件棘手的事情。我没有保护好夏目先生，他和儿子太郎不知去了哪里。”

“什么，你说什么？请详细说一遍！”

“我们没花多少时间就找到了夏目太郎待的洞窟，这个洞窟在那一带最大、最显眼。船一靠近那里，太郎便跳上船喊爸爸。

“我把船靠到洞窟边上，他只让夏目先生独自下船，吩咐我把船尽量停在远处等候。主人夏目先生也重复着那样的话命令我，我不得不把船摇到距离洞窟五六十米远的岸边在那里等候。

“由于距离太远，他们父子俩在洞窟里的说话声根本听不见。过了一会儿，突然传来叫嚷声，我侧耳仔细辨听，那是一种难以形容的惨叫声。

“根据判断，声音像是来自洞窟里。我实在忍耐不住了，慌慌张张地摇着船朝那里驶去。

“我把船摇到洞窟边上往里张望，里面是黑乎乎的，好像没有人。于是，我不顾一切大声喊了起来。其实，我也怕，只是不能就那样一走了之，就硬着头皮跳下船朝洞窟里走去。

“糟糕的是我竟忘了拿手电，在口袋里翻了一遍只找到几根火柴。我擦亮火柴照亮洞窟，提高嗓门叫喊，结果，既没有发现人影也没有人回答。

“像迷路一样，主人和他的儿子居然不知去向。我不由想起了水族馆，身上直打哆嗦。如果带着手电就好了……后来我不得不返回船上回来了。”

山崎君的这番话让小林芳雄着实感到意外，脸色骤变，不祥之兆在他脑海中掠过。

“立即出发！除了带手电，最好也带上武器。”

“对！”

两个人立即着手做出门的准备。

寻　找

周围已经漆黑一片。

小林芳雄和山崎君从熟悉的渔民那里借来船，驶向伸手不见五指的大海。

山崎君大汗淋漓，一个劲儿地摇橹。一路上，两个人几乎没有说什么话。时间很快，不知不觉过了二十分钟，又过了一会儿，两个人来到张着黑色大嘴的洞窟前。

“就是这洞窟，它是这一带最大的。”

正方形洞口大约有四平方米那么大，由于退潮，海面比洞窟低了许多。

船停靠在旁边，两个人沿着岩壁爬上洞窟。

从洞口向深处用手电照了一下，没有人。

“夏目先生！夏目先生……”小林芳雄大声喊道。接连喊了好几声，可只听得到来自黑暗的回声。

“这个洞窟很深很深吗？”

“我刚才由于火柴就那么几根，所以没有往里面走。”

两个人打着手电一步一步地向里走，走了大约五六步，两侧岩壁忽然变得狭窄起来，变成一条羊肠小道。

“到洞底了吗？”

“没有，这里有一条裂缝，好像连接着洞底。”

那是颠倒过来的V形洞窟，要穿过那里必须弯腰。

“夏目先生！”小林芳雄又叫喊了一声。

这时候，传来了奇怪的声音。一个漆黑的影子在手电光束里穿过。

“站住！你这个畜生！”山崎君扑了上去。

小林芳雄随即摆开架势。

“哈哈，刚才那家伙是蝙蝠！大概受到手电灯光的惊吓飞走了。请照亮脚底，洞窟里又潮湿又滑。”

山崎君走在头里，为了穿过岩壁裂缝不得不弯下腰。也许是被什么东西吓蒙了，他忽然站在那里直发愣。

“哎，你怎么啦？”

“快来看这里！好像有什么可怕的东西！”

两人的手电立即照亮那里仔细辨别，岩石缝里有红色液体。

“啊，是血！这可不是什么小事，赶快调查洞窟深处的情况！”

“啊！那里也有……瞧，这里也有！”

血一点儿一点儿地朝洞窟深处流淌。

小林芳雄一想到惨不忍睹的尸体随时会出现在自己的眼前，拿着手电的右手不由得抖动起来。

“奇怪！这洞窟怎么像个无底洞，我们是不是迷路了？”

“不会吧，路就一条，没有岔道，不要紧的。”

接着两个人谁也不说话了。由于洞顶降低了许多，不得不趴在地上爬行。

路逐渐变得陡峭起来，连绵不断地朝上延伸。少顷，一股凉风朝脸上扑来。

“啊，总算到达出口了，出口居然在这里。”

山崎君嚷道。洞窟终端形同一口井，朝天空张着嘴巴。

洞口周围是人迹罕至的树林。朝大山里逃窜的夏目太郎肯定是发现这一自然暗道后，才逃到海岸的洞窟里。

两个人汗流浃背，终于爬出洞口。环视洞窟周围，这一带地面由于堆满了掉落的树叶，找不到任何脚印。

“夏目先生！”叫喊声随风消失在树林深处。

“我家主人会不会遭到不幸？”山崎君在黑暗里轻声说道。

“不管怎么说，仅凭我们两个人是不可能找到他们的。等到明天拂晓借助警方的力量再找吧！”

两个人神情沮丧，再次沿着黑暗而漫长的洞窟往下爬。

那以后四天过去了。尽管大队警察在这一带展开搜查，可别说凶手，就连夏目菊次郎的下落也没有丝毫线索。

第五天清晨，为了出海打鱼，来到海岸的S村渔民在海滩上发现了一样可怕的东西。

“是溺水而死的尸体吧！”

“好像是的。咦，身上穿的怎么是绿色服装？”

“啊！莫非是那个家伙？”

“嗯，也许是的。或许是被追赶得无路可逃而不得不跳海自杀？”

几个渔民提心吊胆地走到边上端详着尸体的脸。

“哇！”渔民突然惊吓得朝四处奔逃。

因为他们看到尸体的脸部已无法辨认，脸上的肉也几乎没有了。这多半是尸体浮在海里时，被鱼嘴啄的。

少顷，海岸上挤满了黑压压的围观人群。当地警察署署长、司法主任、法医以及夏目菊次郎的家人纷纷赶来。村民们站在远处眺望，交头接耳。

从夏目菊次郎家赶来的，除家人世本芳枝外还有山崎秘书和小林芳雄。听说夏目菊次郎下落不明，其胞兄夏目菊太郎老人也赶来了。

这具尸体除脸外，其他部分几乎还保持着原形。可由于几天来的海水浸泡，乍一看，很难辨别死者究竟是谁。根据法医检查，尸体胸部有刀刺伤痕。

“从衣装来看应该判断为夏目太郎，你们说呢？”司法主任环视了一眼夏目家人后征求意见。

“假设是夏目菊次郎杀了儿子夏目太郎，可这样的行为似乎不合逻辑。像夏目先生那样的人要真行了凶，肯定会主动自首。”小林芳雄谈了自己的想法。

“照你这么说……”

“死者肯定不是凶手，凶手多半给别人穿上自己的服装制造假象，企图转移警方的视线。”

“我也是这么想的。我这个弟弟再怎么样，也不可能亲手杀死自己的儿子。退一步说，就算他误杀了自己的儿子，也不可能逃之夭夭，销声匿迹。”夏目菊太郎斩钉截铁地为弟弟夏目菊次郎辩护。

老人住在纪伊半岛南端的K町，是从事细菌类研究的著名学者。

“按你的观点，尸体是夏目菊次郎，凶手是夏目太郎喽！但即便六亲不认，他也不可能杀害自己的亲生父亲，再说他特意邀请父亲来洞窟，毫无理由杀害他。”

“这我也不清楚。事实上，这起案件里有很多不可思议的地方。侄子夏目太郎的为人我知道的不多，可不管他是何种程度的精神病患者，那些行为确实让人难以理解。

“我是搞科学的，不相信魔法之类的东西。虽然社会上流传说擅长魔法的凶手时常像烟雾那样消失，但我觉得出现这种情况，多半是警方和搜索方被什么假象迷惑了，或是由于草率的结论而导致。

“要侦破本案，我认为应该委托具有相当侦查经验和智慧的大侦探，否则，极有可能被什么魔法之类的结论和借口混淆视听，最终不了了之。”

老人不愧是一流科学家，已经敏锐地感觉到凶杀案背后有罪恶阴谋。

这时，因聆听而寂静的围观人群里突然乱了起来。

只见一个男子冲出人群跑到署长身边，把嘴伏在他的耳边窃窃私语。

听完耳语的署长，表情猛地变了。

“我报告大家一个好消息，警署来电话说发现了世木静夫的尸体。”

“什么？世本静夫……在哪里找到的？”小林芳雄大声问道。

“在一个非常意外的地方！听说是在丸内那里的大同银行。大同银行就在警视厅的眼皮底下，尸体竟被藏在那里。”

署长的这番话让大家吃惊不小。

液　体

“哎，奇怪！108号金库是用于存放药品的。瞧，好像有某种液体正在从门缝朝外流淌。”

在S村海岸发现尸体的前一天，发生了这一奇怪现象。

丸内的大同银行结束营业后，保安人员开始巡逻检查。

地下室里，设有日本第一大金库。金库主任随两名保安人员推开圆形大铁门，里面就是金库。

铁门内侧附近，是出租给客户存放一般物品的金库。通道两侧排列着犹如澡堂更衣橱似的柜子，这就是金库里的保险柜。上面有许多大小不一正方形的小铁门，个个都是铁将军把门。

金库主任一个一个地仔细打量这些出租的保险柜，放慢脚步朝前走着。然而，当他来到写有108号的保险柜跟前时，猛地停住脚步。

“这不可能！昨天也没有出现这种情况。”

金库主任的手指蘸了一下半透明的液体放在鼻子上嗅了一下。

“喂，你也闻一下！怎么样，这味道怎么这么刺鼻？”

两个保安人员使劲嗅着，其中一个保安人员的脸色大变，大叫大嚷。

“啊，这是尸体味道！我不会弄错，这保险柜里有尸体！”

出租的保险柜，按理说不可能存放尸体，但既然有这样的液体流出，应该核实后下结论才是。

主任找来几个见证人，随后打开108号保险柜。铁门刚一打开，刺鼻的恶臭便扑鼻而来。保险柜里，放有一只显眼的大箱子。

“108号的租用人是谁？快打电话告诉他！”

主任命令保管员。于是，保管员立即沿楼梯向上跑去。片刻后，他带着奇怪的表情返回来。

“租用人叫岩濑幸吉！”

“噢，是麻布一带最大的土地拥有人岩濑幸吉吗？”

“是的，接到我的电话后，他说没有租用过我们银行的金库。”

“奇怪！他是什么时候租用的？”

“上个月初，租用合同期是一年时间。”

“那没有什么可说的了，只有请警方介入了！”

警视厅一听说箱子里装有尸体，立刻意识到事情的严重性，马上派中村警长带着几名警察火速赶往大同银行。

中村警长一进入金库，便让指纹技术警官提取箱锁周围的指纹。

三名保安员齐心协力将箱子搬到地上，随后砸开上面的锁，背朝着箱子打开箱盖，害怕看到惨不忍睹的尸体。

不出所料，箱子里是一具尸体，被黑色睡衣裹得紧紧的。这具尸体的模样与生前的世本静夫已判若两人，面目全非。

“你们为什么一直没有察觉？新闻媒体不是在竞相报道吗？就说租用那天，不就是凶杀案发生后的第二天吗！像这样的大箱子，你们为什么一点儿也不怀疑？”

中村警长大发雷霆，盘问金库主任。

金库主任一时语塞，无言以对，转过脸来朝着另一个职员说：“这只箱子存放进保险柜时，你是见证人吧？你给我解释清楚！”

“我的确看过电视和报纸，知道那则新闻。不光凶手的名字，就连他脸上疤痕的位置也十分清楚。

“可提着这只箱子来金库存放的是另外一个人，穿黑衣服，头发三七开，梳得油光光的。脸上没有伤疤，嘴上留着一撮胡子，与凶手的长相截然不同，是一个很有气质的绅士。像这样大箱子的存放保管业务我们每个月都有两三次，再说像岩濑幸吉这样的大富翁又是我们银行的老主顾，不可能瞎猜疑他吧？”保管员这种说法，也不无道理。

那么，送箱子到金库存放的究竟是谁？凶手不是独狼，也许有同党？

消失

S村海岸发现的溺水尸体立刻被警方解剖了，结果表明与事先推断的相同，是一个六十岁左右的老人。

夏目菊次郎惨遭杀害，夏目太郎下落不明。如果抓住他，无疑会处以死刑。即便暂时抓不住他，他也不敢露面。也就是说，夏目菊次郎家族就此结束了。至于他的财产继承和后事料理，由于找不到夏目太郎，临时的法定继承人自然成了其胞兄夏目菊太郎。

夏目菊次郎持有超过一亿日元的财产，都是不动产，暂由其胞兄继承。

现在，世本芳枝又变成孤独一人，跟着也是单独一人且没有家庭的夏目菊太郎一起生活。夏目菊次郎的后事处理完毕，夏目菊太郎带着世本芳枝回到纪伊半岛的K町。

然而，凶手绿衣人夏目太郎的下落还是没有线索，世本芳枝仍有遭到绑架的危险，必须严加防范。由于绿衣人随时可能出现，夏目菊太郎决定让夏目菊次郎生前的秘书山崎君担任保镖同行。

夏目菊太郎居住的K城住宅，酷似庄严神秘的古城，是用红砖建造的。

“啃，太漂亮了！犹如中世纪欧洲小说里的楼房！”这座古城堡建造在高地上，世本芳枝一边沿着上坡道向高地走，一边赞叹。

“我虽说独自一人在这里生活，可与死去的弟弟夏目菊次郎都是一样的大富豪。这芳枝小姐也一定听说过了吧！

“我的父亲，也就是你的爷爷，在东京是屈指可数的大富豪。父亲死后，我没有独占遗产，而是把它分成三份，兄弟三个每人一份。

“可你的父亲夏目菊三郎挥金如土，用完了分配给他的那份遗产后还借了许多债，之后去世了。夏目菊次郎把得到的那份遗产作为资本经商，增加了许多财产。

“我不经商，一心一意地扑在研究上。我是单身汉，光利息也用不完，而且本金也不断增值。不知不觉的，我和夏目菊次郎一样成了大富豪。

“现在，我又不得不代管夏目菊次郎的遗产。我和他的财产合起来成了天文数字，对于我这个学者来说，这不算幸事，反倒是一种累赘。”

夏目菊太郎老人说完，苦涩地笑了。

对于世本芳枝来说，这里的生活太令她满意了。四周景色优美，经济上也没有任何可以担心的。

主人夏目菊太郎是自己的大伯父，性情温和，花钱大方。家里的男女用人是一对夫妻，也是当地人，为人非常正直。

绿衣人从那以后也没有再出现过，长达半年的时间里，世本芳枝在这座城堡般的绿色山林里愉快地生活着。

她每天必做的一件事，是围绕别墅高地散步。穿过松林，是一望无际的蓝色大海，海边是蜿蜒起伏的绿色山脉。世本芳枝每每散步时，身边必定跟着保镖山崎君。

山崎君自来到这里后，这段时间非常关心主人的菌类研究，不知不觉成了夏目菊太郎老人聊天的对象。

他那英俊的模样，博得了老人的欢心。老人说，如果有朝一日芳枝不需要保镖了，也不让山崎君离开，希望他留在自己身边担任长期助手。

就在他们来到这里生活了半年后的某个晚上，世本芳枝和山崎君一起到夏目菊太郎老人的书房。

“先生，我们有话要对您说……现在说会不会妨碍您呢？”

老人将眼睛从书本移开抬起头说：“没关系……有什么话就说吧！”

“嗯，我有一个很难说出口的心愿……”

山崎君的表情与平时完全两样，似乎有什么话让他难以启齿。

“说说看！”

“这种场合说这样的心愿，也许会遭到您的训斥。但作为我来说，还是希望确立我在这个家里的身份……先生是芳枝小姐的长辈，因此，我觉得必须得到您的许可。”

“哦，知道了，我知道了！是关于你们俩的婚事吧？”

“是的，但不是马上结婚，是希望先得到先生的批准。”

“芳枝，你也是这样想的吗？”

世本芳枝一直望着地下，用频频点头的方式回答老人的提问。

“我非常清楚你们的心情。虽然，我不可能在世本静夫葬礼举行后不到半年就决定你俩结婚的大事，可我也并没有不同意的理由。不过，这是终身大事，希望你俩慎重考虑。”

“谢谢先生！我一直以为提出这一问题没准会挨你的骂。”山崎君感激万分，话语里带着激动的颤音。

世本芳枝虽然什么也没说，但脸上流露出喜悦的表情。

这时，室内猛地变暗了。

“是停电，这山上一刮风电线就断。”老人镇定自若地解释道。

然而，停电的好像仅仅是这幢住宅。院子里的灯光没有熄灭，光线隔着窗洒落在书房地上。

磨砂玻璃窗的表面，浮现出朦朦胧胧的影子。

“伯父，那家伙，那家伙！”黑暗里，传来世本芳枝的惊叫声。

接着，不知从哪里传来毛骨悚然的笑声。

山崎君毫不犹豫，猛地朝窗前跑去。

“谁？”

叫喊声震动着玻璃窗，几乎与此同时，窗子啪地开了。可是，绿衣人再次像变魔术那样，刹那间消失了。窗外只有模糊的路灯灯光，没有人。

“站住！”

山崎君朝那个看不见的对手大声吼道，猛地翻窗跳到院子里。

夏目菊太郎老人慌慌张张地按了一下电铃，呼唤男用人佐助进房间支援，自己朝窗前跑去。

“山崎君，小心！不要莽撞！”

这时，从院子树林里传来山崎君诧异的声音：“咦，奇怪！怎么找不着他？不可能这么快就消失了，可……”

这时，老人背后传来奇怪的声音。

是两个人扭打的声音。

“啊，伯父！”

刹那间传来惨叫声，突然又停止了，好像是嘴巴被捂住发不出声音……

“芳枝，怎么啦？”

老人转过脸伸出手在黑暗里摸索，朝声音传出的方向走去。

静悄悄的书房里，世本芳枝不见了。

“芳枝！芳枝！”

门开了，光线也随之射入房间。原来，男用人佐助手端着蜡烛进来了。

“是佐助君吗？快在房间里找找！芳枝她出什么事啦？喂，芳枝，你在哪里？”

他俩在书房里找遍了每个角落，可就是没有世本芳枝的人影。

“奇怪！刚才还听见她的声音，不可能有时间去别的地方。佐助君，你没在走廊上见到她吗？”

“没有，走廊上根本就没有人。”佐助非常肯定地说。

老人急忙跑到窗前。

“山崎君，房间里出事了，芳枝她失踪了！你看到有人翻窗出去吗？”

为没有抓到凶手而懊恼的山崎君，正要返回房间时，听到老人惊慌失措的叫声。

“没有，我刚才就朝着窗子走来，没看见什么异常情况……怎么，芳枝小姐她不在房间里吗？”

他说完身上像长了翅膀似的，一个鱼跃翻窗跳进书房，听完老人的解释后，怒气冲冲地责问老人：“假若她不是从窗也不是从门出去，那又能从哪里出去？

房间里难道有暗道机关？”

“别说傻话，怎么可能有那种东西！我听到了芳枝叫救命的声音，可瞬间就没有声音了，好像嘴被什么人捂住了。”

“那你是说那家伙刚才在书房里？这怎么可能？”

山崎君显得异常激动，大吼大叫，似乎已经忘了对方是这里的主人。

“别急，听我说！我不但听到芳枝的叫喊声，还听到了她的呼吸声以及两个人扭打的声音。一个是粗粗的呼吸声，一个是细细的呼吸声，我听得清清楚楚……至于那家伙是怎么闯入房间的，我根本就无从解释。可那家伙确实进来过，还强行带走了芳枝！”

这到底是怎么回事？真不可思议！无论怎么思考还是难以明白其中原因。如果既不是从窗子也不是从门口出去……那只有从暗道出去。

“你去把所有蜡烛给我拿来！还有一件苦差事要麻烦你，迅速去警署报案！”山崎君大声命令佐助君。

不一会儿，十多支蜡烛被点亮了。书房里亮如白昼，烛光与电灯光的亮度几乎一样。

山崎君借助烛光把书架上的书全部取下，检查书架背后的墙壁。接着，他翻开地毯敲打地板，把脸伸入壁炉里检查，希望能找到暗道口。可是，被检查过的地方都很结实，没有半点可疑之处。

“奇怪！”

“嗯，实在不可思议！”

夏目菊太郎老人和山崎君目瞪口呆地站在房间里发愣。

就在大家心急如焚时，天色渐入拂晓，接到报案后警方立即对别墅展开搜查。他们把搜查范围扩大到别墅高地及其周围，可就是没有发现凶手绿衣人和世本芳枝留下的脚印或者遗留物。

两个活生生的人怎么可能像烟雾那样消失？怎么可能从密室消失？看来，绿衣恶魔肯定利用了人的思维盲区玩弄鬼花招。

现在，世本芳枝到底怎么样啦？在旁人看来，山崎君内心的痛苦难以言表。

出 马

世本芳枝下落不明，请接到电报火速赶到。

小林芳雄看完电报内容，慌慌张张地从床上爬起来。

自从世本芳枝跟山崎君住到夏目菊太郎位于K町的别墅后，在半年多的时间里，小林芳雄几乎天天都在分析绿衣人制造的凶杀案。

“这家伙终于又出来寻衅闹事了，立即出发！不过，得稍稍考虑一下。据电文内容，芳枝小姐好像遭到了绑架，情况紧急，刻不容缓，一定要请明智先生出马！”

绿衣人的疯狂作案，令小林芳雄深感惊讶。他无法忍受案件长时间得不到侦破的耻辱，深知自己难以对付丧心病狂的绿衣恶魔。

小林芳雄拿起电话，随手拨通大江光一家的电话。

“喂喂，是大江君吗？非常冒昧，打搅你了，实在是对不起。刚才接到来自和歌山县夏目菊太郎先生的电报，说是芳枝小姐又遭到绑架了。

“我估计是昨晚发生的。要想迅速侦破这一案件，我实在是心有余而力不足，难以对付，想请明智先生出马。我曾经向他提出过这一请求，但先生说什么也不答应。

“现在，我打算立即去拜访他。如果你能抽出时间，咱俩一块儿去，你顺便也帮我说说。两个人一起去央求，想必先生的心肠再硬也会同意的。”

大江光一在电话里爽快地答应了小林芳雄。于是，小林芳雄迅速做出门准备。不一会儿，传来引擎声，随后大江光一进到了房间。

两个人坐上车以最快速度朝麻布的明智侦探事务所驶去。

“好，到了，把车停在拐角那里。”

小林芳雄还没有说完，两条腿已经沾了地。一路上，他似乎全身的血都涌上了脑门，焦急万分。

下了车的小林芳雄像飞似的朝明智侦探事务所跑去，大江光一一步不落地紧随其后。

朝着楼梯的房门被小林芳雄连敲了几下，没有回音。

“咦，先生不在家？”

“没有大案却这么早出门，比较少见。说不定马上就会返回的，我们进房间等一下吧！”

小林芳雄觉得无奈，迅速判断后用手推开门。

明智侦探事务所里果真空荡荡的，可明智小五郎的大办公桌上放有翻开的书籍。小林芳雄见状，猜测说先生可能在厕所里。

两人仿佛觉得明智小五郎微笑的脸马上就要出现在门口，便一声不吭地等了好一会儿。

“太慢了！”

“嗯，可是……”

刚说到这里，小林芳雄不再往下说，而是突然竖起耳朵。

“喂，别弄出响声！你听见什么了吗？事务所里除我们俩以外，好像还有人。”

“别吓唬人！怎么可能有其他人？”

“你听……好像有声音！”

“奇怪，好像是对面房间！”

对于小林芳雄来说，这个事务所跟自己的家一样熟悉，他一直和先生住在这里，只是在前不久才离开搬到别处居住。先生不在时不管什么人都不能擅自闯入，即便再亲近的人也是不被允许的。

他猛然站起身来，推开隔壁房门冲了进去。

小林芳雄在房间里看见什么了？

蓬乱的赭色头发，脸颊上有很深的伤疤，绿色的西装，还有其他特征……冷不防一一飞入他的眼帘。

不仅如此，那家伙一看见他俩便开始发出曾经听到过的低嗓门的笑声。这种阴沉恐怖的笑声，即便想忘也忘不了。

意想不到的发现，使小林芳雄的两腿不由得颤抖起来，连转身的力气似乎也没了。

那家伙怎么在这里？为什么现在才感觉到呢？绿衣人一定是抢先潜入房间埋伏在这里的！

咦，到底是怎么回事？过去总是渐渐消失的笑声，现在却相反高昂起来，忽然间又变得爽朗起来。

"哈哈哈……别紧张！无论那家伙如何如何，他都不可能像我这样。是我，是我呀！我是你的老师明智小五郎。"

"什么，原来是先生！我真的吓了一大跳！"

"对不起，勿怪，勿怪。我不知道自己化的装能否顺利过关，便稍稍试了一下。好了，刚才你们吃惊的程度足以证明我的化装成功了。"

一直在旁边打着哆嗦的大江光一，听完这对师徒俩的对话后不由得松了一口气。

从头到脚装扮得和绿衣人完全相同的明智小五郎朝外面的房间走去，愉快地点燃香烟后重重地坐在沙发上。

小林芳雄此刻早就等不及了，心急火燎地报告了电文内容。

"情况十万火急，我打算立即赶到那里。先生，我觉得那家伙很难对付，特请先生出马，千万别推辞。"

话音刚落，没想到明智小五郎爽快地点头同意了。

“嗯，我不光一定要去那里……其实，我在这里等你很长时间了！这起案件非常棘手，假设我的想象正确，本案非同小可，不是轻而易举就能擒拿到凶手的。不瞒你说，我也有点担心。一想到是那样的对手，全身都会不由自主地颤抖，但我不能因此而袖手旁观，放任凶手。”

“那么，先生已经……”

“不，这只不过是我伏在桌上思考的方案。在没有弄清楚事实真相之前，我不会轻易下任何结论，也不会把我的打算告诉你俩。但我坚信，从表面上看凶手是精神异常者，但本案背后藏有最难以想象的不可告人的阴谋。干侦探这一行，就是要把侦查视角对准矛盾的疑点。也就是说，那里肯定藏有侦破整个案件的钥匙。”

小林芳雄和大江光一完全摸不着头脑，虽无法理解明智小五郎的这番话，可他答应出马足以使他俩心满意足。

明智小五郎的参与，必将意味着案件会很快地朝着被侦破的方向发展。他俩信心百倍地你望着我，我望着你，笑着相互点点头。

“好，我尽可能快一点出发。倘若我的推理正确，危险已经来到眼前，一分钟也不能耽误。明天早晨我们坐飞机出发，到达大阪后乘列车去K町。如果顺利，明天傍晚可以到达目的地。”明智小五郎的说话语气铿锵有力。

K 町

第二天傍晚，明智小五郎和小林芳雄到达K町。

由于出发时发了电报告知到达时间，夏目菊太郎老人和山崎君一起到列车终点站K町迎接。

“明智先生，你来了我就放心了。我相信你一定能替我救出芳枝。”老人握住大侦探的手兴奋地说。

四个人坐上轿车，沿着乡村公路朝K町出发。老人在车里不停地向明智小五郎道谢，可不知何故，山崎君一言不发，把脸扭向一边，态度冷漠。

“我听说了，可没想到会是这样的结果。芳枝失踪后的两天里，警方到处设卡盘查还张贴了通缉令，可什么线索也没有发现。在这样的农村，不管凶手怎么化装都不可能改变陌生人这一事实，凶手不可能从当地人的眼皮底下溜之大吉。再说，警方目前也束手无策，眼下只能说是不可思议。”

“那没有藏在镇上的迹象吗？”

“这里与东京不同，不可能有那样的场所。大概是神情恍惚的缘故吧，我近来总觉得那家伙在住所附近徘徊。”

老人似乎从心底里感到害怕。

片刻，车到达城山别墅的高地山脚。这时已经是暮色浓浓，周围树林黑乎乎的，只有那条上坡道显露出淡淡的白色。

四个人下车后沿着羊肠小道朝上攀登，一路上没有人说话。山崎君依然是刚才那副不理不睬的样子，途中说了一句“我回去了”，便独自一人急匆匆地先走了。

“山崎君他怎么啦？”

小林芳雄望着消失在树林里的山崎君的背影，疑惑不解地向老人打听。

“唉，那一天山崎君对我说要娶芳枝为妻，当然不是马上举行婚礼，希望事先得到我的承诺。可就在他向我说这番话时，黑影出现了，芳枝也在瞬间无影无踪。山崎君经不住打击，每天思念芳枝，这也情有可原。

“你们为了救出芳枝而特意赶到这里，按理他应该感谢你们才是。可山崎君有他自己的打算，执意靠自己的力量救出芳枝，证明自己的能力，迫使我同意他们结婚。

“作为我来说，虽不表示反对，可也没有明确表示同意……从那以后，山崎君几乎夜不能寐，犹如侦探犬在附近寻找。从某种意义上说，他是在与你们展开智慧较量，看谁先救出芳枝。”

“噢，原来是这么回事。要真是这样的原因就好了。”

小林芳雄和明智小五郎总算明白了山崎君对他俩不冷不热的真正原因。

没过多久，城山别墅，也就是夏目别墅的灯光出现在大家眼前。突然，有一个黑影箭一般地朝他们靠近。

“瞧，就在树林里，一个绿色家伙，请你们快追上去！”

说这话的是山崎君。无疑，绿衣人是凶手夏目太郎。

第一个追上去的是明智小五郎，他将一直提在手上的皮箱往地上一扔，撒开双腿疾跑。那奔跑架势，仿佛在跟山崎君展开田径比赛。

紧跟着狂奔的是小林芳雄，夏目菊太郎也不由得跟在后面小跑起来。

“瞧，就是他！他在那棵大树下！”

山崎君手指的方向，果然有一个绿衣人在树林里穿行。距离很远，加之天色暗淡，无法仔细辨认，唯独耀眼的绿色服装清晰可辨。

目标明确了，大家追赶的速度更快了，可对方也更快了。眨眼间，绿衣人消失在树林深处，等到大家跑到那里时，连影子也没见着。

他们立即通知警方，几十名警察迅速包围这里展开搜索，连稍有一点可疑的草丛也没有放过，可结果与前几回的搜索相同，一无所获。

别墅里，夏目菊太郎已经让用人准备好了饭菜，正耐心地等待着大家回来。吃罢晚饭，明智小五郎和小林芳雄一起来到曾经出现过凶手的书房里，展开详细的调查，也仍然没有新的发现。

那天晚上，小林芳雄和明智小五郎并排睡在一张床上。像这样的情景，已经很长时间没有了。

地　道

“小林君，七点了，吃早饭前再检查一下书房好吗？”

小林芳雄被明智小五郎唤醒，一骨碌从床上跳到地上。片刻，两人都穿好了衣服。

他俩一前一后走进书房，宽敞的书房里空气凝固，给人沉闷的感觉。

推开房门朝里打量，出乎意料的是房间里有人，是山崎君。他站在一侧靠墙书橱的前面，正专心致志地阅读。

他转过脸瞧见两个人突然出现在门口，不知何故紧张起来，连忙将手上的书放回书架，朝门口走去。

“早上好！怎么样，昨晚睡得好吗？”

“很好。山崎君，你起得好早呀！怎么，看书一直看到现在吗？”明智小五郎的话语里多少带了点讽刺的口吻。

“没有，这书架上的书有点乱，我刚才整理了一下。”

小林芳雄觉得山崎君举止反常，分明是在看书，可为什么要撒谎呢?

“原来是这么回事。请问，你对这起案件有什么高见？我初来乍到，人生地不熟，还一点儿头绪都没有。”

“你是想知道我的想法吗？我不值得你问，在侦探方面，我是一个门外汉……”

山崎君的语气虽十分婉转，可脸上充满了敌意。在晨曦中，他那张英俊的脸庞使明智小五郎深感惊讶。

一对被长睫毛围着的眼眸，显得格外有神，嘴唇上红红的，好像涂了口红。

“好，我不奉陪了，请慢慢地阅览吧！”

山崎君微微转动了一下他那漂亮的脸庞，朝明智小五郎点头示意后消失在门外走廊上。

“嘻嘻嘻……他对我们抱有相当的敌意。哎，他可称得上美男子了。”明智小五郎转过脸奇怪地笑着对小林芳雄说。

接着，两人用了不到一小时的时间，分头彻底搜查了整个书房，还是没有新的突破。

吃罢早餐，明智小五郎忽然一声不响地离开了，没有马上返回的迹象。

小林芳雄一人闲得无聊，便离开房间走进书房。

一推开房门，出现在他眼前的是明智小五郎。他站在书橱前手捧着一本摊开的书，正在聚精会神地阅读。

明智小五郎站的位置和山崎君清晨站的地方一样，看的书也是那一本。当发现小林芳雄站在门口，他吃惊的表情也与山崎君相同，赶紧把书放回原处走到门口。

“哦，先生，你在查阅资料？”

小林芳雄说完，发现明智小五郎回答的神情也与山崎君相同。

“没什么，没什么，书上有虫子，只是想取下看看而已。这样吧，小林君，我看我们先去昨天经过的树林那里搜查一下好吗？”

说完，他像把小林芳雄撵出去似的来到门外走廊上。

“先生，你打算去找什么？”小林芳雄越发糊涂起来。

树林里的搜查，几乎花了整整一上午时间。他们时而翻开石块，时而爬上大树，遗憾的是，什么线索也没有发现。

树林中央耸立着一棵很显眼的老樟树，直径约两米左右。在距离地面一米半左右的树腰上有三根树杈，树枝朝四面八方伸展，气势称得上树中之王。

传说它已有一千多年历史，自古以来就被视作重点保护的神树。

即便现在，神树周围还是有用绳索编织的护栏，禁止行人或游客靠近。

明智小五郎似乎对这棵老树抱有浓厚兴趣，跨入护栏将树干抚摸了一番。最后，他像猴子似的一溜烟爬上树，坐在那里待了好长一段时间。

“好不容易来到这里，你下午最好去游览一下纪伊半岛。我呢，有事要独自一人调查。”

根据明智小五郎的建议，小林芳雄舒舒服服地度过了整整一个下午，像这样的机会还真不多呢！

他在海岸和山上到处转着游玩，等到返回夏目别墅时，已经是快要吃晚饭的时候了。

“先生，怎么样啊，找到线索了吗？”

“嗯，大概是今天晚上，如果迟一点，可能是明天早晨会有情况发生。”

吃晚饭时，小林芳雄问明智小五郎，大侦探则胸有成竹地答道。

晚饭过后，小林芳雄跟夏目菊太郎聊起了天，内容是关于这一带的风土人情，接着回到二楼卧室，又没有见着明智小五郎的影子。

小林芳雄待在房间里等了大半天，还是不见明智小五郎回来。突然，他想出去看看。

别墅外面是美丽的夜景，皎洁的月亮高挂在空中，月光如银，洒向大地。小林芳雄犹如梦游患者，不由自主地朝着树林走去。

皎洁的月光穿过枝叶之间，将树林照得犹如白昼。忽然，他发现前面有东西晃动。

小林芳雄顿时停住脚步，凝神一看，像是一个男子在树林里穿行，浮现在月光下的是绿色身影。

“肯定是那个家伙！好，今晚一定要抓住他！”他猛地下了决心。

小林芳雄对于跟踪很有自信，借助树的阴影和树干掩护自己，一步一步地朝对手靠近，小心翼翼地跟了上去。

须臾，凶手的前方出现了小林芳雄曾经见过的古老神树，只见绿衣人朝那里走去。

小林芳雄想起白天明智小五郎对这棵树绕有兴趣的神情，暗自点头。

绿衣人翻越老树前面的护栏，以酷似明智小五郎的姿势朝那棵直径两米左右的树上攀爬，随后站在树杈上面。就在这一瞬间，绿衣人的身体像被神树吞没了似的消失了。

小林芳雄直愣愣地站了好一会儿，仿佛迷路了。他凝神眺望，侧耳倾听，然而什么变化也没发现。他又踮起脚尖走到护栏跟前，跨过护栏后小心翼翼地朝树上攀爬。小林芳雄站在树杈上朝树干看了一眼，令他吃惊的是，树中心是一个大黑窟窿。他不由得朝里窥视，发现黑暗里隐隐约约有可以踏脚的地方。

于是，他沿着踏脚的地方朝黑窟窿深处一步步地走下去。最后像是到了地下，那下面好像还有石梯。

小林芳雄屏住呼吸踮起脚尖沿着黑暗继续向下行走，不一会儿，石梯没了，接下来，是可以站着走的地道。

摸着黑继续朝前走了大约六十米的路程，两边的墙突然不见了，眼前变得宽阔起来。小林芳雄凭直觉估计这里好像是个房间。

他侧耳细听，不由得吃了一惊，距离自己三四米远的黑暗处好像有人。与此同时，黑暗里传来轻轻的叫声。

“啊！”

“站住！”

猛然间，黑暗里传来刺耳的叫喊声，眼前随即啪地亮了。

黑暗里出现了两道交叉在一起的光束，光束的焦点定格在两个浮现在黑暗中的人影身上。

小林芳雄使劲克制着自己险些发出的惊叫声。

手电光束的焦点那里，两个相同打扮的人互望着对方。

乱蓬蓬的头发，令人恶心的伤疤，耀眼的绿色服装。不知什么时候，地道里出现了两个相同的绿衣人，而且都注视着对方。

紧接着的一瞬间，小林芳雄察觉背后传来完全不同的呼吸声，还有衣服磨擦的声音，是实实在在的人。他清楚地感觉到自己的腋下有冷汗正沿着肌肤向下流淌。

“站住！”

刹那间，黑暗中再次响起叫嚷声，接着是咯噔咯噔的脚步声。

其中一个绿衣人熄灭手电逃走了，另一个绿色人则不顾一切地追上去。孪生兄弟般的两个绿衣人，好像是敌对双方。

这时候，小林芳雄的脑子里忽然掠过这么一个想法：“逃走的绿衣人是真正的凶手，追赶的绿衣人多半是明智先生。”

一想到这里，他眼前立刻闪现出在明智侦探事务所见到的明智小五郎扮成绿衣人的模样。

忽然，黑暗中传出有人倒地声音的同时，还听到“哎哟”的呻吟声。

“糟啦，手电不见了！”

好像是嘟哝着自责并且爬起来的声音，这确实是明智小五郎的声音。

忽然，背后传来叫声。

“手电吗？在这里。”

话音刚落，黑暗里亮起了耀眼的光。光束从小林芳雄身边穿过射在刚从地上爬起来的绿衣人身上。

发出叫声的，好像是山崎君。

脚步声离小林芳雄越来越近，他从小林芳雄前面经过，慌慌张张地问：“是小林君吧？我是山崎，是来救明智大侦探的。”

“啊，果然是山崎君。”

两个人并肩朝明智小五郎那里跑去。

“我们俩是小林和山崎。明智先生，夏目太郎朝哪里逃走了？”

这时，传来明智小五郎的声音：“啊，是你们俩！快跟我一起追，他朝你们那里逃走了！喂，要留神地面有绊脚绳索，我刚才就是被绳索绊倒的。芳枝小姐多半被关押在这里！”

三个人谁也没有再说话，追赶着已经逃走的绿衣人。明智小五郎拿着山崎君的手电走在头里。

“救命……我是芳枝，快、快来救我……请快来救我！”

黑暗里传来尖叫声和撕衣服的响声，于是，他们将一直照着地面的手电光束移向前方。

出现在光束里的果然是世本芳枝，宛如幻灯片里的镜头。

那里凑巧是洞窟转弯的地方。世本芳枝的左手扒着那里石壁上凸出的地方，一个劲儿地挣扎。她披头散发，破衣烂衫，整个身体趴在冰冷的地上，似乎被一点儿一点儿地拽着朝转弯方向爬行。瞧那模样，拐角那里好像有凶手。

世本芳枝的右手到肩膀部分，已经被拽到拐角另一侧，看不见了。是那个家伙，肯定是绿衣人！看情形似乎他正在着急拽走世本芳枝。三个人加快脚步向那里跑去。

世本芳枝使出全身的力气挣扎着，拼命想从绿衣人手中挣脱。

随着三人脚步声越来越近，绿衣人也许知道不妙，放开紧拽着世本芳枝的手，独自一人逃走了。只见世本芳枝有气无力地倒在地上。

“芳枝小姐！”

山崎君由于兴奋一边用嘶哑的声音叫喊，一边弯腰抱起世本芳枝。但她没有任何反应，好像完全失去了知觉。明智小五郎没有止步，小林芳雄也没有止步，继续追赶。

拐角的另一侧，是一条笔直的长通道。他俩一边追赶，一边将手电光束朝前照射，寻找凶手的踪影。

可凶手逃跑的速度似乎比闪电还要快，笔直的通道里，手电光束能够射到的地方，根本没有凶手的影子。师徒俩仍不死心，继续追赶，不一会儿，来到洞窟的出口。

洞口在夏目别墅高地的腰部，被灌木和杂草遮掩着，从外表看，根本察觉不到背后竟然有张着大嘴的洞窟。

两个人走出洞口进一步在周围搜索，却连影子也没有见着。明智小五郎最后决定，等到天亮时与警方取得联系，请警方进行搜查。

他俩一无所获地返回洞窟。这时，世本芳枝虽说意识好像恢复了，可眼睛还是紧闭着。

“没有抓住吗？”山崎君问这番话时，带着责备的口吻。

“是的，非常遗憾，又一次让凶手从眼皮底下逃走了。这条地下通道的另一出口在高地山腰，那家伙肯定从那里朝外逃走了。光我们几个，不可能抓住凶手。”

“哼，地下通道有入口就有出口这是理所当然的。不堵住出口去追，等于瞎忙活。”

山崎君毫不客气地数落着他俩，但他说的也不无道理。对此，小林芳雄并没有放在心上，只是偷看了明智小五郎一眼。可这时，大侦探似乎在考虑什么，冷不防嘿嘿地笑了。

“芳枝小姐得救了，这比什么都重要。”小林芳雄故意改变话题。

“那可不是明智先生的功劳哟！最先发现这条地下通道的可是我呢！再说救出芳枝小姐的，也是我啊！

“先生，你可能也看过书房里的那本书吧，也许你看到书里地图上的红线尽头，猜测它就是指神树的下边。

“当然，我早就知道这一情况了。在你们还未到那里时，我就已经等候在神树旁边，看着你们先后进入地道。

“只是先生的装束太出乎我的意料，我误以为是凶手，所以想救助小林芳雄才赶到这里。我的手电帮大忙了吧？”

“是啊，不过，你还是等一下再说吧，快把芳枝小姐护送到家里！”

明智小五郎镇定自若，命令山崎君。

“芳枝小姐，可以走吗？请勇敢一点！”

明智小五郎和小林芳雄抱起世本芳枝，让山崎君背她回家。

凹 宕

“先生，刚才山崎君在地道里说的地图和红线之类的东西是什么……莫非是指先生今天早晨在书房里看的那本旧书？”

地道里追踪凶手告一段落后，明智小五郎和小林芳雄返回卧室。一到卧室，小林芳雄便迫不及待地问起明智小五郎来。

“是的，是那本书。那书好像是这幢城堡别墅最初主人的，上面详细介绍了这幢别墅的内外情况，还有这个城堡别墅的地图。书上画有一条红线，一对照原文，发现那上面有一个‘秘’字，说明红线标明的地方有秘密。例如，别墅被围困时运送粮食的路线、主人逃离别墅的路线等等。别墅下面有条地道，可见红线是代表着地道。于是，我在沿着别墅步行的时候，调查了地道的所在位置，发现地道入口在神树那里。于是，我越过护栏爬上神树找到了入口。”

“刚才，山崎君说他先发现地道入口，这是真的吗？不过，山崎君的确是在先生之前看了那本书的。”

“是的，是山崎君先发现的。也就是说，他想赶在我们前面并且独自掌握地道入口。当我们今天早晨突然出现在书房门口时，他一脸慌张的模样，你一定还记得吧？”

“先生为什么要那样化装后才潜入地道呢？”

“我是考虑过的，却被对手识破了。不管怎么说，今晚败给了对手。”明智小五郎的回答像谜一般令人不解。

“小林君，我刚才被绳索绊倒的时候手电掉了，你还记得吧？当我伸手去捡的时候，却被对手抢先捡走了。当时，对手与我的手相互碰了一下。”

明智小五郎说到这里停顿了，沉默了好一会儿，接着，不知为什么压低了嗓门：“你猜猜是什么样的手？咳，是十分冰冷但又柔软的手，给人一种恶心的感觉。当时我如果能抓住那只手，也许就能抓获凶手，可不知为什么，我当时犹豫了一下。碰上那样令人毛骨悚然的手，我还是生平第一次。”

“先生如果事先告诉我，不就可以把守地道出口了吗？”

“那是因为我另有想法，可就算你在出口那里等再长时间，结果也是不可能抓获凶手的。”

“为什么？”

“因为对手使用了魔术，明天再调查那个出口后你就会明白的。”小林芳雄深信明智先生的判断。先生好像已经知道什么，只是还没有到对我公开的时候。小林芳雄想到这里放心了，躺在床上不一会儿就睡着了。

第二天早晨，小林芳雄又被明智小五郎唤醒。

他俩迅速换上外出服装，脸也顾不上洗就悄悄从后门溜出夏目别墅。

外面天还没亮，他俩顶着迎面吹来的冷风，一边分开与腰一般高的杂草，一边朝山下走去。

“像这样的洞口，不可能被人发现。”

“是啊，设计得十分周到。对于知道这下面有洞口的人来说，这片树林是提示的标记，还能掩人耳目。”

明智小五郎让小林芳雄等在洞口附近，自己仔细地观察周围地面情况。片刻，他转过脸朝着小林芳雄笑嘻嘻地说：“这地面的泥土很松软，进出洞口的脚印非常清楚。”

“是两个尺寸的脚印吧！”

“是的。”明智小五郎的笑声渐渐响亮起来，脸上堆满了酷似淘气孩子的表情。小林芳雄瞬间醒悟了。他赶紧比试自己的鞋子，与脚印完全一致，另一串脚印与明智小五郎完全吻合。

“瞧，这是昨天晚上我们俩留下的脚印。”

“是的，如果凶手从这里出逃，不留下脚印是不可能的。”

“那么凶手采用了什么办法？会不会是隐身术？真可怕！”

“对此，我做了三种假设。”

明智小五郎仍然是边笑边解释：“第一，凶手利用黑暗从我们腋下穿过，朝相反方向的那棵神树逃跑。这假设似乎不太可能。”

“嗯，不可能。虽说地道里那一段很宽敞，可入口那里有我和山崎君。凶手若想神不知鬼不觉地从我们身边溜走，是不可能的。”

“第二，凶手脚不沾地逃之夭夭了。也就是说，像鸟一样依靠翅膀飞走了。一个活生生的凶手，难道真能像灵魂一样凭空消失？”

“太可怕了！这个疯子莫非有什么特别功夫？”

“第三，地道里有岔道儿。也就是说，洞壁上有隐蔽的暗道或者洞窟，凶手有可能一直藏在那里。”

“我认为不可能有岔道儿，但也许有可以隐藏的洞窟。说不定，那家伙还躲藏在那里。”小林芳雄说完，身体情不自禁地颤抖了一下。

“总之，今天要请警方仔细搜查一下。”

明智小五郎一直提倡保密主义，似乎还隐瞒着什么没有向小林芳雄公开，除三种假设外还保留了什么。

片刻，警官们也赶到了现场，对地道里进行了彻底搜查，也还是没有得到新的线索。

只是发现，从昨晚世本芳枝趴过的地方朝里走一点，那儿的洞壁上有大约边长三十厘米的正方形凹洞，表面石块是活动的，可以取下和装上。

“这凹洞里也许有什么东西？”

“有面包屑和桔子皮，是凶手放食品的地方。”

“大概是那样的吧。”明智小五郎若无其事地答道，但脸上微微流露出一种难以察觉的笑容，这并没有逃过小林芳雄的眼睛。

白 塔

当天晚上，大家围着筋疲力尽躺在床上的世本芳枝，和她一起聊天，打发时光。

世本芳枝似乎还不能开口说话，对于夏目菊太郎老人提出的问题回答起来非常费力。

“那家伙没有对我施暴，只是把我从书房强行带到昨晚大家赶到的地道，举止非常蛮横，但没有出格的地方。”

“那家伙是怎么把你强行带出书房的？”小林芳雄插话问道，他觉得实在是不可思议。

“这我说不上来。当时，灯突然灭了，眨眼间，我的身边出现了呼吸声，既不是伯父的也不是山崎君的。我吃了一惊，正要从椅子上站起来，冷不防，那呼吸声从背后猛地靠近我。紧接着，我的嘴巴也被身后伸过来的手捂住了。我拼命挣脱，可刹那间失去了知觉。”

“那人肯定是夏目太郎吗？”

“是，是的，那家伙看上去非常瘦削。尽管他是我丈夫的仇人，可一看见他那副有气无力的样子，不知怎么的，竟然可怜起他来。可能因为那家伙天生是疯子的缘故……”世本芳枝低着头说话，满脸悲伤。

这时，传来奇怪的响声，只见一个黑色的东西啪嗒啪嗒拍打着翅膀，经过房间里的拉窗飞了进来。

“啊，是蝙蝠！”

大家猛地站起身来。山崎君拿来扫帚，企图打落这只不吉利的蝙蝠。

“咦，那是什么？瞧，蝙蝠脚上好像系着什么东西。”

山崎君敏捷地抓住垂在蝙蝠脚脖子上的东西。原来，那是一张纸片，上面是密密麻麻的铅笔字。

小林芳雄接过那封信从头到尾看了一遍。

> 你们这些家伙竟敢阻挠我！那好，我决不会放过你们。芳枝小姐将要和山崎君结婚的情况，我知道得一清二楚。我已经忍耐不住了！
>
> 试想，我怎么可能允许芳枝小姐投入山崎这小子的怀抱？告诉你们吧，我要把芳枝小姐带到地狱。你们如果不相信，那就走着瞧吧！
>
> 绿衣人

看完后，小林芳雄赶紧把信递到明智小五郎的手上。

这封奇怪的信在大家的手上传来传去。看了这封信的人，一个个神色木然。

“大伯父，这上面写什么内容了？”世本芳枝问道。

“哦，你不用关心这个。有我们大家在这里守护，你就安静地休息吧！”夏目菊太郎说。他没把信递到世本芳枝的手上。

大家被这封信上的内容震惊了，担心真的出现这样的局面，就决定请两名警察留在这里通宵保卫。

世本芳枝的卧室，一面是厚实的墙，其他三面与隔壁房间相连。夏目菊太郎老人分别让山崎君、用人佐助夫妇和两个警察暂住在这周围的三个房间里，自己则待在厚墙背后的书房里观察动静。明智小五郎和小林芳雄轮流值班，彻夜保卫。

一点，两点……午夜的别墅静得出奇，像这样的严密防范，恐怕凶手只能望而却步了。可就在两点刚过几秒钟的时候，意想不到的情况发生了。

世本芳枝的卧室里传出惨叫声。

大家不约而同地爬起来，冲入世本芳枝的卧室。这时，她已经从床上爬起，正不停地打哆嗦。

还没来得及问原委，只见世本芳枝卧室的地板上插着一把寒光闪闪的匕首，而刀柄在地板下面。

“警官，快检查地板下面！这家伙不可能马上逃走，再说房间里只有一个出入口。”山崎君第一个嚷道。

这是个榻榻米房间，由于它是欧式别墅的一部分，地板下面被水泥混凝土浇灌得密不透风。要潜入地板下面，除非拆卸隔壁仓库的地板，否则不可能进入地下。

“快去仓库，快！只要把仓库门堵住，这家伙就是瓮中之鳖了。”山崎君大声嚷道，自己带头朝那里跑去。

“先生，我们也一起去看一下！”小林芳雄焦急起来，轻声对明智小五郎说道。

大侦探似乎根本不感兴趣，嘟哝着说：“就是爬到廊子下面找也是白搭！”

小林芳雄还是忍耐不住，独自一人朝仓库跑去。他跑到仓库里一看，一部分地板已被拆除。

“那家伙在下面吗？”小林芳雄问山崎君。

“果然不出我所料，地板早被拆了，还有人爬过的痕迹，可下面一个人也没有。”

地板下传来山崎君的声音。

小林芳雄顺着声音也跳到地板下面，上面有手电灯光，照着地下的四周。

“山崎君，把手电借给我。”

小林芳雄接过手电仔细搜查了地下，没有发现人影。他俩来到世本芳枝卧室下面，果然像山崎君说的那样，发现了日本刀的刀柄。

“这是证据，请小心把它拔出来！”

小林芳雄向警察打了个信号。

这时，不知从哪里传来奇怪、低沉的嗓音。小林芳雄吓了一跳。那家伙！是那家伙的笑声！笑声逐渐高昂，在地板下回响，震耳欲聋。

“是谁？”警官大声呵斥的同时，笑声停止了。

“是那个家伙的声音！”

“是的，他在哪里？”

山崎君和小林芳雄窃窃私语，用手电仔细照着地板下的每一个角落。

“我们还是出去吧，最好是堵住出入口。”

山崎君提出建议，于是，三个人赶紧从地板下边钻出来到仓库，用木板堵住出入口，让两个警察把守。

“小林君，帮我一下，把那个房间的地板拆掉！”

山崎君还没说完就挥舞手臂掀起草席、卸掉地板，借助房间灯光仔细观察地板下面，也没有发现凶手的影子。

“我刚才不是说了吗，就是到廊子下面找也是白搭。”

从地下搜查的一开始到结束，明智小五郎的表情就一直冷若冰霜，冷眼观望刚才的热闹景象。他苦笑着脱口而出，语气十分平静。

就这样，凶手又烟雾般地消失了。

世本芳枝再次脱险，可大家由于凶手的再次消失而感到胆战心惊。

遗 嘱

那以后的五天里，一切平安无事。

世本芳枝从那以后一直睡在欧式房间的床上，大脑神经作痛，一天比一天激动，简直像发疯。山崎君日夜护理守候在床边。

“就连我也感到害怕！她有时突然指着房间角落大声狂叫：瞧！在那里！”

就像山崎君说的这样，世本芳枝每天不是迷迷糊糊地昏睡，就是颤抖着声音狂叫，或者从床上跳起来，像精神病患者。

然而，像这样异常疯癫的并不只是世本芳枝，夏目菊太郎和用人也都由于绿衣人的缘故，不同程度地患上了神经衰弱症。

看护世本芳枝的保卫工作变得越发严格起来，整个房间简直固若金汤。

一天，夏目菊太郎老人邀请小林芳雄。

“小林君……我有事想问你……最近几天来，我思考了许久，总觉得不可思议。”

“什么事？只要是我知道的，不管什么都可以问，请直截了当地说！”

夏目菊太郎似乎难以启齿，停顿了一会儿，咳了一声说道：“我想向你打听明智先生的情况。我总觉得明智先生与社会上传说的不太吻合，根本看不出他是一个名侦探。他是你的老师，对你说他的坏话很不应该，请原谅，可他哪像侦探？依我看，肯定是一个精神不正常的怪人。”

他的话语里充满了对明智小五郎的不满。

“首先说一下地道的事。当时没有抓住完全应该抓住的凶手，为此，山崎秘书时常发牢骚。我也思考过了，觉得他非难明智先生是有道理的。那天晚上，他穿着与凶手一样的服装在树林里转来转去，像在玩骗孩子的把戏。还有，前几天发生的那起事件，他也是那样麻木不仁。尽管寒冷，山崎秘书和你一起还是钻到地板下搜查，可他光是站着，最后还冷言冷语地讽刺。说心里话，我怀疑他的智商有问题。”

“你刚才说的情况，我觉得也有道理。可我先生不管在什么样的场合，绝对不会做任何徒劳的事，他这么做必定有原因，或者说已经预感到什么。就像先生后来说的那样，尽管我们在地板下面忙活了一阵子，可什么也没有发现。不知情的人也许会觉得先生无所事事，其实，我先生像以往一样，该出手的时候才会出手，在这点上，他是决不含糊的。”

小林芳雄最了解先生明智小五郎，深知他既有渊博的知识，又有超常的智慧，所以耐心细致地说服老人。可夏目菊太郎老人依然十分顽固。

“你可能不清楚，还有一件怪事。他刚来那天，突然把我喊到隐蔽处问我要照片，还一再关照我别对任何人提起。我只给了他一张照片，可他立即用航空挂号信不知寄到哪里去了。也不知何故，不管怎么问他，就是笑而不答。

“奇怪的事情不光这些。两三天前，他突然喊住我问道我一共有多少财产，我回答说‘就这些，没多少。’你猜他怎么说的？他说：‘嘀，你还真是个大富豪呢！’话语里，充满了讥讽的口气。还说：‘你膝下没有子女，财产最终会落到别人手里。唉，你打算让谁继承？’等等。

“他关心我真是太过分了！不过，我觉得他那样问可能是出于破案需要，便回答说让芳枝继承。事实上，这也是我真正的打算，山崎君和芳枝结婚，让他俩继承财产。我说完这话，他却问我说：‘你写过遗嘱了吗？’

“被他这么一说，我憋了一肚子火，冲着他说：‘我还没有死呢！’谁知话音刚落，他竟哈哈大笑，说：‘啊，原来是这么回事！我也觉得你还没有写遗嘱。’他说完这些讽刺的话后，一阵风似的走了。我转而一想，他是在劝我写遗嘱。

“就说刚才的情况吧，邮递员送来一只邮包，是寄给他的，也是航空挂号。他一从邮递员手上接过邮包，就来到我房间对我说：‘快写遗嘱吧！’我问为什么，他说不管怎么写都行，但一定要写。瞧他那说话时的模样，我觉得他不像一个精神正常的人。

“不光这些，他还说：‘我明天清晨回东京，请把我送到T车站。’我一听这话真的火了，大声吼道：‘你要回去就一个人回去！来我这里到底是干什么的？要我送你回去，想都别想。告诉你，遗嘱什么的，我是不会写的。’”

夏目菊太郎老人越说越激动，脸涨得成了猪肝色。

“你说我先生要回东京？想必有其原因。侦探这项工作，有时候会让人觉得不可思议，甚至无法接受。其实，他们大多经过慎重考虑后才做出决定的。这一次先生要回东京，肯定也是经过了反复思考。还有，我先生有一个最大特点，那就是在他没有做出最后决定前，什么都不会说的。”

“他如果有什么打算，事先向我说明又有什么不好呢？否则，我这个老人总是受惊吓。”

老人的愤怒和心里的疙瘩，小林芳雄是无法化解的。

交谈结束后，大家在一起吃晚饭。晚餐过后两个小时，夏目菊太郎老人的态度不知何故来了个一百八十度大转弯。

“小林君，我决定明天早晨送明智先生去车站。我问过他了，觉得他应该去，他去东京是为调查这起案件。还有，我已经按照明智先生说的写好了遗嘱，明天早晨向大家宣布。”

老人笑嘻嘻地说道，脸上的表情与晚饭前完全判若两人。

小林芳雄一时还转不过弯来，目瞪口呆地望着“阴转晴”的老人。他知道明智先生的脾气，现在这时候，不管怎么问，是问不出结果的，相反会浪费宝贵的时间，他决定顺其自然。

赴 京

次日早晨八点左右，明智小五郎做好了出门准备，告别大家后离开了夏目别墅。夏目菊太郎与明智小五郎同乘一辆轿车，送他去T车站。

小林芳雄和山崎君要求代替老人送明智先生去车站，却遭到明智小五郎的反对。

“不行！你们不在家守护，芳枝小姐将会怎么样，你们想过后果吗？我有夏目老人送行就足够了，希望你们别离开芳枝小姐的房间，一步也不能离开。绿衣人究竟什么时候从什么地方潜入，谁都无法预料。还有，绿衣人一旦知道我外出不会不来骚扰，请小林君一定要注意，保护好芳枝小姐，其他什么也不要做。当然喽，一定要与山崎君在一起。其实，保护芳枝小姐的安全，即便有你们俩也根本不多。”明智小五郎一再叮嘱他们俩，重复了好几遍。

这天早晨，山崎君脸上的表情像换了个人似的，显得格外有精神，独自一人不时笑眯眯的。

早餐前，夏目菊太郎把山崎君叫到书房说了许多话。无疑，不仅说了许多将来的事情，还把昨晚写好的遗嘱给他看了。

明智小五郎和老人同乘的那辆轿车不一会儿到达T町车站，距离列车出发时间还有一个多小时。他俩商量后，决定去附近旅馆休息一会儿。

“我们很疲劳，想静静地卧床睡一会儿，希望在我们按铃之前别进入房间。”

两个人一走进房间便喊来女服务员，对她说了这番话，然后关紧房门，不让房间里的声音传到走廊上，房间里静得鸦雀无声。

这两人到底在干什么？他俩从家到车站也没有在车上待多少时间，可都说很疲劳，难道这是真的？

片刻过后，距离发车时间所剩无几，两个人从房间里出来了。

定睛一看，这个刚才身材削瘦的老人好像胖了一点。

两个人来到月台上没有说话，只是点点头弯下腰行了告别礼。随后，明智小五郎登上列车的二等车厢。

少顷，明智小五郎从车窗探出脸，帽檐压得很低，衣领子竖起来围着脖子，似乎车厢里很冷。另外，不知什么时候他鼻梁上多了一副黑色眼镜。

“好了，请多保重！”

站在月台上的夏目菊太郎老人走上前朝明智小五郎低头行了一个礼。明智小五郎好像也说了什么，可由于竖起的衣领子遮住了嘴巴，说的话含含糊糊的。

发车的铃声响了，列车缓缓驶出月台。

“请保重！刚才拜托你的事情请一定要办好，千万别大意！”老人朝着已经远去的车窗喊道。

列车驶离月台后，老人独自回到自己的别墅。

老人由于连日来的疲劳和长时间来的第一次出门，看上去似乎十分疲劳，一走进书房便坐到椅子上，一副无精打采的模样。

送走明智小五郎后，别墅里似乎没了生气。

明智小五郎走后，老人不得不把责任揽在自己身上，可能是这个原因，老人感到左右为难。

“我怎么会这么疲劳？心情也不好。”

拉上窗帘的房间里显得十分昏暗，老人坐在大写字桌前不停地眨巴着眼睛。午饭和晚饭都是让用人端到书房，即便有事请示他，他也不离开一直坐着的大椅子，更不接待来客。

“有话请等一会儿再说，我现在身体不太舒服……”他有气无力地回答。

小林芳雄见状感到不安起来。

“唉，明智先生为什么选择这个时候回东京呢？夏目菊太郎先生又变成现在这般模样，如果凶手绿衣人今天晚上偷袭那可怎么办？那家伙的魔术犯罪高深莫测，防不胜防。仅我和山崎君两人，如果能防住他那当然好，可是……”

小林芳雄的担心和夏目别墅的不幸，没过多久居然成了现实。

复 活

小林芳雄的不安没人理会，夜深了，四周静悄悄的。

老人由于疲劳过度，吃罢晚饭便上床休息了，几分钟过后打起呼噜进入了梦乡。床边柜上的台灯没有熄灭，灯光将老人的白色胡子照得朦朦胧胧的。面朝院子的玻璃窗关得紧紧的，连红色的窗帘也拉得没有一丝缝隙。鸦雀无声的房间里，只有清脆的钟表走动声在嘀嗒嘀嗒地响着。

凌晨一点多的时候，房间里根本没有风，可窗帘忽悠忽悠地飘了起来。就在房间角落的窗帘下边，出现了两只脚，还出现了绿色裤子。

少顷，窗帘缓缓地朝两边移动，细小的窗帘间隙那里，出现了一对目光贪婪的眼睛。

眼睛射出的视线在房间里慢慢地转动，最终投在老人熟睡的脸上，停留了好一会儿，观察老人的动静。又过了一会儿，窗帘哗地被拉开，绿衣人的整个身影暴露在微弱的台灯灯光下。

是绿衣人!

老人依然熟睡，睡得很沉。绿衣人踮起脚尖踩在厚厚的地毯上朝床那里走去，两手弯曲成掐脖子的架势，朝正在静静沉睡的老人逼近。

绿衣人似乎决心已定，送世本芳枝唯一的保护人夏目菊太郎上天国。

危险！两只酷似蜘蛛的大手投影，沿着白色被单徐徐地向老人的脖子逼近。

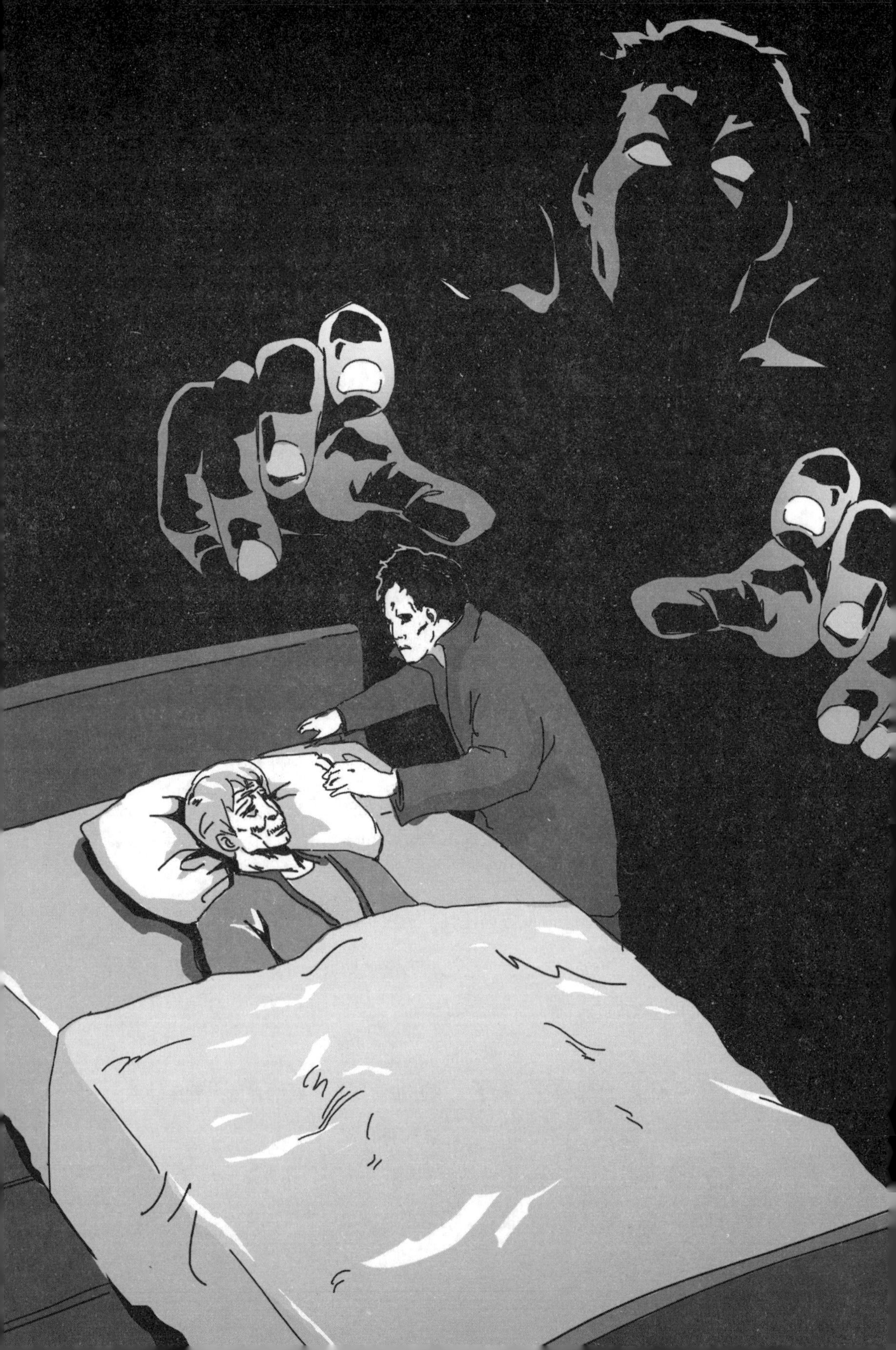

老人将在瞬间一命呜呼。

“住手！”猛地传来呵斥声，声音竟然来自老人的嘴里。

老人迅速睁开眼睛，眼眸在台灯灯光的折射下，像两道激光直逼绿衣人。老人依然是仰面卧床的姿势，那眼神似乎在说，怎么会发生这种情况?

顿时，绿衣人慌了神，站着直发愣。

光线暗淡的房间里，两对充满敌意的眼睛，犹如两把利剑纠缠在一起。

不可思议的是，老人在气势上战胜了绿衣人。他怒视着绿衣人慢慢地支起上身，转眼间从床上爬了起来。老人的右臂敏捷地抬起来，冷不防一把抓住绿衣人的头发。不知何故，对方的赭色头发被全部拽了下来。

绿衣人没想到老人来这么一招，而且动作如此神速，吓得他一个劲儿地往后退，顾不上用手招架。

原来，绿衣人戴着假发套。假发套被拽下，露出的是油光光的黑发。

“果然是你这个浑蛋，我早就察觉到了，一直等待今晚你自我暴露的机会。没想到吧，你这个自以为聪明过人的恶魔进了我的圈套，哈哈……我看你还是放老实点吧！”身着睡衣的老人挽起双臂上的袖子，叉开两腿站在床前。

“喂，看这个！”

此刻，绿衣人已经缓过神来，毫无投降的迹象。也不知是什么时候，他拿出了一支微型手枪。

“既然被你看见了我的真面目，那你也别想活着跨出这个房门。怎么样，明白了吧？”

啊，太可惜了！绿衣人无路可逃，老人胜利在望，只差一步就可擒拿绿衣人。不料形势急转，老人从优势变成劣势，而且生命危在旦夕。此刻，老人开始不停地后退。

砰！

终于，枪口喷出了火花。

老人的睡衣上出现了圆圆的黑点，渐渐地黑点被染成红色，向着四处蔓延。

白色胡子在微弱的灯光下左右颤抖，接着，老人直挺挺地倒在床上，手上还紧紧地握着绿衣人的假发套。绿衣人一不做二不休，走到尸体身边一把夺过假发套戴在自己头上，嗖地朝窗那里跑去。

红色窗帘大幅度地摇晃，转眼间，绿衣人身影消失在伸手不见五指的黑暗里。紧接着，不知从哪里传出让人厌恶的笑声。

与此同时，走廊上响起脚步声。被枪声惊醒的佐助君，一把推开房门闯进房间。佐助君一眼瞧见主人躺在床上的身影，刹那间明白了一切：主人被打死了！他怀着悲痛的心情一步一步走去，主人睡衣的胸口部位被血染红了。

“先生，先生，快醒醒！”

任凭佐助君怎么叫喊和使劲摇晃，老人都没有反应。

“不好啦，出事啦，快来人！快，快！”

佐助君声嘶力竭的叫喊，震撼了整个夏目别墅。

然而，也许大家白天都很疲劳正在熟睡的缘故，没有一个马上赶来的。

“山崎君，快来呀！”佐助君冲到走廊上连续叫喊。

首先被喊声惊醒匆匆赶来的是警察，其次是佐助君的妻子。又过了一会儿，山崎君身着睡衣跑来了，大家聚集在老人卧室门前。

“怎么回事？”

“主人夏目菊太郎先生被打死了，是被绿衣人打死的！我确实听见了绿衣人的笑声，现在，他已经朝外面逃走了。”

警察听佐助君这么一说，急忙闯入房门敞开的老人卧室。

山崎君也跟着闯进房间。

小林芳雄和世本芳枝听到楼下有喧闹声，赶紧从二楼跑到一楼。

“喂，佐助君，夏目菊太郎先生呢？怎么不见啦？你过来！”卧室里，传来警察气急败坏的叫声。

“什么，你说什么？夏目先生不就在房间里吗！”

佐助君气呼呼地跑进卧室，正要举起手朝床那儿指去。

“咦？”

佐助君大声惊叫：“不在？我确实看到他躺在床上，奇怪！这……”

回马枪

佐助君不可思议地一边喃喃自语，一边在房间里奔来跑去地寻找。他猛地停住脚步掀起窗帘，没有！又呼地蹲在地上窥视床下，可是，连老人尸体的影子也没见着。

“喂，佐助君，到底发生什么了？你是不是在梦里见到的？”

站在卧室门口的山崎君说完按了一下开关，于是，天花板上的电灯亮了。整个房间亮如白昼，可房间里没有老人的身影。

“你说我是梦里见到的？怎么可能！我确实用手摸过主人的身体。”

佐助君呆滞的目光在房间里环视了好一会儿，突然指着床边地毯说：“看，你们快看那个！看见了吗？这是最有力的证据，那血是从主人胸部伤口流出的！”

大家听佐助君这么一说，便朝那里靠近，端详着佐助君手指的地方。果然有血！地毯上，沾有已经渗入地毯里的血迹。有人用手指蘸了一下，红色液体粘在手指上。

从佐助君发现尸体到大家赶来这里，顶多也只不过一两分钟的时间，可杀人如麻的凶手已迅速隐匿了尸体。

“大概是那个窗户！”

警察跑到窗前掀起窗帘，发现玻璃窗半敞开，外侧的百叶窗已经损坏。

“喂！”

警察把脑袋伸到窗外，朝站在别墅拐角对面保护世本芳枝的另一名警官嚷道：“那家伙砸坏这扇窗潜入老人卧室，杀害了夏目菊太郎，又抱着老人尸体从这里跳窗逃走，你难道没看见？”

“什么，那家伙？奇怪！我怎么一点儿也没有察觉？”

他说没看见也不无道理。因为，他站的位置主要是监视世本芳枝卧室的动静，与这里有相当一段距离。加上拐角挡住了视线，一眼看不见这窗。

两警察、山崎君和小林芳雄依靠手电灯光，花了整整一个小时拼命搜寻，可最终什么也没有找到。

接到警察的紧急报告，当地警署署长亲自带着两名便衣警察赶来了。

他们对现场有关人员一一展开讯问，再和大家一起聚集在老人书房里，就下一步保卫老人唯一亲人世本芳枝的防范措施进行了讨论。

根据商定，世本芳枝的床被从二楼移到一楼书房里。她是夏目菊太郎的亲人，是老人财产的唯一继承者，也是警方目前的重点保护对象。

再说，继续让世本芳枝待在二楼房间里养病也非常危险，而小林芳雄和山崎君的主要任务是保护她，两人应邀全程参加了讨论。

以警察署署长为中心，大家围成一圈坐在老人的大写字桌周围，个个神色木然，不知如何是好。

“咦，明智大侦探怎么不在这里？”警察署长忽然想起少了这么一个重要人物，望着小林芳雄问道。

“是啊，先生说有关这起案件的一些情况需要去东京调查，今天早晨回东京去了。唉，如果先生在的话……”

小林芳雄从一开始就后悔极了，在说最后一句话时使出了全身力气。

“什么，去东京了？真是一个怪侦探！他的那种侦查方法，就连我们这些内行也无法理解。”

警察署长把小林芳雄的话弹了回去，不满意地嘀咕了一句。

“你可能对明智先生不了解，我在他身边当了多年助手，非常清楚他卓越的侦查能力。对这起案件的来龙去脉，他已经了如指掌，对凶手炮制的阴谋、动机、手法和行动步骤，已经掌握得一清二楚。”

“嗯，明智小五郎的侦查手腕我早就听说了，在东京警视厅和侦探界里他也算大名鼎鼎的人物。可不管怎么说，眼下这种时候回东京不太合适吧，似乎忘记了自己肩负的重大责任。夏目菊太郎被杀，而且尸体失踪，这一重大责任，我看完全应该由明智小五郎承担。”

“先生他具有卓越的思维能力和敏锐的洞察力，我们没有考虑到的，他都已经考虑到了。因此，虽然有人说先生的东京之行不可思议，但他要我们大家深信，他决不会空手而归。因此，先生说去东京，可究竟是否真去了东京，我仍然觉得是问号。先生在侦查上惯于采用迷惑战术，我是清楚的。也许，先生已经听到我说的这番话了。”

小林芳雄对自己的老师深信不疑，绝不容许任何人玷污先生的形象。刚才，警署署长说要追究先生的责任，他不高兴了，极力为先生辩护。

就在他刚说完这番话的时候，好像显神灵了，大家背对着的房门吱地开了，一个身着黑色西装的瘦高个男子步履轻盈地走进房间。

“啊！”

听到响声扭过脸望着房门的小林芳雄不由得大声嚷道。

大家的视线一齐投向这位不速之客，当看清楚来者是谁之后，人人脸上显现出非常吃惊的神色。

“哎，这不是明智先生吗？”

警署署长目瞪口呆地望着，瞬间恍然大悟似的喊道。

站在门口的，千真万确是那个说去了东京的明智小五郎。

他没有说话，用眼神向大家行礼后径直朝大书桌旁边走来。

那里是比较中间的位置，放有一张大沙发。

明智小五郎坐到那里的椅子上朝大家扫视了一眼，片刻才开口说话。

“对不起，让大家受惊了！我中止了东京之行，刚回来。”

“夏目老人被子弹打中了，现在连尸体也不见了！”

署长坚持自己刚才的观点，追究明智小五郎临阵逃脱的责任。

明智小五郎听了署长这番话，脸上没有吃惊的表情，笑盈盈地点点头："嗯，我已经知道了，事实上我就是等着这一时刻，可以说，我是愉快地等待着这起事件的发生。好了，凶手绿衣人已经钻入我布下的口袋里了。"

小林芳雄从刚才一见到先生那时起，就满心喜悦，为自己也为先生感到自豪。可没想到先生说出这番骇人听闻的话，顿时，他像泄了气的皮球垂头丧气。

夏目菊太郎被杀害的一天，却是先生盼望的一天。这先生到底怎么啦？就是再气愤，也不该说这番话！

就在刚才，那位署长还责怪先生，何况还有沉浸在悲痛里的夏目老人唯一的亲人世本芳枝。他俩都在这里，可明智小五郎无视他俩的存在说出这样的怪话，简直令人难以置信。

小林芳雄不由得扫视了大家一眼，着实担心大家有可能轰先生出去。

署长脸上的表情极不愉快，警察们由于紧张而脸色铁青，佐助夫妇俩脸上表情哭丧。明智小五郎的那番话刚说出口，大家的目光一齐投向他。

山崎君那张英俊的脸，在灯光下显得冷冰冰的，像蜡像那样。

小林芳雄扫视了大家一眼，把目光投向明智小五郎。

明智小五郎的嘴角上挂着令人难以捉摸的微笑，饶有兴趣地比较着每个人脸上不同的表情。

结 论

很长的一段时间里，没有人说话，大家都十分沉默。

“明智先生，听你刚才的说法，似乎已经掌握了什么确凿的证据？或者说，你已经知道了凶手目前盘踞的大本营？”署长终于憋不住长时间的沉闷，眼睛瞟着明智小五郎，率先开口问道。他的声音颤抖，语气里夹杂着气愤。

“对，对，是像你说的那样。”

明智小五郎镇定自若地答道，脸上依然浮现着微微的笑容。

房间里笼罩的是让人感到压抑的不和谐气氛。除署长和明智小五郎外，其他人都满脸困惑，但视线都朝着明智小五郎和警署署长，希望能一眼看出他俩的心思。

少顷，明智小五郎笑眯眯地说：“署长先生，从一开始，也就是从东京代代木世本静夫凶杀案开始，你对案情就了解得很清楚。其实，只要详细而又认真地研究案情发展过程，绿衣人一案就不难侦破。从世本静夫凶杀案发生到今天，你是否感觉到了什么？”

“嗯，我是今天来到这里后才详细知道了一些。此前发生的情况，我并没有投入很大精力研究和分析，因而没有感觉到什么。我做了许多假设，也苦思冥想过，但最终都被我自己否定了。因为，这些假设虽条件具备却自相矛盾，不过……”

署长说这番话时语气里含有敌意，脸上的表情似乎在说，你充其量不过是一个侦探，又能有多大能耐。

“不过什么呢？”明智小五郎的嘴角上又堆起笑容，似乎没有把堂堂的署长放在眼里，继续追问。

署长一听这话，敌意更大了。

“不过，我有一个成功的假设……其实，是让大家吃惊的假设。明智先生，就是像你平日里说的那样，是前所未有的犯罪手法。采用我这样的假设，无论用在哪一起案件上都不仅合理也不会有丝毫的自相矛盾。”

署长竟置自己身份于不顾，趾高气扬，目光直勾勾地盯着明智小五郎的脸。

“怎么样，大家觉得有趣吧？这会议是为征求大家意见而召开的，我想请教一下你的假设，希望详细介绍一下。”明智小五郎毫不畏缩，紧紧盯着警察署长。

“我看这样吧，还是我先向你提问好吗？如果你觉得可以说的话，这可能是一个非常出乎你意料的提问。请问，可以在这样的会议上提出吗？”署长不知何故居然变得慎重起来。

“当然可以，像这样的会场，就是交换意见的场合。不要有顾虑，请说说看！”

署长早已按捺不住了，出于自己的身份，既不能图嘴巴一时痛快，更不能信口雌黄。即便被误认为像幻想小说，也坚信这样的假设是成立的。他确信，自己的假设是侦破本案唯一的正确推理。

他豁出去了，滔滔不绝地说了起来：“好，我现在就说说我的假设。成为我这假设出发点的，是几天前在这座别墅里发生的情况。首先我觉得不可思议的，是明智先生。大家都在为这起案件倾注心血展开调查，竭尽全力保卫芳枝小姐，可你倒好，瞒着大家偷偷潜入地道。

“你不仅化了装，头发还染成赭色，在脸上画一道伤疤，化装成凶手模样。你来这儿的目的是为了抓凶手吧？可要达到这样的目的，就非得化装成凶手吗？你使用这样的侦查手法，无疑是想让我们这些内行相信你是一个大侦探。其实，我说句不好听的话，你连干我们这行的常识都不懂。明智先生，请你先回答我这个提问。”

“要完整回答你这个提问，不是三言两语就可以说清楚的，因为，这里有纷繁复杂的理由。不用说，不知道该理由的人，目睹我这样的行为可能会觉得不可思议。因此，要我回答这一问题，如果不按顺序解释，别说大家，就连你也不会明白。”

“理由再复杂，总不会说不清楚吧！”

“这倒也是，不过关键是不适合在这样的场合回答。”明智小五郎一口拒绝了警察署长的要求。

“那我举一个假设，可能是瞎猜疑……”

“你说什么，瞎猜疑？太有意思了，快请说出来！”

“当时，凶手最终还是逃之夭夭了。警方虽进行了仔细搜索，可地道里的另一个出口，只通向别墅高地的半腰那里，也就是凶手能逃走的唯一的那条路。搜查那个出口的时候，我想，那里的情况你是最清楚的。出口周围的泥土非常松软，只要凶手不是飞禽，就一定会留下脚印。可那一带除了你和小林君的脚印外，没有第三串脚印。也就是说，凶手绿衣人像烟雾那样消失了。”署长咬文嚼字地说着。

“一个大活人能变成气体或者插翅飞走，别说我，就连在座的大家恐怕都不会相信。无疑，这里肯定设有超出我们意料的圈套。为此我思考了许久，忽然我想到一样不可思议的东西，是什么？其实，是一面放在你箱子里的镜子！正方形，三十厘米左右，那面用于化装的镜子。”

“喂，你怎么能不声不响地打开我的箱子检查？”明智小五郎惊奇地大声问道。

“哦，这是出于我的职业需要。我觉得那里面肯定放有用于化装的镜子，我还想知道那面镜子的大小。你自己太大意了，没有给箱子上锁。”

那语气似乎在说，你不信可以自己去核实。

“我暂时不想追究你检查我箱子的动机，我要问的是，从那面镜子里你发现什么奇迹了？”

“哦，我发现奇迹了，夏目别墅下面的地道里没有凶手绿衣人。你知道我说的是什么意思吗？你左手持镜子右手持手电，只是用来照自己的脸而已。你立刻熄灭手电，是因为估计到身后有人跟踪。你非常清楚，跟踪人在背后什么位置。如果为了让身后的人看见而故意把镜子角度对准自己的脸，会是什么样的结果呢？也许你是向身后那些人示意，瞧，绿衣人成了一对！你这鬼点子太新奇了！”

“署长先生，照你这么说，明智先生当时在自编自演独角戏？”小林芳雄深感震惊，大声说道。

“是的！另外，明智先生示意地上没有任何其他人的脚印，让大家深信绿衣人擅长突然间消失的魔法。”

“不管你怎么说，明智先生不可能那样……”

“你还不明白？明智先生想让我们大家相信，除他以外有一个真正的绿衣人。”

“署长先生，请暂停一下你的演说。照你那么说，凶手当时不在地道里？倘若按你的说法推理，那请你说说看，绑架芳枝小姐的凶手到底是谁？”

小林芳雄希望这个乡村警署署长尽快冷却发热的头脑，忍不住又插起话来。

“不用说，地道里当时有凶手！只是两个绿衣人的判断是错的，真正的绿衣人只有一个，另一个绿衣人在镜子里。没有凶手，案件就不可能发生。诸位，我已经费尽口舌说到现在，凶手是谁，想必大家明白了吧？”

署长紧盯着明智小五郎的脸，没有继续往下说。

刚才还是脸色白净的署长，由于血压骤然上升，脸变得红通通的。

“哈哈……你说我是绿衣人？哎呀，真叫人啼笑皆非！你把我推断成凶手，简直是异想天开。你的这一推断，将成为你一生逗大家笑的话柄。你的高见，给我留下美好的回忆，但是，你列举的那些理由太站不住脚了。”明智小五郎捧腹大笑，笑嘻嘻地答道。

“明智先生，你是要我出示证据吗？那好，迄今为止有关你的一系列举动，我掌握得一清二楚。今天傍晚，你出于什么需要化装成绿衣人的？还有，你为什么潜入芳枝小姐的卧室？幸亏我的一个部下因为有事赶到那里碰上了你，你才不敢下手。否则，芳枝小姐现在就是另一个世界的人了。”

“什么，竟然有那种事？”山崎君突然插嘴问道。

刚才说的，都是在座的人根本不知道的事情。大家瞪大眼睛，不可思议地望着明智小五郎和警察署长。

“明智先生要我的部下守口如瓶，不准说出碰见他的情况。本来，我是打算保密到最后再说，可现在看来必须尽快公开。像这样的人证，最清楚不过了。”

警察署长说完回头看了一下那个警察，示意他说。

警察的表情显得特别紧张，开口说道：“那是天色快要黑的时候，我正巧有事便拜托正在外面布控的同事，自己则进入芳枝小姐的卧室。这时，小林君正好去了自己房间，说是取报纸什么的，也不在现场。

“我顺手推开芳枝小姐的卧室，发现白色床上的病人枕边站着一个人。我朝他瞟了一眼，居然是绿衣人！大家知道，小林君卧室就在芳枝小姐卧室的隔壁，可他离开就这么两三分钟，这间隙却被绿衣人盯上了。

“当时，我由于过度紧张没有出声。突然，绿衣人转过脸来望了我一眼，转眼间一阵风似的穿过门口，从我的腋下蹿到走廊上。

“这时我才缓过神来，迈开大步追上去，从背后抱住他。出乎意料的是，绿衣人没有反抗。

“顿时，我勇气来了，打算拉开嗓门喊人。可被我抱住的绿衣人对我说：‘别喊，别喊，千万别喊！’声音非常耳熟，我好像在哪里听见过。

“我不由‘哦’了一声，随即问他是谁。他说：‘是我，是我啊！’一边说一边拽下脑袋上的假发套，又把手放在脸上一拧，于是，脸上的那条伤疤被撕了下来。原来，那也是假的。

“没想到，他居然是那个我一直以为去了东京的明智大侦探。他当时又对我说：‘知道了吗？嘘！别叫我的名字！’当时，我俩所处位置距离芳枝小姐的卧室比较远，二楼走廊上又没有任何人，只要我守口如瓶，不会有第二个人知道。

“我问他：‘你没有去东京？’

“他说中途停止了东京之行而返回这里，是有原因的，这原因明天解释。他还让我别对任何人说，我俩在这里见面的事也别说，要装作若无其事的样子。他还一再叮嘱我别忘了！

“这些话，他连着叮嘱我好几遍。明智大侦探这么做肯定有其道理，无疑也是出于侦查工作的需要。我想到这里也就决定为他保密，可不管怎么保密，绝不能瞒着署长。

“向上级如实报告，是我们下级应尽的义务。于是，我把这一情况经过如实报告给了署长。”

警察在最后加了这么一句深得上司喜欢的话，结束了长长的证言。接着部下的话，署长做了补充说明：“当时，模仿凶手绿衣人的明智先生探出上身，双手围成圆弧形状要掐躺在床上的芳枝小姐的脖子，我说的情况是否真实，请大家听芳枝小姐介绍吧！”

于是，大家的视线一齐移向床上的世本芳枝。她半卧半坐地躺在床上，有气无力地说道：“署长说的都是实话。我做梦也没想到，明智先生竟然居心叵测。”

“明智先生撒谎说去东京，可实际上悄悄返回这幢别墅实施罪恶勾当。当然，他在实施罪恶计划前必须蒙骗我们。明智先生，我没说错吧？”

署长说完，以胜利者的姿态挺了挺胸膛，神气活现地环视了大家一眼。

“我在检查明智大侦探那只随身携带的箱子时，不用说，发现那里面既有绿色服装也有假发套。“小林君说，明智先生侦查案件时经常化装成嫌疑人，说其化装理由是为了研究嫌疑人本身的作案心理。现在，与其相信那些啰唆的辩解，倒不如说明智就是绿衣人，这种判断也许是正确的。正因为明智是绿衣人，所以才常常化装成与嫌疑人相同的模样。”

署长说到这里，用蔑视的目光望着明智小五郎，似乎在说，怎么样？

“其实，像这样作案手法离奇、贼喊捉贼的大案，正如明智本人嗜好的口头禅那样，在犯罪史上从未有过。但是，只要化解这一奇怪现象，迄今为止的所有疑问也就迎刃而解。迄今为止无法解开的矛盾，也就一下全部化为乌有。要解释本案很简单，嫌疑人就是侦探。嫌疑人扮作侦探，玩弄贼喊捉贼的把戏，像这样的案件，永远不可能抓住真正的凶手。”

署长得出这番出人意料的结论，整个现场变得鸦雀无声，似乎连呼吸声也消失了。

实 验

小林芳雄怎么也不相信署长那番毫无根据的推理，始终坚信明智先生是好人，绝不是什么嫌疑人。他那双放在膝盖上的手，由于无比愤怒而不停地发抖。

“先生，你为什么不说话呀？快把你的正确推理和迄今为止掌握的证据向大家公开不就行了吗？你为什么偏偏……”小林芳雄咬紧牙关极力克制内心的激动，瞪大眼睛望着明智小五郎。

令他感到意外的是，明智小五郎此刻的表情比在座的任何人都显得冷静，嘴角上依然堆满了笑容。他那种神情似乎在告诉大家，署长说的不是我，不仅如此，他还不停地张望周围的人。

“太妙了，简直是超水准的推理组合！我听得入迷，险些忘记了自己！不过，我只是把你的这番推理当作一本精彩的小说。”

“好，你如果想推翻我的观点，就请说说你的理由。我既然作出结构那么严密的推理，就绝不是凭空想象。瞧在座各位的表情和眼神，可以说完全站在我这一边，因为，我的推理证据确凿充分。”

“我承认我的举动像你说的那样让人感到可疑，但那样做是有道理的。”

“那好，请你说说这些道理好吗？我希望你多举一些有说服力的实例，推翻我刚才列举的疑问。”署长紧追不放，执意要求明智小五郎解释。

“行，我可以全面解释，推翻你的主观想象，公开本案真相。我赶来参加会议，就是为这个。因此，用不着你说，我也会发表我的观点。不过说来话长，也比较复杂，而且必须按照顺序说。我首先要说的话，是为了消除你的误解……是啊，例如换一种思维方法思考会怎样呢？”明智小五郎说道，表情镇定自若。

“例如前几天，芳枝小姐被歹徒从这个书房强行带走，也就是说，她遭到绑架被关进地道。那起绑架事件是晚上十点发生的，小林君，你是什么时候接到夏目先生电报赶到侦探事务所找我的？”

“是案发第二天上午。”

“大家仔细计算一下，从案发到发电报再送到我手里的时间，只有十二三个小时。怎么样，大家明白我请大家计算时间的意思了吗？”

明智小五郎慢吞吞地扫视大家一眼。

“假设我是绿衣人，从这个交通极其不便的K町回到东京，至少需要十二三个小时。还有，从夏目别墅到T车站必须乘坐汽车，即便加大马力行驶也需要四十五分钟。

“另外，歹徒将芳枝小姐从书房绑架到地道也需要一定时间。一路上就是风驰电掣，到达T车站时至少是半夜十二点！

“晚上十点一过，T车站就没有列车了，如果换一种交通工具，乘坐从T车站到大阪的汽车，那么到达大阪的时候肯定是次日拂晓。接着，我再从大阪坐车于正午前赶到东京？也就是说，从时间上根本不可能。”

“原来是那么回事，我明白了，明白了啊！如果我们还没有发明飞机，你编造没有作案时间的谎言也许能蒙混过关。”署长用讽刺的语调回敬明智小五郎。

“喂，喂，你想到哪里去了！”

明智小五郎丝毫没有慌张，用安慰和调侃孩子似的语调说道：“说到乘坐客机，我想你应该知道，中午前到达东京的航班是没有的。即便有这样的航班，从羽田机场到我家也需要一定时间。照你这么说，歹徒，不，也就是我，不得不雇用民间飞行员。

“如果这样，不用说，从T车站飞往大阪必须从这附近的海上起飞。倘若这么做，就时间来说，不仅完全来得及，而且还有多余时间。

“可是，即便时间上合乎逻辑，心理活动方面也必须合乎逻辑。如果我是凶手绿衣人，难道会把那么重要的芳枝小姐扔在地道里不管，而自己回到遥远的东京?

“再说，我这个被假定的歹徒，事先并不知道夏目先生打电报和小林君赶到侦探事务所，为什么要煞费苦心地返回东京？理由呢？”

易于理解的解释，有着充分的说服力。此时此刻，明智小五郎脸上的表情越是镇定，署长的心情越是激动……

或许情绪过度激动，他居然板着脸、粗着嗓门叫喊起来，忘了自己堂堂警署署长的身份。

“什么？你这个浑蛋私家侦探！你为什么从东京来这里？”署长由于成见，越发觉得明智小五郎在有意岔开话题。

“你说心理活动什么的，转弯抹角地解释了一大堆，可你那些解释言之无物。希望你用事实说话，彻底消除我和大家对你的怀疑。怎么样，听清楚我的要求了吗？昨天傍晚，你为什么潜入芳枝小姐卧室并且企图掐死她？你能否就这一事实解释一下！”

明智小五郎究竟如何解释这一对他极其不利的事实呢?

小林芳雄使劲克制着自己剧烈的心跳，眼睛一眨不眨地盯着明智小五郎，着实为他捏着一把汗。

“解释我的行动，需要比较长的时间。所以在直接回答你的疑问前，我想从我的推理说起，说完再恳求大家的批评。”

佐助君为了缓和紧张气氛，赶紧上厨房为大家端来热气腾腾的咖啡。

大家呼地松了一口气，喝完咖啡重新坐到椅子上听明智小五郎解释。

“首先，我请大家回忆一下本案凶手出现的所有场合。

“根据统计，凶手不直接出现而只出现影子或者发出声音，一共有六次。其次，凶手只露出西服颜色并从身后殴打大江君以及出现在望远镜里，一共是两次。凶手以这样形式出现，先后一共有多次，可由于类同，我就算作两次，加上凶手在水族馆、S村海岸、夏目别墅树林和地道里各出现一次，一共是六次。

“凶手这么多次出现，可仔细分析一下，有时光线暗得看不清楚，有时距离远非常模糊，就连凶手的长相我们都没能看清楚。

“凶手一共出现十五次，只让我们看见影子和模糊脸型的居然占了十二次。如果说它是偶然，数量比例过多了一点，究其原因，凶手尽管胆大妄为，可他不希望自己的脸清楚地暴露在作案现场。

“凶手清楚地现出整个脸，在十五次里仅占了三次。第一次，是绑架芳枝小姐，不用说，那次能看见凶手长相的，只有芳枝小姐本人。是这样吧？第二次，凶手出现在港口宾馆。那一次，凶手向宾馆店主和服务生以及司机暴露了自己的脸，而且大大方方毫不掩饰。

“凶手认为，在宾馆店主和服务生面前暴露长相，构不成任何危险。当小林君他们来到那家宾馆时，凶手出现的只是影子，而且瞬间无影无踪了。

“由此可见，凶手有两种非常矛盾的心理：一是极度害怕在别人面前暴露自己的脸；二是始终不忘在别人面前展现绿色服装。凶手这两种心理，构成我推理的第一步。

“那么，这矛盾究竟意味着什么？这只能有一种说法，凶手不是社会上传说的夏目太郎，而是一个与夏目太郎完全不同的人。为了化装成夏目太郎，不得不常常穿绿色服装，不得不把头发染成赭色而且梳理成乱蓬蓬的。不用说，头发是假发套。凶手害怕其化装被人识破，经常以影子形式出现，或者在黑暗里出现。

“根据这条线索向纵深推理，我们就不难解决本案里的另一个矛盾，即凶手为什么要那样残酷杀害始终挂念自己的亲生父亲。可见，凶手不是夏目太郎，夏目菊次郎也不是凶手的父亲。所以，在凶手看来，夏目菊次郎既不是父亲也不是其他什么亲人。

“既然凶手不是夏目太郎，那么，夏目太郎又在哪里？真正的凶手又到底是谁？他是我们熟悉的还是我们不熟悉的？出现在我们面前的，是这样的疑问。

“那凶手到底是不是我们熟悉的人？识别他有一个办法。首先，我举一个仅出现影子的例子。

“在银座大街上见到影子的，是芳枝小姐、小林君和大江君。在世本别墅里见到影子的，是世本君、芳枝小姐和大江君。

“在世本别墅里再次见到影子的，是小林君和大江君。在港口宾馆里见到影子的，是小林君和中村警长。

“在我们现在开会的这个书房里见到影子的，是夏目菊太郎先生、芳枝小姐和山崎君。

“凡是我们认识的与这起案件的有关的人，都见过绿衣人的影子。

“坐在这里开会的人中间，小林君、芳枝小姐和山崎君都见过绿衣人影子。绿衣人每次出现时，似乎都必须有那么几个人在旁边，这是不可抵赖的事实。

“一般来说，看见影子的人，不可能是制造影子的人，谁都会这么想。诸位，你们可能也是这么想吧！果真是那么回事吗？”

明智小五郎说到这里没有继续往下说，而是迅速扫视了大家一眼，脸上浮现出令人不解的微笑，似乎为自己藏着什么秘密感到高兴，好长时间没有说话。又过了片刻，他才继续说道：“诸位，我要明确告诉你们的是，不是那么回事！这是一个高智商的歹徒，为制造凶手是陌生人这一假象，绞尽脑汁。

“现在，我希望与大家共同研究一下影子问题。最先出现在银座的影子，确实是动的。接着出现在从银座到世本别墅回家路上的影子，据说嘴唇是动的。也就是说，这两个影子都是活动的。

“还有出现在世本别墅客厅窗上的影子，到底是不是动的？发出笑声时，脑袋动过吗？小林君，当时那影子是怎么样的？”

“不是很清楚，可我觉得几乎没有动弹。”

“再接下来，是凶杀案发生后出现在世本别墅窗上的影子。请说说当时影子的情况？”

“影子出现只是一瞬间，可的确是动的，逃出窗外时也很清楚。”

“其次是出现在港口宾馆里的影子，当时又是怎么回事？”

“影子的动作频率很高，每笑一次身体就前后晃动。”

“原来如此。现在，剩下最后一个影子，是映照在我们现在开会的书房窗玻璃上的影子。影子当时出现的情况，请山崎君回忆一下！”

“是动的，动作频率也很高。”山崎君回答的声音很干脆。

“是真的吗？你肯定产生错觉了。按理说，那影子没有动……”

“确实是动的……可是，先生，你怎么知道那影子没有动？”山崎君不可思议地问明智小五郎。

“我这样说是有道理的。你听好了，山崎君，你和我的说法到底谁正确，不妨做一个实验来证明。这实验十分有趣，请在座各位仔细看好了！”

明智小五郎脸上显现出意味深长的笑容，朝大家环视了一眼。

这到底是什么实验？大家不约而同地咽了一口唾沫，像小学生那样望着明智小五郎。

猛然间，明智小五郎站起来，把自己坐的那张椅子移到旁边，用手指着下边的地毯说道：“这地毯下边装有微型开关，粗看很难看清楚。我坐在椅子上可以用脚按开关，像这样的脚部动作，大家丝毫不会察觉。好，我开始做实验。”

明智小五郎把椅子挪到原来位置，再坐到椅子上。

“大家注意看了吗？瞧……”

喊声响起的同时，灯光熄灭了，书房里漆黑一团。无疑，明智小五郎用脚按动了地毯下的电源开关。

黑暗里，大家很自然地把视线投向面朝院子的窗上。

咦，这是怎么回事？院子路灯灯光照着的玻璃窗上，映照出一个清晰的黑影。无疑，是绿衣人的黑影！

蓬乱的头发，下摆开衩的长袍。是他！就是凶手绿衣人！

影子伫立在窗上一动不动的，就像明智小五郎说的那样，酷似不会动弹的蜡像。虽没有动弹，却传来笑声。

声音低而嘶哑，笑声怪而恐怖。

处在黑暗中的人们虽说已经明白影子受机关控制，可听到可怕的笑声，还是不由得全身上下起满了鸡皮疙瘩。

笑声犹如来自地狱，断断续续的，在黑暗里回荡。

解　谜

性急的刑事警察呼地从椅子上站起，摆开朝窗前猛扑的架势。

“别过去！那里什么也没有，仅影子而已。请大家仔细看好，它像剪纸那样根本就不会动弹，是吧？如果是活人，一点儿不动是不可能的，我想大家同意我的看法吧！”

经明智小五郎这么一解释，原来站起来要朝那里猛扑的警察也和大家一起注视着影子。果真像明智小五郎说的，影子跟蜡像一样根本就不会动，原来，这不是真人的投影。

看来，窗下应该竖有影子模样的蜡像。

“山崎君，你觉得不一样？你曾经见过的那个影子，不就是这样的吗，难道我说错了？”

山崎君似乎无话可说。

“诸位，你们大家看明白了吗？影子不会动，因为那不是真人的投影。”

明智小五郎这样说着，移开踩在地板上的脚。啪！房间里的灯亮了。

与此同时，窗上的影子也瞬间不翼而飞了。

“哈哈哈……就像大家看到的那样，是极其简单的孩子游戏，说出它的秘密也就没什么奇怪的了。它是什么？是幻灯投影。在院子茂密的树林里藏有一架幻灯机，将电源从这里通过电线与幻灯机连接。脚一踩开关，房间的灯就灭了，与此同时，树林里幻灯机上的灯亮了，绿衣人的图案便通过放大镜扩大，被灯光射到玻璃窗上，影子绿衣人就这样诞生了。署长先生，你是否搜查一下树林以证实我说的是否正确？”

听完明智小五郎的解释，大家对凶手采用哄骗孩子的幻灯魔术感到吃惊，目瞪口呆地望着明智小五郎，可心里还是半信半疑。

这起轰动日本的大案，难道真采用了幻灯把戏？不会动弹的影子，仅仅发生在世本别墅。出现在其他场合的影子，不都是活动的吗？明智小五郎会不会说那是电影效果呢？

署长命令两名警察立即去院子树林搜查。

此时此刻，明智小五郎像在监视什么，眼睛滴溜溜地在亮堂堂的书房里转来转去。

“明智先生，我虽还不很明白你的解释，但如果刚才的影子真是幻灯效果，那笑声从哪儿来？不会来自录音机吧？”

署长刚才那股咄咄逼人的气势，不知怎么消失殆尽了，瞠目结舌地望着明智小五郎的脸。

“哦，你是说声音？其实，那也很有趣。绿衣人具备了作为凶手的所有才能，我这样评价他是很客观的，只是罪犯可以骗其他人但骗不了我。在我这里，他的那些聪明才智不起任何作用。为什么？就像你刚才说的那样，我本身也具备他那样的才能。”

明智小五郎说完闭上嘴巴不说话了。这时，不知从哪里传来不可思议的笑声，与绿衣人那令人作呕的笑声一模一样。

大家惊愕地环视整个房间，片刻，笑声由强减弱，由近渐远……消失了。

明智小五郎张开嘴巴，这一回是他放开嗓门大笑。

“哈哈……这起案件，凶手采用了幻灯机和腹语术等许多手法……”

“什么，腹语术？”署长惊慌失措地盯着明智小五郎的嘴角。

所谓腹语术，是不用张嘴就可说话的魔术，而且声音传出的方向十分模糊，给人来自天花板的感觉。听者如果觉得声音来自窗外，脑海里便会产生声音来自窗外的错觉。判断声音传出的方向，只不过是根据听者的想象。

“哼！照这么说，刚才的笑声是从你腹部传出的？”

“是的，我跟魔术师学过腹语术，当然是为了与凶手较量。五年前，我曾有一次就是用腹语术抓住凶手的，成功地侦破了一直未被警方侦破的疑案。因此，我虽没有直接听到过绿衣人的声音，但我听到过其他来自腹语的声音。我猜测绿衣人可能使用了腹语术，刚才只是试了一下而已。无论谁使用腹语术，发出的声音都基本相似。”

“那么说，凶手像刚才那样将影子映照在窗玻璃上，而后在房间里用腹语术发出笑声，是这样的吧？”

“是的，当时房间里被恐怖气氛笼罩，人们想当然觉得声音来自影子。”

“照这么说，世本别墅也好，现在的这个书房也好，凶手都在房间里？”

“是的，两次都在房间里！”

这时，去院子搜查的警察回来了，手上拿着从那里搜到的战利品幻灯机。

“怎么样？”

“嗬，我还真吃惊不小！就这玩意儿，放大镜下面这小不点儿的绿衣人图案，就是怪物的真相！”

署长从部下手中接过微型幻灯机，打量着那张小纸片。

明智小五郎继续说：“凶手为什么使用这么烦琐的道具，你们有谁想过吗？其实，他是为了制造凶手本人不在现场的假象，说穿了，是伪造第二现场。他和大家待在同一室内，将幻灯投影射在窗玻璃上，用腹语术制造笑声给大家听，请大家证明凶手不在室内。制造这样的假象，无疑能巧妙地蒙骗大家。”

“这么说，凶手……”署长焦急地问道。

“好，我们大家来考虑一下署长提出的这个问题。”

明智小五郎显得更加冷静，眼睛里射出两道冷峻的目光，慢吞吞地说：“在这幻灯投影出现时的目击者中间，从客观上说混有真正的凶手。在世本别墅出现幻灯投影的时候，目击者是芳枝小姐、小林君、大江君和已故的世本君。在这个书房里出现这幻灯投影的时候，目击者是芳枝小姐、山崎君和已故的夏目菊次郎先生。

“在他们中间，两次出现的目击者只有芳枝小姐一人，她既是本案受害人，又是绿衣人的目击者。倘若减去她，目击者也就一个不存在了。哈哈……也就是说，这些目击者中间肯定有凶手。如果说不包括芳枝小姐，便产生现场没有目击者的矛盾。诸位，精彩在这里，恐怖也在这里。”

房间里谁也没有提问，都紧张地聆听明智小五郎的演说。

“诸位，只要解开凶手为何要煞费苦心把画家尸体藏在银行金库之谜，这矛盾就可不费吹灰之力地迎刃而解。当时，世本静夫被害一案谁都清楚。按理说，藏匿这样的尸体毫无意义。尽管那样，凶手还是费尽心思隐匿尸体，可见，肯定有重大理由。诸位，我说到这里，想必大家已经明白，重大理由只有一个。”

室内除明智小五郎的声音外，没有一丝其他声音。

就在这时候，传来咯噔一下奇怪的响声，一个小玻璃瓶滚落到山崎君之椅子下边。可注意力全集中在明智小五郎脸上的各位听众，谁都没有注意到这轻轻的响声。山崎君慌慌张张地弯下腰拾起了瓶子。

“理由就是，被杀害的不是世本静夫。为保住这一秘密，凶手隐藏了尸体。那么，被杀害的是谁？假设有确凿证据证明绿衣人不是夏目太郎，结果会怎样呢？也许更合乎逻辑吧。如果我们认为尸体不是世本静夫而是夏目太郎，结果又怎样呢？

“凶手杀害了因喜欢芳枝小姐而拜访世本别墅的夏目太郎，给尸体穿上世本静夫的服装后放在书房里，等待大江君从锁孔朝书房里窥视。大江君没能看清楚尸体的脸，而是从尸体衣服认定死者是世本静夫。

“让大江君充当证人，是凶手的目的。大江君破门而入打算核实尸体是谁，可凶手深知死者脸部一旦暴露，精心炮制的阴谋就将败露，便用棍棒猛击大江君致他昏死过去。”

“照你这么说，世本君现在怎么啦？你说他还活着？”署长插嘴问道。

明智小五郎扑哧笑了，又笑着说起了有趣的下文。

服　毒

“是的，还活着，他才是杀害夏目太郎的凶手。被我们称为绿衣人的凶手，就是世本静夫，就是他头戴赭色假发套、身着绿色衣服扮成夏目太郎。好了，说到这里，大家该明白使用腹语术的人是谁了吧？在世本别墅使用腹语术的，是世本静夫。在这个书房使用腹语术的，也是……”

“你是说那天晚上世本静夫也在？”

“是的，是那个原来的世本静夫。小林君，你见到的那个世本静夫已经化了装。关于世本静夫的情况，我调查过了。作为画家，他是有那么点儿小名气，但仅仅是姓名而已，几乎没人见过他本人，都是靠信件交流。他多半从那时开始，就已经着手准备犯罪。”

“哎，请停一下！我还是无法理解你刚才说的，假设世本静夫是凶手绿衣人，那么，与他绑架芳枝小姐的犯罪目的不就自相矛盾了吗？芳枝小姐原来就是世本静夫的夫人，而世本静夫故意杀害夏目太郎，再扮作夏目太郎绑架芳枝小姐。他这样做不是毫无意义吗？他就是什么都不干，也是芳枝小姐的丈夫，而且可以与她正大光明地生活在一起。”

“是的。”明智小五郎探出上身，那架势似乎等待这样的提问已经很长时间了。

“重大的秘密就在这里！这起案件从表面看，凶手是为了得到芳枝小姐。

似乎连续凶杀案的发生，原因都归结于这里。其实，凶手那样做是为了转移人们和警方的视线，掩饰他的真正目的。首先，制造世本静夫被杀假象后杀害夏目太郎；其次，杀害夏目菊次郎；最后，杀害夏目菊太郎。这才是凶手制订的作案计划和目的。斩尽杀绝夏目一家，把夏目菊太郎和夏目菊次郎留下的两亿日元遗产据为己有。”

“那么，凶手从下朝上插入地板的那把剑，是企图杀害夏目先生的侄女芳枝小姐，他那样做也是为了达到这一目的吗？”

“不，不是的。凶手没有杀害芳枝小姐的打算。因为凶手原本是芳枝小姐的丈夫，再说又得到了与芳枝小姐结婚的许可，成了夏目家遗产的合法继承人。诸位，大家该明白凶手是谁了吧？就是他！他是真正的凶手，一个人同时扮演了三个角色，一个是绿衣人，一个是世本静夫，一个是夏目太郎。”明智小五郎的手指笔直地指向山崎的脸。

山崎君脸色苍白，头上冒汗，可当他看到大家的目光都注视着他的时候，便假装作若无其事地哈哈大笑：“哈哈……明智先生的凭空想象实在是耸人听闻。”

“住嘴！你这个绿衣魔鬼罪恶滔天！署长，快把凶手抓起来！这个叫山崎的凶手编造一封假信诱骗夏目菊次郎到S村海岸的洞窟，又在那里残忍地杀害了他。在水族馆里，小林君上了这个叫山崎的凶手的当。当时，他并没有消失，而是在水族馆通道拐角那边摘下假发，脱下外套，敏捷地变绿衣人为山崎。如果凶手不是山崎，谜就无法解开。在地板下故弄玄虚的也是他，企图转移我们的视线。他装作搜寻凶手的模样，发出与绿衣人相同的笑声。喂，山崎君，不，世本君，反驳吗？”

“嘻嘻……先生真是人不可貌相，写小说肯定是把好手。就算你说的都对，可证据呢？希望你能出示证据。”

“哦，你想看证据？那就满足你！今晚你杀害了夏目菊太郎是吗？”

“我不知道你说什么，如果知道我是凶手，为什么不当场抓住我？这么说，明智先生明明知道凶手要杀害老人却袖手旁观，我没有说错吧？”

“是的，我看了你的表演，看见你用那支没有子弹的枪朝老人射击。”

“什么，没有子弹？”

“哈哈……说的对！枪膛里的子弹都事先被我取走了。你以为夏目菊太郎已经被你一枪打死而感到格外兴奋？实话告诉你，老人没有死，他把预先藏在睡衣里装有血液的塑料袋压破，于是，血顺着破口流了出来。但是，那并不是老人的血。”

“啊……我……我真傻！”

“不光是那样。老人从一开始就不在卧室，代替他的是这个和这个！”

明智小五郎从口袋里取出假发套和外套分别戴在头上、穿在身上，于是，出现在大家面前的不再是明智小五郎，而是夏目菊太郎。山崎君见状吓得魂飞魄散，差点从椅子上跳起来。

“对不起，让你受惊了！哈哈……这和你的手法相同。老人目前正在附近洗温泉，心情特别舒畅。诸位，我说去东京而且真的离开了这里。在车站附近的旅馆里我化装成老人，他化装成我。可老人觉得化装后不太像我，便去那家温泉闭门不出。

“在老人出发前让他写遗嘱的是我，那是因为凶手一直在等它。待老人回别墅后再杀害他，在时间上比原来的计划推迟的缘故，就是为了得到老人手上的遗嘱。为了这个，凶手饱受了难以言喻的煎熬。

“山崎君，我在卧室里亲眼看见了想杀害老人的凶手，而且清清楚楚地看见了那张脸。我就是用这只手取下他的假发套的，完完全全地看清了你这张毫无表情的脸。”

“行了，行了，我失败了！我一直没有把明智小五郎放在眼里，这是我的过错，也是我失败的根本原因……”山崎君嘶哑着嗓音说完，摇摇晃晃地滑下椅子扑通一声倒在地上。他那失去血色的嘴角，流淌着殷红的鲜血。

“大家别紧张，我早就准备了这样的药。我……我……彻底败给明智了……”

大家茫然不知所措，室内鸦雀无声。这时，有人突然朝倒在地上的山崎君跑来，是世本芳枝。

真　相

世本芳枝发疯似的紧紧抱住山崎君，号啕大哭。

完全出乎意料的案件结局，使大家的思维变得迟钝了，只是注视着眼前的悲伤情景。

“明智先生，真相大白了，我基本上没什么可问的了。不过，我还是有弄不明白的地方……

“第一，地道里的山崎君和绿衣人应该不是同一个人；第二，芳枝小姐被强行从书房带走的时候，山崎君应该是在院子里；第三，你们到达这幢别墅那天，山崎君在树林里发现绿衣人追了上去；第四，绿衣人在港口宾馆密室般的房间里不翼而飞。

“这几个疑问，我应该如何思考才能找到答案呢？你刚才尽管解释过，可我还是理解不了。”

署长担心世本芳枝听了更加伤心，压低嗓音问明智小五郎。从他脸上的表情看得出，无论如何他也要让大侦探解开上述疑问。

“你只要这样分析，上述疑问就不难解开。芳枝小姐多次遭绑架，又多次脱险，可始终没有弄清楚绿衣人的真相。这是为什么？不管凶手怎样化装，她不可能连自己丈夫也认不出来。”

明智小五郎说话的语调十分平静。署长听到这里不由得吓了一跳，急忙转过脸来望着正在无声抽泣的世本芳枝。

“署长先生，你现在该明白了吧！凶手绿衣人不是一个，是两个。夫妇共同炮制阴谋，共同实施罪恶勾当。为正式实施这一犯罪计划，他俩做了长期的精心准备。如果说谁是主犯，不用说，是世本芳枝。

“地道里，她扮作绿衣人事先等候。书房里，山崎君为诱骗我们故意站在书架前看书，一看见我们便装作惊慌失措的模样。当我进入地道发现绿衣人的身影后，扮作绿衣人的世本芳枝便朝黑暗里跑，引诱我被地面上的绳索绊倒。

“趁我爬起来的瞬间，她迅速脱去外套恢复原来模样趴在地上，制造被凶手拽拉的假象。她自编自演的那出独角戏，演得还真像。在这间书房里遭绑架，也是她自编自演的独角戏。

“港口宾馆里发生的情况也是这样。当小林君和中村警长赶到宾馆的时候，她让山崎君从后门逃走，当时出现的绿衣人影子，是她自己的投影。”

“那明智先生，说说你化装绿衣人的理由？”

“哦，那是为了调查世本芳枝是不是凶手的同伙。我扮作绿衣人进入地道，倘若里面就她一个，则打算主动与她攀谈核实真相。今天傍晚，我终于达到了这一目的。当我进入她卧室的时候，她却没有认出我这个绿衣人。板起脸训斥我说：‘现在这时候你还化装来我房间，太危险了！’可见，她是一条美女蛇！她装病躺在床上，还时不时疯疯癫癫的，都是自编自演蒙骗人的把戏。”

署长听完明智小五郎的这番话，着急得像热锅上蚂蚁坐立不安起来。

“证据已经确凿，我现在就去把她抓起来。”

署长径直走到世本芳枝的旁边，伸出手打算抓住她的肩膀拽起来，没想到她腾地站了起来。

她猛地拂开署长伸出的手朝床那里跑去，随即从被子里取出手枪，转过身来摆出射击架势。

刚才明智小五郎和署长之间的窃窃私语，她都听见了。

“哈哈……没料到吧，竟然是如此有趣的故事结尾和如此精彩的大戏谢幕！瞧，我的眼眶里噙满了晶莹的泪水，这可是胜利的泪花。

“日本第一大侦探明智小五郎先生，堂堂的警署署长先生，你俩结伴去鬼门关一点儿也不会感到寂寞，相反是你们的光荣。因为，你俩是为了抓捕凶手而牺牲的。

“我这支手枪里一共有六发子弹，喂！佐助君夫妇俩，我批准你们获得自由。明智先生、署长和其他警察，还有小林君，你们看清楚我的射击架势了吗？我可是百步穿杨的神枪手哟！”

世本芳枝首先把枪口瞄准明智小五郎，她那白嫩的手指用力扣动了扳机，可只发出“咔嚓”的响声，不见枪口冒烟，也不见有人倒地。“哈哈哈……”

明智小五郎的笑声摇撼着书房。

“别浪费时间了！你手枪里的子弹早已被我卸了！”

“真是那样？你居然耍手腕！”

世本芳枝毫不胆怯，突然把枪扔到地上，又张嘴挖苦明智小五郎：“不过，无论你是多么有名的侦探，我这一招你是察觉不到的吧？瞧这个……”

世本芳枝扬了扬戴在手指上的戒指，那上面镶有一颗宝石。

就在大家慌慌张张正要跑过去的一瞬间，世本芳枝已经从戒指上卸下那颗宝石，迅速将嵌在那里的白色粉末连同戒指敏捷地送进嘴里。

“哈哈……别了，诸位！”

看着看着，那张美丽的脸渐渐苍白得像一张纸。毒妇步履蹒跚，跌跌撞撞，好不容易走到山崎尸体的旁边，突然倒在尸体上。

片刻，她全身痉挛般地抽搐起来，之后就一动也不动了。人们呆若木鸡，直愣愣地注视着这可怕的一幕。

“好，就这样让她去吧！”

望着这对自取灭亡的罪恶夫妻，明智小五郎轻声说道，又转过脸朝身边的小林芳雄微微点了点头。

黑天使

黑色礼服、黑色礼帽、黑色手套，一枚银色的蜥蜴别针格外醒目。她是黑天使……

黑い魔女

打　赌

优雅的圣诞音乐在街上回荡，圣诞节前夕的夜色越来越浓。

夜里十点左右，东京宾馆的大厅里，灯火辉煌，人声鼎沸，人们正在举行圣诞庆祝活动。

“干杯！祝圣诞节快乐！”

几十个男女身穿节日盛装，举杯高呼。

脑袋上歪戴着红白相间的尖顶帽的人们，跳起了轻快的狂欢舞。

五彩缤纷的碎纸片犹如漫天飞舞的雪片、五颜六色的飘带、从天而降的瀑布，源源不断地洒向狂欢的人们。

大厅里，不时传出香槟酒盖被扭开时悦耳的啪啪声及雷鸣般的欢笑声。

人群里，也不知是谁放起了气球，红的，蓝的，不计其数。

“呀，黑天使，黑天使！”

“黑天使下凡了！”

“太美丽了！女王万岁！”

“祝黑天使圣诞快乐！”

大家为黑天使送祝福。

人们的视线一齐投向门附近，人群里响起了雷鸣般的掌声。

与此同时，自动朝两边分离的人群重新组合，被称为黑天使的女人迈着轻盈

的脚步朝大厅中央走来。

她身着闪光且合身的黑色礼服，头戴黑色礼帽，手戴黑色手套。从头到脚黑色装束，仅胸前是一枚银色的别针，别针形状像栩栩如生的某种动物，模样令人生畏。

黑天使美丽的脸蛋犹如盛开的蔷薇花，她向众人报以妖媚的笑容。

“朋友们，晚上好！今晚是平安夜，请大家尽情地玩，尽情地跳！”

她把右手举过头顶，一边挥动一边环视周围，高声鼓动着。

接着，她手举酒杯在人群中穿行，频频投以笑容。不一会儿，她走到独自坐在沙发席上的年轻男子身边，朝着他弯腰行礼。

“喂，这么快乐的平安夜，你怎么一个人默默地呆坐在这里？”

“哦，是说我吗？我不是很愉快地坐在这里吗？”

“瞧你嘴上这么说，可你脸上的表情告诉了我一切。怎么，你大概还在思考岩濑君的事吧？”

“岩濑君的事？他有什么事？”

“好了，你别装糊涂了！你是在担任警戒，防止岩濑君的女儿遭绑架吧？你在干什么，我一清二楚。”

“瞧，这么愉快的平安夜，请别说那种扫兴的话。我是来玩的，至于绑架什么的，我根本不知道有那回事！”

“瞧你还在装蒜！我和岩濑君关系特别好，他家里不管什么事我都清楚。”

年轻男子目不转睛地注视着黑天使的脸。

“夫人，你对这件事怎么会有如此浓厚的兴趣？”

年轻男子瘦高的身材，身着黑色西装，脸上绷得紧紧的，眼眸清澈而又锐利。

这眼神，这张脸，好像在哪里见过。嗯，想起来了！是那位赫赫有名的大侦探，叫明智小五郎。

“我非常喜欢侦探小说，当我知道岩濑君女儿的事情后，觉得像发生在小说里似的，被深深吸引住了。今天，我能和著名侦探在如此友好的气氛中交谈，我，激动得不知说什么才好！是啊，仿佛觉得自己也成了小说里的人物。”

说到这里，黑天使的眼睛里射出恶意的目光，话中带刺。这个身着黑礼服的贵妇人究竟是谁?

她就是本故事里的主人公，人称黑天使，她还有一个外号叫黑蜥蜴，源于她那身黑色礼服和胸前的蜥蜴形别针。

“但是，夫人，现实生活中发生的事件根本不是你说的什么小说。这回在岩濑君家发生的事件，我觉得是不良少年干的。”

“你在全力以赴侦查，甚至半夜里也在走廊上踱方步，向宾馆服务生打听情况……我这个人，不管什么都一清二楚。”

“你一直在注意这起事件吧？对不起，我有眼不识金镶玉。”明智小五郎讽刺着对方，两眼盯着黑天使的美丽脸蛋。

“别误会，我不是恶作剧，完全凭第六感。我总觉得这不是一般案件，你应该加倍仔细观察才是。”黑天使没有躲开对方咄咄逼人的目光，而是针锋相对，瞪大眼睛毫不相让地紧盯着对方，话中有话。

“是啊，该谢谢你才是呀！但请你放心，只要我继续干这一行，决不允许恶魔伤岩濑君女儿一个手指。不管什么盗贼，不管什么歹徒，休想在我面前蒙混过关。”

“是啊，是啊，你的高超侦查技术我是清楚的。不过，我总觉得这起案件非同寻常。对方似乎具有超常魔力，是一个非常可怕的人物……”

“哈哈……夫人，你怎么老是在偏袒歹徒呢？好，我和你打一回赌。”明智小五郎半真半假开玩笑似的提议。

“啊！你说你跟我打赌？我简直是受宠若惊。好吧，我胸前这枚珍贵的别针，就算我下的赌注好吗？”

“哈哈……夫人，你好像真要和我打赌。那好，如果岩濑君女儿遭到绑架，就算我输……是啊，我拿什么当赌注呢？”

“你就把你的侦探事业当赌注，怎么样？你如果这样下赌注，我就是把拥有的全部宝石当赌注押上也行。”

通常，贵妇人都有这样的怪脾气。

“好！这太有趣了！我输了，从此远离侦探事业，而你下的赌注是仅次于生命的珍贵宝石。相比之下，我干的这一行算不了什么。”

“哈哈……我们一言为定！我要废止你的侦探事业。”

“行！一言为定！我将高兴地等待着从你那里得到所有宝石，哈哈哈……”

也不知是什么时候，玩笑当真起来，两个人居然真打起了赌。

这时，成为他俩话题的岩濑庄兵卫带着女儿岩濑早苗来到他俩跟前。他的脸上，虽挂满了喜庆圣诞的笑容，却掩饰不住惶惶不安的阴影。

这起所谓的绑架事件，到底是怎么回事?

预 告

岩濑庄兵卫，是大阪的大宝石商。

岩濑早苗是他的女儿，长得楚楚动人，今晚，在东京宾馆宽敞的大厅里特别引人注目。

十七八岁的年龄，身材颀长，白净的脸上没有一丝红晕，岩濑早苗给人一种大阪人特有的沉稳感觉。也许是因为近视，她的鼻梁上架着一副眼镜。

金色的华丽和服，银色的闪光腰带，橘色的短和服外套。今晚的圣诞庆祝宴会上，很少有人穿和服，故而，她的这身打扮格外耀眼。

岩濑早苗的身边有一名寸步不离的保镖，他便是她的父亲岩濑庄兵卫。他注意女儿的每个动作，同时用警惕的眼光注视着周围的动静。

他虽已经头发花白，可红光满面。大腹便便的他，一看就知道是大商人。

乍一看父女俩平安无事，可无形的魔爪正在伸向他们。

那是半月前发生的事情。

一天早晨，岩濑庄兵卫像往日一样翻阅来自各地的邮件。当打开一封不熟悉的白色信封时，不由得歪了一下脑袋。

信封正面“岩濑庄兵卫先生收”的字，故意被写得歪歪扭扭的。信封背面，没有寄信人的姓名和地址。

“咦，这封信是谁寄来的？”

岩濑庄兵卫撕开信封口，里面是一张白色的普通便笺，上面的字和信封表面的字一样歪歪扭扭。内容如下：

岩濑庄兵卫先生：

请注意令爱周围，恶魔正企图绑架她。特告。

“混账！这肯定是一个心理变态的家伙，成心捣乱。”

岩濑庄兵卫心里极不痛快，轻声骂道，稀里哗啦地将信撕成碎片，啪的一声，扔入旁边的废纸篓里。

可与这同样莫名其妙的信，从那以后每天出现在信箱里。

一开始，岩濑庄兵卫以为是什么神经不正常的人的恶作剧，并没有把它当一回事；但望着同样内容的信渐渐增多，猛然间他觉得无形的魔爪正在伸向自己的女儿。似乎觉得绑架的日子一天比一天临近，他犹如热锅上的蚂蚁坐立不安。

他做了许多假设，但就是想象不出寄信人是谁。

终于，他叩开了当地警署的大门报告了这一情况。

警方派出警力摸排和布控，费了九牛二虎之力还是没找到寄信人。

这么多同样内容的信的信封上，寄信人没有留下会成为警方侦查线索的姓名和地址。不仅如此，信上的邮戳时而是大阪，时而是京都，时而是东京，每次都不一样。

正在这时候，有人想为岩濑早苗说媒。

对方是东京一流的名家，简直是打着灯笼也盼不来的攀亲良机。

岩濑庄兵卫感到为难，不知如何是好。

“伤脑筋！要缔结这桩婚姻，无论如何得带早苗去东京与对方见面。”

东京对方的家，也频频来信催岩濑庄兵卫带女儿去。

“看来，就是冒险也得去东京。再说，手头上还有几笔生意必须在东京成交。此外，暂时离开一下被怪信滋扰的家，去东京宾馆小住几天换换环境也许是一件好事。”

终于，他下了去东京的决心。

但是，路上万一遇上不测后果则不堪设想。必须采取特别措施保护早苗，否则随时都会有危险。于是，他决定聘请大侦探明智小五郎担任一路护送的保镖。

岩濑庄兵卫曾委托过明智小五郎侦破宝石商店被盗案，对他高超的侦查技术一清二楚。

“明智先生，请无论如何保护好早苗。只要讨厌的信件消失，你的任务就完成了。我作为她的父亲，简直成了惊弓之鸟。如果你接受委托，我就没什么可担忧的了。求求你了。”

明智小五郎一开始没有接受，可岩濑庄兵卫死乞白赖地央求，实在让他无法推辞，终于答应了，跟着他住进宾馆，与他住的房间相邻。

为防止岩濑早苗遭人绑架，明智小五郎高度警惕，寸步不离。

实 施

“打扰了！看你俩又是说又是笑的，能不能让我一起参加？”

岩濑早苗走到明智小五郎和黑天使两个人跟前，勉强露出笑脸主动跟他俩打招呼。

“哦，早苗小姐，快坐到这里来！刚才，明智大侦探闷得慌在发牢骚呢！说实在的，像那样的信肯定是恶作剧。”

这时，岩濑庄兵卫急匆匆走来，觉得一分钟也不能离开女儿早苗。

加上岩濑庄兵卫的到来，正好是四个人围着一张茶几。大家都认为怪信超出一般常识，但为了避免给岩濑早苗增加恐惧，尽量绕开这一话题，说一些高兴的事情。

说着说着，豪华而又热闹的圣诞庆祝晚会使他们忘了一切，浓浓的节日气氛把他们带到了云里雾里的梦境。

岩濑庄兵卫君、黑天使夫人、明智小五郎，就连当事人岩濑早苗也陶醉在欢乐的海洋里，早已把遭绑架的危险置于九霄云外。

不经意间，岩濑庄兵卫和明智小五郎结成了交流对子，黑天使与岩濑早苗结成了交流对子，自然而然地分成两组交谈起来。

须臾，这对女伴站起来，似乎忘了跟正在热切交谈的两个男人打招呼，穿过大厅里的拥挤人群，散步似的走了出去。

黑色装束的黑天使与身着橘色和服短外套的早苗小姐，像两个婀娜多姿的仙女映入人们的眼帘。

黑天使是有名的贵妇人，岩濑早苗也是日本屈指可数的大富豪家千金，人们的视线跟着她俩的背影目送着。

两个女人的背影、发型，十分相像。

黑天使虽说已二十五六岁，但看上去仍像少女，步履轻盈。

看起来她俩的年龄似乎相差无几，都是十七八岁。

她和岩濑早苗的走路模样看不出谁邀请谁，肩并肩手拉手，穿过大厅，沿着走廊来到楼梯口。

“早苗小姐，顺便去一下我的房间，让你见识见识昨天我说过的木偶。”

“好呀，你已经把它拿来了？”

“是的。我一直把它带在身边，是我忠实可爱的仆人。”

“我太想见识见识了。”

岩濑早苗一听说是木偶全身来劲儿，美丽的脸上闪着兴奋的光泽。

黑天使的房间在一楼，岩濑早苗的房间在二楼。

两个人在楼梯口站了一会儿，终于不知不觉地朝着黑天使的房间走去。

“早苗小姐，请进来！”

一来到隔壁房间门口，黑天使赶紧推开房门催促岩濑早苗进去。

“怎么，你弄错了吧？你的房间不是23号吗？”

岩濑早苗突然停下脚步，踌躇不安起来。

门牌号是24号，确实是夫人隔壁房间的房门，借宿人叫山川健作，跟黑天使一块住进这家宾馆的。

从黑天使脸上的表情来看，似乎并不清楚，也不知何故。

“没错，没错，这是我的房间，快，快请进。”

话音刚落，她一把抓住岩濑早苗的胳膊朝房间里拽。

两个人身影刚进房间，房门便“啪”地关上了。刚关上，奇怪的是，随即传来锁门声音，不是来自门外侧，而是门内侧被上了锁。

与此同时，门内侧传出轻轻的悲伤的呻吟声，好像谁被使劲儿地按着。

刹那间，房间里鸦雀无声，静得出奇。

片刻，可以听见人窃窃私语的声音，接着是踱方步的声音，紧接着是物体相撞的声音，持续了五分钟左右。

嘈杂声一消失，传来开门锁的声音，随之，门与门框之间的缝隙处出现一张白净的脸，玻璃眼镜后面的那对眼睛紧盯着走廊。

当看清走廊上没有什么人时，她闪出房间来到走廊上。令人意外的是，这人不是黑天使而是岩濑早苗。

瞧！发型、眼镜、服装都与岩濑早苗相同，外套也是款式和颜色相同的短和服。再仔细看，似乎又不那么相似。

胸部比岩濑早苗稍隆出一点，个头稍高一点，虽脸部化装上动了一番脑筋，但还是略有不同的感觉。

发型和眼镜与岩濑早苗的一模一样。但无论化装得怎样精致，脸部还是不可能与岩濑早苗一模一样。

是黑天使化装成岩濑早苗的模样。

可爱的岩濑早苗到底怎么啦?

不容置疑，歹徒的绑架计划已经实施，岩濑早苗已经落入魔掌。

无疑，歹徒肯定是黑天使!

黑天使把岩濑早苗带到24号房间，她的同伙事先埋伏在那里，准备了沾有麻醉剂的毛巾和用来装东西的大皮箱，等待岩濑早苗进入“口袋”。

“好，接下来全拜托你了！”

化装成岩濑早苗的黑天使一边关门一边轻声地说。从房间里传来男人回答的声音：“嗯，明白了，请放心。”

是山川健作的声音，他是黑天使的爪牙。

黑天使把鼓鼓囊囊的大包袱夹在腋下，尽量避开他人的视线沿楼梯上去。

来到岩濑庄兵卫房间门口，她稍稍停留了片刻，窥视房间。房间里空无一人，岩濑庄兵卫还没有从大厅返回。

岩濑庄兵卫的房间里有沙发、躺椅、写字桌，紧挨着的是寝室、浴室兼厕所，以及洗脸室。

黑天使一进入房间急忙打开写字桌的抽屉，找到岩濑庄兵卫常服用的安眠药，从瓶里取出全部白色药片，换成形状和颜色完全相同的药片，盖上瓶盖后放回抽屉。接着，她走进寝室熄灭壁灯，打开床边柜上的台灯。

黑天使在卧室里稍稍犹豫了片刻，环视整个房间后按响床边的呼叫开关喊服务生。

少顷，传来敲门声，服务生走进卧室。

“请问客人有什么吩咐？”

“我父亲在下面大厅里，现在已是该睡觉时间了，请你去把他喊来。”

她对服务生说。她与岩濑早苗的说话声音像得令人吃惊。

卧室里只亮着台灯，光线朦胧，她又脸朝下模糊得看不清楚，只能看见脸的侧面。唯岩濑早苗身上的衣服，非常清晰。

服务生点点头走出房间，不一会儿，传来慌慌张张的脚步声，岩濑庄兵卫发疯似的闯进房间。

“早苗，早苗，你怎么一个人在卧室里？你刚才不是和黑天使夫人在一起吗？”

岩濑庄兵卫看见女儿独自在房间里，拉大嗓门责备道。

卧室里光线昏暗，门口的岩濑庄兵卫只能看见她身上的衣服。这时，黑天使说话了，撒娇的声音比刚才对服务生说的还要像岩濑早苗。

“我有点不太舒服，刚才在楼梯口与夫人分手后，独自回到了房间。我这就上床睡觉，爸爸，你也该休息了。”

“不行！不管什么时候都不能让你单独待着。你忘了，到处是绑架你的流言蜚语？要是真发生意外了，那可怎么办？”

从岩濑庄兵卫的说话表情，丝毫没有怀疑与自己说话的女儿是假的。他坐在沙发上，朝着女儿的背影不停地嘟哝着。

“所以，我让服务生把爸爸请回来。”卧室里又传出娇嗲的声音来。

这时，明智小五郎也沿楼梯追了上来，急匆匆地闯进房间。

“你女儿已经睡了吗？”

“嗯，正要睡，现正在寝室里换衣服。”

“那，我也回自己房间了。”

明智小五郎一走，岩濑庄兵卫便把门锁上，然后伏在写字桌上开始写信。

须臾，他跟平时一样随手从抽屉里取出安眠药瓶，打开盖子将药放入嘴里，顺手拿起桌上盛有水的杯子凑到嘴边“咕咚”一声将药吞下，站起来走进卧室。

“早苗，怎么样？感觉好一点儿了吗？”岩濑庄兵卫边说边沿着床来到女儿的枕边。

“好了，好了，我现在困极了，想睡觉。”

装扮成岩濑早苗的黑天使慌张地答道，接着使劲掀开毯子，只露出灯光阴影里的半边脸，背对着岩濑庄兵卫，语气里夹着生气的口吻。

“哈哈……你今天好奇怪啊，怎么还生气？”

岩濑庄兵卫嘴上这样说，心里还是没半点怀疑。女儿心情不好，还是由着她吧，于是哼起小调，换上睡衣后赶紧躺到自己的床上。

黑天使换上的烈性安眠药，此刻发挥了效果，岩濑庄兵卫刚闭上眼睛就进入了梦乡。

陪 伴

明智小五郎一返回自己房间，就打开书看了起来。过了三十分钟左右，明智小五郎听到一阵急促的敲门声。

咚咚咚……

声音，来自隔壁岩濑庄兵卫房间的门。

“怎么啦？”明智小五郎开门问道。

“有岩濑君的加急电报，我怎么敲门，就是没有反应。”

“什么？你那样敲也不开门，肯定出什么事了。”

明智小五郎猛地感到不安起来，帮服务生一起“咚咚咚”地使劲敲门。

房间里终于传来岩濑庄兵卫睡梦中惊醒的声音，朝门外大声嚷道：“什么事？什么事？讨厌！”

“请开门，岩濑君，有你的加急电报。”明智小五郎放心了，大声答道。

咔嚓嚓……传来开锁的声音，门开了。

门内侧站着身穿睡衣的岩濑庄兵卫，右手不停地揉着惺忪的睡眼。

他从服务生手里接过电报，费了好长时间才看完。

“畜生！那家伙又在搞恶作剧！好不容易睡着，被这东西搅得……”

他打着响舌把电报递给了明智小五郎。

请注意！今晚十二点钟。

字不多，意思非常明了。

“今晚十二点钟，早苗小姐将遭到绑架。”岩濑庄兵卫解释说。

“岩濑小姐现在有情况吗？”明智小五郎猛然间紧张起来，脱口问道。

“没情况，非常好。她就睡在我隔壁，一切正常。”

岩濑庄兵卫跌跌撞撞地走到卧室门边，站在那里核实了一下躺在床上的女儿早苗，放心地说。

明智小五郎站在他身后也窥视了一下岩濑早苗的情况。这时，岩濑早苗好像刚转过身，脸朝着里面的墙，一副睡得很香的模样。

“最近因为发生了这种情况，早苗总是心事重重地睡不着觉，每天晚上和我一样，要服上几片安眠药才能入睡。

“这药还真管用，瞧，睡得多香啊！她今天晚上心情好像特别好，现在喊醒她未免太残忍了。别惊动她，让她好好睡上一觉！”

“窗关紧了吗？”

“没关系！白天我就上了插销。”

岩濑庄兵卫好像感到站着说话有点体力不支，边说边回到自己床上。

“明智大侦探，对不起你了！钥匙交给你保管，请把门锁上。”

他那表情，似乎锁门也是一桩累人的麻烦事。

“不，我还是在房间里待一段时间好。卧室和客厅之间的门最好开着，这样，你们即便睡着了也没关系，因为，我可以从这里看见窗那里的情况。

“如果谁砸坏玻璃潜入房间，我就会立刻察觉。只要注意到窗户的动静就可以了，因为，这房间里没有其他的门可以进出。”

明智小五郎对所有案件都是自始至终，尽心尽职。他决定一个人对付歹徒的绑架预告。

大侦探说完坐在客厅椅子上，点燃烟后全神贯注地注意着房间里的动静。

时间一分一秒地流逝，明智小五郎不时地站起身来打量卧室。

岩濑早苗依然是刚才的睡姿，岩濑庄兵卫则接连打着震耳欲聋的呼噜。

“怎么，您还没有上床休息？听说服务生送来了一份加急电报，害得我忐忑不安，忧心忡忡的，所以想来看看这儿的情况。”

突然，客厅门外好像站着一个人。明智小五郎赶紧转过身打开半掩着的门，发现站在门外走廊上的是黑天使。

“欢迎，欢迎，原来是夫人大驾光临。是的，刚才有一份可疑电报，是发给岩濑君的。可我在这里，那家伙就是三头六臂也休想进这个房间。我彻夜不睡早已习惯了。托你的福，我不得不坐在这里担任保安。”

“怎么，那份威胁电报居然打到宾馆里？太神奇了！”

黑天使一边说，一边走到客厅里。

“早苗小姐好像已经睡着了。”

她轻声自言自语，关上房门走到明智小五郎跟前鞠躬行礼。

“是的，是的。”

明智小五郎好像在思索什么，敷衍了事地答道。

“早苗小姐的父亲也睡着了？”

“是的，是的。”

黑天使察觉到明智小五郎的回答是应付自己，便微笑起来。

“嘻嘻嘻……你的回答纯粹是应付我而已。怎么啦，又在考虑什么？你坐在这里保卫早苗小姐了，还担心什么？”

这时，明智小五郎似乎从沉睡中醒来，朝夫人望了一眼。

“夫人，你还在说刚才打赌的事？”

接着，明智小五郎不甘示弱，用充满嘲笑的口气说。

“你以为我失败了？你以为我在考虑小姐已经像歹徒说的那样遭到绑架了？告诉你吧，歹徒的绑架阴谋不可能得逞，你跟我打赌，最终也是以你的失败而告终。”

“哎呀呀呀，你扯哪里去了！我怎么会幸灾乐祸希望岩濑君遭不幸呢。”

黑天使瞟了他一眼，进一步压低嗓音问道：“说心里话，我确实在为岩濑君捏一把汗。那电报里到底写些什么？”

“是说今天晚上十二点钟绑架早苗小姐。”

明智小五郎的话语里充满了不可思议的口吻，视线紧盯着黑天使的脸。

“还差三十分钟呢！”黑天使一边把视线移向壁炉桌面上的钟，一边对大侦探说，“那，你是打算在这里一直待到十二点？不觉得无聊吗？”

“不，不觉得无聊，相反，我觉得挺愉快的。如果我从事的不是侦探职业，是不会有这么充足的时间让我享受，尤其是这种戏剧性的享受。只要我在这里，早苗小姐就不会有情况，我也不会败给你。请吧，夫人，快回房间休息去，别客气！”

“啊呀，你这是瞎说。其实我比你愉快得多，这是我的心里话。女人一旦打赌就会寝食不安，一直要等到输赢揭晓为止。我待在这里也许会打扰您，但请允许我同您来往，行吗？我只要能待在这里陪你就行了……”

“怎么，你又要打赌了……那好吧，请，你想怎样就怎样吧！”

就这样，明智小五郎与黑天使一起保卫卧室。

两个人面对面坐着，好长时间里谁也没有先开口。黑天使察觉到旁边桌上有一副扑克牌，便独自摆弄起来。片刻，她主动邀请说：“明智大侦探，玩牌怎么样？决一胜负。”

消　失

在等待歹徒前来绑架的时间里，奇妙的两人扑克牌游戏开始了。寂静的夜晚，翻牌声和扔牌声在房间里轻轻地交替回荡着。

默默等待，会感到时间特别慢。幸亏有一副牌，不知不觉地临近了歹徒预告的绑架时间。

明智小五郎尽管在打牌，但眼睛没有离开过敞开着的卧室入口。作为歹徒能侵入的场所，除唯一的窗以外别无选择。然而，什么可疑动静也没有。

“好了，牌就玩到这里为止。”黑天使突然把手中的牌扔在桌上。

“瞧，距离十二点已经不到五分钟了。”

黑天使似乎已经没有心思继续玩牌，脸上露出焦急神色。

明智小五郎一边洗牌，一边慢悠悠地主动邀请黑天使：“来，再玩一回，还没有决出胜负呢！让我们在尽情地玩扑克中欢送十二点离开吧！”

“不行，不行，你太不把歹徒当一回事了。我刚才说了，歹徒肯定会按照事先的预告绑架岩濑早苗。再过一会儿，一定，现在……好像有什么……”黑天使的表情陡然间紧张起来。

“哈哈哈……夫人，别患上神经质哟！你说说看，歹徒究竟能从哪里潜入卧室？”

听了明智小五郎的这番话，黑天使不由得举起手指着客厅门。

“哦，你是担心那门？那好，我去把门锁上，以免夫人提心吊胆。”

明智小五郎站起来径直走到那里，从袋里取出代岩濑庄兵卫保管的门钥匙将门锁上。

“好了，只要歹徒不破门而入，就接近不了岩濑早苗的床边。正如您知道的那样，要进入卧室，必须先经过我们待的这个客厅。”

于是，黑天使似乎被鬼故事吓破了胆，这一回她举起手指着对面被昏暗灯光照得模模糊糊的窗户。

“什么，你是说那扇窗？歹徒从院子里架梯，爬窗潜入房间？那怎么可能？窗内侧早就上紧了插销。歹徒如果砸玻璃潜入卧室，我坐的这个位置可一目了然。对了，到那时，就请你欣赏欣赏我这个神枪手的枪法。别担心，请相信我！”

明智小五郎一边说，一边“啪嗒啪嗒”地拍了几下右口袋让黑天使看。

口袋里放有一支微型手枪。

“你说早苗小姐身体不舒服可能是事实，可岩濑君为什么不起床？像这种非常时刻，他还呼呼大睡，是不是太麻痹大意了？”

黑天使敏捷地环视一下卧室，不可思议地点点头。

“据说他俩每天晚上都服安眠药，否则睡不着觉。接连不断的绑架预告信，使他俩都患上了神经衰弱症。”

“啊哟，离十二点还差一分钟，明智大侦探，没关系吧？”黑天使实在坐不住了，猛地站起来大声嚷道。

“当然没关系，什么情况也不会发生。”

明智小五郎缓缓站起身，不可思议地望着异常激动的黑天使。

“还有二十秒！”

黑天使可疑的目光里闪烁着似乎快要燃烧的火焰，望着明智小五郎，用激动的口吻说。

美丽的黑天使，其实是怪盗黑蜥蜴，此时此刻陶醉在迎接胜利的喜悦之中。因为，她向天下第一大侦探明智小五郎挑战，终于取得了胜利。

“夫人，你为什么要那么相信歹徒的本领？”明智小五郎的眼里射出锐利的目光。

令他感到迷惑的是，该怎样解释黑天使奇怪的表情和态度。

黑天使如此狂热和兴奋，到底是什么原因所致？

他暗自思索，两眼紧盯着黑天使。

“是的，我相信！也许你会笑着说那是小说里的空想。不过，刚才的时间里，可能有一个肉眼看不见的骑士，不知从哪里神不知鬼不觉地潜入卧室，趁美丽小姐熟睡时将她从这里带走了。这样的情景，一幕幕地浮现在我的眼前。”

“哈哈……”明智小五郎终于前仰后合地笑了。

“夫人，你瞧！你说这些不着边际的话的时候，时间已经过了十二点。咱俩之间的打赌，结果还是我赢了。现在，我可以领受你所有的宝石了吧？哈哈……”

“明智大侦探，您真以为自己赢了？”

黑天使突然冒出一句出乎明智小五郎意料的话。

鲜红的嘴唇猛地弯曲，慢慢地，慢慢地，故意张开嘴巴。

因为胜利的喜悦，黑天使竟然忘了贵妇人的尊严、冷静和礼仪。

“咦！照这么说，你……”

听她这么一说，明智小五郎的脸色唰地变了，脑袋里的敏感神经立刻明白了话里的真正含义。

“喂，早苗小姐是否遭到绑架，你还没有核实吧？”

黑天使又像炫耀自己那样，话中带刺地数落明智小五郎。

“早苗小姐果真像信中那么说的……”

没想到明智小五郎居然失去了自信，低下脑袋喃喃自语。

宽阔的额头上，不停地渗出油一般的汗珠。

“你大概是想说她不就躺在床上睡觉吗？躺在床上的真是早苗小姐本人吗？万一被换成根本不相识的陌生小姐，你该怎么办？”

“会，会发生那种愚蠢的事吗？”

“你是想说绝对不会？”

明智小五郎打消了与夫人斗嘴的念头，但又被夫人的话给镇住了。刹那间，他猛地站起拔腿跑向卧室，使劲拽住熟睡的岩濑庄兵卫的手臂，打算喊他起来。

“什，什么事？发生什么了？”

岩濑庄兵卫没有在做梦也没有幻觉，一直在惦记女儿早苗和担心那份电报，赶紧从床上爬起来，惊慌失措地问道。

“快起来看一下小姐！睡在那床上的果真是你女儿吗？肯定没弄错？”

“你，你慌什么呀？那当然是我女儿啦！瞧，那不是早苗，怎么……”

说到这里，岩濑庄兵卫猛地顿住了，似乎明白了什么，瞪大眼睛紧盯着女儿后脑勺上的头发……

“早苗！早苗！”

他从床上坐起，歇斯底里地大声叫嚷着女儿的名字。

但没有回音。他一把掀开身上的盖被，哆哆嗦嗦地走到女儿床边，打算拽住女儿的肩膀用力摇晃。

当岩濑庄兵卫的手触及岩濑早苗肩上时，被子猛地凹陷下去，变得高低不平乱七八糟的。

“明智大侦探，我们上当了！上当了！”

岩濑庄兵卫嘴里又是叫又是嚷的，癫狂的模样简直无法形容。

“怎么回事？睡在床上的真不是你女儿？”

“你看！那根本就不是人，我上当了！我傻到了极点，一直蒙在鼓里。”

明智小五郎和黑天使急急忙忙地跑过去仔细一看，那果然不是人。

一直觉得裸露在外的是岩濑早苗的脑袋，结果居然是木偶脑袋，就是玩具店里常见的大脑袋玩具。

这个木偶脑袋上的发型与岩濑早苗相似，身体部分是用垫被制作的，盖毯从脚上一直盖到下巴上面，伪装岩濑早苗熟睡的模样。

智 胜

所谓木偶脑袋，无疑是歹徒设计的圈套，而且是哄骗孩子的把戏。

不仅岩濑庄兵卫上当受骗，就连明智小五郎也没看出丝毫破绽，直愣愣地呆坐在那里。

设计这一圈套的歹徒到底是谁？读者肯定清楚，正是披着人皮的黑天使。

她化装成岩濑早苗走进卧室，背朝着岩濑庄兵卫的床睡觉。岩濑庄兵卫坐在桌前写信，吞服安眠药后刚上床闭上眼睛，药性发作，他就昏昏沉沉地睡着了。

黑天使见状赶紧起床，把木偶脑袋与垫被伪装成岩濑早苗的睡觉模样，盖上毛毯后，蹑手蹑脚地溜回自己的房间。

黑天使潜入岩濑庄兵卫房间的时候，腋下曾夹着一个包袱。其实那里面装的是木偶脑袋。这，各位读者应该记得。

明智小五郎没有说话，默默地站立在床前。长期的侦探生活里，还不曾有过这样的尴尬境遇，居然被如此愚蠢的诡计骗了。此刻，他无法面对百般信赖自己的岩濑庄兵卫。

“明智大侦探，我把女儿交给你保护，是相信你能使她平安无事。可万万没想到，女儿却在你的眼皮底下消失了。你是怎么履行职责的？就这么随意对待我的委托？别呆站着，快把她找来。

“看来，靠你个人的力量是不够的，眼下，我们只有借助警方的力量……是啊，最值得信赖的还是警察。快，快去向警方报案。喂，你还愣着干什么？难道还得我亲自打电话给警方？”

岩濑庄兵卫由于女儿突如其来的失踪，急得越说越激动，唾沫四溅，竟然忘了绅士风度，语言变得粗鲁起来，蛮横无理地指责明智小五郎，接着，三步并作两步地跑到电话机旁边。

“请等一下打电话！现在这时候就是发再大的火也是白搭，也不可能捕获绑架早苗小姐的歹徒。根据分析，歹徒是一小时前绑架早苗小姐的。”

明智小五郎使劲克制住自己的情绪劝阻岩濑庄兵卫，同时，脑中不断思考着歹徒是怎样实施这起绑架案的。

“我可以断言，在我进入客厅到现在这段时间里，绝对没有任何可疑情况。绑架是电报送达前发生的，绝对不可能在其他时间段里发生。那份电报不是绑架预告，而是乔装打扮已经实施完毕的绑架案，制造深夜十二点发生的假象，把我们的注意力引向你的房间，而歹徒则利用这个时间逃到了安全地带。”

“哈哈……对，对不起，我终于忍不住笑出声来。被誉为日本第一大侦探的明智小五郎，居然在房间里充当木偶脑袋的保镖，还足足保卫了漫长的一个小时。想到这里，我实在忍不住了。”

黑天使不顾及场合也不顾及明智小五郎的面子，大放厥词。

她现在是完完全全的胜利者，抑制不住内心的激动。

明智小五郎硬着头皮，耐心听完她冷嘲热讽的数落。他觉得与黑天使的打赌自己败下阵来，但他内心并不服输，觉得完全有希望反败为胜。在案情还没有彻底弄清楚的时候，自己绝不能言败。

“像这样干等，是不可能把我女儿等回来的，必须设法营救。”

岩濑庄兵卫听完黑天使毫无同情心的数落，像热锅上的蚂蚁坐也不是站也不是，语言变得更粗暴了。

“明智君，我这就给警方打电话，你不会再说不行了吧？你别再阻拦了！”

岩濑庄兵卫没等明智小五郎回答便朝客厅走去，正要抓起电话听筒的时候，电话铃声响了，仿佛事先约好似的，丁零零零……

他打了一个响舌，无可奈何地抓起听筒靠近耳朵，大声呵斥无辜的总机小姐。片刻，他冲着明智小五郎大声吼道："喂，明智君，是你的电话！"

明智小五郎见岩濑庄兵卫喊自己，赶快跑到电话机旁一把夺过听筒。

到底是什么紧急电话？明智小五郎与对方交谈了好一会儿。

"二十分？不行！十五分，不，不，那也太迟了。十分钟，十分钟一定要赶到。我只等十分钟，一言为定！"

明智小五郎像扔似的，咔嚓一声把听筒放在电话机上。

"你自己的事情办完了，该打电话给警方了吧？快打！"

气得直打哆嗦的岩濑庄兵卫，叉开双腿站在明智小五郎跟前，用讽刺的口吻命令。

"别那么急着给警方打电话，还是先让我静下心来思考一下。我觉得自己的思维方法有错。"

明智小五郎似乎根本没把气急败坏的岩濑庄兵卫的话放在心上，而是站在电话机跟前陷入了沉思。

"明智，难道你不打算考虑我女儿失踪的事情？你是想撒手不管了是吗？当初接受我委托时，你不是答应得很干脆的吗？"

岩濑庄兵卫见明智小五郎的态度如此冷漠，不由得怒火中烧。

"哈哈……岩濑君，您女儿的事情，明智先生现在可没那闲工夫考虑！"

也不知是什么时候来到客厅的，黑天使又出现在明智小五郎的跟前。皮笑肉不笑的，但声音似乎在摇晃着整个客厅。

"什么？你说什么？"

"明智大侦探在思考什么？岩濑君，让我猜一下，一定是和我打赌的那件事……什么？是那样吧？我说是这么回事吧？哈哈……"

岩濑庄兵卫目瞪口呆，不时地望着黑天使的脸。

可恶的黑天使，直到现在还充满了对明智小五郎的敌意，不仅目中无人，还以胜利者的姿态紧缠着明智小五郎，大声嘲笑："岩濑君，你大概还不清楚吧？明智大侦探与我打过赌，他下的赌注是侦探职业。也就是说，他一旦失败就永远不再干侦探这一行。现在，他的失败已经成了定局，就像和尚头上的虱子，明摆着的。瞧他现在万般痛苦的模样，确实，像这样的抉择是很伤心的。我没有说错吧，明智君？”

“不对，实际情况并非你说的那样。我痛苦，是我在为你感到可怜。”

“什么？你说我可怜？好笑！为什么？”

黑天使不解地追问。

两个人唇枪舌剑的争辩，竟然使岩濑庄兵卫把女儿失踪的事忘得一干二净，茫然观望和比较着他俩脸上的表情。

两个人的目光里充满了敌意，怒目圆睁。

明智小五郎的目光深处闪现出不可思议的微笑，慢慢地布满了整个脸。

“那……是因为输赌注的不是我，是夫人你！听清楚我说的意思了吗？”

明智小五郎慢吞吞地说，语气里充满了得意的。

“你，你说什么？那么为失败感到惋惜……”

“为失败感到惋惜？原来是那意思。”

明智小五郎高兴得脸上堆满了笑容，喃喃自语道。

“是的，是的，是为失败感到惋惜，没抓住歹徒，还在不紧不慢地调侃狡辩。你不是为失败感到惋惜又是为什么？”

“那么，夫人，你是想说我放跑了歹徒？那怎么可能？我是绝对不会干有悖于职业道德的事。告诉你吧，我已经抓住那个犯罪嫌疑人了。”

听明智小五郎这么一说，黑天使猛地怔住了。大侦探正由于刚才的失望和慌乱，反而急中生智，突然间发现了什么。

“哈哈哈……这太有趣了！明智大侦探，你真会开玩笑。”

“怎么，你觉得我是开玩笑？”

“是的，你除了开玩笑还会有……”

“那么，我给你看不是开玩笑的证据好吗？是啊，例如……是啊，你朋友山川健作离开宾馆去哪里了？如果我知道他的去向，你觉得如何？”

黑天使被明智小五郎这么一说，顿时脸色唰的一下变了，变得像一张白纸，两条腿不由得颤抖起来。

“怎么样，山川健作那家伙购买了去名古屋的火车票，却在途中下了车，请说说为什么？他也在我们住的这家宾馆投宿，这难道是巧合吗？还有，山川健作特意提着一口大箱子上车，又提着它下车来到我们这家宾馆。请问，那口大箱子里究竟装着什么？这情况倘若我清楚，你该怎么回答？”

“胡说八道！胡说八道！”

黑天使刚才还一直炯炯有神的视线，猛地移向天花板，目光变得呆滞起来，嘴里有气无力地重复着。

“我胡说八道？你不知道刚才的电话是谁打来的，还想瞒天过海。好吧，就跟你打开天窗说亮话吧！刚才任你耍弄哄笑，是因为我在等一个重要电话。

“早苗小姐已经被强行从这家宾馆带到别的地方。这情况，我在宾馆内外布控的部下绝不会看错。

“我吩咐过部下，只要觉得可疑，都得悄悄跟踪上去，进行详细调查。”

接着，明智小五郎像核实自己说话的效果那样，不急也不躁地望着黑天使的脸继续往下说。

“听明白了吗？那个电话，我是望眼欲穿的！果然，最后获得胜利的是我！你失败的原因，是因为你错误地估计我是独往独来的光杆侦探。夫人，你该按照事先说好的，把你的所有宝石统统交给我。哈哈……”

明智小五郎发自内心地笑了。眼下，怪盗与神探的角色互换，来了个一百八十度的大转弯。

人 证

品尝胜利滋味的快乐，从黑天使转到了明智小五郎身上。明智小五郎的脸上，得意扬扬。

大侦探不打算开怀大笑，但最终还是没有克制住。他笑容满面．紧盯着垂头丧气的败者——黑天使的脸。

黑天使也不是好惹的，不动声色地忍受着来自明智小五郎的嘲笑讽刺。

她在绞尽脑汁，企图金蝉脱壳摆脱困境。

“那，把早苗小姐换回来不就得了！恭喜你获胜。那，山川君怎么啦？”

黑天使使劲不让说话的声音颤抖，装作漫不经心的模样问道。

“遗憾的是，山川那家伙的腿比兔子还要快，被他逃走了。”

“什么，什么，歹徒逃走了？”

黑天使脸上露出放心的神色，好像松了一口气。

“谢谢，谢谢。明智大侦探，我一点儿也不知道你刚才说的过程和情况，过分激动，错怪了你，说了许多不堪入耳的话，实在对不起，请原谅。你好像说过抓住歹徒了，可你又说被歹徒逃走了。是这样说的吧？”

一直站在旁边全神贯注听着他俩对话的岩濑庄兵卫，听到这里，糟糕的心情顷刻间轻松了，黯然的眼神变得有了光彩，一边微笑一边问道。

“不，不是那么回事。山川那家伙不是这起事件的主犯，我刚才说抓住犯罪嫌疑人绝不是信口胡说。岩濑君，我是说我抓住了这起事件的主犯。”

明智小五郎的这番话，使黑天使骤然变得面如土色，脸上表情变得可怕起来，宛如被穷追猛打的野兽欲伺机摆脱。

她东张西望，环视周围，逃走只有门口一条路。可是，门早已被明智小五郎锁上了。

“那么，你说的主犯在哪里？”岩濑庄兵卫没有察觉出，仍然一个劲儿地傻问。

“就在这房间里，也就在我们面前。”明智小五郎直截了当地说。

“什么，在我们面前？可房间里除了你，贵妇人和我没第四个人呀！”

岩濑庄兵卫还是没有察觉出，扫视整个房间。

“这个黑天使就是绑架案的主犯，一个丧心病狂的女人。早苗小姐就是她绑架的。”

房间里突然肃静起来，足足十几秒钟时间里，连呼吸声也听不见了。

三个人各自抱着不同的想法，互相盯着对方，呆呆站在原地。

不一会儿，死一般的宁静被女人的声音打破了。女人，就是被明智小五郎说成绑架案主犯的黑天使。

“我说，明智大侦探一派胡言。山川到底做了什么，我怎么知道？他做的事怎么能扯到我的身上？再说，我也只是和他认识而已，说得再确切一点，我只是介绍他入住这家宾馆，仅此而已。明智先生已经多次说自己失败了，现在又出尔反尔，简直不像大侦探。要真是那样……”

黑天使竭尽全力做最后挣扎。

说时迟那时快，传来咚咚咚的敲门声。

明智小五郎听到这声音，仿佛等来了盼望已久的救星，赶紧跑过去用钥匙打开门锁。

“夫人，你再百般抵赖也为时已晚，不可抵赖的证人给带来了。怎么，你还打算在早苗小姐面前装疯卖傻？”

明智小五郎的这番话，像一把直刺黑天使心窝的尖刀。

这当口，门外侧出现了明智小五郎的助手小林芳雄。紧挨着他身旁的，是脸色苍白的岩濑早苗。站在他俩身后的，是身穿制服的警官。

黑天使已经上天无路入地无门，陷入连警官在内的四个男子的包围圈。

这个外号叫黑蜥蜴的怪盗，脸上丝毫没有绝望的表情。

猛然间，黑天使青一块白一块的脸上局部变红了，朝着周围蔓延，满脸凶神恶煞的表情。也不知想到了什么奇怪的事情，她莫名其妙地大声狂笑。

“嘿，嘿，嘿……”

黑天使身处无路可逃的境地，居然临危不惧！

要逃走只有一条路，就是唯一通向走廊的那道门。但是，门口被刚才赶到的小林芳雄他们堵得严严实实的。

除了门还有唯一的窗，但也被关得死死的。

退一步说，即便黑天使跳窗逃走，可这是二楼房间的窗，再说窗下面是院子，而院子四周是建筑。

黑天使到底打算怎样逃走？

“无聊！别装模作样了！”明智小五郎说这番话时，语气里略带点怜悯。

黑天使开口说话了：“嘿……今天晚上的这出戏就这样结束了？大家听我说，天下第一大侦探明智小五郎，我错误地估计他是光杆侦探，没有助手也没有部下。不管怎么说，这一回算我失败了，我把对手估计得太简单了。失败我认了，你们打算怎么处置我？是想抓我？大侦探，请认真想一下，也请回忆一下，你难道没有惨败过？喂，怎么样？不小心的时候，你难道没掉过什么？嘻嘻嘻……”

脱　壳

黑天使说这番话的目的到底是什么?

明智小五郎为了抓住黑天使绞尽脑汁，与黑天使周旋。

他一想到这里，无疑喜形于色，陶醉在胜利的喜悦之中。

过分陶醉，也许使大侦探忘乎所以，掉以轻心。根据黑天使脸上的表情判断，她似乎还没有彻底认输。

尽管处境极其不利，可她一刻也没停止过逃跑的设想。

突然，一种冒险的想法闪现在她的脑海里。

她一改刚才战战兢兢的表情，嘲笑起明智小五郎来：“喂，你到底什么打算？打算抓我？嘻嘻嘻……我刚才不是说了吗，你的想法太过于天真，我这话你忘了？”

黑天使说的这番话，明智小五郎不知是听见还是没有听见，他没有搭理，朝站在门口的警官说：“警官，女歹徒交你们带回警视厅。去把她抓起来！她是绑架案主犯。”

还不清楚绑架案过程的警官，听说这么漂亮、高贵的黑天使是绑架案嫌犯，不由得惊呆了，茫然不知所措。

可说话的人是侦查科最信得过的明智小五郎，他便按明智侦探的吩咐朝黑天使靠近。

这时，黑天使歇斯底里的笑声充满整个房间，似乎阻止了警官行动。

“明智大侦探，请摸一下右边的口袋。哈哈哈……不会是鼓鼓的吧？哈哈……”

明智小五郎吃了一惊，不由自主地把手伸向口袋。

不见了！放在口袋里的勃朗宁手枪不翼而飞了。

黑天使的盗窃手腕，还真是又敏捷又隐蔽。刚才卧室里出现辩论高潮的时候，黑天使神不知鬼不觉地从明智小五郎口袋里盗走了手枪。

“哈哈哈……明智大侦探，不研究小偷的手法可要吃大亏的哟！你正在寻找的东西，瞧！在我这里！”

黑天使的脸上浮现出阴险笑容，从胸前掏出那支手枪攥在手里。

“都听我的命令，把手举起来！否则，将是什么样的结果，我不说你们也该明白。我的打靶成绩是百步穿杨，远远超过明智大侦探，并且我从来不把人的生命当一回事！”

正要大步上前打算将手铐戴在黑天使手腕的警官，进退维谷。这种关键时刻，除警官外谁也没有带枪。

再说警官还没来得及掏枪，黑天使已经把枪攥在手里，已经摆出随时可以射击的架势。

“听到了吗？快举起手来！再不举手的话……”

黑天使杀气腾腾，燃烧般的目光扫向大家，枪口对准四个男子。

那扣在扳机上又白又嫩的食指，似乎带点颤抖，眼看就要用力按下去。

见黑天使涨红了脸，眼睛里充满杀机，大家都不约而同地举起了手。

黑天使这般表情，酷似杀人不眨眼的恶魔。

警官、明智小五郎、小林芳雄以及岩濑庄兵卫，站成一排，个个都是高举双手的动作。

黑天使见状，宛如爬行神速的蜥蜴“嗖”地溜到门边。

“明智大侦探，这是你第二次失败，瞧！”

话音刚落，她把空着的左手转到背后，手握住在灯光下明晃晃的钥匙。刚才，明智小五郎开门的时候，忘记把插在锁眼里的钥匙收起来。

握有百分之九十胜利的明智小五郎，由于高兴和匆忙而忘了取下钥匙。

黑天使钻了这一空子，使自己转危为安，掌握了主动权。

明智小五郎没想到形势急转直下，面对败局遗憾之至，后悔莫及。

“还有，小姐！”

黑天使毫不费力地打开房门，脚跨到走廊上，手中的枪却始终朝着四个人的胸膛，嘴里粗暴地朝岩濑早苗直嚷嚷。

“这么多人中间，我就觉得你实在可怜。你出生在日本第一宝石大王的家里是一种不幸。你长得亭亭玉立，完全胜过仙女。

“我嗜好宝石，可比起宝石，还是喜欢你美丽的身体，可以说爱不释手。喂，明智大侦探，听到我刚才列举的优点了吗？告诉你，绑架早苗小姐的决定，我是不会改变的。

“下回一定把她带走，我说到一定做到。就说到这里，再见！”

砰！门被关上了，紧接着传来黑天使在门外给门上锁的声音。

岩濑早苗和四个大男人被黑天使锁在房间里，成了笼中之鸟。钥匙只有一把，被她带走了。现在若想出去，要么把门砸坏，要么从二楼窗户跳下去，无其他路可走，好在房间里有电话可以与外部取得联系。

明智小五郎在黑天使离开的同时，赶紧朝电话机那里跑去。

“喂，喂，我是明智侦探，明白了吗？有紧急情况，有紧急情况！立即守住宾馆所有出口。那个，那个黑天使，对，就是那个穿黑衣服的女人，她正在往外逃窜，你们一定要抓住她。

“什么？不，她是要犯！对，黑天使是重大案件的首犯！不管发生什么，绝不能让她出逃。还有，快通知宾馆总经理和保安部负责人，听明白了吗？情况十万火急！

“嗯，嗯，还有，快通知服务生把岩濑君房间的备用钥匙带来，把房门打开，十万火急，快！”

打完电话，明智小五郎一刻不停地在房间里转来转去，回想刚才发生的事，悔恨交加。突然，他把电话听筒抓在手里。

“喂，喂，已经通知了吗？对，宾馆总经理和保安部负责人那里。好，只要通知了就行，谢谢。还有，快把备用钥匙让服务生拿来开门。”

接着，他又转向岩濑庄兵卫说：“这家宾馆的总机小姐办事利索，已经通知了保安部，所有出口都已经被保安人员严密把守。黑天使就是长着翅膀，我看也出不了大门。从这里到楼梯口有相当距离，下完楼梯到大门口也有很长的一段路。现在，整个宾馆的人都已经知道黑天使的情况了。”

明智小五郎的迅速布控，结果还是落空了。

黑天使飞也似的下到楼梯底层，出乎意料的是，她没有朝大门口走去，而是回到底层自己房间。

三分钟过去了，又是三分钟过去了。

黑天使的房门开了，走出来的不再是黑天使，而是一名气度非凡的青年。

头戴时髦的帽子，身着流行的格纹西装，鼻梁上架着金丝边眼镜，浓浓的黑胡子，左手臂上搭着风衣。

黑天使的化装手法可谓鬼斧神工，虽是女扮男装，但看不出一丝破绽，像神奇的大魔术师。化装用的服装、胡子、帽子和假发等道具是事先准备好的，放在旅行箱里以随时使用。

更令人吃惊的是，她还把大量宝石一颗不落地装在西装口袋里。扮作青年人的黑天使径直来到走廊转弯角稍作停留，选择究竟走正门还是后门。

这时，明智小五郎他们也已经从岩濑庄兵卫的房间里出来下到一楼。

考虑到黑天使不可能从正门出逃，便把守正门的任务交给总经理，他们自己则分兵把守后门周围。

不料，化装成青年的黑天使挺起胸脯，故意弄出鞋跟响声，大摇大摆地从正门离开宾馆。

正门那里，总经理带三个服务生把守。他们高度警惕，仔细辨认从正门出去的人中间是否有黑衣装束的女子。对象既然是黑天使，他们只注意女客人，对于出门的男客人不屑一顾。

像这样的大型宾馆，每天有近百个旅客退房和入住，要全部记住他们每张脸，不是一件易事。

就宾馆来说，即便在门口布控注视每一个进出客人，但又不能做得太明显，以免给客人不愉快的感觉，只能小心翼翼，以礼相待。

当化装成青年的黑天使经过门口时，他们鞠躬行礼，还和蔼地说："实在对不起，让您受惊了！"

青年走过正门台阶，一边散步一边嘴里吹着口哨，走到门外。

沿宾馆外墙刚走几步，遇上一位站着抽烟的男子。

青年朝男子笑了笑，似乎想起了什么，猛地朝男子旁边走去。

"喂，你不就是明智大侦探的部下吗？还傻乎乎地待在这里干什么？宾馆里现在人山人海，听说抓住了那个叫黑天使的女子。你应该去帮忙才是，快去！"

"你大概认错人了吧？我不认识你说的明智大侦探。"

男子回答得非常谨慎，可他没有怀疑青年是黑天使化装的。男子还是听信了黑天使的话，还没等她走远，便箭一般地朝宾馆里飞奔而去。

黑天使听到脚步声立刻转过身来，目送着男子背影直至消失，高兴得再也按捺不住了，捧腹大笑起来。

"哈哈哈……"刺耳的笑声里充满了恐怖。

跟 踪

眼看归属于明智小五郎的胜利果实，转眼间被黑天使摘走了，宛如煮熟的鸭子飞了。

好在岩濑早苗平安回到了岩濑庄兵卫的身边，明智小五郎担任岩濑早苗保镖的任务算是出色完成了。

在岩濑庄兵卫看来，只要女儿平安无事，比什么都高兴。

关于这起绑架未遂事件，静下心来仔细分析，导致岩濑早苗落入黑天使魔掌的主要责任者，应该是岩濑庄兵卫。

他没能识破黑天使的伪装，还信以为真。更荒唐的是，睡在床上的他居然辨认不出对面床上的木偶脑袋，还放心地呼呼睡大觉。总之，都是他的过错。

岩濑庄兵卫明白这一切，打心眼里佩服使女儿重新回到自己身边的明智小五郎，赞叹他的火眼金睛和高超的侦查技术，还一个劲儿地表示感谢。

可对于明智小五郎来说，并没有因为岩濑早苗的失而复得而满足。一想到根本不是对手的年轻女子，居然能堂而皇之地从自己面前溜之大吉，他就懊恼不已。

尤其听到布控在宾馆周围的部下报告说，黑天使化装逃走了，更让他气得咬牙切齿，竟忘了自己的绅士风度，大声训斥部下是浑蛋。

“岩濑君，这回我算是彻底输了。手法高明的歹徒把我的来龙去脉调查得清清楚楚，而我丝毫没察觉到她会是歹徒，真不可思议。我没把她当一回事，是失败的根本原因。但是，我决不会重蹈覆辙。岩濑君，要是再碰上这家伙，我以我的侦探职业向你保证，一定抓住她，绝不让她再次绑架你女儿的阴谋得逞。有我在，早苗小姐就不会有遭绑架危险。这，我向你保证。”

明智小五郎决心已定，向岩濑庄兵卫立下军令状。

视危险人物黑天使为眼中钉的明智小五郎，发誓要将她绳之以法。

不管追捕途中多么危险，不管对手多么狡猾，也要兑现自己的诺言。

明智小五郎发誓要抓住黑天使，郑重其事地向岩濑庄兵卫许下承诺，究竟能否兑现和取得最终胜利呢?

一旦重蹈覆辙，明智小五郎的赫赫声名将一落千丈，彻底断送自己视为生命的侦探事业。

第二天，岩濑庄兵卫带着岩濑早苗返回大阪住宅。虽说还有许多业务没有了结，但焦躁不安的心情使他一天也不愿意在东京待下去。

他归心似箭，深知只有当脚跨入自家门槛才能安下心来。一路上他忧心忡忡，心急如焚，盼望着家门尽快出现在眼前。

明智小五郎赞同岩濑庄兵卫回大阪，与来时一样一路护送。从宾馆到车站的出租车和驶往大阪的列车里，再从大阪车站到岩濑庄兵卫住宅的出租车里，都由明智小五郎随车担任贴身保镖。

黑天使的魔爪究竟会伸多远，明智小五郎也说不上来，只能走一步算一步，处处小心谨慎才是。

黑天使逃离时曾向明智大侦探表示，下回一定要成功绑架岩濑早苗。无疑，黑天使会再次出现。

岩濑早苗周围的人极度紧张，高度警惕。也许黑天使无暇在途中设卡绑架，一路上一行人非常顺利，安全抵达大阪的住宅。

为避免岩濑早苗再遭绑架，明智小五郎决定住在岩濑庄兵卫家里。几天过去了，没什么可疑的情况发生。

一天晚上，一个年轻女子在大阪市内的闹市S大街上悠闲散步。

她不时眺望道路两侧的商店和沿街橱窗，仿佛在消磨时间。女子身着非常合身的皮外套，衣领和袖口上露出内衬的皮毛，显得十分华贵。

女子脚穿高跟鞋，漂亮脸蛋不亚于她那匀称的身材和阔绰打扮。她漫步在这条街上，非常引人注目。

究竟是什么原因使她闷闷不乐？瞧脸上，似乎流露出自暴自弃的神情。

在距离年轻女子身后三四米的地方，有一个男子似乎在尾随跟踪。

他头戴茶色帽子，身着赭色大衣，鼻梁上架着宽边眼镜。尽管头发和胡子已经花白，可脸上红光满面。总之，是一个令人生畏的绅士。

年轻女子好像也察觉到绅士模样的人在跟踪自己，但并不打算甩掉尾巴，不时地把橱窗玻璃反光当镜子，饶有兴趣地眺望跟踪老人。

明亮的S大街的转弯角上，有一条光线暗淡的小巷。这里有一家闻名遐迩的咖啡店，咖啡又香又醇。

年轻女子突然想起了什么，转过脸正面望了一眼跟踪自己的绅士，走进咖啡店，挑选了一个由盆景遮挡的角落座位坐下。

年轻女子不知在考虑什么，向服务生要了两杯咖啡，一杯是为自己点的，另一杯是为绅士点的。她非常自信，老绅士肯定跟着自己来到咖啡馆。

果然不出所料，老绅士站在咖啡馆门口朝整个店堂环视。当发现年轻女子坐在角落座位时，他若无其事地朝年轻女子跟前走去。

“对不起，请问小姐是一个人吗？”

绅士主动搭讪，还没等对方回答，已经毫不客气地坐在年轻女子对面。

“喂，大叔，我猜你一定会跟着进来，已经为你点了一杯咖啡。”

年轻女子并没把跟踪自己的可疑绅士放在眼里，直率地说。

没想到老绅士踌躇了片刻后嘻嘻笑了，正面端详起年轻女子的脸来，接着冒冒失失地说道：“怎么，你失业了？”

老绅士这么一说，年轻女子顿时吃惊了，脸一红，结结巴巴地说道：“咦，你怎么知道的？你是谁？我怎么不认识你？”

“哈哈……我是一个你素不相识的老人！可我对你的情况一清二楚。比如你

的名字叫樱山叶子，是关西商事有限公司的打字员。

“你为了一点鸡毛蒜皮的事情，与上司争吵，结果今天被公司解雇了。哈哈……怎么样，我说的没错吧？”

“嗯，是的。你好像是侦探？”

樱山叶子一脸惊讶，不知如何是好。没想到老人对自己情况那么清楚，简直无法忍受，她抬起头来用锐利的目光扫了老人一眼。

“别急，我还知道你的一些情况，你今天下午三点离开公司后到现在还没回家，也还没见过你的亲朋好友，只是漫无目标地满街游荡。请问，你接下来有什么打算？”

看来，老人什么都清楚。无疑，从下午三点樱山叶子离开公司起到现在，他一直尾随着。他想干什么，为什么把知道的情况一一抖搂出来？

“你问这干什么？”年轻女子脸上露出淡淡的笑容。

“哈哈……我没干什么，只是问问你往后怎么打算。对不起，听我说下去好吗？你两小时前去过一家药店买了什么药品。怎么，你以为我不知道？”

老绅士朝前探出上半身，显示出什么都知道的神情，紧盯着樱山叶子。

“哈哈……这，我什么都没买，噢，对了，我买了安眠药。”

樱山叶子打开小皮包取出两盒安眠药放在桌上，让老绅士看个明白。

孪 生

“你年纪轻轻的，患有失眠症？是睡不着？没想到你有那种病……”

“你感到奇怪？你以为我会自杀？”

“不，不是的。像你这样年轻女子的心态，我不是丝毫捉摸不出。像你这样岁数的年轻人，常常会出现我们老人难以理解的变态心理。

“一旦碰到挫折或不称心的事，并且觉得走投无路的时候，会想到死是一种美，而产生一死了之的念头……其实，不管什么难关都是能克服的。你应该抱有这样的人生信念才是。

“自暴自弃，突然冒出轻生的念头，是年轻人的通病。你整个下午漫无目标地东荡西游，又买安眠药，就是属于这种通病的症状。”

樱山叶子显得不耐烦起来：“哦，那，你到底想说什么？干脆直截了当地说吧！”

“不，不是那回事，我是想把你从困境里拯救出来。”

“哈哈……果然是这样，我一直在想肯定是那么回事。谢谢，我也确实想请你拯救！”年轻女子开玩笑地说，觉得有趣。

“我是认真的，同你商量是想雇用你，怎么样？同意我雇用你吗？”

“什么？你这话当真？”

樱山叶子好像终于明白了老人的心思，表情变得认真起来。

“当然是真的啰！我从不撒谎。不过，想问一下你在关西商事那家公司工作时……对不起，每月工资是多少？”

“二十万日元……”

“那好，我给的工资比那家公司多一倍，也就是四十万日元。除此之外，你的住房、餐费和服装等全由我包了。至于工作内容嘛，你只要玩就可以了。”

“哈哈……是吗？太好了！不是开玩笑吧？”

“哦，我可不会开玩笑！这里有一点复杂原因。雇主还觉得报酬太少。是啊，请问你有父母亲吗？”

“没有。如果他们健在，我也不会这样孤独烦恼，好在已经习惯了……”

“怎么，现在……”

“是，家里就我一个。”

“那，好，好，我们现在已经达成协议了。你就这样跟着我走。关于你住的公寓，等一下再说。”

奇怪！像这种场合，不管谁遇上都不会马上同意。

但是，樱山叶子当时在考虑自杀。在充满绝望的时候，通常会产生冒险的念头。终于，她经不住老绅士的诱惑同意了。

老绅士走出咖啡馆喊了一辆出租车，与年轻女子一起坐车沿着大街转了几个弯后，停在郊外一家十分破旧的烟店门口。

老绅士带着年轻女子来到烟店二楼，一个约十平方米的榻榻米房间，灯光很暗，角落里放着小梳妆台和箱子。

老人的举动让人觉得可疑，但刚才在出租车里对樱山叶子即将承担的工作内容进行了详细说明，因此，她也就放心了。

不仅如此，樱山叶子还对自己的工作进行了种种美好的想象。

“那，就按照刚才说的做，拜托你了！先换衣服，这是重要条件之一。”

老绅士从箱子里取出适合樱山叶子年龄穿的漂亮和服，还有腰带、长衬衣、毛皮围巾、黑大衣等等。总之，穿戴和服饰一样不缺。

“镜子太小，很难照出全身，请凑合着用吧！快换上！”

说完，老绅士下楼去了。

樱山叶子按老绅士的吩咐开始换衣服。那模样，似乎还不曾穿过如此高贵的服装。不一会儿，这些高价服装和服饰全都裹在了樱山叶子的身上。

这时，樱山叶子的心情由于兴奋，脸美丽得像绽开的花朵。

“太漂亮了，太漂亮了！像是为你定做的，太合身了。”

也不知什么时候，老绅士出现在楼上，紧盯着年轻女子美丽的背影。

“穿上这身服装，发型好像不配。”樱山叶子照着镜子不好意思地说。

“原来是这么回事！我早已经替你准备好了哟！瞧，就是这个！请你必须戴上它。”

老人说完从刚才的箱子里取出一件白布包裹的东西，解开后，里面出现了一只漂亮的假发套。

老绅士走到樱山叶子跟前，熟练地将发套戴在叶子小姐的头上。镜子里的樱山叶子变得更美了，仿佛自己烫的就是这种发型。

“是的，是的，接下来……是眼镜，有一点度数，戴着可能有点不适，但是，请克服一下。”

老绅士接下来取出的，是女士的眼镜。樱山叶子二话没说，毫不犹豫地将它架在鼻梁上。

“好了，剩下时间已经不多了，现在就出门，约定的时间是十点。”

老绅士一个劲儿地催促，樱山叶子急忙把换下的衣服卷在一起放到箱子里，走下楼梯。

离开店铺稍稍走了一会儿，路边停有一辆出租车，与刚才那辆出租车不同，是高级轿车。司机长得很帅，与老绅士好像熟悉，亲热地攀谈起来。

坐上出租车后，根据老绅士指定的地点，车嗖地驶离路边箭一般开走了。沿着灯火通明的大街转了几道弯，不一会儿朝郊外风驰电掣般地驶去。

“时间来得及吗？”司机转过脸问老绅士。

“嗯，差不多，约定时间是十点。喂，熄灭车灯！”

司机按了一下开关，车前车后的夜间照明灯忽地灭了。没了灯光，漆黑的轿车在漆黑的夜里向前飞驰。

片刻，轿车减速，沿着一幢大型住宅的水泥围墙外侧缓缓行驶。借助六七米前昏暗的路灯灯光，只能稍稍辨清路面和周围情况。

“喂，叶子小姐，请准备好！动作要敏捷，要敏捷，记住了吗？”

老绅士此刻像竞技场上的教练员，声音铿锵有力。

“是，明白了。”

樱山叶子对老绅士不可思议的指示没来得及多想，精神抖擞地答道。

突然，车停了，好像是停在别墅的常用门前。与此同时，车外侧不知是谁将车门打开。

“快！”

就这么一个字，声音很轻。

樱山叶子没有吱声，一骨碌下了车，按照事先说的朝小门那里疾跑。于是，从小门里也跑出一个人影，险些同樱山叶子撞个满怀。这人像猴子似的，灵活地钻入樱山叶子刚才坐的那辆车里。

樱山叶子借助朦胧光线朝那人看了一眼，不由得吃了一惊，是一个与自己模样相同的女子。

猛然间，她感觉自己来到了腾云驾雾般的梦幻世界。

竟然是一对孪生姐妹！一个从小门里出来，一个朝小门里进去。

两个人的发型和装束完全相同，连长相也完全相同。

人世间，难道有不是一母同胞而长相相同的两个人吗？

樱山叶子顿感坠入了万丈深渊，莫名的恐惧像电流传遍了全身。

车载着那个从小门里出来的年轻女子，连招呼也不打就嗖地驶离路边，像一股黑色的旋风，按照来的路线，无声无息地消失在夜幕里。

“好了，请到这里来！”

当樱山叶子猛地清醒过来时，耳边传来轻轻的说话声，那个刚才开车门的男子正站在自己旁边。

魔　爪

岩濑别墅坐落在南海电车沿线的H小镇上，那里是大阪南边郊外。最近，围绕着这座别墅的水泥围墙上端，插满了玻璃碎片，防止盗贼侵入。

“怎么啦，岩濑别墅的围墙上……他又没有仇人，为什么要担心？”

附近人们路过时望着尽是锋口的玻璃碎片，不解地相互议论。

然而，岩濑庄兵卫家的变化不光是围墙。别墅街上有一幢住宅的主人变了，原来是岩濑宝石店的营业员，现在换成当地警署的一个警察。据说，该警察有一手好剑法。

院子里竖起许多柱子，柱子顶上装有照明灯，灯光如同白昼。

建筑物所有的窗户外侧，都装上了结实的铁栅栏防盗网，除一直住这里的几个寄宿生外，还增加了两个身体强壮的青年，整日手持棍棒。

岩濑别墅虽小，但像城堡。

为什么要这样防范？目的是什么？不用说，是为了防备黑天使绑架岩濑早苗。

岩濑早苗是岩濑庄兵卫唯一的女儿，也是他的掌上明珠。近来，女儿周围笼罩着恐怖，随时可能遭到绑架。

住在东京宾馆那段时间里，由于明智小五郎担任保镖，才使遭绑架的岩濑早苗重新返回父亲身边。

歹徒并没有就此罢休，扬言一定要绑架岩濑早苗。如果歹徒真要那么做，也许早已潜入大阪市内，或许早已埋伏在别墅周围。

黑天使的作案手法，如同魔术师手里变幻莫测的魔术。东京的一连串大案都是她所为，市民们无人不知无人不晓。岩濑庄兵卫再怎么小心，结果多半也是防不胜防。

岩濑早苗从东京返回大阪后变得更可怜了，整天被关在最里面的房间。窗外侧是新制作的铁栅栏防盗网，简直像牢房，前面紧挨着的那个房间里，住着最宠岩濑早苗的奶奶。

再前面那个房间，住着明智小五郎。打东京返回大阪后，他就一直待在这房间。再外围的房间住着好几个用人，不分昼夜地保护岩濑早苗。

岩濑早苗被关在房间里，从早到晚不能迈出门槛一步。有时候实在受不了，吵着要去院子散步，这种时候，必须由明智小五郎或者寄宿生陪伴。

岩濑早苗开始变得沉默寡言，闷闷不乐，常常独自一人思考着什么，就连见到父母亲也只当没看见。

尽管黑天使魔术手法相当高超，面对壁垒森严的岩濑别墅，无疑也不敢轻举妄动。

也许是这个缘故，岩濑早苗回家已经半个月了，一点儿也没有黑天使入侵绑架的征兆。

“我至少患有轻度恐慌症。那家伙威胁我也许是说说而已，或许得知别墅内外戒备森严不敢动真格的。”

渐渐地，岩濑庄兵卫不再重视黑天使的那番话，开始替岩濑早苗着想起来：

“太可怜了！早苗一定很痛苦！我的小心谨慎也许太过分了，平时喜欢运动的早苗却被我每天关禁闭，待在只有几平方米的房间里。一向胆小的早苗，性格将会变得更加懦弱。最近，早苗似乎换了一个人，脸色苍白，整天默默无言。我不管说什么，她不仅不搭理，连脸也不朝着我。再这样下去，万一得什么病可就麻烦了。无论如何得设法改变她糟透的心情。”

这时，岩濑庄兵卫想出一个好办法，想起客厅里刚做好的家具。

“对，是的！她看了这崭新的家具一定会兴奋的。”

这套家具是一个月前向家具公司定做的，家具款式是早苗小姐选定的。

岩濑庄兵卫觉得自己想出的是一个绝妙的主意，立刻赶到岩濑早苗的房间。

“早苗，家具公司把你选定的那套家具送来了，在客厅里，很有气派。怎么样，去看看？一会儿到客厅，你会有面目一新的感觉。”

岩濑庄兵卫一推开门就拉大嗓门嚷道。靠在桌边椅子上的岩濑早苗吓了一跳，赶紧转过脸来，可瞬间又变成神情沮丧的模样，慢吞吞地说：“是吗？不过……我，现在……”

岩濑早苗似乎根本不感兴趣，无精打采地说。

“喂，你别那样垂头丧气地跟我说话！好了，快去看一下。妈妈，妈妈，我向你借一下早苗，马上就送她回来。”

岩濑庄兵卫大声关照隔壁房间的母亲，拽着对家具不感兴趣的岩濑早苗朝客厅走。

紧挨着奶奶房间的是明智小五郎的房间，可房门大开，房间里没有明智小五郎的影子。

今天，明智小五郎有一件大案必须亲自去，出门后至今还没有返回。

明智小五郎出门的时候一一叮嘱过大家，要求岩濑庄兵卫别出门，还要求用人们的视线别离开岩濑早苗的房间。

不一会儿，岩濑早苗跟在父亲身后磨磨蹭蹭地来到客厅。

“怎么样？这家具是不是太高级了？”岩濑庄兵卫坐在其中一把新椅子上问道。

椭圆形大桌周围，有沙发，有躺椅，有妇女专用椅子，还有木制椅子等，不仅各具特色，而且相得益彰。

“哎呀，太漂亮了！我太高兴了！”

半个月来一直不爱说话的岩濑早苗，终于开口了。

她小心翼翼地坐在旁边的长沙发上。

“好像硬了一点，与以往见过的长沙发，坐上去的感觉好像不太一样。”

“刚做的家具肯定有一点儿硬的感觉，慢慢就会习惯，就会有柔软感觉。”

如果当时的岩濑庄兵卫注意岩濑早苗说的话，并且也试坐一下长沙发，就会产生与岩濑早苗同样的感觉，就会对长沙发产生怀疑。

坐在长沙发上，完全是另外一种感觉。岩濑早苗没有继续说下去，而岩濑庄兵卫则仍然坐在刚才的椅子上，也没有要站起来的迹象，根本没把岩濑早苗的话放在心上。

这时，用人推开房门叫岩濑庄兵卫接电话，好像是大阪宝石商店打来的，有关业务上的事情。

岩濑庄兵卫听说店里打来电话，赶紧出门接电话，可他离开时没忘记关照寄宿生重点保卫岩濑早苗：“喂，你们谁来一下，早苗在客厅里，一定要给我严加注意！快去，给我看好客厅门。”

主人一声命令，两个寄宿生赶紧走出自己房间到客厅门前的走廊上站岗。像这样的保卫，无论谁不经过寄宿生面前，是不可能进入客厅的。

客厅朝着院子的墙上有好几扇窗户，窗外都装有铁栅栏防盗网。

从院子，从走廊，都不可能进入客厅。

岩濑庄兵卫当然清楚这情况，由于要去接电话，也就把岩濑早苗单独留在客厅里。

根据电话内容，岩濑庄兵卫必须立即去大阪宝石店，有一笔大买卖需要他去拍板。于是，他匆匆换上出门西装，夫人和用人送他到门口。

“请保护好早苗！她在客厅里欣赏新家具，我已经让寄宿生把守客厅门。不过，你还是亲自去客厅，一步也不要离开早苗。”岩濑庄兵卫站在大门口关照夫人。

夫人送他上了自家的轿车后便朝客厅走去，打算去看看女儿早苗。一来到走廊，见两个寄宿生像卫兵那样站在门前走廊上。

此刻，客厅里传来近来很少听见的岩濑早苗弹奏的钢琴乐曲，尽管弹奏得不是很认真，但钢琴声比任何乐器声都动听。

“啊，太难得了！早苗在弹钢琴，虽说没有发挥出最佳水平，但终于想起弹钢琴了，一定是心情舒畅的缘故。她能有这番好心情实在是太难得了，想干什么就让她干什么。这是一个好兆头，干脆别惊动她。”

夫人半个多月来悬在半空中的心似乎终于落到实处，高兴得心花怒放。

“可怜的早苗，总算恢复到以往的状态了。”

夫人暗自在心里嘀咕，随后踮起脚尖不声不响地离开客厅外的走廊。临走时，一再叮嘱两个寄宿生不要让任何陌生人进入客厅。

父亲离开客厅后，岩濑早苗独自比较着每把椅子的坐感，又站起来走到窗前眺望窗外风景。

少顷，她坐到钢琴前面的琴凳上，轻轻打开琴盖按了几下琴键，发出叮叮咚咚清脆悦耳的琴声，刹那间，岩濑早苗的心变得轻松、愉快起来。

岩濑早苗一开始弹奏的是童谣曲，接着弹奏歌剧里的乐曲。

她像淘气孩子胡乱地按动着琴键。弹着弹着，似乎感到厌倦了，腾地站起来打算返回卧室。

这时，岩濑早苗冷不防发现背后有可怕的影子，吓得她连气也不敢出，浑身直打哆嗦。

只有岩濑早苗独自一人的客厅，不知什么时候，也不知从哪里，竟钻出一个人来，叉开两腿神气活现地站在她的背后。突如其来的变化，使得岩濑早苗脑子里一片空白。

窗外装有铁栅栏防盗网，走廊上站有两个寄宿生，按理说，外面人绝对不可能进入客厅。客厅里的钢琴、椅子和桌子等家具背后，也根本没有可以藏人的空间，再说椅子和桌子底下也没有人。

落地窗帘背后几乎也没有什么空间，不可能藏人，甚至连猫也没有过。可眼下伫立在岩濑早苗面前的，确实是一个人，还是一个五大三粗的男人。

蓬乱的头发，满脸的黑胡子，贪婪的目光，身上的西服布满了褶皱，还十分肮脏，简直是不管谁见了都会恶心的家伙。

这男子到底是谁？他从哪里潜入客厅的？不用说，这家伙一定是黑天使的爪牙。

黑天使扬言将再次绑架岩濑早苗，不是随便说说而已。为兑现诺言，她把魔爪从东京伸到了大阪的岩濑别墅。

黑天使长时间耐心等待，是想等到岩濑家人放松警惕的时候出奇兵。

能够突破铁栅栏防盗网和寄宿生组合的防线进入客厅，并且突然间出现在岩濑早苗身后，不能不说黑天使像幽灵。

“嘘……不准出声！你放心，我不会撒野，对我们来说，你非常重要。”歹徒声音低沉，恫吓岩濑早苗。

可怜的岩濑早苗早已吓得魂飞魄散，犹如被老鹰紧紧盯住的小鸟，目光呆滞，身体僵硬得像雕塑。别说晃动四肢，就连声音也堵在喉咙口。

歹徒见状扑哧冷笑了一声，一阵风似的靠近岩濑早苗背后，迅速从袋里取出一块布蒙在她的嘴和鼻子上。

刹那间，岩濑早苗呼吸困难起来，极力扭动纤弱的身体企图挣脱。

任凭她怎么使劲也敌不过对手铁钳般的臂力，越是挣脱，越是被对方紧紧按住，终于筋疲力尽不再动弹了。

就像被粘在蜘蛛网上的蜻蜓，无法拍打美丽的翅膀，任蜘蛛摆布。

被蒙在嘴和鼻子上的布，浸泡过麻醉剂。渐渐地，岩濑早苗变得失去知觉，腿酥脚软地倒在地上。

歹徒见岩濑早苗完全失去意识，脸上浮现出了得意的笑容。

失　踪

客厅里的钢琴声消失了大约三十分钟，就是不见岩濑早苗出来。客厅里不再有响声和琴声，死一般寂静。

“咦，小姐在客厅里待的时间太长了，该回自己卧室了，可是……”

“嗯，是啊，客厅里静得出奇！奇怪！奇怪！”

站在客厅门外走廊上保卫的两个寄宿生，忍不住悄悄议论起来。

这时，岩濑早苗的奶奶也感到客厅里好长时间没有琴声和响声，便朝客厅走来欲让孙女返回自己房间。

“早苗还在客厅里吗？她爸和她在一起吧？”

奶奶不知道儿子岩濑庄兵卫已经外出，向两个寄宿生打听。

“没有在一起，岩濑先生接到宝石店打来的电话就出门去市中心了。”

“哦，原来是这么回事。那，客厅里就早苗一个人？那可不行。”

奶奶连连摇晃着脑袋，宛如流动摊贩晃动手中的货郎鼓。

“奶奶，为了保护早苗小姐，我们从她进去到现在一直站在这里，已经很长时间了，就是不见早苗小姐从里面出来。客厅里，已经半个多小时没有琴声和响声，静悄悄的，我们总觉得有点不正常。”

“那，我进去看一下。”

奶奶径直走到客厅门前转动把手，推开门刚跨入一步，猛地转身退到走廊上，又使尽力气关上刚打开的房门，脸色苍白，嘴唇直哆嗦。

“糟，糟糕！你俩都进去！沙发上躺着一个懒洋洋的家伙，就是没有早苗的影子。这到底是怎么回事？你俩先进去抓住那令人恶心的脏家伙。”

两个寄宿生听这么一说，仿佛被灌了迷魂汤，瞠目结舌地望着奶奶那张白纸般的脸。

奶奶今天怎么啦？神经好像也有点不正常？

两个寄宿生不约而同地这么想着，可奶奶脸上的表情一本正经，不像精神异常。于是，两个人使出全身力气推开房门冲入客厅。

果然有一个浑身肮脏的男子，似乎在长沙发上躺了好长时间了。

两个寄宿生不由得停住脚步，面面相觑。

满脸黑胡子，脏兮兮的西服，叫花子模样。这家伙似乎睡得很香，不停地发出熟睡的鼾声。

“喂，你是谁？”

一个正在学习柔道的寄宿生大喝一声，大胆拽住歹徒肩膀，使出全身力气摇晃。

“哇，糟啦！这家伙喝得酩酊大醉！瞧，刚买来的长沙发上有呕吐物。”寄宿生捏住鼻子直往后退。

这家伙确实烂醉如泥，脸色苍白得像死人，长沙发边上躺着一只空的威士忌酒瓶。

但是，歹徒即便在客厅里喝了酒，也不可能醉得这么快。可两个寄宿生慌慌张张的，根本没有思考，再说也没有时间思考。

被不停摇晃的醉鬼终于微微睁开眼睛，伸出舌头沿着嘴唇周围舔了一圈，慢吞吞地爬起来。

“对不起，我是一个根本不会喝酒的人，哎！难受，难受极了！”

从男子脸上的神情和他说话的口吻，似乎把客厅错当成了酒店，唠唠叨叨地乱说一通。

“喂，浑蛋！你当这里是什么地方？我问你，是怎么闯进来的？快说！”

“什么？你问我是怎么进来的？瞧，这不是明摆着的诱惑吗？这里有……有好酒，难道你……你不知道？嘻嘻嘻……”

“讨厌！你先回答我这个问题，早苗小姐到哪里去了？怎么不见小姐的人影？你究竟在这里鬼鬼祟祟地干了些什么？”

另一个寄宿生站在旁边插话问道。

他们找遍了客厅，就是不见岩濑早苗的身影，她仿佛变成空气消失了。偌大的客厅里，除了这个身份不明的醉汉外，连一只老鼠都没有见着。

不可思议！短短三十分钟的时间里，美丽可爱的岩濑早苗难道魔术般地变成了浑身肮脏的醉汉？

只要不是魔术，就绝不可能发生戏剧性的变化。但不管怎么思索，这是一起无法解释的突变事件。

两个寄宿生抓住醉汉，不停地重复着同样的提问。而醉汉的回答却漫无边际，像梦中呓语，颠三倒四，语无伦次，听不懂究竟表达什么意思。

“喂，你是什么时候进来的？这里，原先是早苗小姐一个人。喂，你把小姐藏到哪里去了？喂，你肯定看见小姐的。快说！说得清楚一点儿！”

“什么？美丽小姐？我在这里压根儿就没见过什么小姐。快，请你们快去把她带到这里来！啊！那么漂亮的小姐，我真想拜见拜见！快，快去把她接来，或者把她拽来。啊哈哈哈……”

寄宿生无论怎么拽还是摇他的肩膀，这男子好像没有一点儿疼痛感，只是一个劲儿地傻笑。

“干脆别问他了，赶快把他交给警察审讯。喂，快去给警方打电话！瞧，再不把这家伙拽出去，整个客厅就会到处都是呕吐物。呸！怪味刺鼻，太难闻了！”

岩濑夫人听婆婆说了客厅情况，大吃一惊，立刻赶来。可一到门口听说像叫花子似的人在呕吐，原打算进客厅看个究竟的她，顿时迟疑起来。

患有洁癖且有点儿神经质的夫人，特别害怕脏东西。她站在门口战战兢兢地窥视客厅，凑到门口的寄宿生耳朵跟前说：“对，按你说的办！快去把警察喊来！喂，快去与警察取得联系……”

片刻，正在附近巡逻的警官迅速来到客厅，两个寄宿生赶紧把臭不可闻的醉鬼交给警官。

两警官提着枪，把那个男子拽走了。客厅里，那张被弄得满是呕吐物的长沙发，脏得让人见了直想吐。

“唉！还是刚送来的新沙发，就被弄得一塌糊涂，太可惜了！”奶奶皱着眉头，站在远处直嘀咕。

“瞧！这里还有一条很大的口子。怎么回事？新沙发被弄成这样，看了真让人不好受。那家伙大概还带了刀，沙发布被割得七零八落的。”

“还是尽快把脏沙发搬出去！你们两个谁去给家具公司打电话，请他们立即派人把这张脏沙发搬走，再按照原样做一张新沙发送来。”

岩濑夫人无法忍受脏沙发继续留在客厅里，越快弄走它越好。

好不容易打发走了肮脏的醉鬼，大家总算松了一口气，这才想起了岩濑早苗。于是，有人立即打电话给岩濑庄兵卫通报了这一情况。

也有人知道明智小五郎的去向，给他挂了电话，请他迅速返回大阪。

与此同时，大家分头在别墅里寻找岩濑早苗。

当地警署派来三名警官，加上两名寄宿生和其他用人，以客厅为中心搜寻。

接着又在岩濑早苗的卧室、楼上、楼下和庭院搜寻，从廊子底下找到天花板夹层，凡可以寻找的地方都搜遍了，就是不见岩濑早苗的影子，仿佛化作蒸汽从客厅里消失了。

大家茫然不知所措，呆呆地伫立着。

沙　发

这起闹剧发生后过去了两个小时，接到紧急电话从市中心赶回来的岩濑庄兵卫和从出差地迅速赶回来的明智小五郎，聚集在岩濑别墅的客厅里，心急火燎地商量寻找岩濑早苗的办法。

两个人商量了半晌。坐在一旁的岩濑夫人神色木然。

在走廊上站岗的两个寄宿生，被明智小五郎喊到客厅里问话。

“责任全在我身上，是我麻痹大意所致。”明智小五郎把责任揽在自己身上，不停地自责。

“不，这不是你的责任，早苗失踪的责任完全在于我。近半个月来，早苗一直闷闷不乐，连话都不愿意说，我觉得太委屈她了，便带她来到客厅。谁知公司里有急事找我，便扔下她外出了。完全是我粗心大意所致。”

“不，我也有责任，原以为有两个寄宿生在就行了。要是我一直待在早苗身边，也许就不会导致这样的结果，主要责任应该由我负。”岩濑夫人也在自责。

“现在，自责和追究责任都已经失去了意义。目前最主要的任务，我们必须分析早苗小姐到底是什么时候离开客厅的，或者说是什么时候遭到绑架。这两点，我们应该尽快弄明白。”

明智小五郎赶快结束毫无意义的话题，切入正题。

“对，明智先生说得对。我想了许久，就是找不到早苗失踪的症结……喂，仓田君，你俩有没有中途离开过门口走廊？早苗分明是从客厅出去的，你俩怎么会一点儿也没有察觉？到底是怎么回事？”

岩濑庄兵卫越说越激动，大发雷霆。两个寄宿生终于忍耐不住了，开始反驳他毫无根据的指责。

那个叫仓田的寄宿生，挺起脖子，粗着嗓门，态度变得强硬起来：“岩濑先生，我们一直站在客厅门口的走廊上，根本就没离开过，并且是瞪大眼睛把守着。倘若小姐从客厅里出来去其他房间，肯定在我俩面前经过，再说我们是两个人，不可能都没有看见小姐。”

“你这是为了推卸责任的诡辩。那好，我问你们，早苗分明在客厅里，为什么不见了？快回答我！难道早苗用她纤嫩的手拆下防盗网跳楼逃走了？喂，快回答！是不是防盗网上有折断的痕迹？”

岩濑庄兵卫越说火气越大，声音也越来越响，脖子上暴起一根根青筋。终于，他说出的话越来越不堪入耳。

两个寄宿生并不服他的无端责备，继续辩解说：“不，别说防盗网上的钢管，就连玻璃窗都没有被移动过，还有金属插销也没有被卸过。”

“那不是明摆着的事吗？早苗失踪，是你们两个臭小子的责任。”

“岩濑君，别忙着下结论。他俩好像真没有看见早苗小姐从客厅出去。如果有人经过走廊，不光早苗小姐，应该还有那个醉鬼。要进入客厅只有这道门，再怎么不注意，可他俩站的位置是客厅门口，不可能察觉不到先后两个人从他们眼皮底下神不知鬼不觉地通过。你一再责怪他俩，从客观上也不太合乎情理。”

明智小五郎经过慎重思考，一板一眼地说。

“你说得也有道理。我说的那种情况按理不该发生，可事实上发生了呀！”

岩濑庄兵卫开始与明智小五郎抬起杠来，心情变得更加浮躁。明智小五郎似乎根本没听他说，接着自己刚才的话题继续说：“铁栅栏防盗网没有遭到破坏，两个寄宿生也没离开过客厅门口的走廊。照这么说，结论只有一个，根本没有人进出过客厅。”

“哼！那怎么可能！你是不是想说，早苗像妖怪那样变成了醉汉？请别开这种无聊的玩笑！我女儿早苗，我是看着她长大的，总不见得她是妖怪化身吧？”

“岩濑君，你让早苗小姐欣赏刚送来的新家具，包括那些新椅子，还有沙发是吗？请问，那些椅子和沙发是今天运来的吗？”

“是的。你出门后不久，家具公司便派车和搬运工送来了。”

“如果真是这样，那就奇怪了。椅子和沙发送来了，早苗小姐却遭绑架了，这两者之间，你难道不觉得有什么必然联系吗？我总觉得……”

明智小五郎说到这里眯起眼睛，陷入沉思。片刻，他猛地扬起脸说了一句意思暧昧的话：“难道是人沙发？难道，侦探推理作家的空想果真成了现实？”

他一边说一边站起来，神情异常兴奋，既不同大家打招呼告别，也不吭声，而是迈着大步朝放家具的客厅走去。

大家被明智小五郎离奇的举动惊呆了，相互间直愣愣地对视。

这时，突然传来大侦探跑步返回的脚步声，刚才去客厅时急匆匆，返回时又是急匆匆，还传来他的吼叫声。

“喂，长沙发搬到哪里去了？怎么不在客厅里？”

“别嚷，别嚷，明智大侦探，那沙发随便怎么处置我都不在乎。这种廉价的家具，想要多少就能买多少。我现在满脑子装的是早苗。”

岩濑庄兵卫的声音好像比明智小五郎的还要大，但语气比较温和，似乎在安慰明智小五郎。这时，明智小五郎回到客厅里。

他没有坐到椅子上，而是叉开双腿站着，嘴里重复着刚才的话。

“我想知道沙发去向，到底搬哪里去了？只要明白它的去向……”

一个寄宿生答道：“是这样的，刚才家具公司来了几个人，我把沙发交给他们带走了。沙发上到处是醉汉的呕吐物，还被割了一个大口子，夫人要求家具公司迅速把那张沙发搬走，换一张新沙发送来，所以……”

“夫人，真有那回事？”

“是的，沙发被醉汉弄得实在不像样，我要求尽快搬走它。”

岩濑夫人心平气和地答道，丝毫没有感觉到自己的决定有什么错误。

“真是那样？你做了一件让我为难的事情。眼下，脏沙发是木已成舟取不回来了……是啊，也许是我的错觉。岩濑君，借用一下你家电话。”

明智小五郎不停地念叨着，像个神经错乱的患者，眼睛朝着天花板。突然，他左手拎起听筒，右手拨通对方电话。

“喂喂，是家具公司吗？我是岩濑家的，刚才你们家具公司派人把长沙发取走了，现在，长沙发是否到达贵公司了？”

“是，是，您要求我公司去贵府取沙发，可由于别的事耽搁了，实在对不起。现在，我公司立即派人去贵府取沙发，请原谅。”电话那头答道。

“什么？你说什么？你们现在来我家取沙发？喂，喂，你们没弄错吧？刚才，我们已经把沙发交给贵公司派来的人运走了。”明智小五郎握着听筒大声吼叫。

“怎么可能，你说的根本不可能，我公司还没有派人去贵府呢……”

“喂，你是家具公司负责人吧？请仔细调查后准确告诉我。你们公司已经来人取走了长沙发，你可能不清楚。”

“不，那怎么可能。你打电话委托我公司把沙发搬走的时候，离现在也没多少时间，再说我还没有通知部下呢。这情况，除我不可能有第二个人知道。”

一听到这里，明智小五郎啪地挂断电话，猛地站起身好像朝什么地方跑去。转眼间，他似乎又想起了什么，拿起听筒拨通当地警署的电话。

明智小五郎自入住岩濑庄兵卫家那天开始，就与当地警署的刑事侦查主任取得了联系。因此，对方一听说是明智小五郎，赶紧通知主任接电话。

“我是明智，刚才被押送到你们警署的那个醉汉，在岩濑君家那张新沙发上不仅睡过，还弄得客厅里到处是呕吐物。那张沙发被盗用家具公司名义的几个歹徒装上卡车，不知运到什么地方去了。

“请你们赶紧安排警力设法把那几个家伙抓回来。可是，他们到底朝什么方向去的，我也不清楚。因此，请你们报告市警署在各交通要道立即设卡盘查……

“对，对，是那张长沙发，里面有人。不，我怎么会开玩笑？我是在说正经事……对，对，是那样的，除了分析沙发没有第二条路。好，拜托你了哟！我觉得我的判断不会有错，对，事后我再详细向你叙述。

“总之，请尽快安排警力，并请尽快通知市警署设卡盘查。好，不多说了，拜托了！”

明智小五郎说完正要挂断电话，不料，电话那边传来急促的声音，要他别挂断电话，有其他事情要相告。一听这话，明智小五郎不由得紧张起来。

“什，什么？那家伙逃走了？真的吗……那家伙太狡猾了，装作醉汉使那些看守警官放松了警惕……什么？唉！事到如今也无可奈何。看来，醉汉是装疯卖傻的歹徒。

“对，肯定是黑天使的爪牙，伪装得真巧妙。什么？还没有抓住他？嗯，请你们想方设法一定要将他捉拿归案。

“这是一起人命关天的案件……对，拜托你的是两件事，一是抓住醉汉，二是截获那张长沙发……好，等会见！”

啪！明智小五郎挂断电话。

与此同时，他像建筑物倒塌似的一屁股坐在椅子上。

周围的人没有一个漏听的，被明智小五郎对着电话说的那番话给吸引住了。终于，大家明白了他刚才的奇怪言行和举动。

“明智先生，你和对方在电话里交谈的情况，我大致明白了。你的判断不会有错，我从心底里佩服你超常的思维和锐利的侦查目光。说实话，我也被歹徒狗胆包天的绑架招数惊呆了。

“那个扮作醉汉的歹徒，原来是躲在设有机关的长沙发里。歹徒把这张长沙发与家具公司那张长沙发巧妙地调换了，使设有机关的长沙发大摇大摆地进了我家的客厅。

“是这么回事吧？家具搬来只过了一会儿，我便带着早苗来到客厅，随后我有急事去了公司，客厅里只留下早苗一人。

“于是，躲在长沙发里的歹徒出现了，悄悄地将早苗……可是，明智大侦探，那家伙不会杀害早苗吧？”

岩濑庄兵卫说到这里，对自己说的话不由得感到胆怯起来，担心地望着明智小五郎。

“嗯，不会杀害早苗小姐。在东京宾馆时，我已经清楚对方的意图，黑天使是要活的岩濑早苗。”

明智小五郎爽快地回答了岩濑庄兵卫的问题，希望大家放心。

“嗯，确实是那么一回事。我也是这么想的……失去知觉的早苗被藏在歹徒自己隐蔽过的长沙发下边的机关里，被关上盖子。再接着是……对，对，可以称得上是大魔术。这家伙躺在长沙发上装作酩酊大醉的模样，还真有一手。”

“这推理合乎逻辑。这下可好，岩濑君也成了不比黑天使夫人逊色的空想家了。关于这点，我想的跟你一样。

“黑天使令人咋舌的绑架招数，就在于她把看似不可能的空想和圈套，若无其事地大胆付诸实践。这回她实施的招数，像少年儿童看的童话。

“最近，有位小说家写了一部《人沙发》小说。小说里的坏蛋藏在沙发下面的机关里，干了许多卑鄙的勾当。当然，小说作家头脑里想象的近似于空想的东西，现在却被黑天使搬到了现实生活里进行犯罪实践。

“装作醉汉的脏家伙，也是从小说移植到现实生活里。黑天使事先制作了这样的长沙发，与家具公司的长沙发进行调换后，让醉汉藏在机关里潜入作案现场。其实，欧洲的一些古代小说里也有类似的童话。所以说，这也只不过是黑天使孤注一掷的模仿而已。”

“那，听你在电话里问对方情况时，冒充醉汉的家伙好像从警方的拘留所里逃走了？”

“是的，逃走了。醉汉也好，长沙发也好，都像童话那样不翼而飞了。”

明智小五郎说到这里笑出了声，但他立刻止住笑，一本正经地继续说：“岩濑君，你还记得我曾在东京宾馆里对你许下的诺言吗？我绝不会忘记！请放心！即使拼命，也要救出早苗小姐将她归还给你。这样的闹剧，决不允许它再现！请相信我！黑天使耍的是一些哄骗小孩的魔术而已，根本不是我的对手。我现在的心情之所以能迅速平静下来，因为，我完全有信心、有能力战胜她。”

明智小五郎说完，脸上露出充满自信的微笑。

岩濑夫妇和两个寄宿生，不约而同地望着发自内心微笑的明智小五郎。

通　知

日本第一宝石商人岩濑庄兵卫的千金遭绑架。

第二天，各新闻媒体纷纷在头版头条刊登或播送了这起案件。

岩濑早苗去向不明仅一天时间，消息已经传遍整个日本。当地警署全力以赴侦查，大阪警方抽调警力积极配合，寻找岩濑早苗的下落。

这起奇怪失踪案的发生，无论家具市场和家具橱窗里的长沙发，还是各车站家具仓库里的长沙发，市民们都持怀疑目光。

一些患有神经质的人，对自己家里的长沙发也抱有恐惧感，担心沙发下面有机关，不经过核实绝对不坐上去。

案件发生后整整过去了一个昼夜，可“人沙发”的搜索还是没有下文。

岩濑早苗现在究竟是死是活，无人知晓。她像烟雾，忽然间从这个世界消失了。岩濑夫妇整日唉声叹气，女儿早苗的失踪，让他俩伤心不已。说到责任，两人都有过失，无法相互责怪。

尽管如此，夫妇俩还是因过分的悲伤和愤怒，胡乱指责周围的用人和两个寄宿生，最后居然发展到怪罪明智大侦探的外出。

明智小五郎明白他俩此刻的心情，也后悔不已，深感自己不该在非常情况下外出。岩濑早苗绑架案的发生，自己也负有不可推卸的责任。

在过去的侦探生涯里，他还未曾落入如此被动的境遇。

虽然岩濑夫妇对他的信任大打折扣，可他不在乎不急躁，似乎胸有成竹，或者说在企盼什么。

“岩濑君，请相信我！我一定把早苗小姐平平安安地找回来。尽管她在对方手里，但他们不会伤害她。相反，还会把她当作宝贝供养，视她比歹徒自己的生命还要重。他们这样做是有其理由的，因此，您二位大可不必怪这怪那。”明智小五郎不停地安慰岩濑君夫妇。

“明智大侦探，你说把早苗找回来，可她现在到底在哪里你知道吗？难道你清楚她现在住的地方？”岩濑庄兵卫变得不耐烦了，话里带刺地责问明智小五郎。

“是的，说我清楚她住的地方也可以。”明智小五郎针锋相对地答道。

“嗯，那，那你为什么不去把早苗带回来？从昨天开始，你一直在寻求警察帮助，自己却无所事事，是不是在等待着警方给你送回早苗？如果你真知道早苗被软禁的地方，就应该立刻把她找回来！如果不知道，请你赶快抓紧时间制订营救方案。”

“不，我需要等待。”

“等待？你等什么？”

“等黑天使预告通知。”

“通知？这就奇怪了！黑天使难道还特地通知你早苗在什么地方？还通知你把她带回来？”

岩濑庄兵卫不再顾及明智小五郎的面子，连珠炮似的发问，语气生硬，还不时地拱起鼻子嘿嘿冷笑。

“嗯，是的，”大侦探并不在意对方的过激措辞，依然面带微笑，心平气和地答道，“黑天使的通知说不定就是这样：喂，快来把早苗带回去。”

“什么？亏你说得出口！无论如何，黑天使不可能那么做……明智大侦探，希望你别再开玩笑了！我如此焦急不安，你却……”岩濑庄兵卫不想说了，干脆闭上嘴巴。

“你说我开玩笑？我是那样的人吗？请镇静！你马上就会明白的。”

正当两个人唇枪舌剑难分难解的时候，寄宿生进来了。他手里拿着好几封信。

“信来了。”

“放好就行了。”

岩濑庄兵卫觉得连拆信也是麻烦事，只是用下巴示意他把信放下。

“岩濑君，也许有那封信。今天，应该是黑天使送达通知的日子……”

“什么？那里面有黑天使的通知……”

岩濑庄兵卫根本不信有这回事，但还是把手伸向桌子，一边心不在焉地回答，一边胡乱地把信翻来翻去。突然，他从椅子上站起身来，嘴里发出惊叫声：“哎呀，还真的有信！这么奇怪的信，到底是什么？”

这是一个高档信封，里面装有信。

岩濑庄兵卫指着那个奇怪符号。在信封背面寄信栏上，也就是信封背面的右下角，画有一条清晰可辨的黑蜥蜴。

“是黑蜥蜴吧？你快看呀！”明智小五郎脸上没有丝毫吃惊的模样。

果然像明智小五郎预料的那样，信来自黑天使。

“是黑蜥蜴！印戳是大阪市内的某个邮局。”岩濑庄兵卫把信换了一个面，看着信封正面说。

“咳，谢谢！请问，你怎么知道会有这封信？嗯，它确实是黑天使寄来的通知……你，实在是……”

岩濑庄兵卫连连竖起大拇指表示佩服，并朝着大侦探的脸端详了好一会儿，与刚才的态度形成了鲜明的对比。

“别浪费时间了！快把信拆开！黑天使可能会提什么要求。”

明智小五郎催促岩濑庄兵卫赶快拆信。于是，他小心翼翼地撕开信封，从里面取出信。白色的信纸上面没有记号，字写得歪歪扭扭，与过去出现在信上的字差不多。内容如下：

岩濑庄兵卫：

你好！

昨天惊动了贵府，谨此致歉。令爱确实住在寒舍，特此通知。你即便请警方出动全体警察寻找寒舍，也是瞎子点灯白费蜡。如果你希望令爱尽快回家团圆，那也好办，不过，我也希望你回报一点什么，你看如何？

如果你有这种诚意，那请满足我的条件，随后我把令爱归还给你。赎回小姐的条件：

一、送交对象：是贵府珍宝，为叫埃及星。

二、送交日期：明天即本月七日傍晚五点整。

三、送交场所：T公园通天阁顶上的瞭望台。

四、送交方法：仅允许你一人，并且必须在规定的时间里将埃及星宝石送到通天阁顶上，如果迟到，概不受理。

倘若违背上述条件，例如你报警，或者你打算在送交宝石后抓我等等。只要出现上述任何一种情况，令爱就有可能遭到不幸。如确实满足了我规定的上述条件，我将在这天晚上送令爱回贵府。

这是我发出的最后通牒，不需要你做任何回复。明天，你如果不按照规定的时间到达规定场所，可以视你为没有诚意，我将取消这笔交易。与此同时，根据预定计划对令爱采取行动，让她去天国。请看着办吧！

黑天使　敬上

看完这封信的岩濑庄兵卫，神情沮丧，默默地沉思起来。

“是埃及星宝石吗？”

明智小五郎还没有看信，但脸上表情似乎在说果然不出我所料。他显得十分冷静，问岩濑庄兵卫。

“是啊，真伤脑筋。那是我家的珍宝，确实在我的手里，是非常非常贵重的宝物，也是国宝。可眼下只能把它作为赎金交给令我憎恨的黑天使，可给了她，万一她不把早苗交还给我……”

“听说是价值连城的宝石……”

“时价是五亿日元，但现在就是用五亿日元也买不来。你知道那宝石的来历吗？”

“嗯，听说过……”

“埃及星，在这个国家里被视为最贵重的宝石。

“它产地在南非洲，光芒四射，重量有三十多克。

“顾名思义，该宝石曾经是埃及王族的宝物，被王宫珍藏了很长时间。后来，它在欧洲诸国的贵族手中辗转，世界大战时期，由于某种原因到了宝石商人的手里。

“那以后又经过无数次辗转，于数年前由我岩濑宝石商店设在巴黎的分店以重金买下，才到了我的手中。现在，成为岩濑商店大阪总店的财产。

“这颗历史悠久的宝石，我把它视作仅次于生命的宝物，小心翼翼地珍藏在最安全、最保险的场所，以防失窃。该场所，除了我以外没有第二个人知道，营业员不用说，就连我太太也不知道。”

“对黑天使来说，比起偷盗这颗宝石，还是绑架活人容易。”

“是的，埃及星宝石迄今为止多次成为大盗们青睐的目标。每一次都是因我的随机应变和及时转移，才使宝石幸免于难。

“不论大盗们的偷盗手法如何高明，也不论他们怎么狡猾，是不可能盗走埋藏在我心中的秘密——那就是珍藏这颗埃及星宝石的场所。

“谁知以往的良苦用心，眼下却变得毫无意义，分文不值，珍藏得再保密也不起任何作用了。我喜欢宝石，万没想到大盗竟然用绑架我女儿的手法，达到窃取埃及星宝石的目的。

“明智大侦探，这宝石不管有多么贵重，可总不会比得上人的生命。太遗憾了，为了女儿，现在，我只有与它告别。”岩濑庄兵卫斩钉截铁地说。

“这么贵重的宝石，我看还是别出手为好。像那样的威胁通知书，不搭理它不就行了！黑天使绝不可能殃及早苗小姐的生命。”明智小五郎频频安慰岩濑庄兵卫。

但已经决意用宝石赎回女儿的岩濑庄兵卫，不听明智小五郎的劝说。

“不行，夜长梦多，那些坏蛋也许会干出叫人难以想象的勾当。虽埃及星是用重金买来的，还是国宝，可它毕竟只是矿石而已。要是舍不得放手，万一发生早苗永远回不来的悲剧，我会遗憾终生的。我已经决定，按照黑天使说的，准时将宝石送到她指定的场所。”

“你真决定了？好，那我也不能强迫你改变主意。你老老实实地按照指令把宝石交给她，也是一种好方法。

“岩濑君，你就是把宝石给了对方，也绝对不用担心结果如何。早苗小姐也好，埃及星宝石也好，最终都会到我的手上，由我亲自还给你。

“此前，你只不过是请黑天使暂代你保管而已，暂时满足她的欲求。我向你许诺，我刚才说的，一定兑现。”

明智小五郎好像很有把握，胸有成竹，语气非常坚决。

接 头

第二天，岩濑庄兵卫按照黑天使信上的要求，在傍晚五点稍前一些的时候，赶到了T公园门口。

岩濑庄兵卫确信黑天使的信上所说，一旦违背对方条件就有可能殃及女儿早苗的生命。因此，一切的一切全都按照信中要求去做，独自前往交货地点。

除明智小五郎外，谁都不知道岩濑庄兵卫的这次行动。

T公园门口，矗立着高耸入云的通天阁。这家公园的占地面积超过任何一家大型公园，每天的游客人数在大阪占第一，熙熙攘攘。、

公园里有剧院、电影院和饮食店等，观众和食客络绎不绝。公园里，有露天摊贩的叫卖声，有收音机和录音机的喧嚣声，有小孩玩耍的吵闹声，有不计其数的皮鞋声和木屐声。

绿色公园处在多种嘈杂声音组成的交响乐包围之中，似乎在挣扎着度过艰难的每一天。

正中央，是模仿巴黎塔建造的通天阁，钢结构直插云霄。站在通天阁最高层，整个大阪市内可以一目了然。

黑天使竟敢把接收宝石的地点定在这里，简直胆大妄为！也许黑天使觉得，越是热闹的地方越安全，特意把接头地点定在市中心的塔顶上。

在众目睽睽的场所，让岩濑庄兵卫当着数万游客的面，顺从地交出作为赎金

的埃及星宝石。黑天使的手法离奇，挖空心思，大胆上演充满危险的大闹剧。

岩濑庄兵卫以往非常勇敢，从来不觉得什么叫害怕。可面对如此别出心裁的歹徒，尤其当着对方的面交出宝石，一想到将与黑天使面对面，不由得心里一阵发怵。

他稍稍镇定了一下自己，走进塔内的电梯。

随着电梯的不断上升，闹市街头的人群和雄伟的建筑都仿佛变成了他脚下的玩具。冬天的太阳已经降落到接近地平线的地方，所有楼房的屋脊一侧伸出长长的投影，宛如纵横交错的棋盘图案。

电梯终于上到塔顶，一到达可以眺望四周的瞭望台上，刚才地面上没有感觉到的寒风嗖地迎面扑来。冬天里的通天阁顶上，也许还有傍晚的缘故，连一个游客都没有。

为挡风竖起帐篷的点心店、水果店和礼品店鳞次栉比，男女店主们无所事事地坐在帐篷里，显得门可罗雀，十分冷清。

岩濑庄兵卫似乎觉得塔顶上远离人间，自己仿佛来到天上没有人烟的星球世界，凄凉感和孤独感油然而生。

当双手搭在栏杆上俯瞰四通八达的街头时，才意识到与塔顶上的寂寞氛围截然不同，无数灯光一亮一灭，行人们像蚂蚁那样缓缓地爬行。

岩濑庄兵卫在眺望的一瞬间，似乎全然忘记了自己上塔顶的目的了，饶有兴趣地欣赏着远离塔顶的地面风景，不可思议的遐想接踵而来。

少顷，电梯好像又上来了，传来金属门自动打开的声音，似乎有人走出电梯朝自己走来。

一个举止高雅、性格温柔的淑女，身着淡雅整洁的和服，鼻梁上架着眼镜。

女子一边微笑，一边朝岩濑庄兵卫跟前走来。

岩濑庄兵卫仍在观赏地面风景。现在这种时候，像这么高贵的夫人出现在如此冷清的塔顶上，多半也是出于好奇。

贵妇人的气质和打扮与塔顶环境实在不相匹配。使岩濑庄兵卫吃惊的是，贵妇人主动朝他搭话："哈哈……岩濑君！你不记得我了？我曾经在东京宾馆里受到过你的盛情款待，我就是黑天使。”

眼前的贵妇人，原来是怪盗黑天使。现在的装束与在东京宾馆时的模样完全不同，颜色淡雅的高级和服，象征充满知识的眼镜……无论从哪个角度看，都觉得她是一个贤惠、稳重和沉静的良家妇人。

“……”

岩濑庄兵卫不由得憎恨起对方来，态度变得生硬，似乎想一口吞下这个可恶的女人。他一声不吭，不动声色地看着黑天使漂亮的脸蛋。

“这回实在是劳驾你了！”

她说话的语气和神情宛如贵妇人，同时彬彬有礼地朝岩濑庄兵卫鞠躬行礼。

“别废话！我不折不扣地按你的要求做了，你应该把早苗还给我。”

岩濑庄兵卫单刀直入，直接挑明自己的意思。

“嗯，这你放心。令爱在我那里生活得非常好，情绪也很好，玩得也很开心。噢，对了……信中指定的东西，你一定带来了吧？”

“嗯，带来了。看好了，就这个，你最好打开看一下。”

岩濑庄兵卫从袋里取出银制小盒，不假思索地递到黑天使跟前。

“哦，太谢谢了！那，请允许我拜见一下……”

黑天使郑重其事地接过小银盒，用袖子挡着打开盒盖。

宝石安稳地坐在白色的织锦缎台座上，光芒四射，令人目眩。

黑天使目不转睛地注视着。

“啊，太美了！”

她情不自禁地赞叹，漂亮的脸蛋上渐渐泛起红晕，眼睛里射出火焰般的兴奋目光。

“简直是五彩缤纷！瞧！真像五色火焰在燃烧。说心里话，我太喜欢这颗宝石了，盼了很长很长时间。与这颗埃及星宝石相比，我那些长年累月积攒起来的宝石，简直像一堆没有生气的小石块。衷心谢谢你给我送来这么好的礼物。”

黑天使说了这番发自肺腑的话，随后又深深鞠了一躬。一直注视着黑天使表情的岩濑庄兵卫，见对方欣喜若狂的模样，气得牙齿咬得咯咯直响。

被视为仅次于自己生命的埃及星宝石，居然就这样拱手相让。

为了让女儿早日回到自己身边，不仅忍痛割爱，还要忍气吞声。

他一方面极力克制着自己，可另一方面怒火万丈。对方就那么一个女人，而自己……可一想到信上的黑蜥蜴图案，浑身禁不住颤抖起来。他想使出全身力气，可肌肉和神经系统都不听使唤，只有愤怒在心底涌动。

这时，岩濑庄兵卫想起自己应该询问对方。

“关于赎金，我已经和你了结了。请问，你什么时候把早苗送到我家？我是不是应该相信你呢？你是臭名昭著的大盗，提前支付赎金给你，我不放心。”

“哈哈……请放心，我会按照事先约定把早苗小姐送还给你……现在，请你先回家，我跟在你后面走。”

黑天使没有搭理岩濑庄兵卫带刺的提问，打算尽快结束这次会面。

“哈……你收到赎金了，还担心什么……请问，我可以和你一起走吗？你该不会说，你不愿意和我同坐一部电梯吧？”

“不，我非常乐意和你一起走。但我是你要找的人，因此，我要看着你离开这里，否则……”

“哈哈……你说有危险？你以为我会尾随跟踪？这就奇怪了，你害怕我？那你为什么敢在这么冷清的地方单独与我会面？再怎样，我也毕竟是男人，如果需要，我也可以牺牲早苗抓获你这个罪行滔天的恶毒女人。就是现在我也能这么做，你不仅是女人，还是孤零零的一个。”

岩濑庄兵卫对于黑天使的狡诈早已恨得咬牙切齿，脱口说出不服气的大话。

“嗯，我明白你的意思，也早就做好了准备。”

岩濑庄兵卫还一直以为对方会掏枪，不料黑天使却让他转过脸看背后，随后径直一人朝帐篷小卖店方向走去，从租借店借来一架望远镜。

“那里有浴室烟囱，请你眺望一下烟囱背后的屋顶。”

黑天使手指矗立在远处依稀可辨的烟囱，把望远镜递给岩濑庄兵卫。

“嗯，那屋顶上好像有什么人。”

岩濑庄兵卫觉得好奇，把望远镜放在眼前。

距离自己站的位置大约三百米远的地方，有很大的屋顶，那是浴室屋顶。烟囱背后是屋顶晾衣服的晒台。

那里蹲着一个工人模样的男子，用望远镜可以清楚看见他的长相。

“晾衣服的地方，好像有一个男子吧？”

“嗯，有，有，你想告诉我什么？”

“请再仔细看，那男子在干什么？”

“嗯，奇怪！那家伙也在用望远镜朝我们这里眺望。”

“他手上还拿着什么？”

“嗯，拿着红布，好像是在监视我们。”

“嗯，你说对了。那是我的部下，他在观察我们的交谈情况。如果发现我有危险，便挥动手上的红布，示意另外一个用望远镜眺望他的男子。于是，另外一个部下拨电话到离这里很远的住宅。于是，令爱的生命也就结束了。哈哈……我是著名大盗，计划得非常周密，对途中有可能出现的情况都制定了相应的对策，即便鸡毛蒜皮的小事也都不会放过，以防万一。”

黑天使之所以选择逃窜不便的塔顶为会面地点，是为了能让部下从远处通过望远镜保卫自己。

试想，如果把会面地点改作地面，绝对不可能达到这种效果。

“哼，你还真是费尽心机。”

岩濑庄兵卫抽搐着鼻尖嘲笑道，尽管嘴不饶人，却没敢小看诡计多端的黑天使。这家伙绝非一般女流之辈。

追　赶

“那，我先走了。”

岩濑庄兵卫愤愤不平地嘟哝着，走进塔顶电梯，一会儿便下到了地面。他来到稍远一些的地方，坐上停在那里的轿车。

车慢悠悠地启动，紧接着迅速开走了。即便那样，黑天使还是不放心。

原来，明智小五郎一直埋伏在不远的地方观察岩濑庄兵卫。他到底想出了什么好对策，没人知道。

黑天使站在塔顶栏杆边上用望远镜眺望大街。

大街上黑压压的人群在缓慢地移动，黑天使也慢慢移动望远镜的视线，搜寻人群中是否有可疑人物。

也许是居高临下的塔顶帮了忙，渐渐地，她发现了什么，深感不安起来。

那里好像有一个男子在眺望塔顶，也许是刑事侦查警官？这里好像也有一个叫花子打扮的家伙，从一开始就蹲在那里。这多少有些可疑。如果不是明智小五郎本人，一定是他的手下。

黑天使紧张起来，索性将望远镜移向瞭望台周围，不停地来回移动。

黑天使还从来没有如此害怕明智小五郎和警方。

岩濑庄兵卫担心的是，如果违背信中所列条件，女儿早苗的后果将不堪设想，所以乖乖地把埃及星宝石送到塔顶。

而黑天使所担心的是，害怕被尾随跟踪。一旦被跟踪好手粘上，一切将化为泡影。

明智小五郎是天下数一数二的跟踪好手。如果人群里有明智小五郎，那可就……黑天使这么一想，不由得更加紧张起来。

最好是使用那套方案。总之，慎之又慎不是坏事。

她径直走到帐篷小卖店区域，对其中一家小店的女店主说："对不起，想请你帮忙。"

小卖店的后半边，男女店主正围着炉子取暖，听她这么一说不由得吃了一惊。

"是要买什么东西？"

长着一张可爱脸蛋的女店主，笑嘻嘻地站起来询问。

"不，不是买东西，是请你帮特别的忙。刚才不是有一个和我说话的男子吗？那家伙是歹徒，扬言要欺负我，能否请你们伸出援手帮帮我？

"我还以为那家伙先走了。其实，他还赖在下面，伺机找我的麻烦。无论如何请你们帮帮我的忙！这位女店主是否能换上我这身和服站到栏杆那里，吸引那家伙的注意力？

"现在，请允许我在帐篷里与女店主互换服装，你化装成我，我化装成你。凑巧咱俩年龄相仿，身材也像，一定能帮助我摆脱对方骚扰，好吗？"

黑天使装作走投无路的可怜相，一个劲儿地央求女店主，又从袋里取出七千日元纸币，硬塞在正左右为难的女店主手里。

男女店主商量了一番，再说也得到了好处，也不问为什么便按照对方的要求做了。

为了挡风，所有店主都用帐篷将自己经营的小卖店围得水泄不通。一进入帐篷，站在外面的人根本察觉不了里面的动静。

黑天使站在里面，可以放心地换衣服和化装了。

皮肤白净、长相可爱的女店主，先穿上黑天使的高档和服，梳理头发后戴上那副新潮眼镜，瞬间，她变成了一个举止端庄的贵妇人。

黑天使将自己的发型梳理成女店主的样子，再沾上少许灰尘抹在脸上。

于是，不管从哪个角度看，与女店主成了一对孪生姐妹。她穿上条格图案的和服，系上有些脏的腰带，穿上藏青色裤子。

“哈哈……化装得还行吧？怎么样，像你妻子吗？”

“太像了！我那口子现在变成了贵妇人、阔太太。夫人，你此刻变成了干粗活的下人，太像我那口子了。你化装还真有一手！这模样回家，你丈夫肯定以为是谁走错了门。”

男店主比较了一下两个女人化装后的模样，佩服不已。

“噢，对，对，你戴口罩的吧？再把你的口罩借给我。”

黑天使戴上口罩后，下半边脸被遮住了。

“好了，女店主，请你站在栏杆那，用望远镜俯视大街。”

扮演成女店主的黑天使，与男店主一起乘电梯来到塔楼底层，朝人头攒动的大街上走去。

“太好了，请走快一点！一旦被那家伙发现可就遭殃了……”

两个人在人群中穿行，先经过电影院门口，随后在公园树丛里不停地向前走着，朝着越来越冷清的方向走去。

“谢谢，已经不会有危险了……太有趣了，我俩俨然像一对被追赶的逃跑夫妻。”

确实像黑天使说的那样。

男店主好像有点耳聋，从头顶到下巴系有绑带，头戴鸭舌帽，下身是脏兮兮的咖啡色裤子，上身是黑色的上装，脚上是一双木屐。

也许是在寒冷的塔顶上经营小卖店，或许塔顶风大的缘故，男店主一直戴着口罩。

他牵着扮作女店主的黑天使的手，小跑步那样在树林里走着。

“嗨，嗨，嗨，对不起，把你累坏了。”男店主难为情地笑着说。

“别这么说，是我对不起你……你怎么啦，这绑带？”黑天使觉得已经来到安全地带，这时才发现男店主脸上系着绑带，认真地问道。

“嗯，塔顶上风太大，又不慎患了中耳炎，不过，快要痊愈了。”

“啊，中耳炎一定要治好。你有那么好的太太，真幸福！在那么高的塔顶做生意，一定很开心吧？”

“哎嘿嘿……是啊，可是，做那种生意也是没办法！”

黑天使总觉得对方的举止有点奇怪。

“好，我们就在这里分手吧！请代我谢谢尊夫人。你们夫妇俩今天的恩情我是永远不会忘记的……啊啊，刚才穿在夫人身上的那些衣服就归她了，以后，如果穿旧了，扔掉就可以了。”

树林外停有一辆轿车，黑天使与男店主告别后，朝那辆车快速走去。

轿车司机似乎早已等候在那里，一见到黑天使来到车门边上赶紧开门让她上车。紧接着，车开足马力风驰电掣般地开走了。

男店主见载着黑天使的那辆车启动后，迅速改变方向，也不知何故，没有朝塔那边返回，而是突然间朝大街跑去。

他不停地朝四周张望，来到大街时正巧有一辆出租车驶过，赶紧扬手，像箭一般跳上后排座位，与刚才的模样判若两人，对司机说：“追上前面那辆车！我是警察。”

出租车迅速追了上去。

“请注意，不要让前面的车辆察觉，保持适当距离。”

他不停地叮嘱司机，向前探出上半身，两眼炯炯有神地盯着前方。

他到底是谁？自称警察，可模样怎么看也不像。

那熟悉的声音倒好像听见过，不光声音，还有鸭舌帽和口罩之间的锐利的目光，似乎在哪里见过。

水　声

这时，周围已经光线暗淡。再过一会儿，浓浓的夜色将笼罩整个大阪的天空。

这时，贯穿大阪市南北的S公路上飞驰着许多车辆。车群中间有一辆车在飞速行驶，该车后边也有一辆车在飞速行驶。

前面那辆车的后排座位上，坐着身着旧和服的女店主，也不知什么原因蜷缩在座位上。从远处望这辆车，似乎是一辆空车。

女店主是黑天使化装的，压根儿没有察觉到身后有尾巴。那辆跟踪车，始终与她保持着一定距离。

后边的出租车里坐着的男店主，时而对司机说："再快一点！"时而对司机说："再慢一点！"

这男子是谁？他那两道冷峻的目光紧盯着前面那辆车，双手敏捷地脱去身上的工作服，露出里面略带油垢的咖啡色衣服。

转眼间，他从买卖人变成了技术员，随后开始扯下蒙在脸上的绑带。

渐渐地，被掩盖了大半边脸的真面目出现了。根本就没患什么中耳炎，显然是伪装的。

神采奕奕的眼睛、紧闭的嘴巴和浓密的胡子，相继出现了。

不用说，他是大侦探明智小五郎。

黑天使选择在闹市中心的塔顶上与岩濑庄兵卫见面，明智小五郎便将计就计，事先扮作帐篷小卖店的男店主，等待黑天使到来。

黑天使不知其中有诈，中了明智小五郎设下的圈套。她清楚，可以无视任何人，但不可以无视明智小五郎。

在她看来，唯一能与她较量匹敌的，是明智小五郎；令她最害怕的，也是明智小五郎。

她万万没想到，她的克星——明智小五郎已悄悄盯上了她。

在明智小五郎看来，要抓黑天使，易如反掌，随时随地都可以。

然而，在没有弄清楚岩濑早苗被关押地点之前抓她，很有可能断送岩濑早苗的生命。越是这种时刻越是要冷静，切不可轻举妄动。

只要跟踪摸清黑天使大本营，就可摸清岩濑早苗被软禁的地方。

不仅要将岩濑早苗和埃及星宝石完璧归赵，还要将黑天使及其爪牙一网打尽，送交警方接受法律严惩，这是明智小五郎既定的追捕方案。

车外已经夜色沉沉。夜幕下的公路上，前后保持一定距离的两辆轿车正在飞驰。两旁的路灯，两旁的树林，不停地消失在车后。

借助路灯朦胧的光线，明智小五郎全神贯注地注视着前面车辆，可只能看到影映在后窗玻璃上黑天使的头发。

根据明智小五郎指示，出租车缩短了与前车之间的距离，保证明智小五郎可以观察前车车内的情况。

车沿着前面街角转弯，那里有一条大阪著名的运河，道路一侧是量贩商业店铺，道路另一侧则沿着运河。

为了方便装卸水运货物，河岸犹如缓缓的斜坡朝着河面倾斜。大阪市内竟有如此冷清的路面，明智小五郎未曾料到。

这一带，没有行人，也没有光线。

前面那辆车不知何故开始减速。当驶到大桥脚下灯光比较明亮的地方时，突然急刹车。

“咦！别往前开，快停下！”

明智小五郎赶紧命令出租车司机。忽然，前面那辆车改变方向，掉过头来朝明智小五郎这里驶来。

仔细一看，刚才载着黑天使的那辆车，摇身一变，变成了出租车，车前风挡玻璃下端竖有一块“空车”电子牌。

也不知是什么时候，后排座位上的黑天使无影无踪了。

“奇怪！”

明智小五郎瞪大眼睛搜寻，可那辆出租车已经接近明智小五郎乘坐的车。那辆车一边不停地按着喇叭，一边缓缓地擦肩而过，消失在夜色里。

就在车通过的一刹那间，明智小五郎完全看清楚了车内的情况，确实是一辆空车。也就是刚才的瞬间，黑天使不翼而飞了。

司机还是刚才的司机模样，为蒙混过关，竖起“空车”的电子牌。

“干脆把司机抓起来，怎么样？”

明智小五郎一边思考一边问自己。不能轻举妄动！好不容易跟踪到这里，抓了司机多半会打草惊蛇，前功尽弃。

眼下，应该找到黑天使，必须弄清她的大本营。

可是，黑天使究竟到哪里去了？

刚才，那辆车急刹车的时候，好像没有人从里面下车。大桥脚下有路灯，如果有人下车不会也不可能看不见。那辆车在刚才转弯前，黑天使也确实在车内。

照这么说，从转弯角到大桥脚下那一段约五十米距离的路上，黑天使很有可能跳车逃走。刚才，也只有这条路可供黑天使逃跑。

她利用这段特别黑暗的路面，借减慢车速之际跳车后隐蔽在黑暗里。

看来，黑天使隐蔽在这条路上的某个地方。道路一侧是一家家紧挨着的量贩店铺，没有可以躲藏的小巷。道路另一侧，是被夜色包围的运河。

明智小五郎下车后沿道路朝前走了五十米左右，途中进行了仔细观察，别说没见着一个人影，就连一条狗都没见着。

“奇怪！她不可能跳河逃走！”

无可奈何，他只得返回车内。这时，出租车司机说了一句与其职业不相吻合的话。

“嗯，我估计歹徒多半朝运河方向去了！”

司机的这番话，使得明智小五郎猛地察觉到了什么。

装卸货物的码头附近，漆黑一团，好像停泊着一艘日本式大木船。

明智小五郎的视线唰地射向那里，紧紧盯着。

船上也没有人影，唯船尾房间的窗上映照出红色灯光。住那个房间的，多半是船老大一家。再仔细看，船与岸之间架有一块长条跳板。黑天使很有可能借助灯光的阴影，沿跳板悄悄潜入船上。

其实，这是不太可能的想象。眼下，女歹徒也只有这条路。再说黑天使的手法，总是与常识相违背。

对于这样的歹徒，必须逆向思维去分析，才有可能摸清她的行动规律。

“司机，能否帮我一个忙？”

明智小五郎朝司机手里递去一张纸币，把嘴凑到他耳边上窃窃私语：“船尾房间里亮着灯，就是那窗户。你先熄灭车前的夜间照明灯，然后再打开。不过，灯光一定要对准窗及其周围。还有一件要拜托你的事，不过，做起来可能有难度，就是请你伤心地大喊大叫：‘救命！救命！’叫喊声越响越好，随后立即打开车前照明灯。怎么样，能帮我这忙吗？”

司机二话没说答应了，关闭车灯后，把车头对准船尾房间的那扇窗。

扮作技术员的明智小五郎，从附近搬来大石块，沿着徐徐向下倾斜的码头朝河边走去。

“救命！哇！救命！”

突然，司机声嘶力竭地喊道。惊恐的程度，听上去像遇上行刺歹徒那样，十分逼真，仿佛真有那回事。

与此同时，传来“扑通”巨大的水声，是明智小五郎把大石块扔进河里。相继传出的叫嚷声和水声，使不明真相的人以为有人投河了。

明智小五郎的侦查术太妙了。

由于突如其来的水声和叫嚷声，船尾房间那扇紧闭的窗开了，紧跟着探出一张脸来，没想到被刺眼的车灯照得清清楚楚。

那张惊慌失措的脸，没逃过躲在暗处监视的明智小五郎的眼睛。

果然不出所料，是那张扮作女店主的黑天使的脸。

“怎么啦？怎么啦？”

“肯定有人遭抢劫了！”

“还有奇怪的水声。”

附近的量贩商店被刚才的喧闹声惊醒了，各家商店的值班人纷纷打开店门朝出事地点跑去。头脑灵活的司机赶紧改变方向，朝前行驶了五十米左右。

明智小五郎不愧是久经沙场的大侦探，沿着漆黑的河边奔跑，来到大桥脚下的公共电话亭。黑天使利用水路逃跑，难以估计她究竟逃向哪里，因此，必须通知警察和自己的部下，让他们协助捉拿。

幽　灵

次日凌晨的时候。

从大阪河口起航的一艘小汽船在行驶，这是一艘载重量不到两百吨的货船。

河面上风和日丽，没有浪涛，是航船的好天气。小汽船加大马力，时速远远超过规定的速度，朝着海上疾驶。

下午，小汽船来到纪伊半岛的南端，但没有停靠港口的迹象，继续朝着太平洋正中央的远州滩海面驶去。

船小巧玲珑，大胆行驶在与远洋船相同的航道上。

从外观看，是一艘漆黑的小货船，没什么特别的地方。但沿着楼梯往下走，里面的情况与简陋的外表截然不同，有一长排非常豪华的高级房间。

难道是伪装成货船的客船？与其说客船，更像豪华的水上住宅。

尤其靠近船尾的那个房间，是所有房间里最豪华的。面积大，家具和电器都是最高档的，多半是船主居住的房间。

地上铺设着价格昂贵的绒毛地毯，四周墙上贴有白色高级墙纸，天花板上悬挂着一盏嵌有许多水晶球的大吊灯。

房间里有装饰橱，铺有漂亮台布的大圆桌，组合沙发，有扶手的靠背椅子……

这些家具中间，唯独有一张长沙发与周围家具的款式截然不同，被摆放在不显眼的角落里。

这张长沙发，看上去让人觉得有点眼熟，似乎曾经在哪里见过。噢，对了，沙发布上不是有一个大口子吗？

三天前，从岩濑家客厅消失的那张长沙发，不就是它吗？奇怪，长沙发怎么会出现在这艘船上？

看来，这艘船也许是……

其实，根本不需要这样的假设。瞧，此刻躺在这张长沙发上的人，就是那个黑天使。

身着黑色富有光泽的衣服，胸针、耳环和戒指上都镶有闪闪发光的宝石。那张漂亮的脸蛋，可谓花容月貌，仿佛天上下凡的仙女。

她是黑天使！前一天晚上，大阪运河停泊着的大型日式木船，船尾房间里隐藏着黑天使。

为黑天使躲避跟踪立下汗马功劳的日本式木船，趁着夜色离开支河朝大河驶去，把黑天使送到停靠在河口等待的这艘小货船上。

那么，这艘小货船到底是什么性质的船？

一看见黑天使住在超一流豪华的房间里，可以断定它不是普通的商船，很有可能是黑天使拥有的汽船。

是的，是黑天使拥有的船只，当然，“人沙发”出现在这艘船上，被绑架的岩濑早苗，无疑也在这艘船上！

这时，黑天使张开樱桃小口：“哎，真讨厌！就连你也把那样的事放在心上？正因为是男人，更害怕妖怪……”

黑天使笑了，视线朝着隔壁房间的门口。

那里，也不知是什么时候站着一个男子，头戴别有金边帽徽的船员帽，身着黑色的船员制服。

如果是普通商船，穿这身制服的应该是事务长。瞧那模样，扁平的鼻子，结实的身材，好像在哪里见过。

是的，那家伙曾出现在东京宾馆里，在黑天使隔壁的房间住过，他叫山川健作。就是他把岩濑早苗塞入“人沙发”里，再扮作家具公司技术人员把它运走的。在黑天使的爪牙中间，他是最忠实的。

“是你不好！我总觉得你与过去有所不同，还有那些船员也无一例外，都很迷信。那些家伙窃窃私语，即便你听了那些内容也一定会觉得厌烦。”

这时，船稍有一些颠簸。于是，山川健作跟着摇晃起来，可脸上始终是讨好主子的奴才相。

室内灯火通明，那盏水晶吊灯在发挥作用。但是，船外伸手不见五指。

黑乎乎的水，黑乎乎的天。说宁静，可太平洋上的波浪不停起伏，隔一会儿便晃动小汽船，似乎有时间规律。

“到底是什么事情？请详细说一下。”

“北村和合田说船上有鬼叫声！如果是一个人说也就算了，可他俩都这样说。”

“他俩说的妖怪长得什么模样？”

“模样没见过，只听见声音。”

“在哪里？”

“在客房。”

“什么？在早苗房间？”

“是的。今天中午，北村君说他经过早苗房间门前时，好像房间里有人压低嗓音说悄悄话。当时，我和你在餐厅里。早苗的嘴里塞有手巾，不可能说出话来。北村君准备敲门，发现门上了锁，赶紧取来钥匙打开房门。”

“是不是早苗嘴里的手巾不见了？”

“没有，他说早苗嘴里还是原来模样，绑着两手的绳索也没有松动。房间里除了早苗没其他人，北村君不由得浑身直打哆嗦。”

“他问过早苗了吧？”

“嗯，从她嘴里取出毛巾后问她，她反而吃了一惊，说根本没这回事。”

“不可思议！真有这回事？”

“我也估计北村君的耳朵可能有问题，没有把他说的当一回事。可大约一个小时前，又是大家都在餐厅的时候，合田君听到了声音。

“他大吃一惊，赶紧拿钥匙跑去开门。合田君看到的情况与北村君看到的是一回事，除早苗外没第二个人，嘴里的手巾也没什么变化。

“先后两次听见的相同声音，在船员中间传开后，船上便像烧开了的水沸腾起来，都在谈论船上有鬼，传得沸沸扬扬。”

“在说什么样的事情？”

“都说不管走到哪里有幽灵跟着。船员中间杀过人的，不止两三个，都觉得死者亡灵附在自己身上，还说这艘船也附着亡灵。现在，我也不想在船上多待一分钟。”

这时，大浪又把船举了起来，传来“咚！”令人厌烦的响声。紧接着，被举起的船宛如被旋涡卷人那样朝海底下沉。

突然，发电机好像出了故障，水晶吊灯的灯光变得通红，像发信号那样一亮一暗。

“今天这个晚上真让人感到厌烦。”

山川健作盯着那盏灯，魂不附体地蜷缩身体。

“你这个大男人，简直胆小如鼠。”

黑天使的笑声撞击着板壁，传来可怕的回声。

笑声刚落，门吱地开了，像呼唤铃喊人那样，走进一个一身白衣的人来。

白色的头巾，白色的立领衣服，白色的围裙，财神爷模样胖乎乎的脸。表情紧张，脸色苍白。他是谁？是船上的厨师。

“干什么？你，怎么啦？别吓唬人！”

山川健作大声呵斥，厨师没有后退，而是径直走到他跟前压低嗓门报告，说发现了一个重大情况。

“妖怪好像到过厨房，我数了一下，少了一只鸡。”

“鸡？”黑天使感到不可思议。

“不，不是活鸡，是烹调后的鸡，我把七只鸡放在橱柜里。刚才，我打开橱柜时少了一只，只有六只了。”

“吃晚饭时，你没让大家吃过鸡？”

“是的，我觉得奇怪。船员们没有一个贪吃的，一定是妖怪偷吃了。”

“不是错觉？”

“怎么会，我别的不行，记忆力不差，尤其是数字。”

“奇怪！山川君，让大家分成几组在船上搜查，也许有人混上船了！”

奇怪现象一个接一个，黑天使再也忍耐不住了。

“嗯，我也想对全船进行彻底搜查。亡灵也好，声音也好，偷盗食物也好，对象肯定是有形的。如果彻底搜查，也许能弄清妖怪的真实情况。”

为组织全体船员进行全船搜查，山川健作急匆匆地走了。

“嗯，这些谣传说不定来自那个特殊客人？”

“什么，是来自早苗？”

“是的，我总觉得是那么回事。我刚才把饭给她送去，解开绳索取出嘴里的手巾，也不知什么原因，这姑娘食欲特别好，吃得盘底朝天，既不闹也不嚷，只是要求别用绳索捆绑。”

“说话语气是不是很天真？”黑天使脸上出现了少有的表情，反问道。

“是的。她说重新考虑过了，按我们说的做，语气平静，与昨天判若两人。”

“奇怪！快去传我的话，让北村君把姑娘带到我这里来！”

厨师走了。片刻过后，没有绳索捆绑的岩濑早苗被北村带来了。

搜 索

岩濑早苗现在的模样，像沿街乞讨的乞丐，身上仍穿着被绑架时的衣服，可衣服到处是褶皱，披头散发，脸似乎瘦了一圈，鼻梁上的眼镜眼看就要掉下来。

“早苗小姐，心情怎么样？别站在那里，来，来这里坐下！”

“嗯。”

岩濑早苗朝前走了两三步，看了一眼黑天使坐的长沙发，仿佛见到幽灵什么的，蜷缩起全身哆哆嗦嗦地直往后退。

那是“人沙发”！三天前，自己就是被关押在这沙发里的。当时的恐怖情景，岩濑早苗至今历历在目。

“啊，你害怕这张沙发？好！我也不勉强你。那就坐你身边的椅子！”

岩濑早苗慢吞吞地坐到椅子上。

“我一直反抗，实在对不起，今后我再也不了，按你说的做，请原谅。”岩濑早苗耷拉着脑袋轻声道歉。

“哈哈，你终于想通了，那太好了！按我说的做，其实是为你好……可是，我感到奇怪。一直到昨天还是不屈不挠的早苗小姐，今天怎么突然急转弯，究竟是什么原因？”

“不，没有……”

黑天使锐利的目光紧盯着岩濑早苗，揣摩着她脸上的表情，接着问道：“听北村君和合田君说，你房间里有说话声。是不是？谁在你的房间里？快说老实话！”

“没这回事，我根本不知道有这回事，也没听见过什么。”

“早苗，你撒谎！”

“我，我没撒谎。”

“……”

黑天使的眼始终没离开岩濑早苗的脸，大脑不停地思考。

房间里沉默了好长时间。波涛声从船底传来，让人心惊肉跳。

“那，请问，这艘船到底驶往哪里？”岩濑早苗开口了，打破了房间里的沉闷空气。

“这艘船？”黑天使似乎从沉睡中醒来。

“你想知道这艘船的去向？告诉你！我们现在是在远州海上，正在朝东京方向行驶。东京的某个秘密地方，有我个人的美术馆。哈哈……我想让你欣赏欣赏！你猜猜看，那美术馆有多气派？为陈列新成员你和埃及星宝石，船正在急速行驶。”

“……”

“坐列车肯定比船快，但最快还是飞机。可带着你这个活行李，乘坐列车和飞机都有危险，唯坐船最安全！虽说速度慢了一点，只要安全就行。

“早苗小姐，这是我的自备汽船！你没想到我拥有汽船吧？怎么样，感到惊讶了？要知道黑天使我可是很有钱的！一旦陆上有危险，我无论什么时候都可以出现在水上，以船代步，以船代宿。

“我这艘船上要什么有什么，有高级厨师，有我这样充满智慧的人，就是警察也束手无策。对付他们，我不用费吹灰之力。”

“不过，我……”

岩濑早苗似乎受不了了，态度变得强硬起来，瞪大眼睛望着黑天使。

“我，我什么？”

“我，我不去。”

“那可由不得你！你想回家，别做梦！你不去，我非带你去。”

“不，我不去，坚决不去！”

“哈哈，你还真自信！你以为可以从这艘船上逃走？”

“是的，我一定会被救出去的。”

岩濑早苗说得斩钉截铁，也许心里已经有底？听她这么一说，黑天使的眼里射出怀疑的目光，眉毛剑一般地朝两侧翘起。

“谁救你出去？”

“你不明白？”

早苗小姐一改往常的懦弱，怒目圆睁地盯着黑天使，白净的脸上浮现出红晕，甚至连目光也变红了，仿佛燃烧的火焰。

刚才还是胆战心惊的岩濑早苗，转眼间变得坚不可摧，到底是什么原因？

黑天使感到不可思议，莫非……渐渐，脸色变得苍白，脸上肌肉不由得抖动起来。

“嗯，我说不明白，你又能拿我怎么样……说！是不是明智小五郎？”

黑天使最害怕说出这个名字，一旦说出口，又突然间感到一阵窒息。

“哦……”

岩濑早苗刚说了一个字，脸上露出惊慌的神色。

“怎么样？被我说对了吧？肯定是那个悄悄安慰你的人！大家还以为是妖怪，传得沸沸扬扬。妖怪怎么可能说话？在这文明的社会里……说这话太傻了！是明智小五郎？那个蠢侦探一定能救你出去？”

“你说错了！那样的事情……”

“别撒谎！好了，你的嘴里也已经问不出什么了。”

黑天使凶相毕露，腾地从沙发那里站起。

“北村君，把这姑娘按原来模样绑起来！在她的嘴里塞上毛巾送回原来房间。你也进去，在里面上锁。你在房间里监视她和观察里面的动静！枪带了吧？不管遇上什么情况，你都必须坚守自己的岗位！如果临阵逃脱，我就惩罚你！”

“是，明白了！”北村拽着岩濑早苗走了。

接着，黑天使慌慌张张地来到走廊上。这时，带领船员分头搜查的山川健作回来了，险些与黑天使撞个满怀。

“哦，山川君，我可弄清妖怪真相了！是明智小五郎！明智这个家伙，他到底是怎么潜伏在我这艘船上的？快，带领大家再重新搜查！要快！”

于是，船内又展开了搜查。

十名船员分成几组，照着手电搜查，先搜查甲板，再搜查房间和机房，从通风筒一直搜查到堆煤场。

总之，上上下下一连搜查了好几遍，连明智小五郎的影子也没见着。

水　葬

黑天使垂头丧气地回到原来房间，无精打采地坐到那张原先坐过的长沙发上，闭上眼睛苦思冥想。

船乘风破浪，仍然朝着东边全速行驶。

船不时地被大浪举起，又不时地下沉，在黑夜笼罩的大海里航行。浪花不停地冲洗着船舷，机械不断传来摇晃的声音。

黑天使靠在长沙发一侧，紧盯着留在长沙发上的那个大口子。

突然，她坐起来。

是啊，唯独长沙发还没有搜查，这长沙发里……

她仔细辨别，轻微的摇晃好像来自长沙发下面，传到了自己的肌肤上。

啊！是人心脏的跳动声！沙发里肯定藏着什么人！

顿时，她脸色变得铁青，竭力克制自己想离开这里的念头。就在这时，长沙发里的心跳声越来越清楚，有规律地向外传出。

此时此刻，她已经听不见波涛声和讨厌的机械摇晃声，只听见长沙发下面轻微的振荡，像鼓声，越来越响。

她想尽快逃离，可仔细一想，究竟是谁从这里逃走？就是明智小五郎埋伏在长沙发下面的机关里，不也是瓮中之鳖？不是我怕他，而是他怕我。

她终于下定了决心。

“明智君，明智君。”

黑天使不顾一切地大声嚷道，手不停地敲打着长沙发的坐垫。

于是，沙发下的机关里果真传出酷似明智小五郎的声音。

“怎么样？我已经变成你的影子，不再离开你的身边了。”

声音似乎来自地下，又似乎来自周围墙壁。黑天使吓得魂不守舍，全身瑟瑟发抖。

“明智大侦探，你不怕吗？这里是我的地盘，还是警方够不着的海上。”

“嘻嘻……害怕的怎么是我呢？不就是你吗？”

听，简直目中无人！声音非常镇定，毫不在乎自己是瓮中之鳖。

“你不害怕，那我太感动了。请问，你怎么知道我这艘船的？”

“船我不清楚，但一直跟在你身边，也就自然而然地来到这艘船上。”

“你说跟在我身边？”

“能从通天阁跟踪你到这里的，只有我。”

“嗯，原来如此！那小卖店的男店主，原来是明智小五郎你扮演的！我太傻了！你说你患了中耳炎症，我还信以为真。唉，都怪我自己！”

“嗯，是啊！你自以为聪明过人，可聪明反被聪明误，被我算计了。你当时不是很愉快吗？！”

有趣而且幽默的对话，在继续。

突然，门开了，山川健作走了进来。

他听到房间里有奇怪的对话声音，便推门闯了进来。

黑天使挥了挥手，示意山川健作别吱声，又悄悄打了一个手势，接着从桌上的皮包里取出铅笔和笔记本，一边继续与明智小五郎对话，一边不停地在纸上写字，告诉山川健作：“明智小五郎躲在长沙发下边的机关里。”

“河岸传出的奇怪喊声和跳水响声，都是你策划的吧？”

同时对山川健作写道：“快把大家喊到房间里来，再拿一根结实的绳索来！”

“当时，你如果不从窗户探出脑袋，你也许不至于落入如此狼狈和尴尬的境地。”

“那，那以后你是怎么跟踪的？”

站在一旁的山川健作，迟疑了一会儿，随后匆匆走了。

“我坐上出租车沿着河边追赶，不让你这艘船离开我的视线。等到深夜，我租借了一条小船改成水上尾随跟踪，巧妙地利用了伸手不见五指的黑夜，再像杂技师那样坐上你这艘船。”

“可甲板上不是有我的部下在放哨吗？”

“有，有，为潜入你的房间，我等了很长时间。后来，我又费了很大工夫找到关押早苗的房间。当我终于找到的时候，哈哈……船起航了。”

“你为什么不赶快逃走？藏在这里面，要不了多久就会被发现的。”

“这么冷的天，怎么能游泳！与其泡在水里，倒不如躺在沙发下的机关里，又暖和又舒服。”

一个蜷缩在沙发下边的机关里，一个坐在沙发上边的坐垫上，相互甚至可以感觉到对方的体温，可他俩是不共戴天的一对劲敌。

沙发下边的人不焦不躁，慢条斯理。

“喂，我一直躺在里面，连午饭也没吃，实在受不了啦！怎么样，能让我出来吗？”

明智小五郎无视自己瓮中之鳖的处境，这使得黑天使惊慌起来。

“哼，不行！你不能从这里出来！要是让我那些五大三粗的手下察觉了，你可就没命了。你还是坚持一下吧！”

“什么？你不打算让他们知道我在这里？”

“嗯，你是我最喜欢的对手，说什么也不想失去你。”

这时，山川健作第一个进来，身后跟着五六个身强力壮悄悄走进房间的男子，按黑天使写给山川健作的书面指令，手拿粗绳索。

“山川君，让明智小五郎待在里面，用绳索将长沙发绑紧扔到海里去！”

黑天使写下命令。

众人开始用绳索将长沙发绑起来，尽量不弄出响声。

这时，黑天使笑容可掬，离开长沙发，让部下缠得快一些。

“喂，黑天使，谁来了？”

似乎还蒙在鼓里的明智小五郎，开始感到长沙发周围有可疑动静。

“嗯，有人在用绳索捆绑你这张长沙发。”

须臾，长沙发被绳索捆得结结实实。

“好，捆绑在长沙发上的绳索密得像织布，大侦探再也无法从里面出来。哈哈……”

黑天使露出凶相，唰地扫视一下周围，粗声粗气地命令部下：“听我的命令，大家齐心协力把长沙发抬到甲板上，扔到海里去！”

六个男子轻松抬起沙发来到走廊，可怜的明智小五郎在沙发里垂死挣扎。

甲板上漆黑一团，天上连一颗星星也没有，天空和大海被黑夜连成一片，只有几只萤火虫飞来舞去，微弱的光线犹如细长的尾巴。

六个黑影站在靠近船舷的甲板上，抬起长沙发。

“一，二，三！”

口号声刚落，长沙发顺着船舷外侧滑向大海，扑通一声溅起一大堆泡沫，萤火虫四处逃窜，蓝色的荧光一亮一暗，渐渐消失了。

糟糕！明智小五郎变成了沧海一粟，永远地消失了。

上　岸

装有明智小五郎的长沙发，在船尾下起伏的浪花里不停旋转，片刻消失了，沉到了深邃的海底。

“我们为这家伙举行了水葬仪式。太好了，太好了，从现在起，我们可以随心所欲大干一番事业了，我们的心头大患终于除掉了。一直让我们心惊肉跳的明智小五郎，此刻正在海底喂鱼。一想到这里，我不免又觉得他太可怜了。那么不可一世的人物，转眼间成了鱼的俘虏。”山川健作望了一眼黑天使，扬眉吐气地说。

“好了，你们快回到房间去！”

黑天使像训斥羊群那样把男人们赶回房间，自己则独自一人手搭在栏杆上，出神地望着吞噬了长沙发的海面。

黑天使迎着凛冽的寒风，足足站了三十分钟。在亮堂堂的房间里，脸显得格外苍白，脸颊上似乎有流淌过眼泪的痕迹。

不一会儿，她离开房间，走到关押岩濑早苗的房间门口，咚咚敲了两下门，北村打开房门探出脑袋。

“你给我站在外边，我有话对早苗小姐说。”

见北村出去了，黑天使走到岩濑早苗跟前。

可怜的岩濑早苗，双手被反绑，嘴里塞着手巾，蜷缩在房间的角落里。

“早苗小姐，我有重要消息告诉你，是一件对你来说最不痛快的消息。我一说出来，你肯定会号啕大哭。”

岩濑早苗挣扎着坐起来，两眼充满敌意地朝着黑天使，没有说话。

“你猜是什么消息？”

“……”

“哈哈……那个让你信心百倍的明智小五郎，被我扔到大海喂鱼了！他藏在我的长沙发里，我将计就计，让手下用绳索将长沙发绑紧，沉到了海底。可惜你没有参加，水葬仪式很隆重，是在甲板上举行的。哈哈……”

岩濑早苗吃了一惊，朝着得意忘形的黑天使问道：“那，那是真的吗？”

“我为什么要骗你？如果不是真的，我怎么会这么高兴？请仔细看我脸上的表情，你会明白我不是撒谎。现在，我兴奋得简直控制不住自己了。

“你一定很失望吧？就这么一个可以帮助你的人，却永远见不到你了。

“在这个拥有一亿人口的国家里，已经不会再出现第二个营救你出去的人，你将陈列在我的美术馆里，永远与充满明媚阳光的外界隔绝。”

一直望着黑天使脸的岩濑早苗，开始觉得对方说的不是谎言。大侦探的死，对于她来说，是最坏的消息，就像黑天使说的那样，自己永远不可能再回到父母身边了。

一切都完了！正因为把全部希望寄托在明智小五郎的身上，岩濑早苗感到自己仿佛坠入万丈深渊，与父母团聚的愿望已经化作泡影。

她使劲咬住嘴唇，不让热泪从眼眶里流出。

终于，她忍不住了，伤心的泪水沿着脸颊流淌。她低着头，不让黑天使看到自己悲伤的模样，越是这样越是忍不住，结果，泪如泉涌，大声哭泣起来。

“别哭了！这么大的人哭鼻子，难道不觉得害羞吗？赶快打起精神！”

见岩濑早苗哭得伤心，黑天使拉大嗓门训斥。

黑天使的声调变得奇怪起来，瞧她的眼眶，也滚出了一连串泪珠。

黑天使歇斯底里，陪岩濑早苗一起流泪。对黑天使来说，失去了独一无二的劲敌，本该高兴，可高兴之余又感到有点茫然和寂寞。

不知不觉的，黑天使与岩濑早苗居然亲热得俨然一对亲姐妹。虽说伤心的原因各自不同，可伤感程度是相同的。

第二天傍晚，汽船进入东京湾，在靠近T海岸附近的时候抛下了铁锚。

等到天黑后降下救生艇，黑天使带着大家一起坐上救生艇，为了遮人耳目，朝着人造陆地驶去。

爬上陆地的，是黑天使、岩濑早苗和山川健作三人。

岩濑早苗两手依然反绑，嘴里还是塞着手巾，眼睛上还被蒙上了黑布。

越来越靠近黑天使的大本营了。

为避免迷路，他俩小心翼翼地走着。并且，他俩都化了装。

T人造陆地，即填海地，是一望无际的工厂区，几乎没有住宅。因此，一到晚上变得格外冷清，没有密密麻麻的房灯，只有稀稀拉拉的路灯，犹如一大片废墟。

三个人走过连着海岸的草地，沿着厂区大街转了好几道弯，朝废墟般的厂房走去。

围墙破了，门柱歪歪斜斜眼看快要倒塌。地上长满了野草，像无人居住的妖怪住宅。

没有灯。黑天使打开手电，仔细照着地面，在前面带路。

她的身后，有双手被反绑的岩濑早苗，还有在背后推推搡搡的山川健作。

走到大门里边十米左右地方的时候，出现了一座大原木结构的房屋。

手电光束慢慢移向建筑物侧面，有许多窗，可窗上的玻璃都被砸光了。

黑天使来到建筑物门口，轻轻推门进去。

手电光束移向天花板，再移向报废的机械。

沾满了锈斑的齿轮、轴承和断裂的皮带，在移动的手电光束下时而浮现时而消失。

最里面的那个小房间紧贴着建筑物墙壁，像工厂原先的事务所。

推开那扇破烂的无框玻璃门，三个人先后走进铺有地板的房间。

咚，咚咚，咚咚……

黑天使用皮鞋有节奏地踢着地板，像是发信号。皮鞋暗号就要结束的时候，手电光束里，一块边长一米左右正方形的地板，无声地朝旁边自动打开，那下面是水泥地面。

而且，水泥地面向下倾斜，这儿是黑乎乎的地道口。

“是夫人吗？”地道里传来低沉的声音。

“是的，今天，我们带来一位贵客。”

黑天使身后的山川健作一把抱起岩濑早苗，沿着向下倾斜的水泥楼梯朝下走去。

紧接着，混凝土门和地板即刻恢复原样。地道上面废墟般的工厂又恢复刚才的寂静，只有凄凉和黑乎乎的一片。

标　本

岩濑早苗离开汽船房间的时候，眼睛被一块厚实的黑布蒙住了。因此，船究竟停靠在哪里，爬上陆地后又到底去了哪里，究竟是地上还是地下，无法辨别清楚。

“早苗小姐，感到难受吧？好，山川君，给她自由！”

按照黑天使的命令，岩濑早苗嘴里的毛巾被取了出来，手臂上的绳子被解开，眼睛上蒙着的黑布也被拿了下来。

由于长时间一直被黑布蒙着，眼睛突然见到耀眼的灯光，顿感头昏目眩，险些摔倒在地上。

这儿好像是一条细长而又弯曲的走廊，天花板、地板和左右的墙壁全都是水泥浇筑的。

豪华的水晶玻璃球吊灯悬挂在天花板上，左右墙壁排列着整整齐齐的玻璃陈列橱窗，那里面陈列着琳琅满目的宝石。

各种形状的宝石在灯光下，宛如无数璀璨的星星在闪烁。

岩濑早苗被宝石展览厅的辉煌惊呆了，情不自禁叫喊起来。这个几乎每天看着宝石并对此厌烦的宝石商的女儿，竟然激动得拉大嗓门大喊大叫。

眼前水晶宫殿般的场面，令她无法想象。

“啊，你佩服我吧？这就是我的美术馆，不，里面还有许多展厅，这才是真正的入口。怎么样，与你父亲的宝石商店相比，要胜过好几十倍吧？十多年来，我不惜生命，绞尽脑汁，呕心沥血，积攒起来的。这世上，除了我，不管哪家宝石店，也不管哪一个宝石大王，不可能聚集和拥有这么贵重且如此数量的宝石。”

黑天使神气活现地解释说，取出夹在腋下的小皮包。

那里面有一只精制的银盒，盒子里放着那颗埃及星宝石。

“你的父亲是有点可怜，可这是我长时间梦寐以求的宝石。今天终于如愿以偿，陈列在我的美术馆里。”

啪！她打开银盒盖，埃及星宝石沐浴在强烈的水晶灯光下，光芒四射。

黑天使高兴地注视着埃及星宝石，少顷叹了一口气，从小皮包里取出一串钥匙打开装饰玻璃门，而后又凝视了许久，终于依依不舍地把银盒放到正中间微微高起来的地方。

埃及星在银盒里，仍然在光线的照射下大放异彩。

“哦，真是太美了！其他的宝石与埃及星宝石相比，简直像不起眼的小石块。我的美术馆里，由于埃及星宝石王的出现，又增添我的自豪感。早苗小姐，太谢谢你了。”

黑天使用嘲讽的口吻说完，又朝着悲伤不已的岩濑早苗喊道：“走，再到里面参观！我还有许许多多要请你欣赏的宝物。”

黑天使走在头里带路，岩濑早苗不得不跟在她身后走。

地下美术馆里，随着不断往里走，眼前出现了一幅幅挂在墙上的珍贵名画，紧接着是一长排伫立着的佛像，再接着是大理石雕刻，再往里是精巧的工艺品，似乎没有尽头。

黑天使一边走一边解释。

原来，这么多不计其数的工艺美术品都是从各地博物馆、美术馆以及大富豪家中盗来的。她采用偷梁换柱的办法，把仿制品悄悄送到被盗地点，从那里盗出真品。

如果真像黑天使说的那样，博物馆里供游客参观的文物古董都是假的，那些大富豪引以为自豪、用来炫耀自己的传家宝也是假的。

他们把仿制品当真品珍藏，糊里糊涂地为黑天使筑起了一道道挡风墙。

“我就是这样建成个人美术馆的。如果我的脑袋就那么点小聪明，那谁都能仿效，谁都能建立这样的博物馆。就这么些宝物，我的目标还远远没有达到。我还要用鱼目混珠的办法，将世上所有宝石统统纳入我的美术馆。早苗小姐，我还有一定要请你欣赏的东西，走，就在前面。”

黑天使稍稍放慢脚步，沿走廊转了一个弯。那里和刚才看到的，又是根本不同的两个世界，陈列着许多稀有的东西。

那是偶人，说是偶人，可不是我们平日里看到的那些偶人，像是蜡像，制作得精巧、逼真、栩栩如生，简直像活人站在那里。

一侧墙边排列着长六米的玻璃陈列立橱，陈列着一组蜡像：欧洲女子一个，黑人孩子一个，日本男青年一个，日本女青年一个。有的站着，有的躺着，有的蹲着，姿势各自不同。

双臂交叉在胸前站着的，是黑人花剑运动员。

欧洲女子蹲在地上，膝盖支撑着两肘，两手托着下巴，一头美丽金发。

日本女青年呈脸朝下躺着的姿势，颀长的体型，黑色长发瀑布般地披在肩膀上，手臂组合在胸前，双肘支撑在地上，手托着下巴，两眼直愣愣地望着走来的黑天使和岩濑早苗。

其身后站着一个全身肌肉发达的日本男青年，呈扔飞碟姿势。

这四个男女，无论从脸形和体形，都可堪称世界级美男美女。

“哈哈……吃惊了吧？可你不觉得他们有点做作吗？你再靠近玻璃仔细观察，蜡像的身体上，还长着细细汗毛，是吧？你见过长汗毛的蜡像吗？”

岩濑早苗怀着浓厚的好奇心，凑到玻璃跟前仔细端详。

蜡像做得非常逼真，充满了魅力。啊，还真有汗毛！皮肤颜色和皮肤纹路，跟真的人完全一样。

岩濑早苗一边思考着，一边瞪大眼睛注视。

“早苗小姐，你以为那真是蜡像吗？嘿嘿……”黑天使的脸上露出可怕的微笑。

岩濑早苗听她这么一说，不由得怔住了，腿脚开始酥软起来。

“与蜡像不同，模样也令人害怕，是吧？早苗小姐，你知道动物标本吗？对，人也可以制成标本。把世上所有美人制成标本永远保存，你不觉得这是奇迹吗？

“告诉你吧，玻璃里面的蜡像是标本，是我一个部下。我可以成功地把人制成标本保存……其实，这里面的所有蜡像都是真人标本。

“不过，还只是真人标本的半成品。真人标本的成功，堪称伟大奇迹。不是吗？真的蜡像，是没有生命的。告诉你，你所看到的蜡像都是活的。脏腑是人工制作的，但皮肤和头发是真的。

“因此，像这样的蜡像依附着人的灵魂，人的皮肤味儿还在。怎么样，你不觉得这是奇迹？当美人渐渐失去魅力的时候，把他们制成人标本永远保存。

“不管什么样的博物馆，绝对没有像我这样把人制成标本的技术。首先，他们不可能有这样的超常想象。”

黑天使越说越兴奋，口若悬河，滔滔不绝。

“早苗小姐，再过来一下！再朝里走，还有更让你吃惊的展品。这里的蜡像，虽说是真人皮肤和真人头发，但不能动弹，可里面有动弹的蜡像。”

朝前又转了一个弯，这里的情景与刚才又完全不同，陈列着会动的美术品。

采用粗铁棍焊制而成的铁笼子，跟动物园里的铁笼差不多，里面有散发红色火光的电气取暖炉。铁笼里关押着一个人。

那是二十四五岁的日本男青年，体形与长相与一电影明星相似，身着尼龙衬衫，像动物一样被关在铁笼子里。

男青年的手，不停地梳理着头上的黑发，两条腿在铁笼里焦急地来回走着。他一看见黑天使，立刻像动物园猴子那样，摇晃着铁杆大声吼道：“站住！你这个无赖！你到底安的什么心？是不是神经不正常？你这样把我关着，还不如杀了我！关在铁笼里，活着还不如快点死。喂，把铁门打开！把铁门打开……”

他从铁栏间隙向外伸出粗壮的手臂，企图拽住黑天使的衣服。

“哈哈，你发什么火呀！这里可不是你发怒的地方！你这么英俊的脸蛋，小心别伤着！等一下，我会按你说的那样杀了你！

“曾经，K青年不是和你一起生活在这个铁笼里的吗？他已经被制成人标本了，下一个就轮到你了。我一定把你制成最英俊的人标本！哈哈……”

黑天使一阵狂笑。

“什么，你说什么？K青年已被你制成标本了？你这个畜生，恶魔！你为什么要杀他，还把他制成标本？我绝不允许你这么做！究竟是谁应该变成蜡像？我可不是你手中的玩物，你再走近一点，我就宰了你！”

“哈哈……趁还没有把你制成人标本之前，你就尽情地狂叫吧！等一会儿，你想动也动不了啦！像你这样英俊的年轻人，越是发怒越是暴跳，我就越是喜欢。哈哈……”

黑天使一边望着眼前暴跳如雷的男青年，一边继续说：

“K青年不在了，你感到寂寞了？这段时间里，我一直在帮你找朋友！今天，我终于把她带来了！你应该感谢我才是……怎么样？快瞧！就是这位天使般的美女！”

岩濑早苗听她这么一说，心咯噔一下蒙了，浑身不由得直打哆嗦。

绑架我原来是为了达到她不可告人的目的，把我制成人标本。这个恶魔先把我关在铁笼里，过一段时间再处死我，剥我的皮制成真人标本。

要不了多久，我也将变成标本，作为展品被陈列在恶魔美术馆里……

此刻，岩濑早苗才真正明白黑天使的恶毒用意，内心感到非常恐怖。

“咦，早苗小姐，你怎么啦？一个劲儿地哆嗦干什么？噢，我明白了，你知道自己将承担的作用而发抖的，是吗？从现在起，我不会再往你嘴里塞手巾，也不会用绳子把你五花大绑。瞧，现在还让你交这么一个朋友，你难道不觉得应该谢谢我吗？你想不服从？那不行！我已经做出了决定，你必须忍耐，必须服从才是……”

岩濑早苗已经连说话的力气也没有了，好不容易支撑着自己站立的身体，两眼直冒金星，眼前一片黑暗。

交　友

“早苗小姐，还有好多好多要请你观赏的东西，打起精神来，步子迈大一点。这一回观赏的是水族馆，是我引以为自豪的展厅。”

黑天使牵着岩濑早苗的手，硬拽着朝前走，顺走廊转了一个弯。

沿着拐角转过弯后，前面是底下美术馆的尽头，不能再往前走了。那里，是四周镶嵌着玻璃的大水槽。

玻璃水槽前面是好几排电灯，灯光刺眼。经过正面玻璃前面的时候，可以清楚看见水里的东西，就连手也能摸着。

玻璃水槽呈正方形，边长三米左右。水槽底部，有许多纠缠在一起蛇形的水草，慢悠悠地晃动。

奇怪的是，玻璃水槽里除水草外，连鱼的影子也没见着。

到底是什么水族馆?

“大概没见着鱼吧？不过，没有什么奇怪的。像我的动物园里，供观赏的是人，而不是野兽。”

黑天使嘿嘿奸笑，又开始说出毛骨悚然的话来：“这里面，也是把人放进去让他在水槽里游。你也许不知道，水里的人比鱼更有趣。关在铁笼里的人大叫大嚷，也很有趣。可投入水里的人跳着水中舞蹈，你会觉得更有趣、更精彩。”

不知怎么的，岩濑早苗越听越糊涂。黑天使的声音，仿佛在地下室里回荡，时而好像从天花板，时而好像从地底下。总之，像梦幻般的声音。

玻璃水槽底部，刚才还是密密麻麻的水草，转眼间蹿出一张白色的大脸。当脸出现的时候，像鱼那样痛苦地呼吸，时而闭上眼睛，时而皱起眉头……那张脸，是年轻女子的脸，酷似岩濑早苗的脸。

岩濑早苗的头脑中出现了幻觉，似乎自己在水槽里喝了许多许多的水，不停地挣扎，可呼吸变得越来越困难起来。

“喂，早苗小姐，你一定觉得很奇妙吧？喂，你不是那么认为的？无论什么样的画和雕刻，无论什么样的舞蹈天才，都不可能表现出如此力量型的真实美。像这样与生命抗争的水中舞蹈，才是真正的艺术。”

岩濑早苗听着黑天使的解说，就像被对手掐住喉咙快要窒息那样，腿酥脚软，身体摇晃起来。终于，懦弱女子的精神和意志被摧垮了。

黑天使突然察觉到岩濑早苗奇怪的举止，慌忙伸出手搀扶。这时，岩濑早苗的身体扑通一下倒在地上。

也不知过了多久，岩濑早苗似乎觉得寒冷，睁开眼睛醒了。出现在她眼前的，却是伫立着的许多铁杆。也不知是什么时候，身上被换上了紧身尼龙衣裤，躺在地上。

“啊，我被关在铁笼里了！肯定是刚才关押那个男青年的铁笼。黑天使趁我失去知觉的时候，把我关进了铁笼。”

岩濑早苗一想到这里，猛地爬起来。可是，身上穿的衣服像芭蕾舞练习服那样，是紧贴在身体上的裤子和衬衫，于是，又害羞地蹲在地上。

“铁笼里肯定不是自己一个。身着这样的紧身衣裤待在铁笼里，太难为情了！怎么办呢？”

岩濑早苗畏缩在角落里，原来就已经苍白的脸上，显得更加苍白了。

“我也变成铁笼里供人欣赏的野兽了。这样下去，等待自己的也是死。”

岩濑早苗宛如受委屈的孩子眼眶里噙满了泪水。

“小姐，你怎么啦？”头顶上传来男青年的声音。

岩濑早苗吓了一跳，赶紧擦干眼泪眨巴着眼睛。

男青年像安慰岩濑早苗那样，一脸担心的表情，同情地望着她。

双眼皮下清澈的眼眸，紧盯着岩濑早苗的脸。希腊人般的高鼻梁，紧闭着的红嘴唇，长得十分英俊。可岩濑早苗见了他，紧张得魂不守舍。

黑天使把男青年称作朋友。在大阪，岩濑早苗也有许多朋友，有学生时代的朋友，有孩提时代的朋友……不过，这些朋友都是和自己一起玩耍、一起学习、一起长大的。

与初次见面的陌生人，尤其与被关押在铁笼里的人交朋友，实在是一件难事。岩濑早苗想逃跑，可关在铁笼里又能逃到哪里去？无可奈何，只能尽量蜷缩身体远离男青年。

“喂，小姐，别担心，我也被关押在铁笼里，虽说也只穿着尼龙装，但我不是野人。要不是被黑天使关在这里，我原本是风度翩翩的绅士……”

男青年不知如何安慰才能打消岩濑早苗对他的恐惧，说话变得口吃起来，尽量慢慢地介绍自己的情况。

男青年也感到很为难，在这种地方见到岩濑早苗，不知道怎么办才好。

岩濑早苗见男青年这般模样，总算放下心来。嗯，他不像是一个野蛮的人，同我一样都是可怜人，都是黑天使手里的玩具。一想到这里，岩濑早苗不由得松了一口气。

渐渐地，两个人觉得彼此都是受害者，开始相互攀谈起来。

先是说各自情况，后又说自己的父母亲，最后一起痛骂可恶的黑天使。这对同病相怜的年轻人不停地相互倾诉，但声音很轻。

不知不觉地，已是第二天拂晓了。黑暗的地下室里，好像有人朝他们走来。黑天使的几个手下，听说铁笼里新来了年轻女子，争着赶来欣赏。

男青年忍耐不住了，站起来像野兽那样吼叫他们滚开。那些前来参观的爪牙由于黑天使事先一再叮嘱，则站在男青年手够不着的地方观赏和嘲笑，无论男青年怎么叫喊，他们既不发怒也不躲开。

这时，地道入口传来信号般的声音。一个船员模样的男子急匆匆地走来。

异　变

他是黑天使的爪牙，在黑天使的远洋自备船上工作。此时此刻，岩濑早苗和男青年正在铁笼里大声驱逐那些爪牙。他似乎被吓得不轻，赶紧朝里边走去。一来到黑天使房间门口，像暗号那样有节奏地敲着门。

“进来！”里面传出黑天使的命令。

“怎么啦？这么早就敲门……不是还没到六点吗？”

黑天使见进来的是留在自备船上的部下，不由得吃了一惊。她俯卧在床上，从枕边烟盒里取出烟用打火机点燃后，慢慢地把脸转向男子示意他说话。

“船上出事了，所以急匆匆赶来报告。”

“出什么事？”

“嗯，船上那个烧大炉的松公君，昨晚不见了。我们在船上找遍了，就是不见他的人影。当然，他不可能逃跑，但有可能被陆上警方抓获。由于担心，我就跑来报告了。”

“嗯，那，是你让松公君下船的？”

“不，不是的。昨天晚上，山川君到船上来过，这你是知道的吧？按理说，松公君当时应该在救生艇上，可那上面唯独没有他。也许是大家记错了，便在船上寻找，还是找不着他。

“我赶到这里问陆上的伙伴，都说没见到松公君。看来，那家伙昨晚坐救生艇来这里时顺便去陆地上溜达，也许是那个时候被警察抓了。”

“松公君如果被抓可就麻烦了！这家伙笨手笨脚的，什么本事也没有，由于缺烧大炉的，把他给留了下来。如果像你说的那样真被警察抓了，肯定会一股脑儿地全盘招供。”

黑天使不由得起身坐在床上，紧锁着眉头思考补救办法和对策。

这时，爪牙们乱哄哄地闯入房间，其中一个抢先说道：“夫人，你快来一下！出大事了！蜡像穿上了衣服，全身挂满了宝石。到底是谁干的，我调查了所有的同伴，都说不知道。夫人，也许是你干的？”

“真有这事？”

“如果没有，我敢瞎说吗？当然是真的，请来看一下！山川君吓得魂不附体，不知如何是好，直愣愣地站在那里呢！”

虽然还一时弄不清楚到底是怎么回事，但好像是发生了异常事件。松公去向不明，蜡像穿衣服和挂宝石，两者之间似乎有什么关系。

由于爪牙们相继赶来报告，使黑天使着起慌来。她把部下们赶到门外，匆忙换上黑色装束，三步并作两步地朝标本蜡像展厅狂奔。

果然像他们说的那样，展厅里出现了不可思议的现象：笔直站立着的黑人青年蜡像，现在是身着土黄色的破衣烂裤，胸前像挂勋章似的别着埃及星宝石，一脸傲气十足的表情。

黑人男青年边上，是金发白人女郎，脸靠在黑人男青年的膝盖边，身着拖到地上的长和服，手腕、脚上和脖子上挂满了宝石和珍珠。

躺在地上的日本女青年，腰间缠着旧毛毯，乱蓬蓬的头发上挂满了各类宝石，脸上笑开了花。

那个扔飞碟的日本男青年，脸上尽是污垢，身着针织衬衫，脖子上挂着宝石，手腕上也缠着宝石。

总之，四座蜡像的身上都闪烁着耀眼的光芒。

黑天使惊呆了，半晌说不出话来，她与站在一旁发愣的山川健作面面相觑，不知所措。

这，肯定是恶作剧。瞧，白人蜡像身上的和服，原先是穿在岩濑早苗身上的，是昨晚才被换下的。

其他人穿的都是黑天使部下的服装，而这些服装原本都是放在部下卧室的衣橱里。不知是谁把这些衣服偷偷拿出来，给蜡像穿上。

这么多的宝石，不用说都是陈列在隔壁展厅玻璃橱里的，一定是什么人打开玻璃橱，把宝石拿来给蜡像们挂上。

无疑，陈列在玻璃橱里的宝石都没有了。

“一定是谁干的！谁这么傻乎乎的，玩这种恶作剧？”

“简直莫名其妙！究竟为什么要这样干？这房间里除我以外就五个人，他们都是可以信赖的男人。我刚才还一一问过他们，都说不知道这回事。”

“门口值通宵班的部下，有什么不正常情况吗？”

“没有，根本没有。再说，也不可能有人从外面潜入。因为，洞盖必须从里面打开。如果说恶作剧家伙来自外面，这种假设太离谱了！不管什么人，就是再有能耐也进不来。”

两个人交头接耳地议论着。黑天使沉思了片刻，似乎想起了什么，猛地睁开眼睛。

“啊，也许是这么回事！”

她脱口而出，脸色骤变，急忙朝铁笼方向跑去，仔细检查小门上的锁。检查结果，锁没有砸坏和摆弄过的迹象。

“你俩什么也没干？快老实说！看来，那恶作剧是你俩干的！”黑天使大声呵斥。

铁笼里，男青年和岩濑早苗正在相互说着什么，被突然的喊叫声吓得赶紧转过脸来，才察觉黑天使朝他们跑来而且大声叫嚷，也不知怎么回事，相互你望着我我望着你。

当明白黑天使是朝他俩发怒时，男青年赶紧站起身来，攥紧拳头朝黑天使猛扑。

“怎么？为什么不回答？是你俩干的？给蜡像穿衣服戴宝石……”

“你说什么屁话！我俩被关押在铁笼里，你说说看怎么出去？你把我们关押在铁笼里，还闭着眼睛说瞎话！你大概是得了精神癫狂症吧？”

“哈哈……还嘴硬！还那样疯狂！说不是你俩干的不就行了，嚷什么？怎么，你已经和她交上朋友了？”

黑天使不知何故突然改变态度，换了话题。

“是吗？我是在说你俩看上去十分亲昵。”

男青年猛地望了一眼害怕得把身体缩成一团的岩濑早苗，大声吼道：“嗯，因为，我们两个人都是你的笼中鸟。你是不是觉得我俩联合起来可以干掉你？你是不是觉得两个人比一个人有智慧有力量，所以你怀疑我们？”

“哈哈……是的！你俩可以仔细合计，如何让我为难。哈哈……”

黑天使一边嘲笑一边转过身来，望着正巧朝自己走来的工作服打扮的山川健作说：“山川君，把年轻女子从铁笼里抓出来扔到水槽里去！”

黑天使的命令声犹如汽笛声，十分刺耳，她顺手从袋里取出钥匙扔给山川健作。

“这样做不是太便宜她了？再说她也只在铁笼里待了一个晚上。”山川健作磨磨蹭蹭地笑着说，他脸上长满了胡子。

“一个晚上就一个晚上，我已经考虑不了那么多了。快按我吩咐的去做！我回房间吃完饭就去旁边的水族展厅，你必须马上完成任务。还有，吩咐大家把所有的宝石从蜡像身上取下放回原处，拜托了！”

黑天使吩咐完毕，头也不回地朝房间里走去，好像气还没有消。

蜡像身上不可思议的变化，松公君的去向不明，使黑天使无法忍受，大发雷霆。她把岩濑早苗关在男青年的铁笼里，原打算让岩濑早苗难堪。

不料，事情结果并不是自己所想，岩濑早苗和男青年相处得十分友好，而且，好像勾结在一起捉弄自己……

黑天使心烦意乱，真想摸着什么就扔什么，气得浑身颤抖。

山川健作接到命令后感到棘手，脸上露出左右为难的表情。可过了一会儿，他还是无可奈何地走到铁笼小门跟前。

“喂，你想干什么？打算把她扔进水槽里吗？”

见他走来，男青年板着脸吼叫，摆开架势，似乎等他进来后拼个鱼死网破。

曾经是拳击运动员的山川健作，似乎并没把男青年放在眼里，若无其事地把钥匙插入锁孔转了起来。

门吱地开了，山川健作猛地冲进去。

顷刻间，满脸胡子的山川健作和身着尼龙衫衣的青年扭作一团，相互抓住对方胳膊，吹胡子瞪眼地蔑视对方。

“我是不会让你动手抓她的！只要我在，就不准你对她下毒手。你想强行，那就请试试！我劝你小心点，只要你抓她，我就杀了你！明白了吗？”

男青年使出全身力气用手臂夹住山川健作的脖子。

这时，不可思议的情况发生了。

山川健作瞬间变得有气无力，也不反抗，轻轻拉着男青年的手腕，把被夹住的脑袋靠在男青年肩膀上，对着他的耳朵好像在小声说什么。

男青年松劲了，不再像刚才那样用力。他一开始左右摇晃对方的脑袋，可对方没有反应。不一会儿，他脸上浮现出难以言喻的吃惊神色。

与此同时，他刚才气势汹汹的模样不见了，变得温和乖顺，松开夹住对方脖子的双手。

新　闻

男青年不再反抗。那么，山川健作到底对他说了些什么？

少顷，山川健作把失去知觉的岩濑早苗夹在腋下，朝玻璃水槽跑去，在水缸边上架起梯子。

接着，他抱着岩濑早苗顺梯子朝上爬，爬到梯子顶端掀开水槽盖，毫不费力地将岩濑早苗扔进玻璃水槽。

随后关上铁盖，沿梯子下来，再跑到黑天使房间，把门推开一条缝轻声喊道："夫人，你的命令我已经执行完毕。早苗正在玻璃水槽里游泳，请去观赏！"

他边说边从袋里取出一张折叠得很小的报纸，摊开后悄悄地放在玻璃水槽旁边的椅子上，随后快速离开消失在走廊上。

门开了，黑天使走出房间径直来到玻璃水槽边上，瞪大眼睛观赏。清澈而又蓝莹莹的玻璃水槽里，水在剧烈晃动。每晃动一次，水槽底部的水草像蛇那样互相纠缠，随后又分开。

水草丛里，美女在不停地挣扎……昨天，岩濑早苗也在这里观赏过，眼前也出现过这样的幻觉场面。

黑天使的双眼里射出贪婪的目光，像瞄准猎物的野兽向前探出上身。由于极度兴奋，苍白的脸上似乎轻微抽搐，手攥得紧紧的，牙齿咬得咯咯直响，脸险些贴着玻璃。

渐渐地，水的晃动开始趋向缓慢。

黑天使猛然觉得“水女”不像平时那么可爱，不仅不活泼，也没挣扎的迹象。刚看到的时候，是玻璃水槽里的水在剧烈晃动。眼下在水里晃动的，只不过是岩濑早苗身上的那件白色衬衫。

纤弱的岩濑早苗被扔入玻璃水槽前，多半已经失去知觉？如果不是这样，被扔入水里的她怎么会一点儿也不痛苦呢？

然而，看上去也不是那样。渐渐地，不光衬衫，连岩濑早苗的身体也由于水的晃动开始旋转。刚才还是朝着里面的那张脸，眼下朝着正面玻璃。

咦，这是岩濑早苗的脸吗？无论怎么隔着玻璃朝水里看，岩濑早苗的脸形难道有这么大变化吗？

咦，那不是岩濑早苗！水槽里的年轻女子，不就是原先陈列在展厅里的日本女青年蜡像吗？

奇怪！蜡像怎么会出现在玻璃水槽里？可蜡像身上穿的紧身衣裤，千真万确是岩濑早苗的。

“有人吗？有人吗？山川君，山川君去哪里了？”

黑天使歇斯底里地吼叫，于是，几个爪牙噔噔噔争先恐后地跑来了。他们脸上并没有表现出惊讶的神色，似乎并不害怕黑天使龇牙咧嘴的模样。

他们好像跟原来的那些爪牙不同，脸色变了。

“夫人！又出事了啦！缺少一个蜡像。刚才，我们给蜡像脱衣服摘宝石的时候，一个都没有少！可刚才经过那里一看，那个躺在地上的女青年蜡像不见了。”

其中一个爪牙气喘吁吁地向黑天使报告。事实上，她已经知道了。

“噢，知道了。你们刚才看过铁笼子了吗？那个年轻女子还在笼里吗？”

“没有，只有男青年。年轻女子不是被山川君扔进玻璃水槽里了吗？”

“嗯，扔是扔了，可扔在玻璃水槽里的不是年轻女子，而是你们正在寻找的那个失踪蜡像，你们瞧！”

听她这么一说，爪牙们慌慌张张地贴近玻璃窥视，果然像黑天使说的那样，飘浮在水里的女子是那尊不翼而飞的蜡像。

“这也太奇怪了！到底是谁干的？这样的恶作剧已经不止一次了……”

“是山川君！你们没看见山川君吗？刚才他还在这里，可转眼间……”

“没看见他。他今天的火气特别大，尽拿我们出气，似乎我们碍手碍脚似的，不停地追赶我们：喂，到那边去！喂，到这边来！”

“哼，奇怪！他现在到哪里去了？不可能到外面去吧？你们大家再分头找一下，一旦找到他就传达我的命令，让他立即到我这里来。”

大家分头去找了。

只剩下独自一人的黑天使，不知怎么的，变得更加烦躁起来，两眼直盯着天花板苦思冥想。

“越是这个时候我越是要镇静，必须重新认真思考。自远洋自备船上的炉工松公君失踪后，便发生了蜡像身上出现的怪现象。刚才，理应是年轻女子早苗小姐，居然被换成了蜡像。

“这一连串怪事之间，也许存在着什么必然联系？绝不会是巧合，肯定有必然联系。这变化究竟是否人为的？洞口的保卫措施可谓固若金汤，外面的陌生人是绝对进不来的。上演恶作剧的家伙肯定在地下室里，可他究竟是谁？又是谁最可疑？

“这样的巨变似乎不像凡人所为，好像是超人所为……不过，像这样的假设是最愚蠢的，是根本不可能的……现在，既然已经出现了这么多的奇怪现象，可以肯定是人干的。

“如果是人所为，无疑，这家伙具有超常的智慧和力量，完全属超人的。因此……或许……不，绝对不可能是他！绝对不可能！”

黑天使的脑海里犹如汹涌的波涛在翻滚，在拼命地思索，她要找出那个可疑的家伙。

不可能！不可能！她不停地否定脑海里出现的一个个可疑现象。渐渐地，她忐忑不安起来，仿佛浑身在冒冰冷的汗水。

不一会儿，她走到玻璃水槽旁边的椅子跟前欲坐下，目光无意间朝椅子上瞟了一眼，发现有一张报纸。

其实，这张报纸是山川健作摊开放在椅子上的。

她漫不经心地把报纸拿在手上，当视线接触到报上的标题时，眼眸不再转动，像金属触及磁铁那样被吸引住了。

明智小五郎获得胜利，岩濑早苗平安回家，宝石王家人沉浸在全家团圆的幸福之中。

三行大字的标题，猛然映入黑天使的眼帘。她仿佛觉得自己在梦游，不可思议地攥紧报纸，坐到椅子上不由自主地阅读起来。

日本第一宝石商岩濑庄兵卫的爱女岩濑早苗，遭怪盗黑天使绑架，于昨天(七日)下午，精神饱满地返回家中。

岩濑庄兵卫在女儿遭到绑架后，按照怪盗黑天使的要求，曾把埃及星宝石作为赎金送到怪盗手里。现在，多半是怪盗信守诺言将岩濑早苗送回了家。

记者采访了岩濑庄兵卫和岩濑早苗，核实这一消息的真假。

父女俩回答说，怪盗黑天使撕毁约定，而且打那以后再也没有出现。

岩濑先生说，岩濑早苗的平安回家归功于神奇的明智小五郎。详细情况眼下还不是公开的时候，也一再要求记者别打破砂锅问到底。

黑天使究竟藏在哪里？明智小五郎究竟在哪里？据说，连人影也没有见着的明智小五郎，一直在单独跟踪黑天使。现在，明智小五郎去向不明，记者也没找到他本人。

目前，明智小五郎与怪盗黑天使形成一对一的局面，究竟谁能获得最终胜利，埃及星宝石到底能否完璧归赵，记者和广大读者将拭目以待。

岩濑庄兵卫说，明智小五郎曾向他保证过，一定将岩濑早苗和埃及星宝石完璧归赵。如今，岩濑早苗已经回家。因此，他说他完全相信埃及星宝石也能平安回家。

在报纸的头版头条最显著的位置上，还刊登了题为《幸福的一家》大幅照片，岩濑早苗在中间，她的两边是父母亲，三个人脸上都带着微笑。

黑天使看了照片和新闻报道，脸色顿时变得青一块紫一块的，一副失魂落魄的模样。与其说是吃惊，倒不如说是恐惧。

报纸日期是昨天，新闻报道文章里写有“昨天(七日)”等字，应该是前天。也就是说，岩濑早苗是前天晚上返回自己家中的。

前天，远洋自备船还在大阪湾航行。当时，岩濑早苗分明在船上。打那天以后，昨天、前天、刚才，岩濑早苗分明被关押在铁笼里！这到底是怎么回事?

这张报纸是日本最具影响的大报，绝不可能刊登与事实不相吻合的新闻。尤其是这张照片里，确实有岩濑早苗。被关在船上哭哭啼啼的岩濑早苗，为什么在那天返回了大阪的家中，还笑眯眯地与父母亲拍团圆照？这照片到底是真是假?

聪明过人的黑天使，面对谜一般的新闻无法找到谜底。打娘胎出来，一向自信的黑天使开始惶恐不安，脸色苍白，额头上直冒冷汗。

猛然间，黑天使想起这世上有一种“分魂病”，一个人变成两个人，而且行动不一。这种病症很少见。黑天使读过类似的书，读过介绍这种病症的外国心灵学杂志。

像心灵学，黑天使从来就没信过，可类似情况竟然就出现在自己眼前。像那种奇怪病症，现在就是不信也是白搭。

这时，去找山川健作的那些爪牙，陆续回到黑天使房间。

“夫人，我们找遍了整个地下室，就是不见山川健作的影子。那家伙肯定到哪里去了！”

“刚才在门口站岗的是谁？”黑天使问这话时，已经是有气无力了。

“是北村君！他说没见过任何人从他眼前通过。北村君肯定不会弄错。”

“那，肯定还在地下室里！一个好端端的人，怎么可能像团烟雾消失？你们再去找一遍！还有，别忘了再找一下那个年轻姑娘！如果说玻璃水槽里的女子不是岩濑早苗，那她本人肯定也藏在地下室的什么地方……”

爪牙们望着女首领苍白的脸，觉得不可思议，相互交头接耳地议论着，又朝走廊上走去。

“喂，等一等！你们中间留两个下来，把玻璃水槽里的蜡像捞出来仔细检查一下……”

两个爪牙从玻璃水槽里捞出蜡像，将它横放在地板上打量。除确认不是岩濑早苗外，没发现其他什么可疑地方。

黑天使更是焦头烂额，在房间里来回踱步，接着又返回原来的椅子坐下，重新拿起报纸看了起来。

不知看了多少遍还是原来内容，照片中间的年轻姑娘确实是岩濑早苗。

突然，她听见背后有响声。

黑天使吃了一惊，赶紧转过脸，没想到站在背后的居然是部下们找了半天的山川健作。

“喂，山川君，你到哪里去了？”

黑天使猛地把整个身体转过来，似乎浑身是劲，朝着山川健作直嚷：“这到底是怎么回事？你为什么不对我说清楚把蜡像换成了岩濑早苗？这种节骨眼儿上，你开什么玩笑！给我放正经一点！”

山川健作任凭数落，一声不吭，满脸堆笑，似乎在有意激黑天使发怒。

对　质

“你为什么不说话？到底发生什么事啦？你怎么简直像换了个人似的？到底怎么啦？想背叛我？”

看山川健作的态度，似乎并不把女首领放在眼里。于是，黑天使把嗓门提得更高了。

“早苗到哪里去了？怎么，你是想说不知道？”

“是的，我压根儿就不知道这回事！她不是被关押在铁笼里吗？”山川健作终于回话了，但语气生硬。

“你说她在铁笼里？放正经点！不是你把她从铁笼里抓出来扔到玻璃水槽里的吗？”

“我根本不知道有这回事！我去检查一下。”

山川健作说完毫不在乎地走了，那模样确实像去检查铁笼。

“奇怪！这家伙神经不正常？”

黑天使更加感到恐惧。为了继续观察山川健作的模样，悄悄地跟在身后出去了。当来到铁笼跟前，发现锁孔里插着钥匙。

“今天，你到底怎么啦？关上门后也不取下钥匙，就那样插在上面？”

昏暗的铁笼里，确实没有岩濑早苗的影子。

“早苗果然不见了！”

铁笼的角落里，男青年独自一人待着。平时，他一见到黑天使会大吵大闹，可今天无精打采，与往日判若两人。也许是岩濑早苗的遭遇令他感到沮丧？或许还在睡觉？

“问一下这家伙！”

山川健作说着打开铁栅栏走到铁笼里。谁知他走路姿势和动作，与平时完全不一样，也似乎没了常人的思维，像一个傻里傻气的人。

“喂，香川君，你知不知道早苗去哪里了？”

香川好像是关在铁笼里那个男青年。

“喂喂，香川君，你怎么睡得这么死？快起来！”

无论怎么喊，叫香川的男青年就是没有反应。山川健作把手搭在香川的肩膀上使劲摇晃，没想到对方的整个身体顺着他的手晃来晃去。

“夫人，奇怪！这家伙死了！”

黑天使顿感大本营里出了大事。

“绝不会是自杀吧？”

她亲自走进铁笼，靠近男青年身边。

“把他的脸转过来给我看！”

山川健作用手托住香川的下巴，将那张耷拉的脸抬起来。

“啊！这……”

没想到黑天使惨叫起来，两脚踉踉跄跄直往后退。

梦？难道是在做梦？

蜷缩在那里的男青年居然不是香川！简直令人不可想象。

猛然间，黑天使觉得自己的神经仿佛错乱起来。

如果真有一个变两个的分魂病，那么，黑天使确实患上了类似精神病。

被山川健作抬起下巴的那个男子，也是山川健作。

此时此刻，山川健作变成了一对，只是一个身着衬衫一个身着工作服。

唯一不同的是，身着衬衫的山川健作是黑天使的狗头军师。他是警方通缉的要犯，为了躲避追捕，在脸上装了假胡子。

刚才，岩濑早苗也变成了一对，可那只是报上的照片而已。眼下是两张相同的脸，而且明明白白出现在黑天使的眼前。

如此不可思议的情况，这世上理应不会有。无疑，是人为的，是人精心设计的圈套。可圈套制作人究竟是谁？为什么要制作这样的圈套……

出乎意料的现实，吓得黑天使不停地往后退却。山川健作见状，脸上却堆满了嘲笑的表情。

他为什么笑？按理说，最吃惊的应该是他！可偏偏他却像笑话傻瓜那样笑个不停。看来，他也变得不像正常人，似乎也患上了精神错乱症。

山川健作一边笑，一边仍然使劲摇晃铁笼里的山川健作。忽然，被摇晃的山川健作猛地睁开眼睛，嘴里发出奇怪的叫声。

“好了，这家伙终于醒了！坐好！快说！你怎么会在这里的？”

身着工作服的山川健作提出一个怪问题。

睡了一觉醒来的山川健作，沉默了好一会儿，不停地眨巴着惺忪的睡眼，仿佛还没弄明白究竟是怎么回事。

突然，他发现黑天使站在眼前，像喝下兴奋剂似的，神志猛地清醒了。

“啊，夫人，我倒大霉了。”

他嘟哝着转过脸，望了一眼身着工作服的山川健作。

“啊！就是这家伙！就是这浑蛋！”

他破口大骂。于是，模样酷似孪生兄弟的两个山川健作扭作一团，展开激烈的搏斗。

但没过多久，身着衬衫的山川健作被打倒在地上，而身着工作服的山川健作，根本没费什么力气便战胜了对方。倒地的山川健作尽管遭到失败可嘴不饶人，继续大声叫嚷：“浑蛋！你竟敢化装成我招摇撞骗！夫人，别麻痹大意！他是叛徒！他是炉工松公君，竟敢化装成我的模样。”

“喂，松公君，你好大的胆！快把手举起来！在山川君解释的过程中不准乱动，否则，别怪我不客气。”

黑天使敏捷地从口袋里掏出手枪。

身着工作服的男子只得老老实实地举起双手，可脸上还是带着笑容。

“喂，山川君，快说！说得详细一点！到底发生什么啦？”

“昨天晚上，我押送岩濑早苗跟着你来到这里，随后我一个人回到了远洋自备船上。这，夫人是清楚的。当我在船上办完事乘坐救生艇返回登上陆地后，发现这家伙跟在我身后。也不知他是什么时候跟着我的，我训斥了他几句，没想到他猛地扑上来把我摔倒在地。

“平日里，我一直觉得松公君唯唯诺诺，不声不响，谁知他身体那么强壮，简直让我难以置信。他把我打倒在地上还给了我一记重拳，刹那间我失去了知觉。

“也不知过了多久才睁开眼睛，却发觉手脚不能动弹，再仔细一看，手脚都被绑了，身上衣服也被扒得只剩一件衬衫，被塞在地下室的小仓库里。

“我大声喊叫却发不出声音。原来，嘴里被塞上一条大毛巾，想喊不行，想逃不行，就是拼命挣扎也无济于事。不一会儿，这家伙又来到小仓库，也不知他是什么时候穿上我身上工作服的。

“不光服装，还有我的假胡子也装到了他的脸上。这家伙的化装技术还真是超一流的，就像我有了一个孪生弟弟。炉工松公君除了烧饭烧菜外还有这么一手，我实在无法想象。

“哈哈，这家伙化装成我肯定是想干什么。这个外表温顺的家伙居然存心不良，置我于死地。我被五花大绑不能动弹，无法与夫人取得联系。

“这时，这家伙又来了，要我忍耐，接着又给了我一记重拳，再一次把我打晕过去。刚才，我总算醒来了。

“松公君，现在可由不得你了。浑蛋！活该！等一会儿，我要把你打我的几记重拳统统还给你，让你尝尝我的铁拳，好让我高兴高兴。”

听完山川健作的叙述，黑天使尽管心里吃惊不小，但脸上丝毫不露声色，始终保持着平静，面带笑容地说道：“哈哈……干得太漂亮了！没想到松公君是那样的男子！应该表扬你！松公君，照这么说，一连串怪事都是你的所作所为？可你那样干究竟为了什么？不要有顾虑，尽管说！别吞吞吐吐的，说出来让我听听！”

“如果不说呢，你打算怎么处置我？”身着工作服的山川健作嘲弄黑天使。

“那就要你的命！怎么，你不知道我的脾气？这里的主人，最喜欢血。”

“你是说朝我开枪？哈哈……”男子哈哈大笑，笑声震撼着整个铁笼。

也不知是什么时候，男子已经把高高举起的手放了下来，并且还大胆地把手插入口袋。

黑天使没想到部下居然在她面前肆无忌惮，气得咬牙切齿。终于，她忍不住了。

“你笑，好，就让你尝尝子弹的厉害！”黑天使大声嚷道，使出全部力气用手指扣动了扳机。

分　晓

出人意料的是，身着工作服的男子并没有被子弹击倒在地，依然手插在口袋里，脸上挂着笑容。那表情，似乎觉得眼前的一切滑稽、有趣。

“喂，你听！好像有怪声音，不过，它肯定不是子弹飞出枪膛的声音。”

他这么一说，黑天使更慌了神。

两下，三下……她不断扣动扳机，只有咔嚓咔嚓声音，就是不见子弹出膛。

“畜生！是你取下了我枪里的子弹？”

“哈哈……你还算聪明，终于明白是怎么回事了。对，就你说得对，瞧，都在我这里。”

他从口袋里抽出右手，摊开手掌让黑天使看，一颗颗光亮的子弹静静地躺在手上。

这时，铁笼外传来乱七八糟的脚步声，几个爪牙飞也似的跑来。

“夫人，有大麻烦了！在门口站岗的北村君被人绑起来了。”

“是啊，不光被绑了，好像知觉也没有了。”

刚说到这里，忽见铁笼里这般不可思议的景象，都愣住了。

“喂，这家伙到底是谁？”

爪牙们望着两个外表相似的山川健作，瞪大眼睛问道。

“这家伙是松公君，竟然扮作山川君。地下室里发生的怪事，都是松公这家伙干的，快进来把他绑起来！”黑天使尖着嗓音命令部下。

“什么，他是松公君？这畜生，居然厚颜无耻地扮作山川君……”

话还没有说完，爪牙们蜂拥而入企图抓自称松公的男子。

可松公灵活得像泥鳅，在人群里敏捷地躲来闪去，也不知什么时候，已经站在铁笼外面，脚步慢吞吞地朝后退，那表情似乎在说：上来呀，快上来呀。

在黑天使的带领下，部下们跟着拥出铁笼，追赶松公。

前面是逃跑的松公，后面是黑天使带领的几个追兵。沿着长长的走廊，不断向纵深处追去。

须臾，在前面逃跑的松公君和在后面追赶的黑天使及部下都先后来到蜡像展厅前面。突然，松公君停住脚步。

“喂，你们知不知道北村君怎么会被绑起来的？”他一边说一边把手插入口袋。

“都给我站住！我有话问他。”

这似乎是黑天使思考了许久的问题，她将爪牙们朝两边分开走到松公跟前。

“你如果真是松公君，就算我有眼不识泰山没有重用你。现在，我向你道歉。可我还是要问你，你真是松公君吗？可我怎么也不能相信，你到底是谁？请你快把那讨厌的假胡子给摘下来，让大家看看你的真面目。听见我说的话了吗？请把假胡子摘下来！”

黑天使说话的口气已经不像刚才那样生硬，完全是以一种商量的口气对面前的男子说。

“哈哈……我即便不摘胡子，你也应该知道我是谁。恕我直言，你虽然知道我是谁，但就是不敢说出我的大名。因为，这天底下你最害怕的就是我。瞧你的脸色变得这么苍白，简直像一张白纸。”

身穿工作服的男子，其真实身份果然不是锅炉工松公。其实，眼下已经没有必要浪费时间猜测了。

声音，语调，她如梦初醒，恍然大悟。尤其是洪亮的声音，是那么耳熟。

完了！黑天使全身打起了哆嗦。

“那，那，那你是……”

“别再有什么顾虑，也别再抱什么侥幸，你就快说出我的大名吧！”

身着工作服的男子，脸上的笑容猛然间消失了，变得威武、严肃。

黑天使更紧张了，从全身所有汗孔冒出的仿佛都是冰冷的汗水。

“明智小五郎……你是明智小五郎吧？”

“是的，其实你早就知道我是谁了！尽管明白，但还是抱侥幸心理……”

身着工作服的男子说完，哗啦一下扯掉了脸上的胡子。

千真万确！他确实是明智小五郎。

“不过，怎……怎么会发生这种情况？”

“噢，你是想问，被你扔到太平洋里的我，怎么会死里逃生？哈哈……你还觉得扔入太平洋的肯定是我？

“你根本的错就在这里！其实，我并不在那张长沙发下边的机关里，然而，那里面确实有人。

“是谁？他是真正可怜的松公君。说实话，我也没想到你竟然如此心狠手辣。正因为没那么想过，才打算化装成松公君潜入船上侦查。

“于是，我把松公君绑起来塞入长沙发下边的机关里。却没料到，他死得那么惨。太可怜了！我从内心感到难过和愧疚。”

“那，松公君被扔入太平洋，你化装成松公君一直在餐厅厨房里？”

眼下的黑天使已经镇定下来，和刚才魂飞魄散的她判若两人，虽说是站在最令她害怕的对手跟前，可语气和腔调完全不失贵妇人的温雅和风度。

“那是真的？如果真像你说的那样，手脚被绑和嘴里塞有手巾的松公君怎么会开口说话？我当时坐在长沙发上，和下边机关里的松公君对话了很长时间，可是……那说话的人不是松公君，是我。”

“那……请你解释！”

“房间里有大衣橱吧？我躲在那里面与你对话，你却觉得声音来自长沙发下边。由于长沙发下边有松公君的挣扎晃动的声音，你认定里面有人。不过，你的这种认定没错。”

“看来，救出岩濑早苗并把她藏起来的是你，把报纸放在玻璃水槽旁边椅子上的也是你？”

“是的。”

“你还真行！竟能编造假新闻作弄我？”

“假新闻？别说蠢话！报纸上消息怎么会假？报道和照片全是事实！”

“哈哈……不管怎么说，独生女儿的岩濑早苗变成两个一样的姑娘，那样的……”

“不是变成两个！被你带到船上的是假的岩濑早苗。为找到与真岩濑早苗长相一样的人作为替身，我真是费了九牛二虎之力。不用说，果然有一个叫樱山叶子的姑娘，长得与岩濑早苗十分相似。

“她失去了父母，身边也没有兄弟姐妹，孤身一人，还有不良习惯。正因为如此，我相信她一定能出色扮演好这一角色。

“像她这样有经历的女子，不管受什么折磨完全能挺过去。再说樱山叶子信任我，坚信我无论遇到什么情况也不会死在黑天使手里，而且还会把她救出去。可以这么说吧，她像信神那样信任我。”

现在，读者们也该明白了，曾在大阪市内某大街上跟踪年轻女子的老绅士，其实就是明智小五郎。

也就是从那天晚上开始，真岩濑早苗已经被转移到只有明智小五郎才知道的地方，而扮作岩濑早苗的樱山叶子被悄悄送入岩濑庄兵卫的家中。

打那以后，假岩濑早苗被禁闭在最里面的卧室里，装作讨厌见到别人的假象，巧妙地骗过了黑天使。

当时，岩濑夫妇及其家人由于每天沉浸在担心岩濑早苗被黑天使绑架的恐怖之中，都程度轻重不同地患上了神经衰弱症。

他们只知道把岩濑早苗关在最里面的房间，根本不让她走出房门，因而也毫不怀疑女儿是假的。

听完故事的黑天使，站在明智小五郎面前，仿佛心被猛地刺了一下。

可她的爪牙们对明智小五郎说的动人故事，丝毫没感到有什么值得佩服的地方。好不容易等到明智小五郎与黑天使之间的对话暂告段落，心里早已不耐烦了。

“别再让他说个没完，听了简直心烦。上！把他抓起来关到铁笼里！”

不知哪个爪牙代替黑天使发布命令，有四个爪牙犹如猛虎下山那样朝明智小五郎扑去。

有的转到背后企图抱他的腰，有的伸出腿打算绊他的脚，剩下两个准备抓住他的双臂。遇上这样胆大妄为的亡命之徒，无论明智小五郎有多大能耐也只能束手就擒，因为他毕竟变不成三头六臂。眼看胜利就要在望的时候，却急转直下变成这样的局面，胜利的果实将送到黑天使的手里。

“啊哈哈……你们难道没长眼睛吗？还不快睁大眼睛仔细瞧！没有察觉玻璃水槽里的奇迹吗？”

黑天使的爪牙被这么一说，不由得停住脚步将视线投向水槽。刚才，他们的注意力都被明智小五郎吸引住了，没一个察觉那里在悄悄变化。

落地玻璃陈列橱里，发生了翻天覆地的变化。那些刚才还一动不动的蜡像忽然间变成了活人，一个个身着西装，姿态与蜡像完全相似。

“啊，完啦！”

这些爪牙毕竟是乌合之众，不由得大声惊叫。当他们喊声还没有落下的时候，那些站在橱窗里化装成蜡像的男子都已经掏出手枪摆出射击架势，并纷纷从橱窗里冲了出来。

“黑天使，放老实点！”

根据明智小五郎的指示，这些持枪男子悄悄潜入贼巢，埋伏在蜡像展厅的橱窗里化装成蜡像。他们都是东京警视厅派来的警察，来这里抓捕黑天使及其爪牙。

打开地下室暗门的信号，是明智小五郎在电话里与警视厅商定的。为此，警官队毫不费力地进入贼巢，并将门口站岗放哨的北村君捆了起来。当然，抓捕方案是明智小五郎与警视厅共同商定的。

扮作山川健作的明智小五郎，曾一度离开贼巢不知去向。也就是那个时候，他与警视厅制订了如何将歹徒一网打尽的作战方案。

警视厅一共派出了两支警队，一支警队直捣贼巢，另一支警队则在水上警署的配合下，直扑停泊在海上的黑天使的远洋自备船。不用说，那艘船以及船上的歹徒都已落入警方手中。

地下室里的这些爪牙还没来得及招架，已经都被警官们戴上了铮亮的手铐。

唯黑天使眼疾手快，她早已预感到大难临头，当看见警官们朝自己扑来时，赶紧闪身躲开，飞也似的蹿入自己房间，用钥匙在内侧将房门锁上。

黑天使深知难逃被捕的厄运，为保持最后时刻不失贵妇人风度，蹿入房间走自绝之路。

明智小五郎立刻察觉到黑天使的企图，于是将现场的歹徒交给警官队，自己则火速朝黑天使房间跑去。

“喂，开门！我是明智小五郎！我有话要对你说，快把门打开！”

“要是只有你明智小五郎一个人的话……”

“是的，只有我一个，快把门打开！”

门内侧传来开锁的声音，随着吱的一声，门开了。

“啊，我来迟了一步……你已经服毒了？”明智小五郎一边朝里走一边大声问道。

黑天使开门的同时跌倒在地上。

明智小五郎弯腰蹲在地上，望着黑天使说：“到了现在这时候，就是对你再说什么也不管用。为跟踪你这个大盗，我险些送命。可那些充满危险的经历，对于选择侦探事业为生命的我来说，是极其宝贵、极其重要的经验。为此，我不恨你，只是为你感到可悲。你这样的结果完全是咎由自取。现在，我要告诉你的是，你煞费苦心弄到手的埃及星宝石王，我要带走了，让它物归原主。”

明智小五郎从袋里取出宝石，用手挡着光让黑天使看。

黑天使慢慢地点点头问道：“早苗小姐呢？”

“早苗小姐？噢，你是说樱山叶子？放心吧！她已经和香川君被警方保护起来了。是啊，她受尽了你的折磨。回到大阪后，我会重重感谢她的。”

“我，失败了，彻彻底底地……”黑天使的眼眶里，涌出一长串泪水。

“明智大侦探，我要与你永别了……祝你精神更加饱满……再见……”

黑天使闭上美丽的双眼，使出最后的力气与明智小五郎道别。烈性毒药产生的痛苦，使她不停地扭动着手和脚。

少顷，这个披着人皮、作恶多端的黑天使，终于不再扭动身躯。

这时，把歹徒和赃物押上警车的警官们拥入房间，看到这一情景全都伫立在门口愣住了。尽管死者是十恶不赦的大盗，可毕竟是人，房间里一片肃静。

警官们站在女盗尸体前面，好长时间没有说话。多行不义必自毙！

黑天使终于应验了这条传世古训，结束了自己罪恶的一生。

猛然定睛一看，这个黑色装束的女子胸前银光闪烁，那枚“蜥蜴别针”仿佛被注入了生命。

“蜥蜴”似乎在微微蠕动，仿佛为主人永远离自己而去感到惋惜……

影　男

神秘又残忍的杀人承包公司，下一个目标会是谁？

影 男

影　男

斗　人

此时此刻，也许已经过了午夜。

东京的代代木广场，被夜幕深深笼罩着。

距离广场不远的地方，有一座别墅，周围空荡荡的。奇怪的是，这幢别墅的地下室里，聚集了十多个打扮异样的人。

头戴黑色蒙面套，身着黑色长袍，除两只眼睛和嘴巴露出三个小圆孔外，全身上下不再有裸露部分。裹在黑色装束里的人到底是谁，无法辨认。

根据她们相互间的窃窃私语声，才察觉这群黑色蒙面人物都是女人。

地下室面积有四十平方米左右，地上铺着鼠色地毯，天花板与墙壁没有装饰，表面还裸露着混凝土。

垂挂在天花板中央的电线端部，连接着一盏由两百支光源组成的照明灯。灯光下，十多个黑色蒙面人围成圆圈坐着。圆圈中央站着一个人，正在精神抖擞地演讲：

“诸位，我们神秘俱乐部这一年里见识了几乎所有的稀奇古怪和惊险，愉快地度过了有意义的一年。

“今天晚上，我和大家将经历史无前例的惊险。可以这么说，世界上迄今为止还没有比这更惊险的了，而我们就要感受这样的刺激。具体名称叫什么？叫斗人。接下来，我们一起观看。

“想必大家知道斗牛、斗犬、斗鸡和斗蟋蟀什么的，可斗人比赛，大家一定还没见识过。那好，我们就聚集在这里观看。

“我们俱乐部今晚的值班干事不辞辛苦，终于物色了两个非常理想的小伙子，请他们来这里为我们表演斗人，并且，已经把他们带来了。

“两个年轻人之间的斗人比赛，下的赌注是双方的生命，也就是赌命，用各自生命决定比赛胜负。所谓斗人，顾名思义，就是人与人之间的搏斗。不过，斗人比赛里没有规则。

“除拳击、摔跤、相扑、柔道和空手道等禁止使用外，其他不管什么样的手段都不违反规则。打到对方完全失去斗志，倒下后再也站不起来，即表示胜利。

“简而言之，死者是输家，生者是赢家。胜负的表现方法，极其简单。赢家可以获得二十万日元的获胜奖金。另外，大家可以为各自喜欢的斗士下赌注，同时观看勇士们肉搏斗人和了解输赢情况。”

滔滔不绝演说的女子，是这家神秘俱乐部的主任，人称春木夫人。

她说到这里停顿了一下，朝大家猛地扫视了一眼。

“好，我现在就为大家介绍这两位斗士。”

春木夫人举起右手朝站在门口的值班干事打了一下手势。

于是，门无声地开了，黑暗里走出两个年轻人。

从两个人的脸形和体形来看都显得十分健壮，在场的黑色蒙面人见了都感到惊讶，禁不住暗自嚷了起来：“天底下竟然有身体如此健壮的青年，简直是奇迹。”

蒙面女人们没有说话，只是默默地欣赏着准备为生命下赌注的年轻人。

少顷，俱乐部主任春木夫人又说话了。

“我暂时不说出这两个勇士的姓名和职业，不过，我刚才说了，他俩不是拳击、摔跤、相扑、柔道和空手道的内行，也不是这些竞技的运动员。

“就像大家看到的这样，两个年轻人都仅仅是体格健壮。可以确信，他俩在精神上和力量上是不相上下的。

“现在，我把靠近我这边的青年定名为黑方，因为，看上去他的肤色比对方

影 男

要黑一点。那么，有了黑方就应该有白方，好吧，我就把距离我比较远的那位青年定名为白方。瞧，他的肤色像欧洲人，比较白。

“黑方，浓眉毛，大鼻子，厚嘴唇，看上去是一个充满活力的青年。眼睛和嘴角，给人一种难以言喻的不可思议的魅力，脸上始终带着微笑。

“当然，说他是黑方，未必就像非洲人那样黑，他的肤色只是属于浅褐色的那一种。结实的肩膀，隆起的肌肉，宽阔的胸脯，酷似希腊人雕塑。

“相比之下，白方是高鼻子，殷红的嘴唇、双眼皮，乍一看，有一种女人般的善良。酷似公鹿颀长的手脚线条，给人一种柔中有刚、充满力量和韧劲的感觉。

“各位会员，你究竟把赌注下在哪一方，考虑好了吗？现在，请值班干事记录各位下的赌注金额和支持的一方。还是像过去一样别说出自己名字，只要说出蒙面套上的罗马字就行。”

根据春木夫人的命令，值班干事把登记簿拿在手上在黑色蒙面人之间穿梭登记。

于是，地下室里响起“黑方”或“白方”以及赌注数额的叽叽喳喳说话声。

登记完毕，值班干事将登记簿递给春木夫人。

“我向大家公布刚才登记的结果，给黑方下的赌注数额是三十四万日元，给白方下的赌注数额是二十九万日元。”春木夫人公布完毕。有关斗人的具体规则，两个年轻人事先已被主持人告知。可他俩都面带笑容，各自显示了稳操胜券的把握。

春木夫人朝着两个青年斗士举起手，他俩则朝着春木夫人点点头。

接下来是等待值班干事宣布“斗人开始”的手势。

终于，值班干事下达了“开始！”的命令。

两青年斗士猛地朝左朝右分开，叉开双腿，握紧拳头，相互怒目圆睁遍视对方。

蒙面女人们一声不吭地望着站在中间的两名斗士，呼吸声变得剧烈起来……相互睨视，长时间僵持着……两个青年斗士的肌肉鼓了起来，犹如坚硬的石块。

终于，相互向对方展开攻击的时机成熟了。

刹那间，双方同时以猛虎下山的姿态忽左忽右朝对方猛扑，肉与肉激烈地碰撞起来。

起初是猛烈的碰撞和相互击打，结实的手臂交叉在一起，像活塞一样快速伸缩。

白方的脸颊上出现了伤口，鲜红的血不停地朝外渗出。

黑方眼睛下边的肤色变了，鼓起一个大包。

为避开对方拳头的猛击，俩人自然而然地将距离缩短，贴近，从相互间的击打变成抱作一团摔起跤来。

白方瞅准机会抱起黑方的腰部重重地扔向地上，于是，随着扑通一声响，黑方四脚朝天地倒在地上。白方没有给黑方喘息的机会，一个猛扑骑在黑方身上不让他爬起来。

格斗变得越来越紧张激烈，残酷程度远远超过竞技场上的散打。

摔倒，爬起来，扭打在一起，卡住对方的脸，勒紧对方的脖子。两个身体纠缠在一起，轮流变成一上一下的“骑马”姿势。两个人的肌肉，鼓起的同时微微颤抖。

全身都是汗水，抓住对方的手都是黏糊糊的。两百支光源的照明灯，照得大汗淋漓的肌肤闪耀着充满活力的光泽。

在斗人比赛一开始，黑色蒙面女子中已经有人因为场面残酷和激烈的打斗吓得瑟瑟发抖。

随着时间的推移和比赛朝着纵深发展，黑色蒙面女子不知不觉地看入了迷，居然忘记了自己胆小的天性，神态变得不再像刚才那样惊恐万分了。

她们也在冒汗，脸上感到发烫，心跳过速，像汹涌的浪涛，一浪高过一浪。

仅裸露出两只眼睛和嘴巴三个小圆孔的黑色装束里，究竟裹着什么样的女人?

影 男

定　音

原来，这家神秘俱乐部的会员都是大富豪的夫人。

她们中间有的是原公爵夫人，有的是总经理太太，总之都是阔太太。这些既有空闲又有金钱的夫人聚集在一起，在这家神秘俱乐部里品味着普通阶层看不到也品味不到的刺激。

这当口，两个斗士再次啪地站到左边和右边，相互藐视。紧接着，浅褐色身体和白色身体相互交替着你扑我闪，沿着地下室的墙追打起来，一个在前面跑，一个在后面追，时而停下相互厮打，时而疯狂奔跑。

片刻，黑色蒙面人中间传出了悲鸣声。为躲开黑方白方追打时的冲撞，观众席上的人犹如狂风猛刮的麦浪翻滚起来。

她们中间有好些人被青年斗士撞到，有的倒地，有的垫底。顿时，地下室里一片混乱。

两个燕子般灵活的青年斗士相互追打，在争先恐后躲闪的黑色蒙面人群里穿行。

斗士们气喘吁吁的呼吸声和怒吼声，女人们兴奋和恐怖的喊叫声交织在一起，伴随着人群中有人爬起来、有人倒下去的情景，地下室变成了鬼哭狼嚎的地狱。

眼下，黑方与白方停止了奔跑，开始相互击打。黑方用勾拳猛击对方的下巴，白方躲闪到背后的墙边。借助墙壁的反弹作用，白方借势抬起脚猛踢正朝他扑来的黑方肚子。

刹那间，相互击打的距离变成了近在咫尺，双方的拳头像机关枪似的猛击对方的脸部和胸部。终于，两个人都被对方打得皮开肉绽，脸上、身上到处是血。

斗人比赛足足进行了一小时二十分钟，两个斗士似乎都站不住了，踉踉跄跄地摇晃着身体。

由于血流入眼眶，眼睛模糊得看不见了，而嘴巴张得很大很大，肩膀和胸口剧烈地起伏，直喘粗气。

然而，胜负还没有见分晓。

观众席上的蒙面夫人们也已经筋疲力尽，声音也变得嘶哑。由于异常兴奋，个个都像处在癫狂时候的精神病患者。

终于，白方斗士支持不住了，身体大幅度摇晃起来，随即扑通一声倒在地毯上。须臾，黑方斗士的双腿也剧烈摇晃起来，蜷缩在地上。

斗人比赛就这样落下了结束的帷幕。

蒙面女人们见状突然不出声了，瞪大眼惊讶地望着两个可怜的青年。

地下室，刹那间变得万籁俱静。

就在这时，意料不到的情况发生了。

那个趴在地上的白方斗士摇摇晃晃地站起来，浑身是血。

他站起来后，使出全身力气在蒙面女人之间仿佛妖怪似的跌跌撞撞地走着，朝门口走去，随即，整个身影消失在昏暗的走廊上。

黑方斗士用他那视力模糊的眼睛直愣愣地目送白方背影的消失，接着也垂头丧气地费劲站起来。

这时，门外走廊那里嗖地刮来一阵风，一个酷似枪弹的桃色东西闯进地下室。

那是满身是血的白方。

白方使出全身力气朝黑方身上撞去，刹那间，白方与黑方扭成一团撞向背后的墙壁，传来沉闷的响声。于是，倒在地上的黑方与白方不再动弹。

影　男

刚才，白方闯入地下室时使出最后的力气将脑袋猛撞黑方的胸膛。就为了这么一个动作，白方先到走廊，拉开一定距离后就像跳远似的，通过助跑使出最后的一丁点儿力气撞击黑方。

倒在地上的白方与黑方相互茫然怒视着。这时，不知从哪里传来轻轻的喘息声。

少顷，一直躺在黑方身上的白方爬起身，摇晃着迈起步来。黑方努力了好一阵子，尽管也站起来了，却再也无法动弹，面如土色，渐渐地，全身上下的肌肤变成了土一般颜色。

地下室静得像墓地一般。

“怎么啦？是不是结束啦？”

片刻，有人问，声音显得十分困倦疲惫。

“咦，黑方怎么一动不动的？”

不知是谁说了这么一句，低沉的嗓音里夹杂着恐慌。

第一个走上前的，是俱乐部主任春木夫人。

她摇摇晃晃地走到墙边，一会儿摸摸黑方的身体，一会儿给他号脉，一会儿又把手放在他嘴上看看是否有气息。少顷，她慌慌张张地转过脸望着大家，接着把脸伸向大家仿佛说什么悄悄话似的嘟哝道：“他死了！”

影 男

尚处在斗人比赛紧张气氛中的女蒙面人们听春木夫人这么一说，个个吓傻了眼，没有一个吱声的。

是过失致死吗？该如何处置呢？

所有在场的人心里都在这样思考。

两名比赛的斗士中最终必有一人会死，这是大家事先都知道的比赛规则。然而一旦成了现实，可不是随便处置就可以过关的，毕竟是一条人命。

不能这样放着！也不能撒手不管，逃之夭夭！更不能向警方报案！一旦报警，等于暴露了这些阔夫人秘密结社的真相。它不仅会给视地位和名誉比生命还重要的丈夫增添麻烦，还会毁了他们似锦的前程。可是……一个年轻人死在这里，倘若这样放着，都将以故意杀人的罪名遭到公诉。

十多个蒙面女人都在这样思考，心跳仿佛早已停止。

主任春木夫人不停地在青年身边转来转去，如同机器人转圈，脑中一片空白。

就在这时，一直站在角落里的E蒙面夫人走出人群，径直走到主任春木夫人身边。

两个人交头接耳轻轻地说了一会儿，只见春木夫人频频点头。

“诸位，现在要紧的是喊医生来诊断。另外，今晚的值班干事留在这里。至

影　男

于白方青年，请大家齐心协力搀扶他上去。”

春木夫人朝着黑方身边的白方青年说：“你自己能走吗？”

白方青年露出似笑非笑的表情，朝春木夫人点点头。

“大家听好了，给他穿上衣服扶到卧室后，让他在床上躺一会儿。厨房的橱架上应该有什么饮料，别忘了拿给他喝。”

一个蒙面夫人走到跟前握住他的手，帮助他站起来，接着，大家一起簇拥着扶他离开房间。地下室里剩下的，只有俱乐部主任春木夫人、值班干事C夫人和那个刚才与春木夫人说悄悄话的E夫人。

值班干事C夫人叫二宫友子，丈夫是食品公司的总经理。

E夫人叫琴平关子，她弯下腰检查起黑方身上的伤势来，忙个不停。片刻，长叹了一口气说：“他已经死了。瞧！脑袋被打破了，心脏已经完全停止跳动了。”

“哎，你说他已经不行了？你怎么知道的？”

春木夫人问话的态度十分生硬，似乎在训斥她别信口开河。

“我曾经碰到过这种情况。现在，无论找来什么名医，都不可能让这年轻人起死回生。”

“你刚才不是说喊医生吗？还说让大家别待在这里。”

“嗯，我是说过喊医生，等医生走后，我还要告诉大家黑方青年的生命已经抢救过来，请大家放心回家。不这样做，这么多会员里肯定有人泄露刚才的真情。不用说，白方青年是不会把黑方青年死了的消息捅出去的。你明白我说的意思了吗？要让大家安心回家，还要让大家把这事忘得一干二净。”

春木夫人不可思议地望了一眼E夫人，心想，琴平关子尽管还这么年轻漂亮，可遇事如此冷静，老到，是一个完全值得信赖的人。她心里这么想着，眼神却直愣愣的，显得茫然不知所措。

“那，你说说看怎么处置尸体？”

“很简单，把尸体藏起来。我们要彻底忘记今天晚上发生的事情，就当没有发生过，要不然，我们大家都完蛋。”

春木夫人点点头。

“这两个青年，你究竟是从哪里带来的？他们是什么身份？”琴平夫人问道。

C夫人二宫友子也为琴平夫人处事果断感到佩服。

“这黑方青年，我是在浅草找到的，既不是熟人，也不是朋友介绍的，不用说什么关系也没有。偶然在那里发现他体格特健壮，便主动找他谈了今天晚上的比赛。他说，只要打赢后能得到达成协议的钱就行。”

“他来这里参加斗人比赛的情况，有没有跟家人或朋友说过？”

“按理应该没有时间告诉其他人。同他交涉的时候就我和他两个人，他曾向我发誓绝不对任何人说起来这里比赛的事情。比赛前，我还特地问过他，他对我说没向任何人吐露这事。”

“他叫什么名字？住在哪里？”

“他叫小林昌二，九州人，是孤儿，在东京没有亲戚。他说住在浅草对面的简易旅馆，同住的有几个年轻人。职业，据说是在大型居酒屋里唱歌。”

“还有一个年轻人也是相同职业吗？”

“不是的，他俩之间无任何关系。白方青年是广告推销员，那天，他头戴纸糊面具，手持广告牌在街上行走，我的一个朋友喊他到附近咖啡馆说了比赛的事情，他一口应允。他叫井上君，详细情况只要问一下他就可以弄清楚了。”

“能找来这么两个彪形大汉表演斗人比赛，说明你很有眼力，也很有办法。”

琴平夫人冷静的语调，顿时让春木夫人和二宫夫人产生了疑虑。

这个看上去长得挺可爱的琴平夫人，怎么变得如此沉着稳重？是什么时候变得这么成熟的？就连她说话的声音和语气，也变得与平时不一样了。

她俩突然忐忑不安起来。

“你，你真是琴平夫人？你是叫琴平关子吗？”春木夫人终于忍耐不住了，问道。

“哈哈哈，你总算察觉到了！实话告诉你，我是代替她来的。”

“什么，你是替身？”

春木夫人和二宫夫人都大吃一惊，不由得与E蒙面夫人拉开距离。

“我摘下头上的蒙面套，也请你们摘下蒙面套。现在这种时候，最好别戴着蒙面套说话。”

E蒙面夫人说完从头下一把摘下蒙面套。

这也是一个美丽的夫人，长得有点像琴平夫人。

“你到底是谁？”春木夫人的声音里充满恐惧。

“你问我？是啊，我是谁呢？你就叫我影男吧！”

“什么？你是个男的？”

两位夫人惊恐万分，声嘶力竭地问道。

“哈哈哈……对，我是男的！我蒙骗了琴平夫人，化装成她参加了你们这有趣的游戏。不过，请你们不必担心，我是你们的朋友。为了大家，我不会对任何人说。哎呀，你们真是太幸福了！因为碰上我在这里。如果我不代替琴平夫人参加，也许你们会对今晚发生的事情一筹莫展，走投无路。现在请放心吧，相信我一定能帮助你们……”

琴平夫人的替身，这个自称影男的怪人，不动声色地说完，扬长而去。

这影男到底是什么人？

据说，这影男有不计其数的名字。例如，速水庄吉、绵贯清二、鲇泽贤一郎、殿村启介、宫野绿郎等。

其中有一个叫佐川春泥的名字，是影男用来写作的笔名。他创作过一部充满妖雾的犯罪小说，笔名就是佐川春泥。该作品非常奇怪，魅力独特，在读者中广为流传，仅两三年时间，他便一跃成为最有人气的流行作家之一。

然而令人费解的是，这个叫佐川春泥的作家没有与责任编辑和读者见过面，据说是不愿意让他们见到自己的真实面目。

与杂志社之间的交涉都是通过信件，而来自杂志社的委托书和稿费汇款单，每次都是寄至不同的邮局。

杂志社为了了解这个作者的真实身份，特地派记者在邮局等候。可他不是一个轻易钻入别人圈套的人，代替他出面上邮局取稿费的不是司机便是服务生，他自己从不直接去邮局。去邮局取款的司机或服务生，在取款后也不直接将稿费送到他手里。因而，跟踪记者不得不在途中作罢。

他的运动神经非常发达，骑马、驾车以及驾驶飞机等都在行。不仅如此，他还在马戏团里干过，掌握了空中杂技表演等杂技师必备的表演本领。

他还有一个最大特点，即思维方式与众不同，常常有出人意料的想法。也许他生下来就是这种性格，或者受一些读物的影响，对于别人的家庭生活和别人的隐私生活具有莫大的兴趣。为此，他使尽所有手段，花大本钱挖掘别人的秘密。

渐渐地，他觉得这样的兴趣能为自己创造意想不到的巨大财富。一旦了解到阔佬的隐私、艳史和丑闻，便以此与其交易从对方手里获得相当数量的钱财。不管做什么生意，都比不过这样的交易，尤其在获利方面来得快。

显然，他这样的行为是犯罪。可对方出于自己有短处，不希望公开化。这对他来说，反倒是一种极其安全和保险的犯罪。

对他来说，做这样的买卖仅需要“隐蔽场所”和“隐姓埋名”就可以了。不让对方察觉自己的住所和自己的真姓实名，把自己隐蔽起来。

为了做到这一点，他煞费苦心，想尽一切办法。他模仿了动物的保护色制作了各种颜色和款式的服装，还发挥自己擅长杂技的特点，将自己巧妙地隐蔽起来。佐川春泥创作的奇怪犯罪小说，也只不过是对他人的隐私生活加以研究后诞生的副产品。

他的真姓是速水，身材颀长，长得一表人才，今年三十三岁。

据说他是个美男子，加之擅长化装，通常以化装后的模样出现在公开场合。其实，他长得到底有多英俊，谁都说不上来，因为谁都没有见过他的真实长相。与不使用真实名字的理由相同，他根据时间或场合的需要，有时化装成七十多岁的老人，有时化装成二十岁左右的年轻女子。

不用说，他没有固定住所。根据不同姓名，在许多地方有住房，尽管拥有许多住所，但多半还是住在帝国宾馆里，有时出现在山脚街，有时坐在上野公园里的凳子上。

影　男

复　活

在这里，速水化名鲇泽贤一郎。这个影男在帝国宾馆里包了一个豪华套间，正在用早餐。

鲇泽贤一郎此刻的身份是贸易商社的年轻总经理，据他说是昨晚从大阪到达帝国宾馆的。

“我带来一个有趣的话题，它值十万日元。”

这时，一个身着漂亮服装的女子来访，看上去二十二三岁。

女子手指夹着香烟，一边吐着烟圈，一边故弄玄虚地笑着说。

“说详细一点！”

影男鲇泽贤一郎望着女子脸上可爱的酒窝，也面带微笑地问道。

“有关上流社会夫人们的秘密小团体！怎么样？一定合你的趣味吧？她们中间有首领，我用这名称来称呼召集人，她是这秘密妇人俱乐部的主任，是原侯爵夫人，非常阔绰。会员好像有十五六个，个个都长得漂亮，丈夫都是富豪，很有钱！

“一开始，她们的共同兴趣好像是赛马。在玩麻将和扑克牌的过程中，渐渐地形成了一个秘密组织。如今这个秘密组织里已经有主任、值班干事和总务干事等，是一个名副其实的秘密团体。

“她们身着黑色长袍，头戴黑色蒙面套，还特地租借了秘密活动场所聚会。在那里，她们干了许多见不得人的坏事。”

“举一个具体例子。”鲇泽贤一郎探出脸说道。

“我知道得不是十分清楚，可她们胆大妄为，聚会内容很新颖且令人震惊。”

“那么，你是该秘密组织的会员吧？”

“谢谢，谢谢，我哪有那种资格。没有地位和财产是不能加入该秘密组织的……怎么样？我刚才说的十万日元的交易，是提供聚会的时间和场所！你愿意出这笔钱吗？”

鲇泽贤一郎一声不吭地从袋里取出一张支票，填上十万日元金额后交给来者。

“可以成交了吧？请告诉我聚会的场所和时间。”

“在代代木广场附近的一幢别墅里。凡是该组织成员都必须身着黑长袍，长袍的外套必须是长大衣。在门前脱去长大衣，戴上黑色蒙面套！并且，必须向看门的人打这样的暗号手势，才能被允许进入聚会场所。暗号手势是这样的。”

女子比画了一个奇怪的手势，很像念经时的模样。

“怎么样？学会了吗？为了摸到这一情况我反复了解了多次。请记住，聚会时间是明天晚上十点。”

“哎，告诉你这一情况的，是该组织里的某个成员吧？”

“没人告诉我，我是按照你吩咐打听来的。”

“快告诉我，那人叫什么？”

“叫琴平关子，长得年轻美貌，年龄还不到三十岁。”

“她个头高吗？”

“个头比我高出五厘米，不过，比起鲇泽君你要矮许多。”

“模仿那样的个头不是一件难事，时而个头变得高一点，时而个头变得矮一点，这也是隐身术的一种。你已经明白我说的意思了吧？在我化装成琴平关子参加聚会的那段时间里，你的任务是陪伴真正的琴平关子。你倘若做不到这点，那十万日元的价格太高了！还有，我想在参加聚会前见一下琴平夫人！时间定在晚上六点，地点就定在这家宾馆的小西餐厅。记住了吗？别忘了哟！”

影　男

鲇泽贤一郎就这样花上十万日元得到了极其重要的情报，立即着手准备工作。

化装成琴平关子的影男——鲇泽贤一郎，没想到他的这次出现却助了失魂落魄的蒙面夫人们一臂之力。

“那好，你大概已经知道我俩的真实姓名了吧？二宫夫人，眼下已经没有必要戴蒙面套了，就取下它吧！”

春木夫人这么一说，二宫夫人也把手放到脑袋上。与此同时，两位夫人一起摘下了只露出三个小圆孔的蒙面套。

春木夫人的脸上堆满了肉，胖乎乎的。她的照片经常出现在杂志等新闻媒体上，非常眼熟。年龄已经超过五十岁，表情十分威严。不管从哪个角度看，都有一种女首领的气质。

二宫夫人看上去三十五六岁，就凭她能把那两个青年斗士带到这里，足以证明她是一个很有手腕的女人。

“想问一下，你能帮助我们到什么程度？”

春木夫人此刻已恢复到往常的态度，语气显得很冷静。

“首先，必须伪造你们没有时间来这里的证据。因为，今天晚上的聚会即便没有一个人知道，可是家人清楚你们不在家，所以，必须对这件事严格保密。”

“什么？这好像不太可能吧？”

两位夫人瞪大好奇的眼睛。此时此刻，她们已经被这个男扮女装的男子深深吸引住了，惊奇地脱口问道。为这么多会员伪造不在现场的证据，看上去是很难办到的。

“不，是可能的。”影男斩钉截铁。

两位夫人似乎明白了，镇定自若的男子一定具备了什么特异功能。

“做法很简单。听好了吗？例如，对于这个叫小林昌二的年轻人，只要我们伪造出他明天还活着并且是明天失踪的假象，那一切矛盾的现象就可迎刃而解了。

“明天一天，你们不要再搞什么秘密聚会，和家人或者朋友在一起。当有人问起你们时，可以清楚告知他你们什么时候在什么地方。

“只要做到这一点，你们不在案发现场的证据就形成了。说得简单一点，我把这起事件发生的时间从今天晚上推迟到了明天。”

听上去似乎擅长魔法的影男，深入浅出地解释完毕。

“你说把事件发生的时间移到明天，这能顺利过关吗？”

“如果你们委托我，就能顺利过关。现在，我让你们看一下我的特异功能！上面房间应该有电话吧？我是指大家现在聚集在一起的那个房间。我马上到那个房间去打电话喊医生，是当大家的面喊那个我熟悉的医生。

“当然，他不是真正的医生，而是我的一个忠实部下。我喊他上这里来，是因为他是我施展特异功能的关键人物。

“我不需要你们带路。不管进入什么样的建筑物，就像在自己住所里一样，绝不会走错房间。”

影男说完重新戴上蒙面套，刹那间消失在走廊上。

二十分钟后，一个自称医生的男子提着大包来了。

该男子嘴上的胡子朝两边翘，鼻梁上架着一副眼镜，身着朴素的西装，总之，打扮酷似医生模样。

影男立刻把自称医生的男子带到地下室，与两位夫人见面。

“我有许多部下，他只是其中一个。瞧，他这副长相和身材，与死去的小林昌二挺相似的。”

被影男这么一说，两个夫人不由得端详起自称为医生的男子的脸和身材，又比较了一下躺在地上的小林昌二，咦，还真像一对孪生兄弟呢！

“现在，要请那些还在上面等候消息的夫人们回家，并告诉她们医生的诊断结果，就说小林昌二的生命保住了，请她们放心回家。

“不用说，这是假话。如果让会员们和那个白方青年知道小林昌二已经死了，消息就有可能不胫而走，我考虑再三不得不编造谎言打发她们回家。等她们走了以后，我们留在这里着手第一阶段工作。

“其实没有什么可以害怕的。届时你们也一定会佩服地说，噢！原来是这么回事。

“春木夫人，你到上面去对大家说小林昌二已经脱险了，请大家放心回去。还有，请会员们明天除公开场合外不要外出，在家里休息。但千万别说是为了制造不在现场的证据。

“另外，请说明不希望大家外出的原因，是为了及时向大家通报小林昌二的情况。好，你快去说吧！”

“说什么？我还没有充分理解你说的意思呢！可事到如今也只能按你说的去做了。好吧，我去说。今天晚上斗人比赛的获胜者是井上青年，我们必须按照事先的约定发给他奖金。另外，大家下赌注的钱也应该……”

“是的，快去吧！”

春木夫人独自一人上楼去了。

等到春木夫人回来后，影男果断地开始了下一阶段工作。

“好，现在进入第二阶段工作。我和扮作医生的部下去上面化妆室，需要把门关紧待一会儿。小林昌二来时穿的衣服呢？二宫夫人，你赶紧把他的衣服送到我们那个化妆室去。帽子和鞋子都别忘了哟！拜托你了！现在，我们赶在你前面把小林昌二尸体抬上去。”

影男和部下把小林昌二的尸体搬到上面的某个房间里，随后走进化妆室关紧房门。

两位夫人一走进空荡荡的会客室，就坐到椅子上，互诚惶诚恐地望着对方。

大约十五分钟过去了，门忽然开了，走进一个男子，出现在她俩面前。

两位夫人一看见来者的脸，不由得面色苍白，坐在椅子上一个劲儿颤抖。

站在她俩面前的，是已经死了的小林昌二，褐色的脸上堆满了笑容，笑嘻嘻地站在那儿。

成 交

“哈哈哈……让你们受惊了吧？别害怕！他不是小林君的幽灵，是我的部下，就是刚才的那个医生。”

青年背后出现了影男的脸，朝大家窥视片刻后笑着说。

春木夫人也好，二宫夫人也好，刚才的惊愕使得她俩一时还回不过神来，木然地呆望着这个青年。

“什么，你说他是那个医生化装的？本来，我就觉得很像，而现在简直是一模一样，真是不可思议！就连笑容都很像。”二宫夫人说完，喉咙里发出感叹声。

“做到声音像是很难的，因为他没有听到过小林说话的声音。可像这样的场合，只能采用谁都不像的声音，既不是东京标准语，也不是农村土话。总之，是采用哪边都不像、哪边都有点像的声音说话。这是隐身术的秘传。喂，你说些什么给两位夫人听听？”

酷似小林昌二的家伙，径直走到二宫夫人身边笑着说：“夫人，在浅草初次见到您的时候，我唱了什么歌？”

二宫夫人听对方这么一说拍了一下手掌，愉快地笑了。

“啊，太像了！你根本就没有听过那样的声音，却怎么模仿得这么像？太聪明了！”

影　男

影男得意地点点头，道出了接下来的计划。

“现在，这年轻人的化装被你俩认同算合格了。接下来，就请他发挥了。首先，请他以小林君的身份回到那家小林君住的简易旅馆。现在这时候，他那些伙伴也许还没有回到那里呢！

“在回到旅馆后要主动跟店经理打招呼，届时让店经理证明小林君回到了旅馆。这是很重要，并且是不可缺少的证据。

“然后，找自己的房间开门进去。像这种寻找房间之类的事，他这人非常拿手，绝对不会失败。

“如果他那些伙伴已经回到房间，他便装作酒喝得酩酊大醉的模样，一句话也不说就钻入被窝睡觉。

“接着，夜深了，伙伴也好，旅馆的经理和服务员也都睡了。这时候他悄悄起床，寻找小林昌二随身携带的物品。

“并且，尽最大可能找到小林昌二写的字条或信什么的，模仿他的笔迹写一张留言条放在那里。

“具体的内容是：‘我遇到一位朋友，他给我介绍了一份很适合我的工作，特留此条与你们告别。’等到拂晓溜出旅馆，以后再也不去那里。

“这么一来，小林昌二明天早晨确实活着的证据就有了，你们没有看见他死的第二现场也成立了。现在，你俩明白了吗？”

春木夫人大幅度地点头同意，可脸上还是担心的表情，她问：“瞧你这个部下的化装，肯定获得成功。可我还是有不放心的地方，那就是小林君的尸体如何处置？欲让人的尸体完全消失，那是根本不可能的。一旦尸体被警方发觉，什么都完了。”

“你原来是为那事担心？嗨，那太简单了。”影男若无其事地笑着说。

影男这番轻松的口气，让两位夫人再次呆若木鸡地望着他。

“什么，藏匿尸体非常简单？”

“是的，方法极其简单，绝对不会被警方发现。但是，在向你们介绍这一手法之前，必须先让我的部下快回到旅馆去。好了，你立刻出发！不允许有任何闪失！记住了吗？与我联系的方式还是照旧，出发吧！”

化装成小林昌二的男子行礼后走了。

影男送走他回来后不知给谁打了一个电话，随后重新坐到两位夫人前面的椅子上。

“我打了一个电话，通知另一个部下上这里来，让他把尸体从这里运走。不过，有一件事情要与你俩商量一下……”

春木夫人没等对方说完立即说出了对方接着要说的话。

“是钱吧？”

“你还真有眼力！就是你说的那事情。其实，我是专门做这种生意的。例如名人的隐私、名人的艳史、名人的丑闻，掌握这些情况后与其本人交易获得报酬。我提供我的智慧和技术换取报酬是我的职业。因此，那些刺客和盗贼都是我的客户。”

两位夫人听到这里不由得面面相觑，全身瑟瑟发起抖来。

“那，你说吧，要多少钱？”春木夫人虚张声势，大模大样地问道。

“是啊，你们如果是有钱人又是男士，也许我会开价一千万日元或者两千万日元。可你们是女士，尽管你们的丈夫很有钱，可毕竟不是你们本人所拥有。因此，我不想说那些超出你们支付能力范围的话。这样吧，三百万日元。我想这么小一笔数目，你们即便不对丈夫说也能轻易办到。如果你们不答应，那我只能把尸体放在这里撒手不管了。你们看如何？”

两夫人相互用眼神交换了一下意见，做出了同意的决定。这是为了拯救十多个秘密成员出火海的大事，不能再犹豫了。

只要支付三百万日元就把这件事情了结，确实很便宜。并且就像影男说的那样，只要给上这些钱，他手头就可以宽绰一点，解决起来方便得多。春木夫人表示赞同。

影男笑嘻嘻地点点头说道：

“我让尸体消失的方法，不管谁都会，十分简单，但我不想说得很详细。其理由不管怎么说，你们都是女人。例如，即使明白泄露秘密会给自已带来灭顶之灾，可往往在感情上难以克制而暴露秘密。这种结果很难保证说不会出现。

“如果出现这种结果，不但你们危险，就连我也会遭殃。因此，尽管你们可能感到遗憾，但我不可能将尸体消失的方法详细地告诉你们。

“只能说说简单的情况。在某个地方使用某种方法十分简单而又迅速地隐匿尸体，其结果，小林昌二的尸体永远消失，绝对不可能被警方发现。

“再过一会儿，我的一个手下驾车来这里，他应该带来麻袋。我将小林昌二的尸体装入麻袋搬上车带到某个地方。到了明天，尸体将完完全全从这个地球上消失。

“我刚才说定的报酬，请过一个月后给我。有关交钱方式，届时我会告诉你们的。对于我也好，对于你们也好，绝对不会有任何危险。在这一个月里，希望你们准备好三百万日元，明白了吗？”

两位夫人觉得对方要钱的时间放得很宽，一颗悬着的心终于放了下来。但脸上表情木然，就像喝了迷魂汤似的。

片刻后，影男手下的车停在别墅门口。影男将小林昌二的尸体装入麻袋搬到车上，接着坐上车消失在黑暗里，也不知驶向哪里。

枯 井

影男在好多地方拥有土地，但绝大部分土地都由于战火到处留有焚烧过的痕迹。

影男时常在这些土地转来转去，与附近的邻居十分亲热。这些土地中间，无论是在什么地方都有枯井。影男说留着这些枯井太危险，打算填掉。于是，用卡车运来泥土堆在枯井边上。

那天晚上，装有小林昌二尸体的车驶到这块土地中的其中一个叫尾久的空地，距离代代木非常遥远。

尾久空地那里非常冷清，即便大白天也没有人经过，周围没有住家，根本用不着担心被人看见。

影男与部下抬着装有尸体的麻袋走到空地中央的枯井边上，随即将麻袋扔了进去。接着，用事先准备好的铁锹将井边的泥土填进枯井。

等到麻袋被土完全盖住后，影男脸上露出了扬扬得意的笑容，坐上车离开了。

第二天早晨，影男以地产拥有人绵贯清二的名义出现在尾久空地上，身着和服，与昨天的装束判若两人。瞧那模样，好像是当地商店的店主。

他先是在空地上转来转去，接着窥视枯井，等到核实清楚尸体掩埋万无一失后，迈开脚步拜访当地的土地管理所所长。影男曾经在购买这片土地时，受到过

影　男

所长的照顾而彼此间成了熟人。

“所长，你好呀！我是为土地而来的。最近因手头资金周转不过来，打算将这片土地出售掉。不过，在让买主看这片土地之前，想把它平整一下，能否请你找一些人帮个忙？”

影男试探性地询问所长。

“嗨，你来得正是时候，我这儿正好有两个人闲着没事干，这样吧，我立即吩咐他们。是平整土地吧？那么中间的枯井要不要填平呢？”

“是啊，我早就想填平枯井了，运来了许多泥土。可由于抽不出时间，泥土就一直那样堆着。就请吩咐他们把枯井给填掉，反正是没有水的枯井，那样放着很危险。”

“我明白了。现在我俩一起到现场去估计一下平整土地的费用，随后马上请土方公司把土运来。”

自称绵贯清二的影男带着所长来到那片空地，商量怎样平整土地。

少顷，一个带着铁锹的男青年走来了，开始平整土地。

“所长，你刚才说把枯井填掉……是那口枯井吧？旁边堆有许多土，填平它很简单。虽说这一带好在没有儿童来这里玩耍，可这犹如陷阱般的枯井不填平确实十分危险。”

“是的，我也十分担心。枯井周围的井座已经倒塌，万一有人掉下去，我可得承担赔偿责任。”

“这要不了多少工夫就能把它填平，我现在就开始干。”

年轻男子说着热火朝天地干了起来，一边说话一边用铁锹把周围的土铲到枯井里。

影男趁这间隙在这片空地上走来走去，又到附近一家烟店买烟。总之，枯井没填平之前他是不会离开现场的。

过了一会儿，所长带着另外两三个年轻人来了。枯井已经完全填平，刚才那个填土的年轻人开始夯实那里的土。

影男觉得自己没有必要继续待在这里，尤其是夯土属填土的最后阶段。

“所长，这里就拜托你了，谢谢你！平整结束后我会来检查的。”

说完，他急匆匆地离开那里。

枯井深度有四米多，即便有某个买主买下这片土地，只要不建造带有地下室的大楼，那枯井里的尸体就不可能重见天日。也就是说，根本不必担心尸体被挖出。

然而，自称绵贯清二的影男根本不打算出让这片土地，因为，只有这样做才是最安全的。

影男的恶胆，来自于他对任何事物的逆向思维。在考虑藏匿尸体的时候，他认为用泥土掩埋是最愚蠢的方法。

为了埋藏尸体，不得不特地把土挖出来。例如挖洞、填埋，无论手法怎样高明，想得怎么周到，伪装得怎么巧妙，但一看见土的颜色和松软的土便可明白那是挖过的痕迹。

另外，挖洞和填埋需要很长时间。在这一过程中要避开人的耳目，更是一件极其不易办到的事情。

影男经过逆向思维后，随即得出这样的结论，在不需要挖土的地方填埋，完全可以公开进行。

于是，绞尽脑汁想出了这种最为理想的地方。终于，他想出了最妙的场所，那就是没有水的枯井。

脑子里有了这一想法，于是就着手到处寻找这种比较特殊的土地。四处寻找后，终于买到了他理想中的有枯井且非常冷清的空地。现在，这一想法为那个秘密俱乐部的阔太太们起了作用。

既不需要花费大量的人力，也不需要什么费用，便轻松得到三百万日元巨款。影男如此的邪智和恶胆，简直让人毛骨悚然。

影　男

公　司

在此期间，扮作佐川春泥的影男依然在不停地创作奇怪的犯罪小说，并且，那些来自杂志社的信和稿费，也还是让手下人去指定的邮局取。

可最近一段时间里，影男发现了一个奇怪现象：在手下人送来的邮件中间，每次都有一封奇怪的信，也不写寄信人姓名。

每次信件的内容都相同，执意要求影男回音，否则就不停地寄信给他。

佐川春泥先生：

你好！

我是你小说的忠实读者，与一般的崇拜者不同，如果你见到我，一定会对我感兴趣。回这封信的地址，你可以从‘黑猫杂志编辑部’那里打听到。

我希望和你单独见面，就一次即可。见到我后，对你一定有益。当然，对我也有益。

其实，我遇上了一件怪事，希望从你那里得到智慧上的帮助。作为感谢，我告诉你一件非常奇怪的事情。当然，如果你把这一情节写进小说也无妨。当你听到那么奇奇怪怪的事情后，一定会大吃一惊。

如果你同意的话，请在与这封信相同的邮局留下通话的具体

日期、时间和你的电话号码。关于见面地点，允许我在电话里与你商量。

须原正　敬上

在短短的半个月里，像这样的信已经收到了十封。

扮作佐川春泥的影男被写信人如此执着惊呆了，与此同时也产生了强烈的好奇心。影男自步入文坛以来，曾收到过许多读者来信。可像这样痴迷的读者来信，还是头一回碰上。

“就见他一面吧！看看他到底是什么样的人。”

影男突然饶有兴趣起来，思考后决定按照对方说的，将自己的电话号码以及通话的具体日期留在邮局。果然，对方按照影男约定的日期和时间准时打来了电话。

影男以速水的名义租借了曲町的公寓。

“我是佐川春泥，可以与你见面，想与你商定地点。”

“在银座背后一条路上，有一家叫鲁高库的小酒吧，光线不很亮，但环境十分优雅。这家小酒吧的地下室非常隐蔽，我们就在那里见面。时间定在今晚九点酒吧最热闹的时刻，因为越是热闹对我们来说越是安全。”

“好的。晚上九点我会准时到达那里。”

扮作佐川春泥的影男晚上九点，准时进入那家酒吧光线最暗的地下室里。

“请问有个叫须原正的客人已经来了吗？”

他向柜台里酷似经理的男子打听，男子便指着最里边最暗的场所。虽没有门，但有半人高的隔墙。如果有客人站在柜台前面朝里看，模模糊糊根本看不清楚。

包房里有一张长茶几，两侧各放有一张长沙发。长沙发的角落里，坐着一个身着黑色服装身材瘦小的男子。

“是须原正先生吗？”

“是的，你是佐川春泥先生吧？”

影　男

扮作佐川春泥的影男面朝须原正坐到长沙发上。

“在这里说话声音大一点，不会被人听见吧？”

“不用担心。我是经过一番实地考察后才把地点定在这里的。”

“那么，我们就开始吧！”

须原正端起服务生送来的杯子，里面盛有威士忌苏打水，呷了一口后开始说了起来。

“佐川君，我从你写的小说里琢磨出你不是一般小说家。另外，我们花了一定时间调查了你的情况。关于隐私，我俩是彼此彼此。我的秘密，我可以毫不保留地说给你听。”

须原正似乎是一个思路敏捷的男子，滔滔不绝地说着。

他年龄有三十五六岁，个头矮小，瘦长的脸上肤色苍白，看上去体力很单薄。然而就是这样的男子，往往会出人意料，胆大果敢。

“我们？你要说什么？”

不用说，扮作佐川春泥的影男保持着高度警惕。

“我们有三个人，按照公司模式经营，其中一个是女的。他俩都是别人介绍给我的……”

“他们今天也来了吗？”

“没有。今天来这里的就我一个。这里的经理我不熟悉，你不必担心。”

“那，你叫我来有何贵干？”

“我们多少掌握了一点儿你的秘密，但今天我也打算向你公开一下我们的秘密。可我和你事先应该约定，我们相互为对方的秘密守口如瓶。”

“明白了。”

“其实，我有事要请你帮忙。但在请求你之前，必须向你解释我们几家公司的性质。这仅仅是我们三个人的绝对秘密，一旦向你公开，就意味着这秘密在世界上有第四个人知道。不过，我们四个人中间，倘若有谁说出秘密，那么，这个人就会即刻从这个地球上消失，明白了吗？”

门口放有背景音乐，使得扮作佐川春泥的影男难以听清楚须原正低嗓音的说话内容。

“听你这么说，好像是秘密结社？”

“可以这么理解，但我们不叫结社而是叫公司，纯粹是为了营利的公司。当然，我们的公司没有去工商行政管理部门登记注册，只是我们自己决定设立的。

“要说出公司名称，你立刻就能知道秘密的全部内容，因为那是秘密的核心。这不光是内部名称而已，我还得说给你听，否则我和你无法深谈。

“你是一个专门暴露犯罪过程的小说作家，一听到我们公司的名称，多半是不会吃惊的。好，请放心地听我说！”

须原正说到这里朝前探出上身，把嘴凑到扮作佐川春泥的影男耳朵边上慢慢地说道：“杀人承包公司！”

影 男

契　约

须原正张大嘴巴，仿佛要一口吞下影男似的。在他那张苍白的脸上，唯嘴唇红色。但他那张苍白的脸根本不像是病色，而是一种天生的刺客相。

“这太有趣了！那，营业方式呢？”

扮作佐川春泥的影男听了后没有半点惊讶，反而笑嘻嘻地问对方：“你不愧是小说家！佐川君，瞧你脸上没有半点慌张的神色。你问我营业方式是吧？嘻嘻……我们这种公司，是不能做广告宣传的。可不声不响又怎么会有客户上门呢？因此，我们三个主要合伙人的工作就是寻找客户。也可以说，这跟侦探的工作几乎相同。可我们不是寻找杀手，而是寻找那些需要杀手的有钱人，商定价格后便受理杀人委托。”

“原来是这样的经营方式！这样的生意太有趣了！可你们那样做能有生意吗？这是玩命的买卖，如果没有相当的利润……”

两个怪人的交谈十分投机，犹如两个实业家在商谈一笔大生意，一副若无其事的模样。他们继续交谈的内容足以让人魂飞魄散。

“别看有些人社会地位很高，但出人意料的是，他们心里往往藏有杀机。理由嘛，各有不同。但有一点儿是相同的，从某种意义上来说，越是有钱有地位的人，越是没有自由。

“一旦有人妨碍他们的美好前程和名誉地位，他们一定会想，只要不危及自己，干脆用夺人之命的方法除掉眼中钉。

“当然，这样的思考方法多半是人的本能。只是人可以用道德那样的理性，不让这样的本能变成罪恶行动。

“许多人即便有杀意，可由于害怕杀人后要受到法律的严惩，不得不迫使自己忍耐。一般来说，他们都至少有一两个死对头，就他们的本意来说，希望这些死对头和有可能危及自己的对象尽快从世界上消失。

“大凡有这种想法的阔佬，一旦明白杀了人还能保证自己绝对安全，便不管成交额多么巨大，都会毫不吝啬，慷慨解囊。这样一来，我们公司的生意也就火爆起来。”

俩人越说越来劲，不知不觉地，脑袋几乎凑到一块儿了。从交头接耳到公开谈论，兴奋的语调仿佛在议论小说的情节。

没想到，影男居然被这个须原正的侃侃而谈吓得惊讶到了极点。

“你们那家公司是什么时候开张的？迄今为止成交了几笔生意？”

扮作佐川春泥的影男一口喝完杯里剩下的威士忌苏打水，仍装作若无其事的表情问道。

“喂，再来一杯！”

须原正没有立刻回答影男的提问，而是拉大嗓门招呼服务生。影男见状不由得吃了一惊，这个须原正胆大狂妄，根本不在乎别人听见他说什么。

不过，当说到重要部分时，他立刻一边注意周围一边尽量压低嗓门。不用说，须原正是一个胆大心细的男子。

“我们公司从开张到现在还不到一年。成交这样的生意，必须具备相当的条件。就这一点来说，我们三个人都非常明白，生死与共。

“我们三个人都是知识分子，具有超常的聪明才智。我曾经是学者，男合伙人曾经是评论家，女合伙人曾经是医生。

“从营业开始到现在，这一年间里，我们做了好几笔生意，把三十个人从这个世界上赶了出去，其中二十五个人是被我们一并杀害的。为了杀其中一个，不得不剥夺了其他二十四个无辜者的生命。

影　男

“就杀人合同来说，只不过签订了六个。虽说是六个合同，但公司的收入一跃登上了数千万日元。”

“你们那次将二十五个人杀害的方式，是在列车上还是巴士、船上或飞机上？”

扮作佐川春泥的影男，兴趣逐渐浓厚起来。

“嘻嘻嘻……真不愧是作家！佐川君，你的提问太尖锐了！那一次集体被杀是在列车上，具体是哪一个车次我不便说。记得是在列车经过悬崖下的时候，我们从悬崖上把大石块朝着列车滚落。当时，大石块掉落在列车钢轨上。由于列车司机看不清楚钢轨上的情况，以致列车驶到大石块上。那节骑在大石块上的车厢，与其他车厢的连接器断裂而摔落到谷底。车厢里一共是二十五名乘客。”

“杀人目的达到了吗？”

“是的。这纯属偶然，目标人物居然在死者中间。如果目标人物不在其中，我们还打算采取其他措施补救。”

“是谁滚落岩石的？”

“当然不是我们喽，是无罪的孩子们。指示孩子们将岩石滚落到列车钢轨上的则是我们，孩子们不会考虑石块滚落到钢轨上的后果，只是觉得好玩而已。受到我们让他们滚落大石块的暗示后，觉得只不过是有趣而已。再者，唆使他们的是来无影去无踪的我们，而我们的脸上也没有一丝恶意，完全是好人模样。像这样的事件发生后，孩子即便被警方抓住也不能定罪。”

“太有趣了！我也曾经写过那样的小说。”

“是的！我就是受你小说的启发采用这一办法的。”

“什么，我的小说？”

“是的，所以说，我是你小说的忠实读者嘛。我还强调说，我不是一般的追星族是吧？”须原正这个怪男子说完，厚颜无耻地嘻嘻笑了。

“其他五种杀人场合，我们也动了不少脑筋。如把对方的脸按入盛满海水的脸盆里呛水而死，再将尸体扔入涨潮的大海里制造溺水身亡的假象。

“或者，将拳打脚踢致死的尸体装车驶上悬崖，连同车一起推到崖下伪装车辆事故而死的假象……

“总之，我们想了不少办法。我们是杀人专家！即便得到的钱不怎么多，也不希望杀人的手段太普通。杀人是完全犯罪，我们必须有清醒的认识，杀了人以后，绝不能被警方抓住。

“我们也雇用一些能代替我们杀人的男子，例如那些乞丐，一进入拘留所或监狱，还有人管他们的饭和睡觉，不必担心挨饿受冻。

“不过，使用这种人，我们是不能让警方觉得这是一种有计划的杀人犯罪，而是让警方觉得这是一种过失杀人犯罪。这种杀人犯罪，通常是不会被判处死刑的，而且有期徒刑也不会很长。”

俩人的交谈涉及这些重要内容的时候，声音会突然间变得非常的轻，根本用不着担心让人听见。尽管如此，在公共场合说这样的话还是一种冒险行为。

扮作佐川春泥的影男看了一下手表，将须原正说的话引回最关键的话题上。

“贵公司的经营范围以及业绩，我大致清楚了。请问，你有什么要托我办的？”

“简而言之，我们希望你出任敝公司顾问，发挥你在这方面的天赋才能。杀人既要干得漂亮又要讲究艺术，这不是轻易能思考出来的。再说委托杀人的客户越来越多，我们已经处在难以招架的境地。在这种情况下，要使公司业务进一步发展，无论如何需要一个天才顾问。

“例如，你曾经写过将尸体隐匿在枯井里的这样一本小说。为达到这一目的，你还写了一个崭新的方法，在各地购买有枯井的空地。

“我们读了那篇小说后佩服得五体投地，我们隐隐约约地感到，你不仅写这样的小说，现实中你肯定拥有那种土地。怎么样，我们的判断没有错吧？”

“哈哈……那是小说！硬把想象虚构与实际挂钩，真让我感到困惑呀！”

“你说那样的话，如果对我以外的人说，也许能蒙混过关，但在我面前这样说，只能是白搭。我在一开始见你时不就已经说了吗，我在某种程度上知道你的情况！嘻嘻嘻……”

须原正说完用白眼瞟了一下对方，匕首般的目光足以让老奸巨猾的影男感到

影　男

震惊和颤抖。

“抛尸的场合，既安全也不安全。今后，我们需要的时候有可能使用你那有枯井的土地！当然，我们会支付高于土地价十倍的酬金给你。”

“我要是有那样带枯井的土地，一定借给你。要是没有，也请你别见怪。总之，先答应你。对于我来说，允诺借给你们的，只是我的智慧。”

“是的，是的，我没有说要你出借生命。”

“那，请告诉我顾问费是多少？”

“好，我就打开天窗说亮话吧，四个人合作，利润也由我们四人平均分配。也就是说，你和我们一样，获得公司总利润的百分之二十五。”

“那，假如我不同意呢？”

“是啊，我们也不会强求你，但有一点，我们见面一开始就已经有口头约定，如果你泄露了秘密，我们就会把你杀了。但如果你不违背约定，那你是自由身，随你怎么着。

“实话告诉你吧，即便你把今天晚上我说的内容报告给警方，我也无所谓！我可以当着警方的面说，刚才说的全部是虚构的，编造这个属于天方夜谭的故事，纯粹是想取悦作家佐川春泥。

“这是因为，一般人绝不相信世上有杀人承包公司。尤其在这样门庭若市的小酒吧里谈论杀人话题，就是说到天边也不会有人相信。”

扮作佐川春泥的影男开始喜欢起这个思路敏捷、口齿伶俐的须原正来，与这个充满智慧的须原正共事，肯定能干出许多有趣而且轰轰烈烈的大事。

“好，我已经喜欢上你了，愿意接受你的请求出任贵公司顾问。”

听扮作佐川春泥的影男这么爽快地答应了，须原正扑哧笑出了声：“谢谢！那我们就一言为定了哟！彼此之间的契约，我想就不必白纸黑字证明了。为保险起见，还是不留下任何证据为好。只是违约的话，你需要付出生命代价。从现在起，你得对我们公司承担责任。也就是说，你如果泄露我们的机密，我就让你从这个世上永久消失。明白了吗？”

“不，你们这一方即便想让我消失，我也不可能消失。不过，这样的游戏规则实在是太有趣了。我绝不会泄露秘密！因为这已经成为我们相互间的秘密。保密对你我都同样重要。在我们今后的合作过程中，你会渐渐知道我的秘密。现在，我该说什么好呢？”

“不能在这里说，明天改在别的地方说吧！明天上午我打电话给你，你大概在家吧？”

“其实，我真的很忙。好吧，为了你们公司就赔上明天一天的时间吧！我明天不外出等你电话。”

扮作佐川春泥的影男拿着帽子站起身来。

影　男

妙　计

第二天正午刚过不久，扮作佐川春泥的影男与须原正在浅草公园的花园门口见面了。

花园里游客不多，大型游览车在空中慢慢旋转，需要坐车空中观光的游人可以随时上车。他俩购买了门票，坐到游览车的一节车厢中。

像这样长龙般的游览车上有许多这样的车厢，距离拉得很开，每节车厢里只能乘坐两个人。其他车厢里乘坐的，几乎全是一对对年轻男女。

“怎么样，这里是说秘密话的最好场所吧？可以一边俯瞰东京，一边极目眺望品川那里的大海，一边说悄悄话，你难道不觉得这里既刺激又精彩吗？坐在这里，既不必担心隔墙有耳，又可畅所欲言。”

“你选择这里很合我的想法。这里确实是绝妙的密谈场所。好吧，我现在就说。”

须原正从口袋里取出一支烟点上火，扮作佐川春泥的影男见状也点燃了一支烟。

天空万里无云，没有一丝风。两个人乘坐的那节游览车厢沐浴着和煦春光，朝着天空慢慢地慢慢地攀升。

“那人的姓名不能说。我们可以称他X。

“X还不到四十岁，有妻子，但自己身体很弱，整天躺在床上。为了找助手，特地雇用了一个年轻美貌的女子。

“这女子是有夫之妇，可她没有对X提起这事。女子欺骗X，敲诈到钱后便寄给自己丈夫。我也是通过调查得知这一情况的。像这么难以对付的女人，心地为什么像乌鸦那般黑，可长相为什么偏偏那么漂亮？简直不可思议。

“X是从某一件事情中得知女助手居心叵测。过去，他不清楚女助手究竟是什么样的女子，把自己的一切放心地交给了女助手。

“总之，女助手需要什么，他就给予什么，尽力满足她所提的各种要求。然而当得知她的真面目后，X开始暴跳如雷。

“事态的发展最终走向了极端，X决意设法杀死这个女子。既然决心已定，X也就根本不把女助手的丈夫放在眼里。

“女助手的丈夫原本是一个善良人，可不知不觉受妻子影响，竟与妻子串通一气欺骗X。

“不用说，女助手的丈夫当初也规劝过自己的妻子。因此，X决定只杀女助手以报仇雪恨，让她知道恶有恶报。

“可是，X不想为了除掉这个女人而搭上自己的性命。也就是说，即要除掉女助手，又不让警方怀疑自己。他希望这样了结他的心头之恨。

“我们公司察觉了X的这一想法后，开始与他接触和交涉。通常类似这种交涉，不管什么时候都是这样，X不愿意敞开心扉暴露自己的想法，而且也不相信我们。

“这就需要像昨天晚上我对你说的那样，我们向他举了许多实例，苦口婆心，好说歹说，让他知道我们公司的实力。经过一番仔细耐心的解释，最终X同意委托我公司帮助他除掉女助手。

“报酬是五百万日元。其他如餐费、交通费等，他答应再增加一百万日元或者两百万日元。

“可这笔生意很难成交。他说杀人方法的前提必须保证他生命安全。同时，必须制造他不动手和不在现场的假象，还要让他目睹女助手被杀的场面。

“我们为此设想了许多方案，可都达不到他提出的这些要求。为此，作为你担任本公司顾问的第一项工作，想请你提供能满足X要求的杀人方法。”

天空呈蔚蓝色，头上飞过一架直升机。

两个人乘坐的车厢登上游览车的顶部，眼前出现了高耸入云的富士山。此时此刻，他俩悠闲自得，兴致勃勃。

“那个X客户住在什么地方？”扮作佐川春泥的影男慢慢腾腾地开口询问。

“住在世田谷区高台那里的一幢大型别墅里。”

“高台？”

“是的，是适宜眺望远景的高台。”须原正好奇地望着扮作佐川春泥的影男的脸答道。

“大概是那幢二层楼建筑吧？”

“嗯，是的。”

“从那幢别墅的窗户可以看见外面的空地吗？”

“望出去的都是空地！那一带还有许多旱地。”

“从那二楼可以看见的空地……尽可能距离X别墅远一些为好……能不能买下那片空地里的四百平方米或者八百平方米？打算买下的那片空地附近，最好没有住宅。”

“你说的那种空地，那一带有。只要豁出去，不管价格多高，可以立刻买下。”

“对了，我有一个绝妙的方案：以贵公司某个人的姓名买下那片土地。至于钱嘛，当然是请X客户支付！然后在那片土地周围竖起板壁围墙，但板壁一定要高。

“也就是说，那围墙里面的情况，只有站在X客户别墅二楼才能看见，而附近别墅的人必须看不见。接下来，在那片空地上的适当地方挖坑。挖坑时，必须是你们三个人自己挖。

“那很简单，只要直径有两米的坑就行了，深度得三米至五米。如果两个男人挖，半天就足够了。

“接下来要做的，稍稍有一点困难。这项工作也必须由你们自己亲手去做，即把那堆挖出来的土筛一遍，而后在细土上加水变成泥状，再将它填回坑里。当泥状的土将坑填满后再进行平整，使之与周围的土融合在一起。

“准备工作就这样结束了。接下来的工作，是请你们公司那个女合伙人完成。让她和X客户的女助手交朋友，伺机把女助手引诱到围墙里的空地上即可。”

“嗨，那么简单的过程能满足X客户提出的条件吗？”

“当然，当然能，这与X客户提出的条件完全吻合。”

“让我公司的女合伙人引诱女助手，岂不危险吗？必须保证她绝对安全，否则可就麻烦了……”

“除X客户的女助手外，只要脸长得像就行。不是在X客户家里，而是在别的地方，只要是女助手单独一个人时与她交上朋友就行。最好是化装的！在把女助手引诱到现场的途中，要不断地换乘交通工具。最后那辆直达现场的车，必须是你们两个男合伙人中间的一个驾驶。怎么样，你会驾车吗？”

“会的，我俩都会。”

“好了，都具备了，肯定大功告成！”

对于须原正来说，扮作佐川春泥的影男制订的计划，尽管还有点模模糊糊，可大致还是明白的。他不由得露出笑脸望着影男说道：“不愧是佐川先生！你刚才提出的确实是最佳方案，完全可以满足客户提出的各项要求。”

“这么说你已经明白了？这么快就理解了？佩服，佩服。”

“还有一些细小地方虽不太明白，但大致能想象得出。不过，这确实是一个让人震惊的杀人方案，还相当残酷。”

两个人相互望了一下对方的脸，嘿嘿笑了。

就在空中游览车旋转的几分钟时间里，两个人在东京的上空制订了令世人毛骨悚然的杀人计划。

影　男影　男

沉　没

世田谷边上，还有许多与旱地相连很冷清的地方。

那里是冷清地带的一部分，有零星新建住宅，相互间距离拉得非常开。

在可以俯瞰那片旱地的高台上，有一幢超豪华大型住宅，周围是非常坚固的石块堆砌的围墙，围墙里非常空旷的土地上树木林立，枝繁叶茂，中间是那幢日本风格的二层楼住宅。站在那上面的二楼窗台，可以把周围的景色尽收眼底。

这幢大型别墅附近有一幢“夏殿别墅”，主人是某制药公司的总经理，叫毛利几造，今年还没满四十岁，是一个超级大富豪。

在距离毛利别墅四百米左右的旱地里，两三天前传来铁锹与铁榔头的金属声响。现在，五百平方米左右的旱地已经被平整了一番，周围都竖起了密不透风的板壁围墙。

从这项工程开始那天起，毛利几造就买来一架价格昂贵的高倍望远镜，将它架在二楼和室里，每天眺望这片五百平方米的工地。

毛利别墅与这片工地现场之间没有建筑物之类的视线障碍，把眼睛凑在望远镜上，可以将工地现场情况看得一清二楚。

堆得像山一样的木板背后的土地上，被撒了一层白色细沙，沙好像是从海岸那里运来的。前一天深夜的时候，围墙里好像进行过什么作业，可由于当时没有光线看不清楚，再说他也不打算去问什么。

高台上除毛利别墅外没有其他住户，也没有路可以让行人通过这里时俯瞰空地的情况。也就是说，能看见板壁围墙背后情况的，唯毛利别墅里二楼拐角的那个房间。除这房间外，即便站在其他房间的窗台前，也无法看清空地那里的情况。

板壁围墙全部竖起后过了三天，毛利别墅接到一个奇怪电话。

“明天正午一点钟有一台好戏，请别错过机会。另请通知你家里所有人不要外出，明白了吗？”

对方连着重复三遍相同内容后，挂断了电话。

到了第二天，毛利几造来到二楼拐角的那间和室，只拉开一扇落地移窗，把阳台上的藤椅放到一边，坐到和室里那张桌子的前面，桌上放有一架望远镜，就在他眼睛跟前。

万里晴空，一只鸢在天空画着弧线，无忧无虑地翱翔。

二楼窗台下边的院子里，植树公司派来的年轻职员和毛利别墅里看管院子的老爷爷从早上开始就在修剪树枝。

楼下玄关旁边的小房间里坐着一个寄宿生，厨房里两个女用人正在洗刷午餐过后的碗筷锅盆等。

在后院的洗衣房里，一个女用人正在专心致志地洗涤。

宽敞的二楼里，除毛利几造没有其他人。这是根据电话里那个男子的指示，毛利几造特地让别墅里二楼上就他一个人的。

在玄关和后门以及其他主要地方都配备了用人把守，规定任何人外出绝对不能让别人看见；倘若一定要外出，那只有一条路，沿着屋顶下到院子，再翻越石围墙外出。可院子里有植树商店派来的员工和看管院子的老头，一到院子就会被人发现，因此，这条路也走不通。

做了这番布置后，万一后天如果有人怀疑毛利几造，大家都可以证明他在二楼没有外出。事实上，那段时间里，毛利君没有跨出二楼和室一步。毫无疑问，是制造毛利几造不在杀人现场以及没有时间杀人的证据。

时针正巧指向一点的时候，一辆车停在距离板壁围墙一百米左右的道路上。

影　男

毛利几造见状立即把眼睛凑到望远镜上面，望远镜里出现的车大得仿佛就在眼前。

车门开了，走下两个女子。先下车的，是一个三十五六岁的女人，对于毛利几造来说是一个陌生女人。紧接着下车的，是一个二十五六岁的女人，长得非常漂亮，但举止傲慢，显得冷冰冰的。

就是这女子欺骗了毛利几造，她叫比佐子。

这情景一出现在望远镜里，毛利几造顿感愤恨无比，气得脸上的五官都变得歪斜起来，两只搭在望远镜上的手也微微颤抖起来。

毛利几造的视线紧跟着两个人的背影，不停地转动着望远镜，片刻后又把注意力集中到周围，搜寻是否还有其他人。可眼下不是种植季节，旱地里连一个人影也没有。

毛利几造总算松了一口气，与此同时，猛然觉得自己的心跳在加剧，呼吸也跟着急促起来。

“好，好，那个可恨的家伙就要去见阎王了，她本人也绝不会想到别人会替我报仇。你这个坏蛋，马上就会知道欺骗我是什么样的下场。”

天空中的鸢继续在绘制更大的弧线寻找猎物，不停地飞啊飞的。

两个女子走进板壁围墙里，围墙里的空地上铺满了白色的沙石，她们踩着白沙石朝这边走来。毛利几造把望远镜不偏不倚地朝着她俩，不时地把角度调整到最佳位置。

就在这时候，走在头里的女子不知想起了什么猛地朝前奔跑起来。不是笔直的线路，而是忽左忽右地一边转弯一边狂奔。不一会儿，跌倒在沙石地上，好像被什么东西绊倒了。

“救命！”

不用说，根本听不见她的喊叫声，可表情和嘴形证明她表达的是这个意思。她手舞足蹈地挣扎。

刚才走在她身后的那个女子——比佐子见状大吃一惊，慌里慌张地朝那里跑去。她奔跑的是直线，目标是上去搀扶跌倒在地的女子。

刚奔跑了十步左右，可怕的事情发生了。

比佐子穿着高跟鞋的脚刹那间迈不动了，仿佛被白色沙石吞没似的往下陷。

比佐子慌了神，企图抬起右脚，由于用力过猛，左脚反而陷得更深了。

毛利几造的望远镜里，清晰地映着比佐子惊慌失措的表情。

她不停地挥手不停地挣扎着双腿，可越是挣扎腿陷得越深。

眨眼间，沙土遮没了膝盖。在这种状况下，脚已经不可能抬起，脚脖子成了僵硬状态，仿佛被什么东西往地底下拽。

终于，比佐子似乎明白了一切。

那张漂亮的脸蛋，变得歪斜变得丑陋起来。

脚下和周围是没有底的泥沼地。

她瞪大眼睛，仿佛眼眸蹦出了眼眶，嘴巴张得变成了大圆形，好像在拼命喊叫。那模样，似乎在向前面那个倒地女子求救。

可倒在比佐子前面的那个女子，不知是听见还是没有听见，既不把脸转向背后也没有其他任何反应。

毛利几造将望远镜直接对准那个女子。她的脸上布满了阴沉的笑容，躺在地上丝毫没有爬起来上前救助的迹象。

再看比佐子，沙泥已经淹没了她的大腿。

漂亮的裙子，似乎浮在水面上的荷叶铺在沙土上。随着她手舞足蹈般的挣扎，沙石下的泥浆不停地朝上翻滚，白色的砂石被黑色的泥土污染得斑斑驳驳。

比佐子似乎打算抱住什么，伸长手臂去抓沙石，可手一触及那里，明白那里也是相同的泥沼地。于是，像触及妖魔鬼怪身体似的，慌慌张张地缩回手。

乍一看是坚硬的地面，可这片白色沙石表层的下边却是无底的泥沼地。眼前的这片大地，已经失去支撑她的力量。

比佐子眼前很近的地方，是那个带她一起来的倒地女子，可她没有往下陷，躺在坚硬的大地上。而泥沼地就那么巴掌大一小块。就在比佐子脚下及其周围。

要能爬到她那里就有救了！只要朝那里爬上一米就行了。

她拼命地朝那里爬，可身体依然在原地踏步。下半身似乎早已被夹住失去了

影　男

自由，就连稍稍晃动身体也不行。

比佐子仿佛成了脸蛋美丽的侏儒姑娘。由于裙子浮在沙泥上，只裸露出大腿以上的身体部分。

毛利几造瞪大眼睛凝视，比佐子那张苦苦挣扎的美丽脸蛋像野兽那般狰狞。

看着她似乎在大喊大叫的嘴唇动作，毛利几造开始担心声音被人听见。

担心是多余的。就连距离比佐子最近的毛利别墅，也听不见那有气无力的叫喊声。纵然叫喊声随风飘到遥远的住宅那里，多半被认为是隐隐约约的犬叫声。

毛利几造估计声音传不到别人的耳朵里后，又把望远镜的焦点对准比佐子。

这时候的比佐子，沙泥已经淹没她的腹部。痛苦的她，身体晃动得更剧烈了。这时，她的身体与泥沼地的边缘距离缩短了，只要稍稍再缩短那么一丁点儿，手就有可能抓住坚硬的地面。此刻的她已经披头散发，发疯似的晃动着上半身，两只手在空中乱舞，仿佛在向空气求救。

就在这时候，前面那个倒地女子终于爬了起来。她转过身来蹲在痛苦挣扎的比佐子边上，没有伸手救助，而是不停地蠕动嘴巴，好像是代表毛利几造宣布她死刑的判决书。

比佐子一边听着数落自己背叛毛利几造的罪行，一边身体继续下沉。渐渐地，整个胸部被沙土遮没了。

剩下的只有脸还裸露在外。再过一会儿，沙土将遮没比佐子的脸部。

可恶！可恶的脸！那张脸将永远从这个世上消失！

刹那间，毛利几造的心情稍稍变得奇妙起来。他那燃烧着报仇雪恨烈火的心，猛地涌出怜悯之情。

可事到如今已经无能为力。假设上前救助，反倒会暴露自己的罪行。下一回是轮到比佐子向他报仇。

毛利几造想起比佐子的欺骗给他带来的痛苦，脑海里掠过的救助念头转眼间荡然无存。

比佐子的脖子也被沙泥遮没了，浮在沙土上的脑袋周围是裙子下摆。远远望去，裙子下摆仿佛一条围嘴布。

只剩下脑袋的女子已经不再叫喊，临终前的痛苦，加之眼眸的突出以及满脸的泥和血。

那个带比佐子来这里的女子，似乎也吓破了胆，背对着比佐子站着，不敢正面朝着比佐子。

渐渐地，嘴巴、鼻子、眼睛被沙泥吞没了。

毛利几造不由得离开望远镜，闭上眼睛，嘴里发出一种既不像叹息也不像吼叫的声音。

这时候，他的脑海里不时地闪出强烈的悔意。

毛利几造闭了一会儿眼睛，感觉脑袋不时地颤抖。少顷，他又孤注一掷地举起望远镜眺睛，两只握着望远镜的手也不听使唤地直发抖。

比佐子的头发也被淹没了，仅剩下两只手在沙土上，酷似两只小动物在地上蠕动。

然而，那晃动的时间并不长。一厘米，又是一厘米，留在沙土上的部分越来越短，最后只剩下五个手指酷似微不足道的小虫在沙土上爬行。又是一瞬间，这一次五个手指也全部消失在沙泥里了。

白沙石的一部分变成了黑颜色，表面在咕咚咕咚地起泡。又是一瞬间过后，空地里的一切都平静了。

正午耀眼的阳光无声地照射着那里。刚才翱翔的鸢开始降低飞行高度，在空中盘旋。

推　销

这不像我，那种事情不必放在心上……

影男从一开始就大口大口地喝酒，心里直嘀咕。

在他的周围站着几个身穿美丽服装的小姐，正叽叽喳喳地海阔天空消磨时间。化装成丑角的男子们则以奇妙的步伐转来转去，朝客人们说着恭维话。

舞台上正在表演杂技。三个全身涂满金粉的舞蹈演员，在一片金光闪烁中跳起了蛇舞，身上沐浴着红蓝黄等五色灯光，营造出一种特别氛围。

观众席上点燃了许多爆竹，发出乒乒乓乓的爆响，五色彩带像雨点般地射向舞台，如同仙女散花般地洒落在三个金光闪闪的舞蹈演员的头上。与此同时，无数美丽的大气球在舞台上空升腾飘荡。

这里是银座的德拉宫舞厅。影男坐在舞台正面最中间座位上，全神贯注地望着疯狂的热闹景象。

但是，即便在这样热闹的场合，刚才令他厌烦的事还是难以忘怀。传授给须原正的杀人计划已经获得成功，从领取这笔报酬开始，这种糟糕的心情就像阴云一直笼罩着他全身。他仅仅是制订了计划。

尽管用这种想法极力为自己辩解，可杀人计划毕竟是自己制订的。正由于这一计划的实施，年轻美貌的女子挣扎着叫喊着陷入泥潭的痛苦情景，像电影一样始终在眼前浮现，幻影般地围绕着折磨着他。

酒喝醉了，也许可以忘掉它。

他想出这么一个解脱办法。此刻的影男，扮作绅士殿村启介来到这家舞厅解闷。

他不经意地转过脸朝后看，察觉身后站着一个满头银发的老人。

“觉得没劲吧？是不是讨厌这样的气氛？你是有钱人吧？既然是有钱人，干吗不去另一家舞厅？那地方比起这里不知要好多少倍呢！”

老人头上似乎戴着银白色的假发，密密麻麻的。还有银白色的胡须，朝着两边翘起。下巴那撮白花花的胡须，一直垂至胸前……身穿笔挺的黑西装，看上去是一个气质非凡的老人。但给人一种莫名的恐惧，老人似乎擅长什么特异功能。

“怎么样？你若感到无聊，感到寂寞，可到那里。届时，你一定会觉得世界多么奇妙。”

白发老人站在扮作殿村启介的影男身后极力劝说，嘴距离他的耳朵越来越近，重复着同样内容。

“那在什么地方？”扮作殿村启介的影男突然产生强烈的好奇心，问道。

“在东京，坐出租车去不到一小时。”

“你能担当向导吗？”

“行！”

白发老人猛地压低嗓音说：“但要现金五十万。”

“五十万？我现在身上没带那么多。其实，这点数目要在平时都拿得出，可今天……”

白发老人微笑着说：“原来没带。那，可以商量，先看后付款。不过，必须是你一个人，否则很难办……”

“那，让这些小姐在这里等？”

“不，让她们在这里等是不可能的。你去那儿究竟需要一天还是两天，得根据你的心情，也许一星期，也许一个月，或许一年……”

白发老人脸上浮现出捉摸不透的可怕笑容，嘴里嘟哝着。

扮作殿村启介的影男听白发老人这么一说，越发好奇起来。

这白发老人也许真让我看价值五十万日元的不可思议的东西，或许他是恶意诈骗。不管怎么，先顺着他的意思。

“那，让这些小姐回家吧！钱嘛，今晚带得太少……”

“明白了，明白了，真到那里去得明天，我们还必须抓紧时间事先商量。”

“在哪里？”

“一个安静场所，就在附近，我带路。”

扮作殿村启介的影男对怪老人产生了浓厚的兴趣。

打发小姐们离开后，影男跟着白发老人走出舞厅。白发老人把影男带到一家距离舞厅不远的小酒吧，选择了一个最里面的包房。

两个人中间隔着小桌面对面地刚坐下，白发老人像说悄悄话似的打开了话匣子。

“这需要绝对保密，明白了吗？这三天里我一直尾随你，对你进行了充分观察，最终还是觉得你这个人做事比较牢靠，便主动向你介绍。我不便说出我的姓名，也不打算知道你的姓名。我说的这笔生意，你我之间都不需要提供姓名。你这一边只要支付五十万日元就行，我这一边只要把你带到那里就算成交了。”

“那到底是什么地方？”

“是荻洼前面一点儿的地方，坐中央线列车就可到达。”

“照你这么说的保密要求，没人知道你介绍的那里的情况？”

“不，有人去那里看过，但需支付五十万日元。去的人必须对那里的一切守口如瓶。除住在那里的人和我以外，谁都不知道。”

“什么？你说有人住在那里？”

“是的，那是秘密，你看了以后就会明白的。我们那里的世界，完全是另一个天地，可以称作天堂，也可以叫作地狱。总之，它与这个世界截然不同，是另一个崭新的世界。”

“那，大概也是一种魔术吧？不管魔术如何奇妙，五十万日元的入场券是否太贵了？”

“主要是场地费昂贵，因为那里不是一般场所，很少让人去那里观看。那

影　男

里，并不是谁支付五十万日元都可以去的。”

“既然要支付那么昂贵的入场券，里面一定很精彩吧？”

“不用说，非常有吸引力，可以欣赏许多有趣的东西。而那些又都不是这个世界的东西，都是很难想象的。”

“有没有危险？”

“可以这么说，也许有那么一点。试想，凡是带有冒险和刺激的，如不带一点危险，就不会有什么趣味。你清楚那种刺激是什么，所以特地邀请你。如果我对你的判断是错的，那我们就在这里分手吧！”

白发老人似乎很不满意影男喋喋不休的提问，摆出起身离开的架势。

“好，好，明天晚上我带五十万日元来。那，请告诉时间和地点。”

“啊，没想到你下决心时会这么果断。像你这么快就做决定的客户，是我迄今为止遇到的第一个。地点还是这里，时间是晚上九点……”

水　下

第二天晚上九点，两个人还是在昨天晚上的那家小酒吧里见面了。

扮作殿村启介的影男递上五十万日元，白发老人核实后又还给了他。

“这钱，你到了那儿再付。这是那家店主收的，我得到的只是其中一部分。”

白发老人把他带到轿车旁边。

司机肯定是白发老人的搭档。

轿车飞驰了四十分钟左右到达了目的地，四周是混凝土围墙，里面是一幢超大型别墅。

白发老人取出钥匙打开古朴的铁门，把扮作殿村启介的影男带到院子里。

影男环视一下周围，眼前是超大型别墅建筑。别墅背后好像有朦朦胧胧的光线，但所有窗户里都没有灯光。

“这本来是一幢非常漂亮的住宅，可现在成了某公司仓库。不过，我们要做什么都不在这里进行，而是下到别墅背后的池塘里。”白发老人凑到扮作殿村启介的影男耳边说。

“什么？下到池塘里？”影男吃惊地问道，白发老人发出轻轻的笑声。

“说是下去，并非在水里。等一会儿，你就会明白的。”

他俩在昏暗中朝前走去，不一会儿来到宽敞的后院。看模样，这里原来是一

影　男

个非常气派的院子，曾经树木林立的痕迹依稀可辨。

片刻，微弱的夜光洒落在宽敞的池塘水面上。

白发老人拉着影男的手来到池塘，一起坐在池塘边上。池塘呈不规则的椭圆形，直径有十四五米，黑乎乎的水面静悄悄的。

“刚才我说过，有事下到池塘里进行。我事先已经通知了，马上就会出现奇迹，请仔细看好池塘中央。”白发老人一边用警惕眼光打量周围一边轻声地说。

在这样的深夜坐在这样的旧池塘边上，即便没有任何声响也会感到毛骨悚然。按白发老人说的，这座旧池塘好像是通向不可思议的马戏魔术棚的入口。尽管影男充满了好奇心，但心扑通扑通地越跳越快。

随着眼睛渐渐习惯黑暗的同时，周围慢慢地亮了起来，比想象中还要宽敞的院子里，四周是黑压压的树林。在距离岸边三米左右的池塘里，伫立着一个黑色东西。

经过仔细辨认，那原来是直径四厘米左右的铁管，端部朝旁边弯曲，铁管伸出水面六十厘米，弯曲的铁管端部朝着他俩坐的方向。

“你发现什么了吗？你觉得那是什么？”

白发老人压低嗓门问道，可朦胧的黑暗里难以让人想象。影男没有说话。白发老人解释道：“那是潜水望远镜！是潜水望远镜！”

“哦，从潜水艇里观察海上的望远镜就是它吗？”

“是的。”

“你是说有人在池塘里用望远镜观察外面？”

“可以这么说。当然，像这样暗是看不清楚的，必须是白天。”

没想到影男面对着这样的潜水望远镜也发愣了。他短促地吼了一声，把两只手臂组合成交叉形状抱在胸前。

隐藏在院子的池塘里，伸出长长的潜水望远镜观察外面的家伙，到底是什么人？这样古怪的家伙，自己还是头一回遇上。看来，这人一定非常有趣。支付五十万日元来这里，看来还是值得。

他高兴了。

看着看着，那架潜水望远镜朝他们那里延伸。片刻，那弯曲的端部伸长了一米。紧接着，池塘里的水开始不寻常地晃动起来，一个庞然大物突然浮出水面。

庞然大物的表面是平的，从它的一端伸出的是刚才那架望远镜，好像在潜水艇的司令塔顶上。

这么小的池塘里，莫非有微型潜水艇？

影男觉得不可思议，脑子里浮想联翩。他侧过脸问身边的白发老人。

“这是真潜水艇吗？”

“不是的，只能说是那样形状的东西。那粗粗的圆筒时而浮出水面时而沉入水里，是到达目的地的唯一出入口。”

“你说的目的地是指什么？”

“就是让你看精彩东西的地方！是天堂和地狱。”

影男大幅度地点头，即刻明白了老人说的意思。

原来，带我去的地方居然在地下！

这池塘里的圆筒，是去那里的入口。

这样的设计太妙了！平时一直沉在池塘水下，不会有人想到去地下的出入口居然在这里。等到夜深人静再将出入口伸出水面，成为进出的通道。不需要使用的时候，出入口便沉入水底隐蔽。嘿！考虑得太周到了。

像这样的升降出入口，无疑需要大量费用。马达是肯定需要的。那么，需要守口如瓶的秘密究竟是什么呢？

影男一想到这里，顿感心跳声又“咚咚咚”地响了。

怪　景

直径超过一米的出入口圆筒，在朝水面上伸出六十厘米左右的时候猛然间停止了。盖在上面的圆形铁盖啪地打开，从里面伸出长长的铁梯，迅速伸向池塘边。与此同时，圆筒里走出一个人来，轻松地沿着架在岸上的铁梯走到岸上。

影男被深深地吸引住了，瞪大眼睛望着那越来越大的人影，上身是黑色紧身衬衫，下身是黑色紧身裤子，出现在他已经适应黑暗的视线范围里。

在狭小的圆筒里可以自由转动身体，是因为穿上紧身衣裤的缘故。影男暗自点头。男子很自然地朝着他俩走来，好像已经知道白发老人带来了客人。

白发老人见男子走来赶紧站起来朝他走去，两个人站着交头接耳聊了一会儿，接着，白发老人转过脸来，朝着影男介绍那个男子。

“下面，由他担任你的向导，五十万日元等会儿交给他就行了。我就不奉陪了，失礼了。”

“这人是谁？”影男问道，白发老人挥挥手制止影男的提问。

“他没有名字，他的任务只是带你去那个不可思议的国度。接下来你要去的那个国度里有许多人，可谁都没有名字。不用说，你也没有必要说出自己的姓名。这男子相信我，会把你当作客人接待的。你相信他跟着他就行了，那里惊险刺激而且精彩。”白发老人说完轻轻地笑了笑，举手挥了一下转身走了，消失在茫茫的黑暗里。

身着紧身衣裤的男子朝白发老人恭恭敬敬地鞠了一躬，牵着影男的手说：“请跟我来。”

听声音，男子年龄在三十岁左右。他带着影男沿着铁梯朝圆筒出入口走去。影男默默地跟着朝那里走去，走完铁梯来到圆筒出入口上。这时候，男子手指着脚下的圆筒出入口说：“里面有铁梯，请踩着铁梯朝下走。”

说完，男子走在头里。影男也学着他的爬铁梯姿势，下到圆筒深处。

两个人消失在圆筒深处后，架在岸上的铁梯自动缩回圆筒内侧，与内侧竖着的铁梯重叠在一起。紧接着，铁盖无声降下，与圆形出入口合在一起。

这时候，圆筒内部漆黑一片，什么也看不见。

影男猛地站住了，感觉自己好像是乘坐在电梯里。

明白了，圆筒在朝池塘底部下降。

他俩在狭小的圆筒底部站了一会儿，忽然觉得圆筒不动了，眼前的铁壁上出现了线一般的缝，接着，一丝光线从那里射入。

光线，逐渐变粗。

圆筒里的墙壁一部分变成了门，朝里侧打开。

两个人从敞开的门滑入横向通道。像这样的两重门，即便在水里也不会让水渗入。

横向通道，是模仿自然岩洞的形状用水泥砌筑的。

不知来自哪里的昏暗灯光，将周围照得蒙蒙亮。

影男重新观察向导男子。男子身上是黑丝绒紧身衬衫和紧身裤子，脸上戴着遮住眼睛的黑丝绒面罩。

洞窟入口附近有一扇铁门。男子打开铁门，里面是一个小房门，也是模仿岩壁用水泥制作的。

男子带影男来到房间里。

粗糙的茶几和长沙发各两把，桌上放着电话和文具。仿岩石形状的墙上装有配电盘，排列着许多开关。他俩面对面地坐到椅子上，中间是茶几。

“我们就在这里成交吧！请把钱拿出来给我。”蒙面男子说。

影男顺从地将事先准备好的五十万日元交给蒙面男子。

男子点了一下纸币，用手制止又要提问的影男，用命令的口吻说道："你什么都别问，我是不会回答你的，因为我只是看门的，不能回答你提的任何问题。不一会儿，你将明白所有一切。所有一切是值得期待和充满悬念的……首先，你可以慢慢地愉快地欣赏地底下的另一个世界。离开这里一直朝里走就可以了，一路上只有一条道，不会迷路。少顷，你将碰上美丽的向导……对不起，我就在这里告辞了。"

男子站起来推开铁门。

影男这回是独自一人来到刚才的洞窟，与此同时，背后的铁门"啪"地关上了。

按照蒙面男子刚才说的，影男沿着这条路不断地朝深处走着。

这一路上也不知光源来自哪里，影男在暗淡的灯光下独自一人行走。尽管有一定的心理准备，但还是不免感到有点害怕。

虽说是人工洞窟，可此刻给人一种自然岩洞的感觉，仿佛自己被困在地底下，四周弥漫着阴森森的空气。

又过了片刻，影男来到弯曲洞窟的拐角。影男沿着拐角转过弯去，眼前即刻浮现出白色的东西。他顿时站住了。只见那里站着一个亭亭玉立的美女，其背后是黑色岩石。

身着白色紧身衣裤的女子，那张脸蛋漂亮得简直难以形容，正笑盈盈地望着影男。影男直愣愣地站在那里，不知如何是好。美女走上前牵着他的手走在头里，没有说话。

一来到洞窟较宽阔的地方，只见美女将手放在旁边的岩石上。于是，眼前的大岩石朝里移动，出现了一个黑窟窿。

刚才那块移动的岩石，是这个洞窟的门。

这时，一阵暖风拂面而过，洞窟里飘逸着白色的烟雾，什么也看不见。

后来，影男才明白那不是烟而是热气。

美女依然一声不吭地朝前走着，引导影男朝热气里走去。

突然间，前面又出现一个美女。也不知她从哪里来，两个美女开始围着影男，为他脱去身上的衣服。

影男任凭对方摆弄，既不反抗也不吱声。片刻，他身上的衣服以及内衣内裤全被脱了下来，浑身一丝不挂。接着，美女们把他带到被夹在岩石中间的温泉边上。

影男把身体泡在温泉里。当他感到全身暖和的时候，两个美女又牵着他的手离开温泉池，让他躺在平稳光滑的岩石板上，用手掌轻轻地搓掉他身上的污垢。

也不知是什么时候准备的，边上已经放好了崭新的黑丝绒的衬衫和裤子。泡完温泉后，两个美女站在两侧给他穿上黑丝绒紧身衣裤。

穿戴完毕，影男顿感自己甚至情感也变成了来自另一个世界的人。黑丝绒的衣裤仿佛定做的，非常合身，影男的心情也感到特别舒畅。美女在为他服务的过程中没有说一句话，一直是笑容满面。影男也没有开口。

不使用外面世界人的语言，消除外面世界人身上的污垢，脱下外面世界人穿的衣服，让从外面世界来的人变成地底下世界的公民。

像这样的做法太好了！很合自己的想法。看来，创造这个世界的人，无疑十分喜欢这样的世界。

影男心情特别舒畅，走出温泉澡堂后，身后传来一阵风，门关上了。

两个美女没有出来，被门挡在里面。

影男又变成独自一人站在门前的洞窟里，无可奈何，他又迈开脚步继续走。

越朝里走，洞窟变得越窄。少顷，变成只能一个人行走的狭小通道。渐渐地，光线暗淡下来，不一会儿，周围黑得伸手不见五指。可影男并不打算返回。无疑，再往里走一定有什么特殊东西。可狭窄的小道已经到了尽头，不能再往前走了。

影男用手在黑暗里上下左右摸着，可周围是光溜溜结实的岩壁，没有可以离开这里的通道。他还是没往回走，耐心地站在黑暗里等待着发现奇迹。他的耐心等待，终于出现了奇迹。

突然，前面的岩壁无声地朝旁边移开，出现了一条通道。原来，是岩石门。

影 男

紧紧挨着岩石门的是陡峭的石台阶，他毫不犹豫地沿着台阶向上攀登。爬完台阶，影男顿感眼前一亮，站在那里能一目了然一望无垠的大海。

啊，我是做梦吧？不可能！

没想到，影男觉得眼前一阵阵眩晕，费了好大的劲才让自己站住。

哗，哗……传来浪涛声。蔚蓝色的天空，没有一丝云雾，远处地平线勾出了地球的圆弧。凡能被眼睛看得见的地方，既没有岛，也没有船，只有天空和海水。

再看看脚下，也不知是什么时候，刚才走过的石台阶和入口不见了，无论怎么搜索还是找不着。眼下，他是站在三平方米左右的正方形岩石上。

一望无际的大海上，只有他一个人站在孤岛般的岩石上。这时，他眼前的大海里发生了奇怪的现象。

看似大海里的一处海面上出现了浪涛，刹那间出现一条大鱼。尾巴酷似小舢板那么大的鱼，扬起很高的白色水浪，身上闪耀着银色的鳞光，每一片鱼鳞的直径，足有二十厘米。大鱼晃动着尾巴，在波涛中间卖弄着舞姿。

这时，又发生了比这还要令人吃惊的现象。大鱼又是一个翻身后，再次在水面上裸露出上半身。刹那间，大鱼成了美女。

美女的黑发随着波涛飘荡，两条漂亮纤细的手臂在天空中闪现。下半身是鳞光闪闪的鱼身体，上半身却是美女身体。也就是说，这是一条美人鱼。

从被水弄湿的黑发之间裸露出来的那张脸，漂亮得简直难以形容，而且越看越觉得可爱，让人心旷神怡。

美人鱼鲜红的嘴唇间露出珍珠般的牙齿，朝着影男微笑。

奇 花

影男呆呆地望着美人鱼，眨眼间海面又起波浪，一个白色的东西浮出海面。

那也是美人鱼，既漂亮又可爱。眼下，海面上一共有两条美人鱼。

“亲爱的客人，欢迎光临，现在我们带你到海底去。”其中一条美人鱼笑盈盈地对站在岩石上的影男说。

“你让我去海底？我可不是鱼是人，不能在海里潜水。”影男蹲在岸边，比较着两条美人鱼的表情回答。

“别着急，没有什么不可能的。我们在海里潜水使用这种器具。现在，我们帮你穿上它。”

美人鱼递上透明的假面具给影男看，随后戴在自己脸上。

假面具不大不小，凑巧遮住美人鱼的眼睛、鼻子和嘴巴。这种假面具既透明又柔软，还可以任意将其伸缩，戴上它后，丝毫改变不了美人鱼那楚楚动人的面容，相反还给人一种笑眯眯的感觉。也就是说，戴与不戴几乎没什么区别。

不过，仔细观察假面具，就会发现上面有透明柔软的细管，它与小型氧气瓶相连接。美人鱼们的腋下，都系有这样的氧气瓶。

“亲爱的客人，你只要戴上面具，不管水有多深都没关系，你可以轻松地到达海底。”

两条美人鱼一爬到岩石上，便把假面具戴在影男的脸上，把氧气瓶系在影男

的腋下。

“好了，我们拉着你的手去海底参观一个不可思议的国度。”

扮作殿村启介的影男被美人鱼牵着手，顺从地下到海里。

水一点儿也不冷，与人的体温差不多。

黑丝绒的紧身衣裤犹如涂了一层薄橡胶，水丝毫触及不了身体，手和脚被封得严严实实，水无法从那里侵入。

影男被两条美人鱼从两侧夹着朝海底下沉，尽管那样，影男还是无法顺利地下沉。于是，两条美人鱼巧妙地将影男拽下海底。

氧气瓶不断地朝假面具里输送氧气，戴着假面具的影男丝毫没有窒息的感觉。

原以为大海深不见底，可他们去的海底非常浅。两条美人鱼在岩石之间为影男引路。

片刻，他们来到大海藻云集的地方。宽度三十厘米到五十厘米酷似海带的海藻，犹如野兽背上的鬃毛。不计其数的海藻，纠缠在一起左右摇晃。

美人鱼带着影男在滑溜溜的海藻林里穿行。

不一会儿，前面被海藻挡住了去路。接着，改走深谷般的坑洼。

谷底没有光线，似乎深邃无底，给人难以言喻的阴森森感觉。影男朝深渊望了一眼。

突然，一个令人难以置信的东西穿过蓝色的海水映入眼帘。像这样的东西，即便在人间也不可能出现。

那东西像一朵巨大的花。以黑色岩石为背景，忽然啪地展开，颜色通红通红的。美人鱼拽着影男不断下沉，朝着暗淡的海底潜水。渐渐地，只见那花开始变大，而且越来越清晰。

那是一朵奇怪的花，被直径大约四米的五片花瓣围着，中间相当于花蕊的位置，宛如美女的脸。

五张美女的脸，紧紧地黏附在黑色的岩石上，正在尽情地开怀大笑。五个美女身着红色泳装，五张脸围成一圈呈放射状仰卧在海水里。这些美女的身体和大

影　男

腿模仿着花瓣的形状。

美丽的海底花！是人体花！

这种与众不同的花，在海底最深处也有两朵，朦朦胧胧的。凝神望去，暗得根本不透明的海底有淡淡的花影。

海底里，到处是这样的人体花。深蓝色的暗淡海底，有盛开的奇丽的红花。像这样奇异的美，影男还从未见过。影男与美人鱼以这样的花为目标，继续下沉。

突然，影男眼前出现了障碍物，一个很长的大怪物。

那是一条巨大的锦蛇，长度有七米左右，以美女花为背景，在深蓝色的海水里蠕动着身体穿行。锦蛇身上的鳞片，闪烁着沉闷的银色光泽。

影男面对锦蛇大吃一惊，全身陡然间变得僵硬了。

这时，大锦蛇的对面，人体花关闭了五张花瓣。五个美女猛地举起脚，从腰部变成九十度，十只脚遮住五张脸后朝中心聚集，变成大花蕾的形状。这时，大锦蛇弯曲着颀长的身体缓缓沉向海底。

大锦蛇的影子消失后，美人花又无声地绽开花瓣。影男离开身边的两条美人鱼，朝美人花中间游去。那模样酷似前去采蜜的蜜蜂……

刹那间，五朵美女花瓣竖起花蕾，从花瓣伸出十条手臂紧紧地挽住影男的身体。那形状，犹如被逮住的昆虫。影男在盛开的花蕾里恍恍惚惚，像梦，像幻觉。

美女花中的一个美女悄悄晃动了一下影男腋下的氧气瓶，他丝毫没有察觉。美女好像在他的氧气瓶里安装了什么机关。被输入他面具里的氧气，不知不觉地变成麻醉气体。

很快，影男陷入深深的梦境。

魔　幻

也不知昏睡了多少时间，影男突然睁开眼睛。

他察觉周围已经不是海底，居然是不可思议的山脉。

也许还在做梦？刚才是海底，现在却到了山上，肯定是什么魔法作用！他凝神眺望，反复环视四周。

可自己所在位置确实在山上，山峦逶迤，诸峰重叠。而且，自己现在是躺在山里。

“这里应该是东京都内的地下，地下却变成了汪洋大海。我起初潜水来到海底，现在，汪洋大海又变成了山，而且山连着山。”

影男上下打量了一下自己的模样，身上穿的还是刚才被迫穿上的黑丝绒紧身衣裤。

“这里是我支付了五十万日元入场券进来的地方，看来是地下世界、魔法王国。”

他触摸了一下自己的身体，黑丝绒衣裤丝毫没有被水打潮，刚才一直戴在脸上的透明面具和挂在腋下的氧气瓶，不知什么时候已被摘除。

影男又愣了，目光呆滞地眺望无边无际的山景。

咦？

突然，他发现一个奇怪现象。

山不停地摇晃，渐渐暖和起来。不仅如此，山上不长一草一木，光秃秃的，还布满了奇怪的细小皱纹。

他腾地赶紧起身，重新扫视周围，察觉那好像是无数人堆积组成的山。无数的眼睛，无数的嘴巴，无数的手臂，无数的头发，由成千上万人重叠而成的山脉。

不用说，这些人不是尸体而是活生生的人。活人身着与光秃秃的大山相同颜色的泳装，相互重叠在一起。

影男一想到这里，目瞪口呆地紧盯着模模糊糊的“人山”。

“人山”蜿蜒起伏，连接着高耸入云的遥远山顶。最远的地方布满了密密麻麻的白点，在空中消失。

他摇摇晃晃地站起身来，开始攀登“人山”。他的脚下在晃动，是许许多多人的背、腹和胸部。突然，脚底打滑，一会儿踩在美丽的脸上，一会儿不小心踢了挺拔的鼻子一脚，可没有一个人因疼痛而叫喊，只是继续蠕动，静悄悄地没有一丝声音。

向上攀登了三米左右的时候，他猛地大幅度晃了一下。两个人体似乎向两边摇晃了一下，霎时，脚下出现了一条狭窄的沟，两条腿被夹在沟里。

与此同时，那片“人山”剧烈晃动起来，沟逐渐变得又宽又深。猛然间，他的整个身体掉到由人组成的无底沼泽地里。

他的坠落仿佛是信号，原本一直保持沉默的“人山”瞬间发出震耳欲聋的声音。成千上万人异口同声狂笑，转眼间变成一种笑声，像大合唱那样在山上回荡。成千上万人组成的山脉，沉浸在旋涡般的笑声中。

此刻，影男又失去了知觉。

过了一会儿，他察觉到又出现了另一个梦之国。

影男站起来，惺忪的眼睛扫视周围，发现那里好像有巨大房间。唯一不可思议的是，没有天花板、墙和地板，取而代之的是缓缓的弧线和曲面。

可能是来自刚才的联想，那些曲线似乎变成巨人的身体线条。

这时候，他发现刚才一直是可以依赖的东西变得柔软暖和起来。他走到跟前核实，那既不是椅子也不是沙发，而是一张不明真相的巨大靠垫。他又仔细核实一遍，发觉那是一个趴着的巨大身体。

像钟乳石那样悬挂在天花板上的，是又圆又粗又结实的手指，旁边那缓缓的斜坡是巨大的肚子，能清楚看见的是巨大的手臂和胸部。

这样的巨人，现实中不应该存在……

影男提心吊胆地走到跟前触摸，那好像是人偶，酷似孩子们喜欢的那种用丝绸制作的人偶。

其表面是尼龙和乙烯合成树脂材料，光滑，有弹性。那里面也许还有什么装置，像人一样有体温。

然而，大小比实际人体大十倍左右，趴在那里。

影男这时候脑子里产生了错觉，仿佛自己变成了小矮个，像童话故事里的蚂蚁那样在巨人身上向上爬，时而伸展四肢睡觉，时而趴在那里不动。

他透过丝绒服感觉到了柔软、温暖的巨人身体，就像幼时被妈妈抱在怀里时享受的那种难以言喻的母爱。

突然，正面墙变亮了，不知从哪里射来舞台上的照明灯光。说是墙壁，其实也是巨人光溜溜身体的一部分。

白色灯光下，出现了一对男女舞伴。女子身着合体的闪着银光的服装，男子身着合体的闪着茶光的服装。两个人的宽腰带上，都插有一把银光闪闪的短剑。

不知从哪里传出美妙的舞蹈旋律，男女舞伴朝左朝右分开跳起了舞蹈。音乐声渐渐高昂起来，这是一曲优雅的旋律。两个人跟着音乐节奏，翩翩起舞。

茶色和银色两种颜色时而组合时而分开，时而沿舞台转圈，时而以优美的舞姿一会儿倒地一会儿爬起。

不一会儿，音乐速度开始加快，两个人的动作也随之加快，令人眼花缭乱，犹如草原上两匹正在激烈赛跑的骏马。

片刻，两个人同时拔出短剑。手上短剑在灯光反射下，闪烁着可怕的寒光，经过相互间一阵猛刺，都刺伤了对方身体。

鲜血呈线状向下滴淌……茶色服装上的鲜血变成黑色，银色服装上的鲜血变成鲜艳的红色。

影男看到血极度兴奋起来，不由得又是鼓掌又是喝彩。迄今为止的所有功夫汇集一起，那就是红彤彤的血色，血的刺激。

影男在血色刺激下，心脏猛地狂跳起来。这种难以抑制的本能，也许是人从远古时代遗传下来的。

现在，影男完完全全地在本能的驱使下，喉咙里发出奇怪声音，又是鼓掌又是蹬脚。

接着，舞台照明灯光变得通红。在这种灯光的笼罩下，两个淡白色的影子在跳跃，一边狂舞一边大笑。可怕的笑声摇曳着整个房间。

刹那间，原本丝毫没有晃动的地板开始微微摇晃，墙上以及天花板巨人都跟着颤抖。

影男见状赶紧离开，可周围没有安稳的地方。

也许踩痛了巨人？

他心里一阵恐惧，全身变得僵硬起来。

就在这一瞬间，所有的一切都消失了。灯光灭了，周围死一般的寂静。

影男脚下的巨人身体，不知什么时候冰冷得像僵硬的尸体。

“亲爱的客人，满意吗？”黑暗里传来声音。

“还没有结束呢！更精彩、更刺激的节目留在最后。客人也许累了吧？请到那边房间休息！我们为你准备饮料，陪你聊天。好，请跟我来……”

影男的胳膊被黑暗中伸过来的手挽着，踩着巨人的身体迈开脚步。

解 说

这里是经过现代化装饰的豪华房间，西欧风格，窗明几净，里面的家具和电器都是最新款式，在柔和的牛奶色间接照明灯光下银光闪闪。

影男坐在其中一张长沙发上，靠在那里闭目养神。

带他来这里休息的男子坐在对面沙发上，弯腰朝他鞠了一躬。看年龄，大概四十岁左右。白白的肤色，圆滚滚的身材，鼻子与嘴唇之间留有小胡子，酷似善良女人的嘴角，嘴唇泛着红润的光泽。

小胡子眼眶里的那对大眼眸滴溜溜地转动，担心有什么怠慢客人的地方。

这时，眼前出现了一个身着红色服装，年龄十五六岁的少女，推着一辆银色手推车，车上放有各种各样的洋酒和玻璃杯。

“请选用喜欢的洋酒！我们还为你准备了埃及非嘎洛烟。”

影男从非嘎洛烟盒里取出一支烟，少女敏捷地用打火机为他点燃。

烟和酒的美味，使得由于一连串刺激而筋疲力尽的身体顿感舒服极了。

“亲爱的客人，你觉得我们为你准备的节目如何？”

小胡子身着胸前打褶的新服装，向前探出上身，和蔼可亲地询问影男。这一连串的举止和说话的语气，完全是十足的西方味。

“太满意了！我是一个很少佩服别人的人，可今天我算彻底服了。在我的脑海里，留下了难以忘怀的记忆。请问，你是店主吗？对不起，应该称呼你社长吧？”影男晃了一下身体，把拿在手上的白兰地酒杯放在桌上问道。

“哦，让你猜对了。不过，我的名字不能对你说，这是我们这里的规矩。当然喽，我也不能打听你的名字。”小胡子取下夹在嘴唇间的吸管，笑容可掬地回答说。

“嗯，这情况我知道。可这不可思议的秘密，我很想打听一下。东京的地下，竟出现如此奇妙惊人的世界，到底使用了哪个国家的幻术？”

小胡子听了影男的提问，十分得意地笑了，频频点头。

“你问这个我就放心了。我一直担心，怕被你识破我这个秘密王国的魔术。”

“哈哈哈，果然是魔术在作怪！我被迫做梦什么的，肯定是中了催眠术的邪！”

“没那回事。我要是事先公开魔术的秘密，反而激不起你的兴趣。等到你观看后，我一定在这房间里向你公布。我们为什么要这样做？是因为不希望被人认为诈骗钱财牟取暴利。

“刚才让你欣赏的那些节目，都是我们引以为豪的。五十万日元的节目，除了刚才看的，还有其他。

“并且，经过比较，你会觉得迄今为止见到的世界只不过是赠品而已。真正的节目，我等一下对你说。在这之前，我说说我的特别发明。”

“那我当然想见识见识。如果说，那不是梦而是现实，无论如何我都想了解到底是什么魔术，那样才能使我满足。请毫无保留地说吧！”

影男端起酒杯喝了一口白兰地。少女刚才端来的白兰地酒，影男现在已经喝第四杯了。

他背靠扶手沙发，伸展双手和双脚，目光紧盯着对方的小胡子和红嘴唇。

“如果用一句话归纳，是立体展览馆的原理。在日本明治时代，曾有过非常精彩的立体展览馆，想必亲爱的客人你一定知道？”

“非常遗憾，我只是听说，而没有亲眼见过那样的展览馆……”

“其实，我也是大正时代出生的，也没有见过明治时代的展览馆，只是从书本上见过。书上介绍说，它好像是法国人在十九世纪的伟大发明之一。

“在这个现实世界里，发明者创造出了一个完全不同的世界。无疑，话剧和电影表现的是另一世界，可它仅仅是舞台上和银幕上表现的另一个世界，即便降低观众席上的照明亮度，也还会留下现实世界的痕迹。

“因此，无论去哪里，电影也好，戏剧也好，都不能使观众本身成为该世界的国民。那是因为，观众的心里，仍然意识到自己是坐在剧院或者电影院里的观众席上……

“那种环境所能给你的，只不过是虚构世界和现实世界混合的感觉，不能进入纯粹的虚构世界。

“能够完全消除那种混合世界痕迹的，应归功于立体展览馆的伟大创造者。立体展览馆的造型，是煤气包形状的圆筒建筑。

“首先一到入口，那里有昏暗的隧道般的地道，穿过那里走上楼梯，我们眼前的现实世界就会完全消失，出现的是另一个世界。

“从地道上楼梯的地方，是孤岛那样的狭小观众席，外面是圆形建筑的中心。人经过狭窄昏暗的地道时，与现实世界完全告别，走完楼梯眼前会豁然开朗，预示一个完全不同的世界。

“那里有大平原，有一望无际的大海，在小型立体展览馆里，有无限的空间，而且连接着遥远的地平线。

“小小的圆形建筑里，为什么可以表现出宏大的场面？那也是展览馆发明者的技巧。

“这种场面的背景，是圆形建筑的墙。那上面是完全可以乱真的油画。地平线上天空，连接着建筑物的圆顶，有蓝天，有白云。观众无论观看场面的哪一部分，都是地平线的延伸。观众的头上，是无限辽阔的天空。

“当时，还很难用上电灯照明，建筑天花板上必须设置采光孔。为了遮掩采光孔，在观众席上面制作了酷似伞状的内屋顶。观众看不见屋顶上面的情况，会误以为建筑物圆顶下的空间是真正的蓝天。

“场面上的数千人物里，有几十个完全可以乱真的偶人，被称为活着的偶人。据说，明治时代就有制作那种偶人的名人。

“在桐木上精雕细刻，涂上绿油抛光。于是，与人一样的偶人诞生了。因此，立体展览馆里的所有偶人似乎都注有生命。

“地面上铺有真正的泥土，种上真正的树，竖起‘活偶人’，再巧妙地配上与背景油画之间的连接线。

“于是，画中的人和‘活偶人’没有了区别。为了让真正的土和油画里的土变得相同，我们想了许多办法。

“狭窄的圆形建筑内部，要达到无限空旷的效果，要达到‘活偶人’与油画里的偶人都是活着的效果。

“我是通过看书得知了像那样的立体展览馆秘密，并打算应用这精彩的原理在地底创造无限的另一个世界，制作世界上绝对没有的立体展览馆，集中最崇高的美。

“这以后我花了四年时间和耗费了一亿资金，终于建造成了这样的世界。资金，我是通过走私贸易筹集到的。

“我说到这里，想必你该明白了吧？你刚才看到的，只不过是直径二十多米的圆形立体全景画馆。

“地底下挖一个圆形洞窟，在洞窟周围的墙上和天花板上挂大型油画布，请画家在上面绘制一幅天空与大海的油画。与明治时代不同，照明灯光都可以间接地从墙上和天花板上自由照射和调节。

“不用说，海洋前面部分是真正的水，可那只不过是小小的池塘，只有一块地方制作成海底谷间那么深，并在那里让美女们布置成盛开的美丽的花。除那一小块地方以外，都是十分浅的池塘。

“那美丽的花，能够变化成无数种盛开的情景。其实，真正的人花只有三朵，那底下的花模模糊糊的，只是用合成树脂制作的。

“那地方有藏在水里的灯光，通过照明上的技巧，形成一种望不到底的深渊和无数鲜花盛开的情景。

“还有成千上万人做成的山脉，也是采用相同立体全景画的原理。圆形的人工洞窟只有十四五米，真正参加‘人山’制作的只有六十人。

“剩下的，是时装模特儿衣架与油画。实物与油画的分界线被巧妙加工后，变成成千上万人组成的‘人山’。

“怎么样，我这样向你公开魔术，你好不容易培养的兴趣也许在顷刻间荡然无存了。”

男子的圆脸上浮现出奇妙的微笑，表示话说完了。

“我怎么会感到失望呢？相反，越来越佩服。我时常在研究各种社会上不公开出现但在背后出现的秘密，却一点儿也不知道日本国土上有你这样的人。可以说你是地底下的立体全景画国王！真让我佩服得五体投地。这是一种制作梦幻出售梦幻的买卖！是世界上最赚钱的买卖！”

影男从心底里感叹，希望和这个充满魅力的小胡子交朋友。

“我这里从开张到现在还不到半年，你是被接待的第十六位客人。相信白发老人说的并支付五十万日元入场券的人，半年里居然达到十六人次。这对于我来说，实在是惊讶不已。”

影男微微点头，听完从一开始就让人感到不可思议的魔术介绍。

“哎，立体全景画就两幅，而参加的人数近一百。那么，采用什么办法雇用这么多人呢？如果支付低廉的工资，是留不住他们的……这里有我们的秘密。

“让他们酒足饭饱，让他们尽情做自己想做的事，但不允许他们离开地下半步。当然，这些人中间有自己的亲兄弟，但必须一视同仁。工资是没有的，从某种意义上说，等于是过着监禁生活。

“刚开始时，他们表示反感，可时间一长也就渐渐习惯了，还爱上了这里的工作和生活，觉得这才是世界上最有趣的工作。

“有的与双亲告别，有的与兄弟告别，有的与姐妹告别，毅然加盟这里成了地下居民。此外，绝对服从我命令的有十五六个，一天二十四小时在地下巡逻。”

“啊，照这么说，那些曾经在地上的年轻男女是被他们强行绑架来的？”

“啊哈哈哈……你就自由想象吧！”小胡子得意扬扬地笑了。

“我最后观看的是‘血舞’，流出的血是真的还是全景画技巧？”

“那血是真从人体内流出的，但剑刺人体内不是很深，当然也不可能夺人性命。可像那样的伤势要达到痊愈，需要相当时间。那两个演员非常喜欢自己受伤和让别人受伤，因此，与那些拿了工资提心吊胆的剑手完全不同。”

小胡子说到这里停顿了一下，微笑着看了影男一眼，随后压低嗓门，脸上露出一副将公开更大秘密的表情。

“我刚才稍稍说了一些，想与你商量更重要的事情。你有没有仅希望在一天里得到自己想要的东西？如果靠你自己力量可以得到的东西，不属于我说的范围。

“就是那种很想要但怎么也得不到的东西。即使想得到的对象是人也无妨，人也好物也好都行。请想一下，仅一样就行。

“只要你开口，我们一定通过秘密手段帮助你拿来，实现你的欲望。”

影男又惊讶了。这个小胡子，乍一看表面非常善良，可骨子里恶贯满盈，是一个会让人魂飞魄散的恶棍。

“你是说在这可以体现五十万日元的价值！简直是变相的盗贼！”

“这与盗贼不同，只借用一天，借用完毕就归还，不必担心被人察觉。那里有我们的秘密技术。”

小胡子把两条圆滚滚却短小的胳膊抱在胸前，笑容可掬地答道。

洽 谈

对于影男来说，就刚才亲临的那些场面和风景已经使他满意，觉得付了五十万日元值得。可小胡子却说那是赠品，还说可以让他得到想要但怎么也得不到的东西。

可难办的是，影男根本没有想要但得不到的东西。

他的字典里还没有“不可能”这样的文字，不管什么东西，只要想，就能据为己有，而且绝不是一句空话，说到做到。

“好，我想要现代版的《阿兰京朗布》。太有趣了！就五十万日元报酬，太便宜了。你刚才说，再难得到的东西也能唾手可得。如果你不是开玩笑，那我也就不客气了。

“说心里话，我不需要那样的东西，一直喜欢靠自己的智慧得到想要的东西。因为，只有经过这样的过程才有趣。其实，我也有与你一样的技术。

“所以说，我不想让你真为我干，只是有一个问题想请教一下，那就是你的盗窃方法。你只要告诉方法，我就满足了。

“也就是说我想放弃五十万日元的权利，取而代之的，是想请你举一两个最有趣的盗窃实例。”

影男没有贪欲的这番话，着实让小胡子吃惊不小。他模仿欧洲人的举止朝两侧伸展双手，耸了耸肩膀说：

影　男

“你着实吓得我不轻，我也不知道你的尊姓大名，但根据你刚才说的，可以断定你也是这条道上的。我有话要问你，你特别察觉什么了吗？”

“是啊，这也许是你的秘密？说出秘密，五十万日元的价值就没有了！”

“不会，不会，绝不会有那种情况发生。不管什么都尽管说，我的习惯做法是希望对方明白我的心情，包括坏事。从某种意义上说，不声不响悄悄地干，才是不懂道规的恶棍。”

“你太伟大了！我同意你的说法。我想和你成为朋友，怎么样？你能成为我的朋友吗？”

“那我太荣幸了！我一直想开口提这一要求，先生，我们握一下手好吗？好，握手……”

他俩相互握着手。小胡子的手白得像女人，十分柔软厚实。

“我想继续刚才说的话，还是我先说好吗？你的《阿兰京朗布》的秘密……”

“什么，你先说？”

“是的，我说的不会很具体、很详细，仅仅是原则上的推理……”

“好，请说吧！太有价值了。”

“我现在说好吗？欧洲有这样的传说，一个充满智慧的人没有什么不知道的，也没有什么不会的。该国元首要问一件事，便让人把智者请到王宫。

“元首说，听人说你没有不会的，那好，你回答我一个问题。于是，这个充满智慧的男子一个接着一个地解开了元首提出的问题。

“元首提出的都是难题。可对于这个男子来说，没有一个问题可以难住他。即便看上去很难解答的问题，也瞬间被他解开。于是，元首终于吩咐了这样的事情。

“我睡的那张床上的床单，你必须在一个晚上盗走它！但不许碰我！

“于是，那个智者首先与元首的侍者交上朋友。在厨房里，他让侍者制作咖喱汁那样黏糊糊的液体，悄悄涂在元首的床单上。

“元首半夜醒来睁眼一看，发现腰间黏黏糊糊的，赶紧起床察看，发现那是黄色的液体。‘不好，我把大便拉在床上了！’元首慌慌张张地卷起床单，用力扔出窗外。智者笑了，将那条床单拿回家中。

“‘陛下，我按照你说的做了。’第二天早晨，他把床单拿到王宫对元首说。

“怎么样？都是这样的方法。也就是说，抓对方的弱点。像你的秘密也是这样，不管到哪里都不以店主自居，充分利用对方身上的弱点，让对方成为幻想的主体。

“因此，经常从对方那里得到感谢你的报酬。是这样吧？”

小胡子聚精会神地听完影男的“演讲”，跪在地上虔诚地说：“实在不好意思，你说的完全正确，我采取的就是那样的办法。让对方自觉地变成主人公，提高对方的好奇心。每一件细小的事情，看上去形式多样，但都万变不离其宗。在那种场合，弱点越是多的人，进展就越是顺利。但伤透脑筋的是，没有弱点的那种人就是不上钩。于是，不得不采取其他办法。”

“明白了。对付那样的客人应该设圈套。”

“什么？你说什么？”

“我想多半应该采取那样的办法。假设是我，把我当作持有那种物品的人……”

“你太让我佩服了！拜见你这样的贵人还是生平第一次。你是我的知己，让我再握一下你的手。”小胡子使尽力气握紧影男的手。

“曾经有这样一件物品，非常珍贵，还十分有名，并且没人知道它在哪里。有一个人悄悄将它据为己有珍藏起来。

“有一个来这里的客人，偶然得知这种东西，说无论如何想要看一下。可持有者喜欢保密，不愿意让别人知道。于是，像这样的要求就变得很难实现。

“经过反复思考，最终请客人化装，化装成喜欢保密的那个持有者。对于化装，我经过多年研究，备有特殊化装道具，例如假发套和假胡子等，我让客人化装后把他从这里带到地面上。

“另一方面，我邀请那个喜欢保密的持有者参加某集会，采用某种手段拖延

影　男

时间，再把客人带到东西持有者的房间里。

“在这里，需要设置一个配角。其目的是，在持有者出门前事先窃走装有秘密物品的箱子钥匙，在持有者回来开箱前再将钥匙放到原处。这是为了邀请那个化了装的客人。

“一切都准备得非常顺利。化了装的客人即便被持有者的家人隔着玻璃发现也不会怀疑，以为主人回家了。达到目的后，化了装的客人逃走了。也就是说，他取代了真正的持有者。”

小胡子白净的脸上泛起了红晕，高兴地笑了。

“其实，很多办法的原理都非常简单，就是实施起来相当困难，稍有闪失和疏忽就会带来不堪设想的麻烦。也就是说，需要没有丝毫漏洞的办事能力和才能。你具有那样的才能，干这样的事业，没有你这样的天才脑袋是不能成功的。嗨，太佩服了。”

“受到你的赞扬，我简直受宠若惊。整个过程完全像你说的那样，确实需要具有指挥千军万马的才能。”

地底王国的主人脸上浮现出平静而又满足的微笑，目光盯着影男的脸。

蛇 脸

对于以搜寻人生秘密为职业的影男来说，参观地底魔镜和立体全景画王国，也是他最大的乐趣之一，并且从中获得了宝贵的经验。

他从心底里感到满足，在和立体全景画王国主人——小胡子确定亲密朋友关系后便告辞来到地面上。

一返回地面的影男立刻摇身一变以速水庄吉的名义，走进坐落在曲町的公寓。

公寓里，事情堆成山。

扮作速水庄吉的影男立即坐到桌前，一个接一个迅速地处理部下记录的电话内容。在他外出期间，部下山际良子曾打来多次电话。

扮作速水庄吉的影男立即拨通山际良子的电话，拿起听筒放在耳边。

“在我外出短时间旅行途中，你好像多次打来电话……”

“是的，我想尽快见到你！是速水庄吉你非常喜欢的事情，也是你听后一定感到兴奋的事情。”

“好，我手头还有两三件等着处理的事，处理完就见你，请今晚七点钟务必来我这里。”

晚上刚好七点的时候，传来了敲门声音，山际良子带着一个姑娘来了。

扮作速水庄吉的影男向来重视时间，如果对方在时间上违约，即便迟到一分钟他也会不高兴。

他立刻开门把姑娘们请到屋里，与她俩面对面坐下。

山际良子是生长在富豪家的千金小姐，穿着打扮都是最新款式，而且非常得体。

她正在S大学攻读硕士课程，今年二十四岁，一个偶然机会认识了扮作速水庄吉的影男。如今，她不仅是影男的崇拜者，还是得力部下。

她带来的姑娘，是方圆百里有名的大富豪川波家的小保姆，刚满二十岁，天真，腼腆。此刻，两个姑娘并排坐在扮作速水庄吉的影男对面的长沙发上。

“她叫千代！你一定知道川波良斋吧？她就是他家的小保姆。也是一个偶然机会，我与她交上了朋友，把她当作自己的妹妹。

“今天中午刚过一会儿，她急匆匆地来找我征求意见，问是否应该去报案。我听了详细情况后，觉得那是属于你的范畴。你不是经常要我搜集人们的隐私吗？

“她今天带来的就是那种情况，非常精彩。我要她先别去警察那里，赶紧把她带到你这里。现在，请问吧！”

山际良子简明扼要地介绍了大致情况。

“你来得正是时候，就像白天约定的那样，急等处理的工作提前完成了，今晚就慢慢地听你说吧！千代小姐，川波别墅里发生了什么情况？”

川波良斋作为战后的暴发户，在日本几乎家喻户晓。他表面上是制药工厂的董事长，可背地里究竟干什么罪恶勾当无人知晓。他的名字好像与中医有关。在全国富豪前三十名中间，就有川波良斋。

“你见过川波先生吗？”山际良子问。

“没有，只听说过他的名字。”

“听千代小姐说，他是一个充满恐怖色彩的人，好记仇，走路像蛇。”

“是呀，在那些天才富豪中间有许多怪人。”

“可这个怪人不是一般的怪，当他用那样的眼神一眼不眨地看着你时，你会吓得浑身瑟瑟发抖。当他在别墅里走路时，简直像蛇一样没有脚步声……”

“噢，那，到底发生什么啦？”

“总之，是令人魂不守舍的事情！千代小姐，你快说呀……”

保姆千代从进屋开始就一直低着脑袋看着地上。听山际良子喊自己，赶紧抬起头，苍白脸上的眼睛里流露出惊慌和茫然的神色。

“夫人下落不明，可主人一点儿也不着急，也不去寻找。”

“你们家夫人长得什么样？今年多大了？”山际良子在旁边插话。

“我们家女主人很年轻，和良子小姐你差不多，长得也很漂亮，心肠软，平时对我们非常关心。”

“噢？像我这样的年龄，真有那么年轻吗？”

“主人好像怀疑夫人做了什么对不起他的事，经常喋喋不休地向我们打听，主要是问他不在时夫人的情况。

“昨天晚上，一个叫筱田的男子拜访夫人，年龄比夫人稍长几岁，据说是夫人与主人结婚前的朋友。主人好像最恨这个叫筱田的年轻人，只要一听到他的名字，脸色就会骤变。当筱田和夫人聊天的时候，主人回家了。他问我谁来了，我告诉他是筱田先生。不料，主人当场就沉下脸，一副气呼呼的模样。”

保姆千代提心吊胆地环视了一下周围，接着又说：

“主人没有换衣，径直朝夫人与筱田先生聊天的房间走去。片刻，他吩咐我们把咖啡端去。另一个保姆便在厨房里沏了咖啡后端到房间里。接着，主人与夫人以及筱田先生三个人一起，海阔天空地聊了很长时间。

“又过了一会儿，主人对我们说，你们可以睡觉休息了！于是，我们都回到自己房间休息了。那以后也没有发生什么大吵大闹或者不同寻常的情况。如果真的发生了什么，我们肯定会知道。

“第二天早晨起床后，夫人和筱田先生不知到哪里去了。假设筱田先生回家了，夫人应该在家。可别墅里，就是见不着夫人的影子。我们问主人，夫人呢？他回答说，去短途旅游了。我向别人打听，都说没有见到夫人外出，于是，大家都感到奇怪。

“今天早晨，奇怪的事情发生了。别墅院子面积约四千平方米，前院和后院相连接的部分变得十分狭窄，是由于那里的许多树被绳索圈了起来。

“经过调查，拉有绳索的地方不光那里，还一直延伸到后院最深处的树木那里。凡是拉有绳索的地方，任何人不得进入绳索里的区域。

“当知道我们发现了绳索，主人便下命令说：‘禁止任何人越过绳索护栏。’说这话时，他很严肃。

“我想问一下看院子的老人，找了好一会儿就是不见他人影。看院子老人也不知何故走了。听说，看院子老人根据主人吩咐，突然被派到箱根那里的别墅打扫和清理院子。

“我觉得实在是不可思议，趁没人时钻入绳索里面的区域调查，可除密密麻麻的树木外什么也看不见。这时，不知从哪里传来‘哗’的声音，好像是蛇朝我袭来。”

保姆千代说到这里稍停顿了一下，似乎觉得房间里好像藏有什么可疑的东西，转过脸来紧张地扫视了一下背后。

“我忽地朝那里望去，是主人的身影。他吹胡子瞪眼地注视着我。那张脸，酷似长着人身体的蛇脸！他什么也没有说，只是目不转睛地瞟着我。苍白的脸上，眼眶里布满了通红的血丝，嘴里裸露出獠牙般的白牙。”

“奇怪……你家主人长有獠牙？”

“没有，那模样很像，并不是有真的獠牙。我在他那样的目光下，身体变得麻木，僵硬得无法动弹，想大声疾呼可没有声音，就这样直愣愣地站了好一会儿。主人依然盯着我，似乎疯了。

“我思索了片刻，觉得必须赶快逃走，于是使出吃奶的劲迈开脚步后退，好不容易离开那里，跑着回到了家。

“大约过了一小时，我们所有用人都被喊到会客室，主人早已坐在那里等候，一见到我们就说：‘今天晚上，我要外出旅行，需要很长时间，因此放你们长假，今天傍晚之前，你们都必须离开这里。’

“说完后给我们一一发了工资。大家也就打点行装相继离开别墅回家了。我在回家之前拜访了良子小姐，与她商量是否去向警方报案。”

“哦，原来是这么回事。”

山际良子接着说：“在去警方报案前，先把这情况告诉你。”

“其他用人怎么样了？也许已经有人去报警了？”

“不会的，我想他们中间没有你说的那种人。”保姆千代答道。

“看到主人那番惊人模样的只有我。我本人一想起那般情景就害怕得不行，也就没有告诉任何人。主人有那样的古怪举止，谁都知道。另外，他给了我们许多钱，我想不会有人发牢骚和感到不满，一定都高高兴兴回家了。”

“他不是有商店和工厂吗？那是怎么安排的？”

“这，我不清楚。我想商店和工厂不会关门休息的，肯定是照常上班。再说商店和工厂都有负责人，即便主人不在，他们也会好好干的。”

“好，我明白了。你先回家吧！山际小姐你也别管了，就看我的！”

“哎，千代小姐，请你画一张川波别墅的平面布置图。”

扮作速水庄吉的影男把纸摊在桌上，递给保姆千代一支铅笔。

保姆千代一边想一边画，终于画好了。扮作速水庄吉的影男开始提问，包括从别墅里到院子的路线以及所有要道。

“好，这下可要把我忙得晕头转向了，还需要进行各种准备工作。好，你们两位回家吧！再见！”

他说完，笑着站起身来。

脑　袋

那天深夜刚过一点，川波别墅的院子里出现了一个黑影。

天空没有月亮也没有星星，一团漆黑。黑影越过围墙钻入院子，穿过树林朝别墅背后走去。

黑色蒙面套遮住了整个脸，只露出两个眼孔和一个嘴孔。身上穿的是黑色紧身衣裤，手上戴的是黑手套，脚上穿的是黑鞋子。

不用说，他便是以一身黑色装束掩护自己的影男。

院子里的树木长得非常茂盛，只有两盏路灯。由于枝叶的遮挡，光线照射的范围非常有限。

黑影此时仿佛使用了隐身术在黑暗里时隐时现，穿过好几道绳索，朝后院走去。

在前院后院之间用绳索拦住的区域深处，有一小块四周都是树木的空地，大约四十平方米。这里平时没人注意，长满了杂草。

影男隐蔽在一棵粗壮的大树背后，紧盯着那片杂草地。外面的路灯光线几乎照不着那里，随着视线逐渐习惯黑暗后，肉眼可以大致辨别地面了。

那儿的草很短，仅两三厘米高，稀稀拉拉的。这片平坦的空地上，有两个圆圆的石块。

凝神朝那里看，石块仿佛被注入生命似的在蠕动。

少顷，他发现石块居然是人的脑袋，一个是男人脑袋，一个是女人脑袋。两个脑袋之间隔着两米左右的距离，面对面地望着，男子二十七八岁，女子二十四五岁。虽在夜里，女子的脸看上去仍显得特别漂亮。

影男原以为是两颗被砍下的脑袋被谁扔在那里，可转而一想不对，砍下的脑袋怎么会动呢?

他向前探出上身，注视着两颗脑袋与地面之间的部分。脑袋周围没有长草，但有垒起来的泥土。脑袋和泥土之间，怎么也感觉不到有砍下的痕迹，也没有血流的迹象。

忽然，他明白了一切。

太残酷了！两个人被活埋在泥土里，唯脑袋露出地面。

为什么他俩不叫喊呢？无论院子多大，只要一叫喊，附近居民和路上行人应该会听见。

影男的脑子里产生了疑问。

不，他们不是不叫喊，而是无法叫喊，嘴里肯定被塞了布团类的东西。

影男明白后，打算立即跑到那里挖开地面救出他俩。他刚跨出一步，立刻听到从对面茂密的树林里传出“沙沙沙”异样的响声。

不是风声，而是靠近那里的脚步声。

影男想起保姆千代说过的话，肯定是这家主人川波良斋朝那里走去的脚步声。

果然不出所料，从茂密的树林那里出现的是男子身影。他身着茶色法兰绒睡衣，看上去四十岁左右。影男敏捷地钻到树木背后，黑色蒙面套以及黑色紧身衣裤将他完全隐蔽在黑暗里。对方做梦也不会想到树林里有人在注视着他，慢悠悠地朝两颗脑袋那里走去。

男子手上拿着奇怪的东西，好像是一把大型镰刀和一把锄草的剪刀。被磨过的刀刃，在黑夜里寒光闪闪。

这家伙肯定疯了！好像是打算用刃器割下他俩的脑袋。然而，男子并不打算马上割下他俩的脑袋。

他蹲在两颗脑袋之间，一边转动手上的工具，一边低声地说道："看见这玩意儿了吧？可我还不想马上杀了你们，你们最好认真听我说。昨天晚上我趁你们失去知觉的时候，把你们埋在这里面。因为，我在女用人端来的咖啡里放了安眠药。等到你们醒来的时候，已经被困在土里了。对不起，你们一定受惊了吧？不过……活该！瞧你们现在这副模样，没有手也没有脚，后悔了？哈哈哈……"

他突然站起身来，用穿着木屐的脚咚地踢了一下男子的脑袋。既不能逃又不能喊的男子，只得紧闭眼睛咬紧牙关忍着疼痛。

从额头到脸颊上黑乎乎的，多半是渗出的血。

川波良斋转过脸望着女子脑袋。

"美良子，你为什么邀请这家伙来我家？我不早就跟你说了，不允许跟别人交往？可你把我的话当耳边风，居然背叛我。怎么，你在哭泣？啊！感觉不错吧？我呢，准备用这两种工具割下你俩的脑袋。不这样做，我的气就没法消。"

川波良斋说了这几句，似乎心情平静了许多。只见他慢慢地站起身来，将放在旁边的镰刀拿在手上。镰刀在黑暗中泛着寒光。

他像表演杂技似的将镰刀与大剪刀扔向空中，而后又交叉接住。刃器与风摩擦发出的呼呼响声，伴着夜色的恐怖在黑暗里回响。

解　围

“喂，觉悟了吧？现在我把你俩作为菜肴，说吧，到底拿谁先开刀呢？”

神经错乱的川波良斋一边歇斯底里地狂叫，一边举起镰刀在空中挥舞。

就在这时候，奇怪的事情发生了。镰刀离开了川波良斋的手，在夜空胡乱飞舞起来，仿佛有灵性，在黑暗里飘浮，不停地朝高空攀升。

啊，多半是因为神在阻止，才发生了如此的奇迹？

然而，川波良斋一点儿也不害怕神，猛然举起第二件武器——大剪刀。可结果，大剪刀也嗖地飞了出去。

大剪刀与镰刀一样，在空中扶摇直上。

“畜生！”

他大声喊道，欲伸长手臂抓住大剪刀。就在手快要触及大剪刀的时候，不料，大剪刀迅速飘舞起来，瞬间消失在黑暗的空中。

两颗脑袋瞪大眼睛，吃惊地望着不可思议的神奇情景。

川波良斋已经精疲力竭，有气无力地蹲在地上。

这时，大树背后出现一个奇怪人影，悄悄朝他走去。

一身黑色装束，只有脸上裸露出三个小孔，一个是嘴巴孔，另两个是眼睛孔。那模样让人不可思议。只见他的手上有细细的黑丝，从远处将川波良斋的身体缠了起来。

然而川波良斋丝毫没有察觉，依然像泄气的皮球目瞪口呆地坐在那里。

一身黑色装束的人影踮起脚尖开始迈出脚步，片刻，川波良斋的身体被绑得严严实实。

川波良斋忽然大声嚷了起来。他眼睛看不见了，就连身体也被绑得不能动弹了。他慌慌张张地用两只自由的脚支撑身体，好不容易站了起来。此刻，上半身失去了自由的川波良斋，已经不是黑色蒙面人的对手了。

黑影把川波良斋带到旁边的一棵粗树旁边，将他绑在树上。不用说，黑影是扮作速水庄吉的影男。

影男趁川波良斋朝着两颗脑袋说话之际，用黑色丝线将两把刃器缠了起来。

影男爬到树上，将缠住刃器的丝线升起收回。他随身带有七种道具，其中有黑色丝线，既结实又粗。现在，黑丝线发挥了它的真正作用。

“啊哈哈哈……怎么样？这蜘蛛线只要缠上几道，力量就会很大。川波君，快停止你那荒唐举动！就这样他们已经够痛苦了。”

影男边说边出现在川波良斋眼前，浑身黑色的装束。

“你是什么人？”川波良斋嚷道。

“我是你不认识的陌生男子，可我不能就这样袖手旁观。他俩仅仅是要好朋友，并没有越轨行为，你却要杀他俩，太值得同情了。我决定帮助他们。

“现在，我有事跟你商量。你得拿出打发他俩离开这里和让我保密的钱。请问，你把支票和支票印章放在哪里？告诉我！我去把它取来。”

“休想！我绝不给一分钱！”川波良斋使劲晃动只有一点自由的双手吼道。

“你说那话太不合情理了！你要是不按照我说的做，你就会声名狼藉。这利害关系你想过吗？你再不说出放支票和支票印章的地方，我就立即报警。警方一到，你杀人未遂的罪名则立即成立，就会锒铛入狱。

“川波良斋被捕的消息一旦上了新闻媒体，你就会臭名昭著，你在社会上的地位和信誉将一败涂地，生意也将就此结束。

“怎么样？还觉得无所谓？你从你几辈子也用不完的财产里拿出那么一小块，这事不就了结了吗？既保住了社会地位和名誉，又保住了钱财。希望你认真考虑一下！”

川波良斋听着听着，态度不再像刚才那样固执了，陷入了沉思。

“我想过了，你说得有道理，就照你刚才说的。只要给了钱，今天晚上发生的事情你决不外传？”

“这是当然的。只要给我较为满意的金额支票……喂，支票和支票印章到底在哪里？”

“在书房保险柜里。”

“书房我清楚，保险柜密码呢？”

“你只要按照‘MEI LIANG ZI’顺序转动就能打开保险柜。”

“哦，那不是你夫人的名字吗？好，请再忍耐片刻！让黑丝线在你身上再待一会儿。虽说仅仅是一些丝线缠在身上，可你是逃不走的。”

影男说完，取出一根绳索，将川波良斋牢牢地绑在树干上，随后消失在黑暗里。过了一会儿，他抱着各种各样的东西返回来。

有被埋在土里那两个人的衣物，有铁锹，有支票，有钢笔，有支票印章等。

影男先将衣物和铁锹放在地上，接着为川波良斋稍稍松绑，让他的两只手获得自由，再用手电灯光照亮他的面前，递上支票和钢笔让他开支票。

“我可以代你写，但最好还是你本人写比较放心，是吧？我无意夺走你的所有财产，只是希望你从巨额财产里取出一小部分即可。嗯，给他俩一百万日元，给我一百万日元，两项合计两百万日元，怎么样？很便宜吧？”

川波良斋不打算接过支票，一声不吭。

“啊哈哈哈……你是怜惜这两百万日元，还是觉得不该让他俩生还？是啊，还要奉送他俩一百万日元？不合算？好，你仔细想一想吧！

“这两个人如果就这样放走了，他们既没有吃的，又没有住的，走投无路的时候，肯定去警方那里报案。给一百万日元是堵他们的嘴！只要得到这笔钱，他们就会把仇恨一笔勾销。

“怎么样？这都是为了你的安全而想出的办法。你只要按我这样的思路想，一定会觉得便宜……好，快写上金额和姓名吧！别弄错了哟，一共是两百万

影　男

日元！”

川波良斋是生意场上的赚钱好手，尤其在考虑利害关系方面，头脑反应特别灵敏。他细细想了一下蒙面人对自己的劝说，觉得确实在理，便一把接过支票，拿在手上填写了金额和姓名。

影男在支票上盖上印章，撕下支票后将支票簿、印章和钢笔塞入川波良斋睡衣的袖子深处，用细丝将他再次缠紧，恢复原来不能动弹的模样，再在他的嘴里塞上布团，让他喊不出声音。

“好，川波君，这其中的一百万我肯定会交给他俩。今晚你做的一切，我和他俩绝不会说出去，他俩也绝不会记你的仇。这，你用不着担心。”

影男说完背朝着川波良斋，用铁锹开始挖土。大约三十分钟后，两个人分别被从土里挖了出来。他们穿上衣服后打算离开这里。

这时，影男又朝着川波良斋说道：“川波君，这两个人就交给我了。你就这模样再忍耐一段时间！等到明天早晨我从银行里取出这笔钱后，会让人来这里帮助你松绑的。届时，你必须说是盗贼把你绑起来的，否则，你会自找苦吃。听明白了吗？你必须坚持到明天上午。好了，再见！”

委 托

影男没有失约。

第二天上午十点，一个流浪者打扮的男子出现在川波别墅的院子里，为川波良斋解开了绳索。

“你是昨晚那个黑蒙面人的部下？”

一取出塞在嘴里的布团，川波良斋便迫不及待地问了起来。

“部下？什么部下？你瞎说什么呀？我在前面银行门口晒太阳，有一个怪家伙朝我走来，给了我五千日元。

“说什么朝后走不了几步有一幢川波别墅，院子门敞开着，你直接进去到后院，该别墅主人被绑在一棵大树上，你去给他松绑。

“我没有立即同意，他又对我说，你如果为那家主人松绑，还可以获得许多赏金。快去吧！于是，我就试着来了。”

川波良斋不由得感到纳闷。

蒙面人到底干什么的？办起事来说到做到，讲信用！他暗自感到佩服。

“是啊，谢谢你为我松绑！跟我来，给你钱！”

川波良斋说完走到书房里取出几张一万日元的纸币，递给流浪男子。

那以后的几天里，川波良斋闭门不出，觉得心情很压抑，推说身体不舒服，既不去工厂也不去公司，独自在家喝酒消愁。

影 男

接连在家休息到第六天的时候，一位小个儿男子登门拜访。

“我是为一件重大的事情登门拜访的，我的身份和姓名写在名片上。”

小个儿男子递上名片。

川波良斋接过名片扫了一眼，不由得抬起脸惊讶地望着对方。

杀人承包公司　须原正

名片上居然是这样的内容。

“哦，你看了我这张名片感到大吃一惊，也不无道理。可像这种让人担惊受怕的名片，我可不是什么人都给的。这张名片上的内容并不是用来吓唬人的，而是确有这样的公司，也确实经营着这样的业务。我就是该公司的经营者。我想你看了这张名片之后，一定会很感兴趣的……”

其貌不扬的小个儿男子须原正说到这里竟厚颜无耻地笑了。

“……所谓杀人承包公司，是不是承接杀人业务的公司？”川波良斋用十分惊愕的语气反问。

“是的，客户支付报酬，本公司负责杀人。”

川波良斋从未听说有这样的公司，因此怀疑小个儿男子是一个精神病患者。

他脸上故意露出不高兴的表情，用眼睛瞪着对方问道：“请问，你凭什么说我对这样的公司感兴趣？”

“啊哈哈哈……其实呀，你家五天前那个晚上发生的情况，我一清二楚……为此，我特地登门拜访川波君。”

川波良斋这才明白对方的来意，气得真想扑上去，可他还是按捺住了自己激动的情绪，若无其事地说：“五天前的晚上，我家发生什么啦？”

“哈哈，你不要装什么糊涂，我都清楚。我也绝不会透露给任何人听，因为，我公司的经营理念是顾客至上。再说，你将成为我们公司的大客户。当然我只说这么几句，是不会得到你信任的。现在我就说说关于你，我们所了解的一些情况吧。”

于是，小个儿男子须原正把那天晚上发生的经过，前前后后说得有鼻子有眼的，十分详细。

尽管这样，川波良斋还是不信，一声不吭地瞟了小个儿男子一眼。不料，小个男子说得更详细了。

“那好，实话告诉你，就连你不知道的情况我也清楚。当时，有一个不明身份的蒙面人让你受了一夜的苦。”

“什么？你说什么？你认识那个蒙面人？”川波良斋不由得把脸凑上前去询问。

须原正见对方着急起来，故意变得慢悠悠起来，语气变得更平静了。

“那家伙什么坏事都做，假姓名至少五六个，精通魔术，人称魔术师。

“事实上，我公司曾为了借助他的智商聘用过他，教唆了我们许多杀人手法。可教完后却说他讨厌杀人，擅自离开了公司。

“从某种意义上说，他是一个危险人物，我公司在尽最大限度收集他的行动和信息。因此，我们清楚他与你家发生的事件有关。”

须原正一五一十地道出了一切。

他觉得，这样说了，川波良斋一定会委托他公司杀人业务。

川波良斋反应迅速，当然希望与这家公司进行这样的交易。

“那么，你今天拜访我的理由呢？”川波良斋故意装糊涂，问对方。

“我觉得你需要我们这样的公司，尤其是这几天。”

“那，承包金额呢？”

川波良斋终于问到了最关键的合同要素，目光里流露出认真。

“我们根据具体情况定价。有的容易，有的难度很大，还有要评估委托人究竟持有多少财产等等，根据这些情况定价。”

“像我这样的情况，应该支付多少才能与贵公司成交呢？”

“合同对象是筱田君还是尊夫人？”

“两个都是，再加一个，一共是三个。”

“是不是再加上那个蒙面人？”

“是的。根据你刚才介绍的，他曾经受雇于你们公司，你们会按照合同履行吗？”

川波良斋这么一说，须原正不由得笑了。

“那家伙是擅自离开我们公司的。在同事关系上，他与我们早已一刀两断。还有，他与你这样的大人物为敌，也就是我们的敌人。”

“噢，原来是这么回事。那么，委托贵公司除掉他们三个人需要多少钱？”

“让他们三个人从这个世上消失就行了是吗？关于除掉他们的手法，你有什么特定要求吗？不用说，要除掉那个黑色蒙面人是另外一种价格。你不加倍，我们就不能接受委托。

“至于价格嘛，最低两千万日元，另外两个嘛，每人是三百万日元。你能接受这样的价格吗?

“还有，我们的步骤和方法等都必须事先经过你的认可。至于付款，等到事情成功经过你认可后再请你支付。”

“你们履行合同以后，有没有发生委托方不履行合同义务的？”

“哈哈哈……我们从来没有那种担心。如果发生那种情况，委托人本人也将从地球上消失。再多的钱，也是换不来生命的。最后，委托人都是不折不扣如数支付合同金的。”

“那，委托贵公司合同期是多少天？”

“两个人是一个月，那个蒙面男子是两个月。”

“行，我们现在干杯，表示一言为定。”

两个人立刻成交了这笔生意，川波良斋拿来洋酒和两个玻璃杯。

“好……”

“预祝成功。”

两个人的玻璃杯轻轻地相撞后，你看着我，我看着你，哈哈大笑起来。

施毒

说那以后一个星期过去了。

筱田和川波美良子悄悄地住进了吾孺町一家公寓。

两个人为报仇租借了这家公寓，没让任何人知道。

一天，筱田瘸着腿从外面回来。在回家路上，一幢正在建造中的建筑物上突然掉下钢筋，落在他的脚脖子上。

“还算是不幸中的大幸，若不偏不倚掉在脑袋上可就完了！”

“是谁扔下来的，你没去问吗？”川波美良子问他。

“我去那家建筑工地办公室了解过了，他们说不可能有那样的东西掉下，还直摇头一连说了好几遍不可思议。”

算不上什么重伤，筱田整天闭门待在家里，不由得感到厌烦起来。

一天，筱田又外出逛街散步。正当他在大街上慢悠悠行走的时候，对面驶来一辆轿车，由于这条路上车少，居然高速行驶，刹那间驶到筱田跟前。

筱田见状赶紧躲闪，可由于脚伤还没有完全痊愈，不可能按照想象的那样奔跑。眨眼间整个身体倒在马路上，敏捷的他赶紧就势朝路边滚去。

轿车轮胎发出吼声，仅两三厘米之隔，从他的身边驶过。

筱田吓得全身冒出冷汗，急忙抬头察看车尾。可还未等他看清车牌号码，那辆车已经沿着路角转弯消失了。

YTZF
蒔絵屋

“奇怪！那辆车似乎是冲着我来的，企图轧死我。不是出租车，而是自备车，但是……”

筱田回到家里说了这一情况，吓得川波美良子魂飞魄散。

“你最近接连两次外出都遇到这样的怪事，我看可能是……”

“什么！可能是……”

“川波良斋肯定发现了我们居住的公寓，寻找机会杀我们。那家伙已经到了丧心病狂的程度，往后我们得加倍小心才是。”

“你是不是神经过敏？你说的那种情况怎么可能呢？”

筱田为不使川波美良子过分担心，故意装作若无其事的模样安慰说。

这时候，传来咚咚咚的敲门声。

门外走廊上站着公寓业主的夫人，年龄四十五六岁，是一个和蔼可亲的女人。

“这是邮递员送来的。”业主夫人递上大邮包。

两个人接过邮包一看，寄包人是速水庄吉。这个叫作速水庄吉的人，就是上次把他俩救出火坑的大恩人。

邮包里装的是大颗的巧克力，形状奇特。也许是大恩人安慰他俩寄来的？筱田最喜欢吃巧克力，赶紧从盒里取出一颗巧克力塞入嘴里。说时迟那时快，川波美良子伸出手一把夺下那颗巧克力。

“别忙着吃……”

“为什么？”

“也许是我多虑？！我总觉得这巧克力有问题。这期间你接连碰上好几回倒霉事，我敢断定巧克力里有什么毒物，暂时还是不吃为好……”

筱田笑了。

“哈哈哈……你神经真的出问题了。速水君不是我们的大恩人吗？”

“不过，也许有人会借速水君的名义寄来。在没有打电话向速水君核实情况之前这巧克力不能吃。”

川波美良子三步并作两步匆匆忙忙打电话去了。片刻后，只见她脸色苍白地

影　男

回来了。

“果然不出我所料。速水君说没有寄过什么巧克力邮包给我们，还劝我们赶紧搬家……”

两个人相互望着对方，好长一段时间谁也没有开口。此刻，在他们的眼前，不停地浮现出川波良斋那张杀气腾腾的脸来。

“哎，我感觉速水君也是一个不可思议的人，虽说是他救出了我们，可他是为了敲竹杠从川波良斋那里获取钱财才救我们的。”

“是呀，我也一直有那种不放心的感觉。我看这盒巧克力还是送给警方吧。你说呢？”

“那不太合适，我们这么一送，势必会给速水君添麻烦。哎，我有一个好主意，为这我已经考虑好几天了……”

川波美良子的目光显得炯炯有神起来。

“你知道我们日本第一大侦探明智小五郎吗？是否去他那里咨询一下？这盒巧克力最好也请他分析一下。”

“这主意太好了！好，我马上去他那里。”

“现在就去吗？可我担心有人跟踪你，请一定多加小心，否则……”

“我会一路上不停地换乘出租车，并且绕远路去那里。我想即便有尾巴也可以甩掉。”

两个人接着又商量了一阵子，川波美良子还将电话挂到明智侦探事务所询问地址以及路线。

筱田带着那盒巧克力出门了。大约过了两小时后，他又匆匆赶了回来。此刻天色已经暗淡。

“一路上没有碰上什么险情吧？”川波美良子见筱田平安无事地回来松了一口气，问他。

“我一路上接连换了好几辆出租车，每换乘一次就仔细观察身后，等到核实没有尾巴再喊出租车。所以，绝对不会有尾巴。”

筱田放心地坐在沙发上。

“那盒巧克力里果然含有氰化钾毒物。”

“啊，果然有毒……那，明智大侦探说了一些什么？”

“他说搬家或换公寓，要让对手不察觉是很困难的。有关速水君的情况他非常清楚，好像曾经为了什么案件调查过他。他说速水君是一个十分狡猾的歹徒。至于正在追杀我们的不是川波良斋本人，而是第三者，是一些职业杀手。”

“这么说是川波良斋委托他们干的？”

“大侦探说很有可能是受川波良斋的委托。他好像知道得很详细，但说得不是很具体。”

“那，下一步我们该怎么办？你问了吗？”

“当然问了。他说，如果想搬家也可以，不过要十二分地小心和保密才行。具体方法他没有讲，只是强调他会在暗地里保护我们的安全。并说是免费接受委托，无须任何报酬。他还说对速水君以及职业杀手抱有浓厚的兴趣，愿主动承担这项侦查任务。”

“就那些？不要紧吗？”

“我对他说我不放心，可大侦探劝我放心，不需要任何担心。”

“是吗？”

两个年轻人一番对话后战战兢兢地互相望着。现在，他们唯一企盼的是明智小五郎对他们的口头保证兑现。

影　男

挣　扎

那以后又过去了三天，什么情况也没有发生。

两个人小心翼翼，整天闭门不出，也不弄出任何声响。第四天下午，速水庄吉打来电话：“我在麻布找到了不是专门出租的房子，打算带你们去看。一个小时后，我让司机驾驶我的自备车来接你们，你们看到车来了就乘上去，我在那里等你们。”

片刻后，大门口传来引擎声，司机手拿速水庄吉的亲笔信来了。

> 你们看房以后如果喜欢就搬家，因此，行李不必带上。这司机非常细心，跟随我很长时间，你们就放心乘坐吧！
>
> 速水　敬上

俩人上车时环视了一下周围，核实是否有可疑的人物。司机有四十五六岁，看上去像一个老实人，脸上总是笑嘻嘻的。

车驶过隅田川后从浅草驶向上野。

“速水君是在那里等我们吗？”川波美良子坐在后排座位上，小声问司机。

“是的，他在那里和业主说话呢！不会有错。”司机回答说。

车行驶了近五十分钟，在六本木附近某欧式旧别墅门口停下，进入玄关后，出来一个三十岁左右一身西装革履的青年。

两个人跟着青年人朝里走去，经过走廊进入房间。川波美良子又问："速水君在哪里？"

"在，他正在那面的房间里跟别人说话呢！请稍等片刻。"

男子说完，两个人重新观察了一下房间。

房间里感觉有一种说不出的异样氛围，面积不到十平方米，正中央放有一只小圆茶几和两张长沙发。沙发做工十分粗糙，除此之外没有其他家具，而且连一扇窗户都没有，暗得即便是白天也得开灯。

四面都是墙，贴着花花绿绿的墙纸。整个房间看上去很陈旧，唯墙纸很新。

很长时间过去了，没有一个人来接待他们。两个人开始不安起来。

筱田焦急地站起身打算推开房门，可门外不知什么时候被反锁了。

"有人吗？快把门锁打开！速水君，你在哪里？"

这时，不知从哪里传来回答的声音。

"速水君不在这里，有人借他的名义把你俩诱骗到这里。"

声音好像是从喇叭里传出的。筱田不由得抬头望了一下天花板。原来在天花板角落处装有正方形的扬声器，声音是从那里传出的。

"哎，我们只是来见速水君的，如果他不在，请让我们出去。"

"邀请你们的不是速水君，而是我们！"

"那你们到底是什么人？"筱田急躁起来，大声问道。

"我是职业杀手。"

"这么说，你是受雇于川波良斋的职业杀手？"

"谁雇用我的，这不能说，因为那是商业秘密。"

这时，川波美良子拽了一下筱田的袖子，胆怯的目光紧盯着靠近天花板的墙壁。

那里嵌有一块玻璃，是一个三十厘米边长的小窗，好像有什么影子在晃动。仔细一看，是一张男子的脸贴在玻璃窗上。

"喂，你找我们干什么？"筱田急切地问道。

影　男

于是，玻璃窗外的男子蠕动嘴巴，声音从扬声器里传出。

“好，我告诉你们。一个月前，这房间门外就已经是墙了，门外有一个比其他墙还要大的坑，坑里堆有许多砖，一旦用水泥和砖把门砌起来，你们就再也看不到门外的走廊和墙了。也就是说，从外面看不可能察觉到砖墙背后有房间。这一切意味着什么呢？你们就慢慢地琢磨吧！”

短短这么几句话，窗外那张脸便消失了。眨眼间，小方窗便暗得看不见，好像被一块板子盖住了。

筱田思索片刻，眼下只有把门撞破逃出去才是。于是，他开始使劲用肩膀撞门，可门岿然不动，尽管他撞得满头大汗，但仍不见效果。万念俱灰的他，垂头丧气，一屁股坐在椅子上。

既然门撞不开，得想法子把锁弄坏。

他在口袋里搜索着，希望能找到刃器。可不凑巧的是，袋里连一把小刀也没有。而此刻，脑子里还时不时地冒出那个怪男子，使得他更加焦急起来。

筱田不甘心就此坐以待毙，又在花花绿绿的墙纸上不停地到处敲打，企图寻找让自己可逃生的洞口。

也许墙纸不是专业人员所贴，粘得不怎么牢，几经敲打后纷纷脱落，裸露出白色的墙来。墙上，布满了横一条竖一条的痕迹。

“咦！”

筱田紧盯着痕迹，不由得喊出了声。那横七竖八的伤痕连起来看，好像是告示模样的内容。

“这里是杀人房间，杀人承包公司要杀我。”

原来，这房间是专门为用来杀人而建造的。

筱田终于醒悟了，他又把边上的墙纸撕开。于是，出现了好几块这样的伤痕，是一封封匿名墙书。

“门外传来奇怪声音，快过去一个小时了，似乎一块块砖被水泥砌了起来。等到砖墙砌起来，房间就将变成完全的密室，他们打算让我窒息而死。”

这条墙书内容，让筱田知道了即将发生的事情。他把耳朵贴在墙上，但没有一丝声音，墙外静悄悄的。

他接着又撕开旁边的墙纸，又出现了墙书。

“我思考的全部是错的，那家伙终于告诉我实情，是用煤气毒杀我。我一开始还以为是饿死，后来以为是窒息死亡，可他们的杀人手段不会那么善良。

“据说，那家伙要在天花板那里隔着窗看着我死去，为此一直开着灯。现在，距离被杀的时间越来越近。终于，杀我们的人出现了，就是那张隔着玻璃窗窥视房间的脸。

“我看清楚了，那家伙不是杀人承包公司的男子，而是那男子的脸。”

不知不觉地，川波美良子也站到了筱田的身边，全神贯注看着墙书上面的内容。两个人把凡是手能够触及得到的墙纸全部撕去，于是出现了很难看懂的文字内容。

“啊，有声音！是煤气声音！已经无路可逃，痛苦极了。救命！”

川波美良子看着看着哭了起来。后面的文字只是手指抓的印痕，没有写成文字。两个人不知是谁先伸出手来，相互间紧紧地握着。

这时，不知从哪里传来“咚咚咚”的声音，是门外传来的。

两个人吃了一惊，朝门那里望去，只见吱的一声门开了，进来的是那个刚才送他们来这里的司机。他的腋下夹着一个大包，是用报纸包的。他奸笑着朝筱田和川波美良子走来。

影　男

观　赏

“好，斋木君，辛苦了。进展得差不多了吧？”

说话的，是杀人承包公司的须原正。

被喊作斋木君的是刚才的司机，他脱掉上装，在用水泥砌砖。这家伙好像深得须原正的信赖。

门墙的砌墙工作已经开始。

“房间里面的两个家伙怎么啦？怎么静得连一点儿声音也没有？”

须原正看了一会儿斋木君的手，好像察觉到了什么。

“刚才须原君隔窗窥视以后，那两个家伙开始看起了‘墙书’呢！现在仿佛是两张幽灵的脸，他们蹲在墙角那里。”

“墙书这玩意儿，还真有效果呢！他们好像在竖耳听你砌墙的声音。墙书的内容给了他们暗示……”

“是呀，这俩人就像被捕鼠器逮住的老鼠。须原君，委托人来了吗？”

“嗯，已经来了。等墙砌完了再把他喊来。”

两个人小声地相互说着。少顷，门墙被砖完全掩盖了。接下来，只需泥灰在砖墙上涂一层就完工了。

“好，我去把委托人喊来！”

须原正见墙已经砌起，说完便走了。过了一会儿，他与川波良斋并肩走了过来。

“马上就要全封闭了，怎么样啊？”

“窥视窗呢？”

“瞧，就是那扇窗。请你站在竹凳上看吧！把那木盖朝上掀开，里面是厚玻璃窗，可以防子弹。即便房间里有子弹射向玻璃，也是白搭。”

川波良斋的眼睛里闪射出异样的目光，打开木窗隔着玻璃朝里窥视。

“在，在，他俩靠着这边的墙趴在地上，虽看不见他俩的脸，但能看见衣服下摆和脚……喂，美良子，我的太太，还有那个筱田，听见我说话的声音了吗？”

然而，房间里的两个人不答话。看来，他俩通过墙书内容已经明白即将发生的事情，正等待着这一时刻的到来。事实已经如此，他们也许不再那么惊慌失措了。

“喂，两个人大概知道门外已经被墙封住了吧？里面完全成了密室，快竖起耳朵听！有奇怪声音！是煤气！哈哈，再过一会儿，这房间里将煤气弥漫，送你俩去天国。你们即便不吱声，可你们马上会痛苦得难以忍受……好了，须原君，快开煤气，打开煤气……”川波良斋俯视着须原正的脸，大声催促。

“已经在喷射煤气了！”

“嗨，真是这么回事！黄色烟雾在地上爬行呢！瞧，这两个家伙在不停地颤抖呢！哇啊，已经蔓延到窗前了，我已经看不见里面的情况了。

“美良子，筱田君，你们在哪里呀？啊，还能朦朦胧胧地看见。瞧，他们在垂死挣扎！

“幸亏有那个速水君，我可以一连两次欣赏他们的惨相。太高兴了！太高兴了！啊哈哈哈……”

川波良斋高兴得险些从竹凳上掉下来，好在须原正眼疾手快，跑过去一把抱住了他。

“怎么样？我公司的工作进度，瞧，就连墙也砌了起来，只要墙面一干，从外面看根本察觉不到里面是房间。”

影　男

须原正得意地说道。这时候，正巧司机完成了最后一道砌墙工序。

“接下来，要用砖将这扇窗封住。这么一来，这幢建筑物里的一个房间等于消失了。

“为了实施这个计划，我们买下了这幢房子。今后，我们绝对不会借或者出租给任何人。这消失的房间，必将成为永远的秘密。

“这项工作，是我和司机俩完成的。公司里还有两个合伙人，但他们与这项业务没有直接关系，绝不会走漏半点风声。

“司机叫斋木君，主要职业不是司机，而是公司的中层干部，我的第一助手。如果有走漏风声，我可以肯定是从川波君的嘴里！因此，请你一定要守口如瓶，这关系到我们相互间的前途。”

川波良斋连连点头。

“嗯，你们不愧是职业杀手！太谢谢你们了！可还有一个没有除掉呢！就是那个叫速水庄吉的怪人。”

“是的，下一步就轮到他了，你就等着看好戏吧！一定让你看到更新奇的杀人手法……请看，这房间就这样不留丝毫痕迹地在我们眼里消失了。”

斋木君将窗外的墙砌完，从竹凳下来。

“接下来，我会在这里安排一个管理员，让他管好这里，不出任何差错。这一点请相信我，好了，再见……”

川波良斋借刀杀人终于达到了自己的目的，再说，须原正的一番话又使他感到了满足，很高兴地走了。

合 作

一天下午，天气晴朗。

从东京灵岸岛到炮台的海上，有一艘船在那里缓缓地行驶。船上，两个男子正在愉快地交谈。

天空没有一丝风，阳光明媚，海水犹如湖水那么安静，鸦雀无声。

“我们曾经在空中游览车上说过秘密话，现在看来还是船上最安全。海上密谈，这办法真是太妙了。”

小胡子男子的眼睛里闪露出兴奋的目光，一边环视周围一边微笑。

“是啊，这里是我们商量杀人方法的最佳场所。须原君，你会游泳吗？”

“当然会，我可以在海上轻松地游上十公里。佐川君，你呢？”

这两个人，一个是杀人承包公司的经营者，一个是该公司的顾问，即扮作佐川春泥的影男。

“年轻时，我曾经横渡过东京湾……我们不必担心被海水溺死。”

“接下来是凶器。”

“是的，你带着什么？”

“我带着这个。”

须原正说完，从口袋里取出一把黑色小型手枪放在手掌上吓唬对方。

“啊，我们俩都没有忘记护身工具。我也带着呢！”

影男也从口袋里取出手枪让须原正看，竟是完全相同的武器。

“你这手枪口径是二十五毫米吧？跟我这支相同，枪柄上有一飞马浮雕图案！哎，让我看一下！”

两个人交换手枪后，相互都放在手掌上打量。两支手枪从枪口到枪柄，没有不同的地方。

“在凶器上我俩打平手。”

两个人放声笑了。

“好，把枪放在口袋里吧！今天，我们不是来这里格斗的。”

两个人取回各自的手枪放入口袋里。

“今天，我还想借助你的智慧。上次你制订的‘泥沼地杀人手法’简直妙绝了！请你再想一个与之相同的办法，就一个。”须原正吹捧扮作佐川春泥的影男，望着他的脸说。

“那我明白。不可能有其他事。可上次杀人现场把我吓坏了，今后再也不用了。是啊，太残酷了！事后我自己也感到害怕。说心里话，我一直不想见你。今天，我还是愿意帮你合计合计，因为，这里面是有一点原因的……”影男也一反常态说起了恭维的话。

“那好，我们就开始谈正事吧！事情是这样的。最近，我接受了某大富豪要惩罚某青年绅士的委托，答应支付相当数额的报酬。如果大功告成，我将支付给你五百万日元。不过，你必须提供一个绝妙的杀人方案。”

船摇晃着，摇得两个人的心情进入最佳状态。没有风的天空呈蔚蓝色，和煦的阳光照得身上暖洋洋的。此刻，两个人的谈兴越来越浓。

“好，我提供一个珍藏了多年的绝妙方案。为了五百万日元，我就把它奉献给你了。可你得到的钱是我的几倍呀！”影男笑着讽刺须原正。

“哦，充其量也只不过是两倍，稍有差错会殃及我自己。那家伙很难对付，属危险人物。因此，再给一半‘金点子’奖励费。”

须原正信口开河。从川波良斋那里得到的报酬应该是两千万日元。也就是说，除掉眼前这个影男的代价。

须原正让接下来就要死在他手下的影男提供杀人方法。影男似乎并没有察觉到对方的用意，探出上半身朝着须原正滔滔不绝地说着。

“我提供的绝妙杀人方案，是密室。”

“什么？”

“也就是说，让杀人的房间变成完完全全的密室，没有凶手逃走的漏洞。尽管那样，那个密室里留下的只是尸体，却不留下杀手的身影。密室杀人，从古到今大约有一百种方法，但我想出的，是迄今为止没有过的新方案。不过，我告诉你，我总觉得跟你有缘。”

“谢谢，我一定报答，也请你一定要帮助我。”

须原正的脸上高兴得大放光彩。

“说来也凑巧，我正在建造一个砖结构的书房，就借给你使用吧！再过两三天就要建成了，当然只是借给你，可一旦变成杀人现场，那我就不能再派其他用处了。建这幢书房，我耗费了三百万日元巨资，作为实际费用，还得请你支付三百万日元，好吗？”

“三百万日元？那，你一共需要八百万日元吗？稍稍高了一点儿，是不是有其他便宜一点的建筑？”

“哈哈哈……你又吃惊了？可如果不使用我的书房，就发挥不了作用。我解释一下你就明白了，但你必须先支付费用。我的智慧都在脑袋里，先说了就变不成钱了。”

“钱我是准备了，可那是五百万日元的打算，因此我只带了这些。”

须原正从袋里取出支票。

“那我就先拿这些吧！剩下的，你必须在进入正式实施前支付完毕。”

影男核实了支票后放入口袋，脸上的表情变得更认真和严肃了。

“好，我相信你，现在就告诉你吧！就密室来说，有各种形式，不管怎么怀疑，但在解开密室谜之前是无可奈何的。因此，只要能制作不能完全解开的密室，就能神不知鬼不觉地实施犯罪……”

影 男

影男又滔滔不绝地说了二十分钟左右。

须原正专心致志地听着，听完后不由得拍了一下大腿称道：

“好，原来如此，你说的密室诡计太妙了！如果按你说的去做，不管什么大侦探都休想明白其中奥秘。谢谢了！那，什么时候可以实施呢？”

“建筑物已经成功了，我想越快越好。”

“那，砖墙书房在哪里？”

“在世田谷区边上的芦花公园旁边！”

“我想去看一下。”

“行。那就后天晚上八点左右来看吧，请准时光临我在世田谷的家。届时，书房里可能已经放好家具了。”

影男详细地说了去他住宅的路线。

“好，一言为定。你的智商可谓超众呀！真让我佩服得五体投地。万没想到你居然有这样的好主意。”

须原正嘴里不停地夸奖，心里却在嘲笑。

“哼！这家伙还不知道自己已经死到临头了，居然还向我献上杀他自己的方案。比较起来，还是我胜过他一筹……”

须原正站起瘦小的身躯，带着喜悦和自信回去了。

谋 杀

第三天晚上八点，须原正准时按照约定前来拜访影男。

影男亲自到玄关迎接须原正到主屋，又是劝酒又是劝吃地款待须原正。

这一带属郊区，住家很少，显得寂静而又冷清。别墅里也是静悄悄的，有一种人去楼空的感觉。

“有其他人吗？”须原君觉得有点异样，便问道。

“哦，平时，我只要一到这里居住，用人就会跟着来这里侍候。今天例外，就我俩在这里，对你对我是最方便的。因此，我独自等你一直等到现在。”影男回答说。

“你上次说的，我完全理解，可还是想到实地来看一下……”须原正说着站起身来。

两个人拿着手电来到院子里。

一进入树林没走几步，眼前便出现了一幢奇妙的建筑，大约四十平方米，采用红砖砌筑，尖尖的屋顶上铺有石板瓦，高高地耸立在夜空。

在观看建筑物内外的过程中，影男花了三十分钟左右的时间进行了详细解释。

“明白了，这方案太妙了！一定很顺利。”

须原正一字不漏地听完影男的解释，满意地点点头。

影　男

实地考察结束后，已经是九点多了，两个人沿着林荫小道回到主屋。

“太奇怪了！我到现在还不曾问过那个即将被杀人的姓名。”

黑暗里，影男想起这事直嘟哝，被对方听见了。

“什么？”

“我在说，贵公司接受委托惩罚的对象是谁？也就是那个被杀人的姓名。”

“哦，哦，你问这个情况？那家伙嘛，其实是一个很难对付的人，诡计多端，称得上天下第一。专门从事窃取别人隐私，从中诈取钱财。他手段高明，思路敏捷，迄今为止还一次未曾落到警方手里。据说，那家伙还把自己扮成大作家！”

须原正在黑暗里一边吃吃地笑一边说。

影男吃惊地停住脚步。

“哎，你说的那个家伙还真有点像我呢！”

“是呀，这么一说，倒还真有点像你。”

“那他叫什么名字？”

“名字嘛当然有啦！什么速水庄吉、绵贯清二，还有……还有叫佐川春泥的。”

听对方这么一说，影男啪地立即闪开，摆出防备的架势。

“那，是你要杀的男子吗？”

“是的，这一次的被杀人应该是你！”

话音刚落，须原正已经从衣袋里掏出手枪瞄准了影男。

“住手！你只要杀了我，就会轰动整个日本国！”

影男一边悄悄后退，一边大声警告对方。

“啊哈哈哈……你这人太愚蠢了！不知道自己就要被杀，居然还详细地告诉我杀你自己的方法。好了，快举起手来！”

就在这当儿，传来刺耳的尖叫声，仿佛天空被撕裂一般。与此同时，影男的身体扑通一声倒在地上。

须原正目不转睛地望着倒地的对方，手仍然握着枪。

影男丝毫没有动弹，一发子弹似乎就让他断气了！

须原正拿着手电走到尸体跟前，观察了一眼那张脸，不由得倒退一步，子弹好像命中了影男的脸部，鲜红的血遮住了整个脸。

他蹲在尸体边上伸手摸了一下胸部，心脏已经停止跳动。

为进一步确定是否已经死亡，他又用手指号着影男的脉搏，一点儿也没有动静。

“咳！这家伙太扫兴了！刚刚还是一肚子的坏水，怎么这么快就结束了生命。好吧，我接下来就按你说的，制作绝对不让任何人察觉谁是杀人凶手的密室现场。”

须原正没有马上处置尸体，而是快步来到主屋随后打了一个电话。接着，又找了一张草席再次返回树林。那是为了暂时隐匿尸体。

十分钟后，有一个男子朝主屋走来。他是杀人承包公司的合伙人，一直在附近等待须原正的电话。这家伙看上去四十岁左右，瘦高个，身上穿着工人服装。

须原正与那个男子说了一会儿，接着一起朝树林里走去，可能是为了正式实施制作密室杀人的第二现场。

影　男

解　密

“啊，不好啦！我家主人被害了！”

须原正枪杀了影男的第二天，在京王列车芦花公园车站附近的警务站里，闯入一个惊慌失措的老人。老人古铜色的脸上布满皱纹，长着白色胡子，短小的西装里是件脏衬衫，瘦小干瘪的身材像个孩童。

“什么？被害了？说得慢一点，谁被害了？”警官一边上下打量老人一边说。

“我家主人是专门写小说的作家，叫佐川春泥，家住鸟山町。我是长期受雇于他的用人，叫谷口，主人古里古怪，在树林里建造了一个砖结构的书房。从前天起，主人开始工作后就没有出来过。

“主人平时一般不外出，专心于工作，常常不吃饭。因此，我昨天也就没当一回事。可到了今天早晨，见他还是没出来，感觉有点奇怪。

“于是搬来梯子爬到书房后面的窗台上朝里张望，没想到主人倒在地毯上，并且是趴在地上的，整个脸都是血，全身一动不动的。

“我立即下了梯子打算开门进去，不料，门内侧上了门闩，那扇门十分结实。想撞开它，凭我这么点力气是不可能的。整个房间也只有一扇窗户，其外侧还有铁栅栏防盗网，我无可奈何，请你们火速派人去现场。”

警官立即打电话向警署报告，随即与老人赶到现场。

不一会儿，中村警长带着几名刑事侦查警官从警视厅赶来。

经过现场勘查，情况与老人说的基本相符，唯一的窗外侧装有铁栅栏防盗网。门内侧，被插上了门闩。

警官们沿着老人事先架在那里的木梯爬上去窥视房间，果然有一个男子趴在地上。从窗那里看到的门背中间，是一根很宽的粗铁栓。看上去，就是有备用钥匙也打不开。

比较起来，最好是卸下窗上的防盗网进入房间。可进行了一番调查后，觉得防盗网也非常结实难以拆除。

警官们用肩膀朝防盗网撞了几下，防盗网似乎难以撼动。

“看模样，这儿好像是新建不久的书房吧？”中村警长问老人。

“是的。从开始使用到现在，也只不过三四天。”

“你说你受雇于主人很长时间了？”

“是的，已经有十年多了。”

“主人的职业呢？”

“那情况我不是很清楚，但他是一个有钱人，过着非常奢侈的生活，也时常伏案疾书。为此，他建造了这么一个书房。”

“嗯，你家主人好像是一个精神相当异常的人物！从这幢建筑来看，给人一种怪异感觉。瞧，里面黑乎乎的，门背还装有这么一个大铁门闩。到底防备什么？我猜想，这书房里好像放有什么贵重的东西。”

“我也不是知道得很清楚，但不可能有什么贵重物品。要说在门后安装这样的铁门闩，也不是防止盗窃，而是我家主人在写作时，最讨厌别人进书房打扰。为此，他似乎觉得锁不能解决问题，干脆让人打造这么一个铁门闩。我不知道主人还有其他什么用意，但他好像有许多敌人。那种情况我曾经听说过，敌人多了，必须小心谨慎等等的话。”

警官喊来一个木工，让他把门打开。木工使用大木槌将门砸坏，于是，中村警长率先冲入室内。

被害人被手枪子弹击中面部死亡，警官们对室内进行搜查。

门内侧，不仅锁被插上保险栓，还加了一道大铁门闩，钥匙放在桌上。窗外侧的铁栅栏防盗网深深地嵌入混凝土里，丝毫没有异常。铁栅栏防盗网内侧是玻璃窗，也上了插销。

砖墙很厚，室内四周的墙涂有一层水泥，下半部分装有护墙板。天花板上和地上没有丝毫值得怀疑的暗道出入口。可以这么说，是一个完全的密室。

玻璃窗内外，被技术警官拍摄了好几张照片。法医警官检查了被害者尸体，随后将被害人尸体抬到主屋。

被害人是被枪弹击中的，身体上没有发现被钝器击打过的伤痕。不用说，绝对没有子弹从窗外射入的可能性。只能断定被害人是在室内被击中的，可凶手行凶后又是从哪里逃离房间的呢？

中村警长想出多种密室的形式及其特点，与本起密室凶杀案相比较，但这幢建筑物里，用曾经侦破的密室凶杀案的方法是根本不可能的。

这时，调查房门的警官诧异地嚷道：“啊，这是一扇特别制作的门，内侧的锁孔与外侧的锁孔不是一个孔眼，也不贯穿房门，锁的前面部分是塞住的。警长，这种情况太少见了！一定是担心别人用备用钥匙从外面开门，或许害怕别人从外侧通过锁孔窥视内侧。总之，这肯定是木工按照主人设计而定做的。门的上下左右与门框之间非常严密，几乎一丝间隙也没有。”

大家相互望着对方。

“这样吧，暂时先把被害人送到医院！”

中村警长经过一番思考，还是解不开这个密室之谜，于是，吩咐部下将尸体搬上运尸车，打算通过尸体解剖再寻找答案。

尸体运走后，警官们集中在院子里。这时候，有一个男子径直朝院子里走来。这男子外表像绅士，鼻梁上架着一副眼镜，嘴上留着小胡子，年龄在三十五六岁。

“你是谁？这儿非常忙乱，刚发生一起重大案件。”

一名警官上前朝青年绅士解释，以为来访者可能是被害人生前的朋友，还不知道朋友已经遇难。

“我叫松下东作，就居住在附近，职业是律师。刚才，一个经常上我家的木工告诉我发生了这起事件。就是用大木槌砸门的那个木工。我听说是密室杀人，所以赶来说一些我的想法，仅供参考，但和这里的人既不相识也没有其他关系。”

警官将这一情况报告给中村警长。

来访者是绅士，听他说说也许能作为有价值的参考。中村警长想到这里，朝松下东作身边走去。

“你想提供什么情况？”

大家聚集在两个人的周围。那个叫谷口的老人，也饶有兴趣地站在人群里竖起耳朵。

“我平日里一直在研究密室犯罪是如何进行的。这起案件似乎也是在密室，并且是完全的密室杀人。很久以前有过类似案件，好像在美国。凶手行凶后，既不是从门口逃走，也不是从窗户逃走，而是选择了天花板。也就是说，凶手是从屋顶上逃之夭夭的。凶手启用千斤顶抬起房梁，从间隙钻出，再将千斤顶降下房梁复原后逃走。”

听他这么一说，中村警长忍不住插话：“你说的情况不可能发生，因为这幢建筑的屋顶是水泥，非常坚固。”

松下东作不动声色。

“明白了。我没有说凶手是从屋顶进去，只是举一个例子而已。说到屋顶作案，在日本也曾经有罪犯使用过。五六年前，山形县那里，有一个罪犯用绳索吊起屋顶。

“可四五年前，一个美国人想出了更出人意料的密室杀人方法。在野地里杀人，只用了一个晚上在杀人现场建造了一幢房屋，门和窗都是从内侧插上保险栓和插销的，再装上板墙。也就是说，罪犯是从板墙进出作案现场的。

“不用说，谁也不会想到杀人后在现场建房。只有这样做，才称得上完全的密室杀人。怎么样，我说的这些能供你们参考吗？”

这时候，谷口老人离开人群不知打算到哪里去。松下东作见状，立刻喊道：

影　男

“这位老人，你是这家里的人吗？请等一下，我有话要对你说，请听我说一会儿好吗？”

老人笑了，但表情很尴尬，回到原来位置。律师继续说道：

“我打听过了，有人说这幢房子是最近造的。各位先生，大家都会这么考虑，杀人是在房屋建成后进行的。房屋不完工，人是无法入住的。

“可是，大家如果反过来思考，结果是怎样呢？所谓圈套，是巧妙地利用我们人类常识上的盲点。这起凶杀案，是在这幢房子快要竣工的时候发生的。要制造圈套，必须利用盲点。

“我并没有见过这一过程，具体细节说不上来。但如果说说原理，这幢房子是在墙还没有完全建成之前，先完成了门和窗，而且是在内侧将门窗锁上。

“但墙上预先留有可供人出入的洞口。凶手就是从那样的洞口逃出书房的，而后用砖将洞口补上。怎么样？这是我的一个想法。

“事实上，还有其他更简单的想法。事先留一个泥瓦匠，杀人之后让他砌墙。

“如何工作？是将铁栅栏防盗网嵌入外侧的窗台上。凶手在铁栅栏防盗网嵌入前将人杀死，而后从窗口逃出。当时，玻璃窗外侧还没有上插销。

“凶手十分担心泥瓦匠看见尸体，在逃出房间前用床单之类的大块布盖住尸体，再用细绳系住大白布的端部，将细绳的另一头系在窗下手能触及的地方。

“接着，从窗口钻出后关上玻璃窗，让泥瓦匠将铁栅栏防盗网嵌入墙内。听说，铁栅栏防盗网的铁管是一根根埋入水泥里的。像这样的工作，通常由泥瓦匠担任……

“泥瓦匠在完成把铁管埋入水泥的工作离开后，凶手便将手伸入防盗网，推开玻璃窗，再将手伸入窗内朝下拽住细绳，拉出床单。

“接着，将插销栓提起稍稍安在固定件上，慢慢关上窗户，并在外侧轻轻敲打一下窗玻璃，于是，插销受到震动落入插销孔。

“水泥里如果拌有干燥剂，一天就可干燥。因此，两三天后向警方报案的话，建筑物还是崭新的。

“究竟哪一部分是最后完工的，根本就无法区别。像这样的密室杀人，大概没有不合理的部分吧?

“接下来还有一个例子。刚才说的是室内杀人后，凶手由内朝外逃出的密室杀人。但还可以反过来考虑，先在外面杀人，而后将尸体从窗户搬到室内制作密室。

“我所提供的，就是上述密室杀人的形式。各位先生，百忙中打扰你们，实在对不起。”

松下律师恭恭敬敬地行了一个礼，从目瞪口呆的人群里钻出，朝大门那里走去。一走出大门，只见十米左右前面，那个谷口老人在小跑似的走着。

松下律师快速追上前去。

“你果然想溜之大吉。”老人惊愕地转过脸来。

“什么，你是刚才演说的那位……”

“你想装聋作哑那可是过不了关的哟！其实，你绞尽脑汁，费尽心机设计的圈套，已经真相大白！”

“你，你在说什么？”老人神色木然。

“哈哈哈……还真会演戏！实话告诉你，刚才那具尸体是假的，你的阴谋就要在医院被识破了。”

松下律师说话，突然变得粗声粗气起来。

“什么？假的？阴谋？你要说什么？”老人似乎真吃惊了。

“喂，你能否把假胡子摘下来?”

松下律师说完猛地扑向老人，伸手抓住他嘴上的白胡子。假胡子被拽下后，露出的真相出人意料，居然是须原正一副哭丧的脸。

“须原君，你的幻想完全成了泡影。”

然而，须原正还是不清楚这个松下律师到底是何人。

“你，你到底是谁？”

“哼，还不明白！你就当我的脸上没有眼镜和胡子，请仔细看好了哟！嘻嘻嘻……”

影　男

逃　窜

“还不明白吗？是我哟！”

松下律师说完卸下眼镜，又一把扯下嘴上的假胡子。

“什么，你是佐川春泥？你到底是怎么回事？”

须原正大吃一惊，茫然不知所措，两只呆滞的眼睛紧盯着对方。

“我们还是找一个地方说吧！你还有钱没有给我呢！”

扮作佐川春泥的影男说完走入神社的树林里。

不一会儿，两个人面对面地坐在大小与屁股差不多的树墩上。

“咳，太遗憾了，竟然不知道是你，又被你巧妙地骗了一回。”须原正不可思议地说。

“我和你都持有相同的二十五毫米口径的手枪，在东京湾上相互交换看的时候，确认我俩的手枪完全相同。于是，我趁你不注意之际将你口袋里的枪换成了我的枪。”

“什么，你换了我的枪？我怎么一点儿都没有察觉！你简直是一个盗窃魔术师！”

“哈哈哈，对于我这样的人来说，魔术是最重要的技术！由于换成了我的手枪，你射出的第一发子弹仅仅是空壳！而我挨了一枪就装死，也多亏我那样做。因为，枪膛里剩下的子弹可都是真家伙。不用说，你没有想到第一发子弹居然是空壳。”

“你简直胆大包天！如果我连射两发，你怎么办？”

“我想，凶手最忌讳的便是弄出响声，尤其是枪声。如果能一发子弹将对方打死，那他决不会射出第二发子弹。我其实早就察觉到你打算杀我，为此，事先准备了演戏用的粘血等待那一时刻。我一边倒地，一边迅速将血涂在脸上。”

“请停一下！我曾触摸过你的心脏号过你的脉搏，当时都没有动静。”

“那也是魔术。”

“什么，你可以让心脏停止跳动？”

“要让心脏停止跳动是困难的。不过，我在衬衣内的心脏部位贴有一大块酷似胸部的塑料板。这么一来，你再怎样用手触摸也不会有跳动的感觉。脉搏也是一样，我采用了古时候的魔术，在腕下夹一个比乒乓球小一点儿的硬橡胶球，让它靠在手臂内侧紧紧按住动脉。于是，手臂前面的脉搏就消失了。”

“没想到你这般狡猾。在我去主屋打电话的时候，难道你真的用一具别的尸体顶替自己？”

“是啊。不事先识破你的诡计，我就不好办了哟！我是从某医科大学实验用的尸体里，找到一具酷似自己的尸体，事先搬到附近藏起来。我还在尸体脸上划了一道伤口并抹上粘血。”

须原正的脸上露出技高对方一筹的得意表情。

“可我还没有败给你哟！道高一尺魔高一丈，我也许还有最终制服你的王牌！”

须原正发出奇妙的笑声。

影男见状不由自主地将手伸入口袋，可没有摸着手枪。他欲站起身来，冷不防从背后伸来一只铁钳般的手。树背后，一直埋伏着另一个敌人。

如果是须原正一个人，要不了几下就可拿下他。可这男子的臂力强壮得像摔跤运动员。影男使出全身力气与他格斗，终因对手是两个人，结果被对方制服绑了起来。

“哈哈哈……你绝不会想到我在树林里设下了埋伏吧？如此麻痹大意，好像不该出现在你的身上。”须原正幸灾乐祸地挖苦对方。

另一个男子，就是上次帮助须原正诱骗川波美良子和筱田的司机，叫斋木。

“好了，快把他带到车上去！”须原正吩咐道。他和斋木抱起影男，一个抬头一个抬脚朝着树林深处走去。钻出神社边上的竹篱笆围墙洞口来到路上，那里有一辆轿车。

影男被按在后排座位上，须原正则坐在他的旁边监视。

轿车慢慢地驶离路边出发了。

斋木司机一边驾驶一边对后排座位上的须原正说：“头儿，说实在的，我真有点儿担心！一个我们难以对付的大敌出现了。”

“你说什么大敌？”须原正惊讶地盯着司机的脸。

“不担心被他听见吗？”

“没关系！他已经是瓮中之鳖，再过一会儿就要让他从这个世界上消失，即便他听了也等于白听。”

须原正胸有成竹地扫视了影男一眼。

“我担心的是这么一回事，那个叫明智小五郎的大侦探，已经察觉到我们干的这个行当。”

“什么？明智小五郎？”

“嗯，来这之前我在六本木事务所里，也就是须原君你刚出门不久，我接到一个奇怪电话。打电话的人没报姓名，只是说，明智小五郎已经注意到你们了，要千万注意！这也许是嘲弄我们，可我们还是要当一回事，千万不可莽撞。回六本木的时候，我们最好在事务所附近仔细查看后再进去。”

“哦，是这么回事！你说的如果是真的，那倒是让我着实担心的事。明智小五郎一出现，我们可就遇上难以对付的麻烦了。这家伙背后有警视厅撑腰，我们可要把它的出现当作头等大事，赶紧商定对策。那，另外两个合伙人知道这一情况了吗？”

“我已经用暗号通知他们了。现在，估计已经转移到安全地带了。”

须原正把两条手臂紧紧交叉在胸前，没有吱声。

司机斋木望着正前方小心翼翼地驾驶轿车，一脸担心的表情，也没有吭声。

“好，就在这里停车！你下车去看一下事务所周围的动静。”一来到六本木街头，须原正命令司机。

司机斋木停车后打开车门下车，片刻后匆匆回来，脸上是惊慌失色的神情。

“不行，事务所背后有五六个便衣，可能是刑事侦查警官，那模样确实像在等我们钻口袋。”

“那好，我们到品川事务所去。”

轿车又飞驰起来。

品川那里也有这家杀人承包公司的事务所。所谓事务所，从某种意义上说，是他们隐藏的窝点。须原正一伙在好多地方拥有隐藏的窝点，不然的话，难以生存到今天。

不一会儿，车驶到品川的御殿山附近。须原正又让司机斋木停车去事务所周围侦查，可没过多久，斋木又慌慌张张地跑回来了。

“不行，这里的事务所也被警方监控了。须原君，接下来去哪里？”

“去尾久！”

须原正吐出这几个字后不再说话，神色变得急躁起来。

从品川到尾久有相当距离。当车即将开到尾久的时候，太阳开始徐徐下山，周围笼罩着一片暮色。

令须原正惊愕的是，尾久事务所也被布控了。他脸上的表情越来越烦躁，仿佛是被逼得走投无路的困兽。

接着，车又连续去了另三家事务所附近，斋木司机也都一一去了事务所周围查看。糟糕的是，都遭到布控了。

看来，不只是明智小五郎在寻找我们的行踪，警察肯定也已出动。

须原正做出这样的判断。

怎么办？他命令司机斋木将车停在世田谷区的一条路上，陷入沉思。

眼下，警方可能已经在通往外省的各条要道设卡盘查，也许还贴有通缉令。在这种非常情况下欲逃出东京，无疑一路上充满了危险。可是……这里也不是长时间可以待的地方。

凡东京都内的道路，随时会受到巡逻警察的检查。眼下，最好是隐蔽在什么秘密地方，而且越快越好。

须原正不停地思索，全身丝毫没有动弹，也许心急如焚过了头，脑子像榆木疙瘩，一点儿没辙。

他终于觉得自己到了山穷水尽的地步，在这种无计可施的时候，最好能遇上一个高人，从那里得到金蝉脱壳的锦囊妙计。

他突然想到躺在身边座位上的影男，连忙敲打他的肩膀说：

"喂，目前的情况你全偷听了吧？我如果被抓，不用说，你也会跟我一样被兴师问罪。你不但帮助过我们公司，本身还犯有许多罪行，一旦被抓住，也同样完蛋。因此，你赶紧告诉我最保险的隐蔽场所。如果你愿意说，我就取出你嘴里的布团，怎么样？"

影男明白了须原正的意思，一个劲儿地点头。

须原正高兴地笑了，赶紧从影男嘴里取出布团。

"我们还能恢复原来的友好关系吗？"

影男刚能开口说话，立刻毫不含糊地提出条件。

"嗯，无可奈何。我们之间的利害关系如果一致，那就暂时休战。目前，你我必须先保证自身安全。在这种时候，你一定要想出绝妙的主意了。这是为了你我，快把你的好办法说出来听听。"

"停战讲和，就这样随便说说的吗？你是反复无常讲话没有信用的人。现在我也不说这些了，你既然那么求我，就送一个好办法给你吧！我这个影男，不管遇上什么情况，也不管什么时候，从来不知道什么叫困难。"

现在，影男和须原正处在相反位置，因为须原正在求他，不得不一个劲儿地朝影男鞠躬行礼。

"拜托了，请一定要帮忙！现在这种危急关头，只有求助你的智慧了。"

"那好，快解开我身上的绳索。身体得不到自由，又怎么想出好办法！"

"好，帮你解开！可是，你不会出什么坏点子吧？你想背叛我逃走？"

影　男

“你要那么怀疑，就别解开我身上的绳索，好吗？又不是我求你的。”

“好，好，好，明白了，这就帮你解开！你要是不知好歹执意逃走，别怪我不客气，我将开枪送你回老家。枪就在这里，看见了吗？这一回绝不可能是空壳子弹吧？”

须原正掏出手枪在影男眼前晃了一下，开始解绳索。

影男使劲搓着终于获得自由的双手，隔着车窗看外面。

“这里是什么地方？”

“是下高井户附近。”司机回答说。

“去荻洼那里需要多少时间？”

“十五六分钟。”

“好，去荻洼。从荻洼驶上青梅公路后稍前一点儿的地方，如果发现公共电话亭就停下，我想打一个电话。”

车，飞也似的奔驰在公路上。

不一会儿，发现路边有一个公共电话亭。

影男被须原正用口袋里的枪顶着下了车，来到电话亭里。

“噢，太顺利了！我找到了一个绝妙的隐蔽场所，接下来，我让你看有趣的东西……”

影男走出电话亭笑嘻嘻地说道。

轿车由于有了行驶目标，像箭一般飞驰起来。越过国铁道口，一驶入青梅公路，影男便开始打起手势忽左忽右地指挥司机。

周围已经暮色浓浓，路灯犹如飘带朝车尾飞去。

不一会儿，轿车停在一幢大型别墅门前，周围是高高的水泥围墙。

也许是电话事先通知了别墅主人，车一停，铁门便无声地开了。于是，轿车犹如被巨型磁铁吸入似的驶入大门。紧接着，大门关上了。

人 树

三个人一下车，不知从哪里钻出一个身着黑色丝绒衣裤的男子，一溜烟地来到影男身边。

男子和影男悄悄地不知耳语了一些什么，而后走在头里带路。

一来到后院，眼前出现一座大池塘，被黑夜笼罩的水面静悄悄的，周围是茂密树林。

在一身黑衣男子的指引下，三个人来到池塘边停住脚步。

“到这么个奇怪地方，你究竟想干什么？”须原正心里忐忑不安起来，把嘴凑到影男的耳边轻声问道。

“我们一起隐藏在这座池塘里。”影男嘻嘻笑着，话里有话地答道。

“什么？去池塘里面？”

“嗯，是的，潜入水里！嘿嘿嘿……可你不必担心。不是这样直接涉水进去，而是采用非常绝妙的方法进入池塘。你马上就会知道是怎么回事。好了，别说话，仔细地看好了！”

大家都不说话了。这一带就这幢宽敞的别墅，显得特别寂静，院子本身就像树林里那么暗那么空旷，万籁俱寂。

突然，黑色的池塘表面荡起了涟漪。三个人凝神注视，只见水面晃动的地方出现了一根铁管模样的东西。

铁管端部像旱烟袋头部那么弯曲，这是潜水望远镜。那铁管模样的东西伸长两米左右，刹那间，池塘里的水晃动得更激烈了。紧接着，直径两米的黑色圆筒嗖地扬起巨大的脑袋。

少顷，圆筒形的铁管不再动弹，而是盖子向上打开。接着，从里面伸出一座铁梯向岸边延伸，架在岸上。

“好，请！”身着黑丝绒衣裤的男子轻声轻气地说完，走在前面，沿着铁梯消失在圆筒里。

“快进去吧！这里是另一个世界的入口！到了另一个世界，就与现在这个世界断绝了任何关系。那里是绝对安全的地带。快，跟着我进去。”影男对须原正和司机说完，敏捷地沿着铁梯下到圆筒深处。他俩紧随其后。

圆筒内侧装有直立型铁梯，一直向下延伸。三个人沿着铁梯下到深处，圆筒开始下降，像电梯下降似的。三个人在刚才那个身着黑丝绒衣裤的男子带领下，沿着地底下的洞窟朝纵深处走去。

片刻，男子邀请三个人来到岩洞形状的小房间里。这小房间，影男曾经来过。

“欢迎光临！我接到电话后，在这里等候你们多时了。”

房间里坐着一个小胡子绅士，大腹便便，正笑嘻嘻地迎接来客。

“我想让两位见识见识这里的极乐世界！”影男把须原正和斋木介绍给小胡子绅士，侧过脸朝穿一身黑丝绒的男子说。

“我们驾驶的那辆车怎么办？请把它开到车库里去，不要让人看见。”

穿一身黑色丝绒的男子点点头，行礼后走了。

“我先支付观赏费用，上次也是在这里支付的。”

“是的，是那样的。”小胡子搓着手答道。

“这是我的支票，你已经熟悉了吧？是有信用的支票。”

“是的。我们这里谁都知道你收入很高。”

“现在，可以带我们到里面去吗？”

“请，请。接下来，我有一个情况得事先向你们说明一下。这回，与上次您来的情况发生了翻天覆地的变化！你上次目睹了大海，可这一回是让你欣赏树林。还有，第二世界也有了大的变化，制作了荒凉的世界尽头。在树林里徘徊的过程中，可以来到大自然和那个国度。好了，请各位沿着通道往深处走吧！与上次一样，向导已经在规定位置恭候。”

小胡子把他们送到房门外的走廊上，接着，三个人沿着隧道般的洞窟朝里走去。走了片刻，洞内深处出现了一个白色东西，与上次一样，是身着白色服装的美女。

在美女的带领下，三个人来到岩石房间里的温泉池边替换服装。斋木司机说他不喜欢温泉，只是替换了规定服装。他们穿上的服装与上次一样，是黑色丝绒紧身衣裤。

接着，三个人又一起沿着昏暗的洞窟不停地朝里走去。

隧道渐渐变得越来越窄，一到洞底，正前方那块大岩石“嗖”地朝旁边移开，出现了一条不规则的通道。

一走进这条通道，便是陡峭的石台阶。爬完石台阶，那里有一个不可思议的国度。

三个人来到那里，那里却是无边无垠的大树林中央。

可这片树林是地上不可能见到的奇怪树林，那些大树也是植物学家迄今为止不曾见到过的怪异大树。

到处是两个人张开臂膀才能围成一圈的大树，胖乎乎的，摇摇晃晃地伫立着。宽大的棕榈树叶遮挡着天空和光线，十分茂密。

三个人战战兢兢地走到最近的一棵大树边上，原来，大树是跟人体组合而成的。人体中间，能竖有一根结实的木棍？棍子顶端，可能是棕榈树叶模样的大叶片朝周围伸展？从棍子顶端到底部，好像许多人体相互重叠依偎在上面。

影　男

异　变

这些人穿着紧身衣裤，相互紧紧重叠在一起，没有一丝间隙，构成一根根带有奇异曲线的柱子。

到处是手臂和腿形成的树林，美女瀑布般的长发像葛和藤缠绕着树。远远望去，由人体重叠组成的大树不计其数，向着远处延伸。

小胡子曾经说过，这地下住有一百多号人。如果真有一百多人，也不可能构成这么庞大的人体树林。这里，肯定有魔术。

影男目不转睛地望着这片奇怪的白色人体树林，视线穿过树林间隙朝最远的树林眺望。人体树越远越小，可都在慢悠悠地晃动。

不是画！如果是画，怎么会动呢?

影男此刻的心情，仿佛在梦中。

三个人竟然忘记了说话，沉醉地在树林间隙徘徊。

“咦，你瞧！有一个身着黑色丝绒紧身衣裤的游客在向我们走来！”须原正来到地下参观，还是第一次开口说话。

果然，对面树林里有黑色人影在晃动，也是三个人。

“瞧！那边也有人！”顺着他的手指望去，那里也出现了三个人。

“瞧！后面也有人朝我们走来！”

循声朝司机指的方向望去，果然，后边的树荫下也有三个人。

三个人转着圈子眺望四周，周围有无数若隐若现的黑影。最远、最模糊的地方，也出现了很小的黑影。

到底怎么啦？也许是幻觉？

三个人害怕起来。

“啊哈哈哈……”

就在这时候，影男突然神经质地大笑起来。于是，须原正和斋木司机惊愕地转过脸来望着他。

“哦，明白了！那是魔术！是镜子产生的效果！瞧，四面都装有镜子。不，不是四面，而是八面，八角形状的房间里装有八面镜子。

“真正的人体树木就十棵左右，其余都是镜子效果。映照在八面镜子里，八面镜子再相互反射，便产生了人体树不计其数的效果。

“身着黑丝绒服装的游客，也是镜子反射再反射所致。其实，这里真正的游客就我们三个人。店主采用八面镜子相互反射的原理，制作了这样有无限游客的场面。

“如果在地面上使用这样的魔术，我马上就会识破它。可一来到这地下洞窟，加上照明光源的巧妙配合，使我也不知不觉地产生了错觉。”

这时，不知从哪里传来鼓声，震耳欲聋的声音穿过树与树间隙。

三个人吃惊地停住脚步，相互望了望，鼓声忽地停了，紧接着传出优雅的弦乐。与此同时，响起大型合唱团洪亮、美妙、悦耳的歌声……

那些相互重叠组成的人体树木，在异口同声地大合唱。

洞窟里回荡的歌声飞向八面镜子，从而产生不可思议的共鸣效果。让人觉得一望无际的大森林在歌唱，似乎在随着歌声翩翩起舞。

三个人听得出了神，被气势宏大的歌声陶醉了。少顷，不知是谁先开始跟着节拍跳起了舞。于是，大家一起跳了起来。

此时此刻，他们把杀人承包公司的事和专门窃取名人隐私的事都抛到了九霄云外，一边跳舞一边沉浸在梦幻般的喜悦之中。

大合唱的歌声时高时低，此起彼伏，没有间断。

“咦，那是什么？”

突然，发现周围树林里龟缩着一个黑色东西。

影男第一个大声说完赶紧停住舞步，紧接着须原正也不跳了。

“可能又是什么地底下的魔术开始了？”

“我们的目光也好像醉得模糊起来，镜子里的影子变成三到四倍那么多，真不可思议。我刚才举手，可不举手的比举手的要多许多。那些不举手的，不是我的影子，是别人的影子。”

两个人边说边举起手踩动脚步，可晃动手脚的只是全部黑影的一部分。新的黑影不是一个、两个，好像是五个、十个或者更多。这些人从前后从左右，紧紧地连在一起朝他们三个人走来。

好像是警官队为了逮捕凶手形成的包围圈，并且，包围圈似乎越来越小。

两个人吓得身体僵硬起来，如同不会动弹的雕塑。

这不是魔术！是异变！绝不是区区小事。

危险的预感，占据了他俩的脑海。

音乐达到了最高潮，人体树林跟着剧烈晃动，歌声像爆炸声，震得耳膜发胀、发痛。

忽然，歌声停了，人体树林的晃动也随之停了。

这时，传来非同寻常的刺耳声响。

枪声！是子弹飞出枪膛的声音！刹那间，只有耳边还留着刚才兴奋的余音。

影男和须原正瞪大两眼，打量从四面八方紧逼而来的新的黑影。个个手上不都握着手枪吗?

“举起手来！”

走在最前面的一个大声喝道，划破了死一般的寂静。

影男和须原正老老实实地举起双手。

他俩都蒙了，不知道眼前究竟发生了什么变化，呆呆地望着前方。

“哎，听好了！杀人承包公司的须原正、外号影男的速水庄吉，你俩被捕了。”

这是与周围气氛不相协调的警官的叫声。

地上的警官，怎么会出现在地下世界？这世界，与警官他们的地上世界截然不同！按理说，他们是不可能进入这个奇异世界的。

“你，你们到底是什么人？”

“我是警视厅刑事侦查一科警长中村，左手上拿的是逮捕令。”

自称中村警长的男子说完，将逮捕令递到他俩跟前。

那确实是警视厅的逮捕令。

咦，这到底是怎么啦？难道是那个小胡子向警方告密？可他也是罪人，不可能不懂投鼠忌器的道理呀！

他最害怕的，理应也是地上世界的警察呀！不，不会是他！那么，警方到底是怎么知道我们在这里的呢？

影男的脑子里在迅速琢磨。

“喂，须原君，你那个司机到哪里去了？怎么不见了？”

影男忽然明白了，恶狠狠地望着须原正。

“嗯，我也刚才察觉。喂，斋木，斋木君，你在哪里？”

喊声刚落，司机斋木分开人群，从他俩身后出现了，脸上丝毫没有吃惊的表情，笑眯眯的。

“现在是你俩认输的时候了。”斋木司机若无其事地说。

须原正啊地惊叫，瞪大眼睛紧盯着对方的脸。

影　男

突　围

“喂，斋木君，你怎么啦？是不是还没有从刚才的梦幻中清醒过来？”须原正铁青着脸朝司机斋木咆哮般地吼道。

“嘿，说我没有从梦幻中醒来？那怎么可能！眼下，是你的大脑产生了错觉。”

司机斋木脸朝着他的上司须原正，说话的口气突然变得强硬起来，并且还朝旁边的刑事侦查警官们使了一下眼神，两警官立即跑到须原正和影男跟前搜身。经查，两个人身上皆没带凶器。于是，司机斋木朝他俩走去。

“须原君，你一直以为我是斋木，这，我没说错吧？”

“什么？！那，你不是斋木君？”

被称为斋木君的男子，猛地把手搭在脑袋上向上推，于是，外面那层头发掉了，可里面还有没经过梳理的头发。

影男见状顿时面如土色，大声嚷道：“啊！你是……”

“是的，我是明智小五郎！”

他说完漫不经心地把双手捂在脸上。

当他的手离开脸上的时候，出现的是一张常在新闻媒体上见到的明智小五郎的脸。

少时，影男和须原正哑然失色。

少顷，须原正像缓过神来开口问道："那么，你就是日本第一大侦探明智小五郎喽！我们真是有眼不识泰山，实在对不起。可不知你是什么时候改名为斋木的……虽然我听说过你是化装高手，可……"

"哈哈哈……我是在六本木毒气事件和泥墙小窗仓库事件发生前几天改名的。当然，是为了抓获你们才改名的。

"其实，那个斋木君和我确实有点相似，不是吗？我找到这条捷径后，将斋木软禁起来，而我则化装成他。从那以后，我便成了你忠实的部下，直到你被警方正式逮捕前还在为你打工呢！"明智小五郎笑着说。

"哈哈哈……真有趣！你跟着我唯唯诺诺，不用说，每次杀人时你总是充当帮手。还记得用瓦斯毒死筱田君和川波美良子那起凶杀案吗？不是你把他俩诱骗到杀人现场的吗？他俩瓦斯中毒身亡后，又是你用砖和水泥封闭门窗的！拧开瓦斯龙头的不也是你吗？"

"所以说，你的误解已经不能自拔。"

"你，你说什么？"

"我拧开瓦斯龙头和砌墙时，那两个人已经不在房间里了。"

"那，那怎么可能。监视房门的是我，再说我一直没离开岗位，而房间也就那一个出入口。"

"是的，你确实是忠于职守监视着房门！可你忘了咱俩是轮流监视房门的。"

"轮流？"

"是呀，当我把他俩带到房间后，你从窥视窗讽刺挖苦他们好一会儿，而后你出门去迎接川波良斋。是这样吧？你走后监视他俩的任务，无疑落到了我的肩上。"

须原正目光呆滞地注视着明智小五郎的脸，气得连话也不会说了。

"那对于我来说是绝好的机会！我赶紧进房间把他俩放跑了。两个人翻越走廊窗户逃到院子里，沿着树荫小道来到后门。那里埋伏着我的部下，是为了接他俩转移的。”

“这不可能，你这是在乱说一气！我把川波君接到现场让他从窥视窗检查时，亲眼看到那两个死囚在房间里！如果他当时没看到筱田君和美良子，不可能同意那么处置。”

“是的。我在那里摆下了迷魂阵，你不知道吧？我把裤子、裙子和两双鞋子用报纸包裹，事先藏在走廊上的小仓库里。”

“那天，我趁你不注意时把那纸包带入房间，让他们脱下自己的裤子、裙子和鞋子，换上我带去的。把他俩放走后，我把报纸制作成他俩的下半身，穿上他俩留下的裤子、裙子和鞋子。于是，两个假人制作成功了。我让两个假人的上半身靠在窥视窗下面的墙上，由于窗位置很高且小，只能看见两个假人的下半身。看到这种情景的川波良斋，一定以为他俩已绝望地靠着墙等待死亡的一瞬间。”

“畜生！我被你骗了！”

须原正在地毯上重重地跺了一脚，后悔极了。

影男一直饶有兴趣地看着他俩的表情，听着他俩的对话。当一听到筱田君和川波美良子获救的消息，再看看须原正气急败坏的模样，忍不住扑哧笑了，那表情似乎在说，痛快。

明智小五郎和两个歹徒的周围，站满了从人体树木下来的人，聚精会神地听着他们之间的对话。

明智小五郎继续说：

“我设下的圈套，无一不是利用了你对司机斋木的信任。因为，你把他视为第一助手，对他绝对信任。如果没有这个前提，我化装得再怎么高明也不能获得成功。你一定也同意我这个观点吧？

“为了更进一步增强你对斋木的信任，我事先埋伏在树林里袭击了这个有着速水庄吉、佐川春泥等多个假名的影男，使他成了你的阶下囚，也使你更相信我。然后，我驾车带着你俩转遍了你设在东京许多地方的窝点。

“我说那些窝点已经受到警方监视，这完全是我编造的谎话。然而你对我说的都深信不疑，因而也就不可能识破我设计的圈套。

“我为什么要这样做，或许你并不明白我真正的动机。陷入困境的你迫于苦无良策，最终会向这个冒名佐川春泥的影男求援。其实，我就是在等你走这一步棋。

“因为，我很想知道冒名佐川春泥的影男究竟会把我们带到哪里。果然，他把我们带到了这么一个有趣的场所。在这里，我又发现了奇怪的人。

“一个是杀人承包公司的经营者，一个是专门窃取别人隐私敲诈钱财的影男，一个是在地底下构筑和经营立体全景画王国的怪人。真没料到，我这次跟踪不是一箭双雕，而是一石三鸟，收获太丰厚了。哈哈哈……”

明智小五郎在这里还是第一次发自内心地欢笑，愉快而又洪亮的笑声越过人们头顶飞向八面镜子产生了另一种音响效果。

这时，默默无言站在一边的影男朝着明智小五郎说道：“明智先生，我有不明白的地方想问一下，你是采用了什么方法如此迅速地与警方取得了联系？还有，这地下世界你原来知道吗？”

“不知道。我是第一次来这里。要说跟警方迅速取得联系，我也使用了魔术。”

明智小五郎说这话时就像在与好朋友闲谈时的语调。

“你大概知道我有一个得力助手叫小林芳雄吧？我为你们驾驶的那辆车的行李厢里，埋伏着小林芳雄。他是在我和须原正抓住你之前，也就是在神社树林旁边上的车。

“一进入这幢别墅大门，小林芳雄便溜出行李厢，跑到附近公共电话亭与警视厅中村警长联系，告知这里的具体位置。中村警长急忙带部下驱车赶到这里埋伏，等待时机。

“在地下世界里，我彻底把这里治理了一下。刚才有一段时间我忽然消失，其实，我在门口完成了一项任务。

“为避免你俩察觉，我沿着来的路返回，在门口的事务所里抓住小胡子，让他交代了这里的情况。

“他说，地下世界里共有八个身着黑丝绒紧身衣裤的男子。我用电话把他们

影　男

一一叫到事务所，用绳索将他们绑了起来。

“我命令小胡子把池塘里的圆筒浮出水面，把铁梯架到岸上，让十名警官迅速进入地下。

“有关你们的秘密，我是从山际良子那里得知的。她原是影男部下，现已改邪归正，把掌握的情况一五一十地告诉了我。

“由于接受了秘密俱乐部主人春木夫人的委托，发生了在枯井里隐匿尸体的事件。

“由于接受须原正的委托，制造了泥潭杀人事件。

“我通过调查，还搜集了其他一些确凿证据。

“至于察觉有杀人承包公司，那是因为调查了多起失踪案后，发现大多数失踪者与一些富豪有牵连，几乎都是他们的眼中钉或是绊脚石。

“令我震惊的是，在深入侦查过程中，须原君的杀人承包公司居然渐渐浮出水面。而你俩的关系呢，时而是同伙，时而是对手。但杀人，则是你们的共同兴趣。

“于是，我制订了把你们一网打尽的计划。现在，我的计划终于实现了，可以说是大功告成。让我特别惊喜的是，还有意外收获，拔出萝卜带出泥，不仅擒获你俩，还抓获了我压根儿不清楚的制造地底魔镜的怪异者。”

在明智小五郎演说过程中，影男和须原正一点儿一点儿地朝后移动脚步。

明智小五郎尽管看在眼里，没把它当一回事，依然是若无其事的模样。

“明智君，这两个家伙企图逃跑。”

中村警长捣了一下明智小五郎的手臂。

就在这时候，两个人忽然撒开腿逃到人群里。

两个人推搡着分开人群，朝着墙壁那里的镜子靠近。此刻，警官手里的枪已经不起作用，如果开枪，势必伤及无辜。

八角形的镜屋里，顿时一片混乱。他俩在人群里又是打又是踢，许多人来不及躲闪先后倒在地上，呻吟声此起彼伏。他俩费了好大劲终于来到镜前，沿着镜面墙奔跑。

沿着这镜面墙转一圈，难道能找到另一个立体全景画世界的出入口？只要从出入口一进入那个世界，就一定能设法冲出警方包围圈。

两个人突然想起刚才小胡子解释的时候，好像说了还有一个出入口。于是，企盼这样的奇迹出现。

他俩沿着镜面墙一连转了四个弯，奔跑途中不时用手触摸着镜面。

“啊，在这里！”这时，影男大声嚷道。

镜子的一部分猛地晃动起来，出现了一个黑乎乎的洞口。

两个人赶紧连滚带爬地朝里面跑去，身后随即传来“吱”暗门关上的响声。

两个人终于实现了进入另一个世界的愿望。那里与世隔绝，不再听得见围观人群的喧哗声和警方的脚步声，只是静得出奇。

末　日

影男和须原正在漆黑岩洞里朝前走了片刻，发现来到了另一个世界。

那里是深邃无底的裂缝，似乎裂缝的底部连接着地球的核心部位。

两侧高高耸立着陡峭的黑色岩山，岩山另一侧尽头连接着黑色的夜空，无数星星在竞相争艳地眨着美丽的眼睛。

“那是真正的天空吗？我想，这一带也许是很深很深的地底下吧？”

个头矮小的须原正，身体几乎缩成一团，被这意想不到的美丽景色深深吸引住了。

“不可能！这儿肯定还是洞窟。天花板多半是采用镜面制作的，由于镜面反射的原理，使得这片山谷深不可测。天上无数的星星也许是小灯泡吧？”影男喃喃自语，声音里充满了恐慌。

他俩蹲在黑暗里，仰望山上遥远的星空。刚才人声鼎沸的场面，仿佛在遥远的梦幻世界。

不知不觉地，天空渐渐地亮了，星光逐渐消失，岩石裂缝及其周围变成了紫色，橘色，最后变成艳丽的朱红色。

天色渐入拂晓，晨曦照射在断崖顶部，将那里高低不平光溜溜的岩石染成紫色和朱色相间的颜色。但是，日光怎么也照射不到谷底。

朱红色褪了，天空变成珍珠般的奶油色。不知什么时候，又从奶油色变成深蓝色，最后，变成没有一丝云彩的蔚蓝色天空。

此刻，传来轻微的风声，刹那间，从裂缝里升起奇怪的桃色云彩。彩云一边飘游一边从桃色转变成彩虹色，在空中飘荡。

“喂，不是云，是身着彩装的仙女！无数仙女手拉着手变成一大片云。”须原正轻声嘀咕。

“好像施展了魔术，这一大片彩云是悬挂在从上面垂下的绳索上。”

影男无论到哪里，都喜欢采用魔术原理解释。

湛蓝的苍穹变得漆黑一片，天空中央刚出现深红色斑点，转眼间蔓延到整个天空。少顷，天空出现气势宏大的褶子，像舞台幕布那样朝下降落。

涟漪般红色的光，犹如布帘裹着仙女忽上忽下地飘荡。

“瞧，那是极光！正在朝山谷降落。瞧，它不正在朝着我们靠近吗？”

仙女般的云彩穿过极光缓缓下降，断崖岩石变成了黑影，唯仙女彩云在闪烁奶油色和桃色的光芒。

云在距离他俩头顶越来越近的时候，不知从哪里传来轻轻的音乐声。

令人心旷神怡的音色，像风声，像溪流声。

他俩听入了神。与此同时，从谷底岩石裂缝里冒出一缕青烟。

烟升腾到地上朝四周蔓延。他俩蜷缩在地上，任凭烟雾遮没他俩的腰部，继而淹没他俩的胸部，直至最后蒙住了他俩的脸部。

啊，甜甜的香味，犹如浓烈的难以忘怀的故乡情。他俩像喝醉了酒的醉汉，沉浸在令人心荡神驰的香味之中。

不知不觉地，仙女般的彩云已经逼近他俩的眼睛上方，仿佛淡而美丽的衣裳随风轻轻舞起，形成奇怪的投影。

在他俩全身麻木的感觉里，唯仙女般的彩云最美也最难以忘怀。

云层越来越低，他俩仰望天空的姿势被迫后仰，整个身体倒在岩石上，脸上被五色彩云蒙住。猛然间，他俩同时失去了知觉。

“喂，有暗道可以逃出这地下世界吗？”中村警长把小胡子拉到跟前问。

影　男

“怎么可能！与外面连接的出入口只有池塘里的圆筒。”

全身被绑得严严实实的小胡子，用充满憎恨的语气答道。

明智小五郎和中村警长等警官从不可思议的树林里返回了入口附近的事务所。

那里变成了临时拘留所，几个持枪警官在看押小胡子和八个身着黑丝绒衣裤的男子。

“我也估计到这地下世界只有一个出入口，便故意让他们逃跑。中村君，我们只要守住这里，就不必担心这两个歹徒消失。”

明智小五郎转过脸来望着忧心忡忡的中村警长说。

“这个被称为世界尽头的特殊世界，不知会发生什么意外情况。”

“转动机械降下仙女彩云，用麻醉气体让他们昏睡。这里有多个奇奇怪怪的世界，要让游客产生美妙幻觉，必须让他们闭上眼睛，否则，无法展开无限遐想的翅膀。炮制者耗尽心血想出的天方夜谭就不可能实现。要达到炮制者预想的效果，还必须运用机械装置，不然的话，麻醉气体就无法喷出。”

明智小五郎说到这里沉默了一会儿，又开口说道：“好，小胡子，暂时解开你身上的绳索，快去操作机器！当然，我不会离开你半步。”

“是，我去开机器。不过，我在启动之前想问你一下，准备定我什么罪？我既没有杀人又没有盗窃，要说我做了什么坏事，顶多是无证经营地下娱乐世界……”

“嗯，如果真像你说的那样，可能定不了大罪。但是，你到底是不是还干了其他坏事，得经过一番调查后才能下结论，光凭交代是不能定性的。”

明智小五郎瞥了小胡子一眼。也许，他知道小胡子还干过走私、绑架等罪恶勾当。

解开绳索，小胡子在明智小五郎的监视下走进机械室。那里有许多大齿轮组合的机械，墙上装有许多开关的配电盘。

“瞧，这下面就是被称为世界尽头的特殊世界。”

小胡子边说边操作机械。不一会儿，明智小五郎的眼睛下边出现了漆黑的岩石裂缝，酷似深邃的井底。须原正和影男正无精打采地躺在那里。

他俩的全身剧烈晃动起来。

“啊，地震！肯定是地震！”

影男急得想逃走，却使不出一丁点儿力气。

“救命！”

他声嘶力竭地叫喊，用力猛地睁开眼睛。

不是地震，是车在晃动。

眼前坐着三个身着制服的警官，中间的那个好像是曾在哪里见过的中村警长，腰间都佩着手枪。

啊哟！手腕有疼痛感。定睛一看，是铿亮的手铐。

坐在自己右边的，是垂头丧气的小个子须原正。

坐在自己左边的是肤色白净的小胡子绅士。

他俩和自己一样，手腕上都戴着手铐，耷拉着脑袋。

啊——这是押送他们的警车吧？

他终于明白了。

须原正歪着脑袋看着影男的脸无奈地笑了，影男也尴尬地笑了。

“你们好像总算明白了！你们是在谷底熟睡的时候被抬上警车的。”

中村警长说这番话时，脸上显得非常平静。

“我们现在是去警视厅吗？”

“是的。因为，你们的行为将受到法律制裁。”

车厢前面有铁栅栏小窗，小窗那边是驾驶室。隔着小窗玻璃，能清楚看见身穿警官制服的司机背影。

此刻，警车已经来到警视厅红墙建筑前面的护城河边上。

译 后 记

光阴似箭，漫长的三个翻译春秋过去了，岁月峥嵘，第一个着手翻译日以及包括周末节假日在内与原作相伴的情景仿佛就在昨天。三百万字的中文版《江户川乱步推理探案集》全六卷，终于付梓了。为侦探推理文学宝库新添了光芒四射的瑰宝，为推理爱好者们送去了美味的日本侦探推理文学大餐。

我1981年8月考入宝钢从事翻译工作，1982年初开始从事日本文学翻译，1983年2月发表日本文学译作，三十余年来致力于中日文化的交流。有幸翻译日本侦探推理文学之父——江户川乱步的开创日本侦探推理小说新纪元的作品集，由衷地感到欣慰和满足。

鲁迅说："伟大的成绩和辛勤劳动是成正比的，有一份劳动就有一份收获。日积月累，从少到多，奇迹就可以创造出来。"江户川乱步正是这样，四十年如一日，孜孜不倦于侦探推理文学的创作，为日本侦探推理文学在日本乃至世界文坛的崛起付出了毕生的精力。

我在几乎每天爬格子的翻译过程中，为了解江户川乱步的创作思想、创作背景和准确把握作品的神韵，阅读了他的大量原版作品，以及他的随笔和评论，例如《侦探推理小说四十年》《乱步公开的隐私》《幻影城主》《奇特的立意》和《国外侦探推理小说作家和作品》等。

译者在江户川乱步故居门前留影，门柱名牌是“平井太郎”与其子“平井隆太郎”。

我还专程去了坐落在东京池袋的江户川乱步故居，并到日本国家图书馆阅读了有关江户川乱步的许多资料。沿着当年作家为构思作品在居所周围漫步的足迹行走时，仿佛感染到了伟大作家生前立志开创日本侦探推理文学与丰富世界侦探推理文学宝库的豪情和气息。通过阅读他的作品和资料，加之了解作者生前的生活轨迹，使我对作者产生了无比崇敬之情与尽全力译好该作品的激情。

江户川乱步浩瀚而又丰富的作品，不仅充满了新、奇、妙、趣、迷、绝，而且揭示了正义终将战胜邪恶的颠扑不破的真理，不愧为开创日本侦探推理文学先河的伟大文学家。

江户川乱步的处女作《二钱铜币》，刊登在日本当时专门发表外国侦探推理小说的杂志《新青年》（1922年四月号）上，没想到这期杂志被一抢而空，甚至还加印了多次，读者的来信犹如铺天盖地的雪花飞向杂志社。

当时，杂志上附有下述编者按：

我们经常这样说，《新青年》杂志上总有一天将刊登本国作者创作的侦探推理小说，并且远高于欧美侦探推理小说的创作水平。今天，我们终于盼来了这一兴奋的时刻。质高品优的小说《二钱铜币》果然不负众望，博采国外作品之长，而水平高于国外作品。

我们深信，读者们看了这篇小说后一定会大为惊喜，拍案叫绝，奔走相告。该作者是谁？是第一个登上日本侦探推理文坛的江户川乱步。

《二钱铜币》获得好评，激起了江户川乱步的创作欲望，同时也更加热爱帮助他崭露头角的《新青年》杂志。那以后，坚持为该杂志撰稿，致力于优秀侦探推理作品的创作。不久，他毅然辞去工作开始了职业作家的生涯。

1922年，可以说是日本现代文学史上的重要年，因为它翻开了日本侦探推理文学的新纪元。日本侦探推理文学这艘巨轮，就是从那年《二钱铜币》的横空出世开始扬帆启航。在他的影响下，许多日本作家开始撰写侦探推理小说，踊跃参加侦探推理小说大奖赛。这也为如今日本侦探推理小说的蓬勃发展培养了大量的人才。

《江户川乱步推理探案集》全六卷中的所有作品，是江户川乱步众多作品中的经典。历经半个世纪仍然经久不衰，在日本国内，系列作品的累计销量创下了一亿册的纪录，同时海外译本，如中文、英文、法文、俄文、韩文的销量也十分惊人。以作品改编的广播剧和电影等跟小说一样拥有广大的观众基础。

江户川乱步虽饱受磨难，历经坎坷，但他对侦探推理文学执着的一生，使我感动，使我奋发，使我感悟到什么叫人生价值，什么叫勤奋刻苦，什么叫百折不挠，什么叫锲而不舍，什么叫无创不新的真正含义。

承蒙杨晓辉先生在《新民晚报 · 文学》上先后刊登了我撰写的《日本的福尔摩斯》和《江户川乱步的起步》等文章，我还先后接受了上海东方电视台、上海电视台、日本青森电视台及日本《东粤日报》《朝日新闻》《产经新闻》《日中新闻》和上海《翻译家报》的采访，在中日文学界和翻译界引起了不小的反响。

一部巨著的诞生，凝聚着许多同人的心血。谨此，感谢卓尔不群的时代文艺出版社社长陈琛先生、总编辑郭力家先生、副总编辑邓淑杰女士、编创五部主任刘瑀婷女士等各位领导，感谢责任编辑闫松莹小姐以及其他为本书闪亮登场辛勤工作的编辑和工作人员，感谢为宣传不遗余力的中日新闻媒体的朋友，更要感谢广大读者对本套书的青睐。谢谢！

译者

2015年国庆节于上海